LA FILLE DU PRÉSIDENT

Né à New York en 1947, James Patterson publie son premier roman en 1977. La même année, il obtient l'Edgar Award du roman policier. Il est aujourd'hui l'auteur le plus lu au monde. Plusieurs de ses thrillers ont été adaptés à l'écran.

Né en 1946, Bill Clinton est le 42e président des États-Unis de 1993 à 2001.

Paru au Livre de Poche :

Bikini
Bons baisers du tueur
Crise d'otages
Dans le pire des cas
Dernière Escale
Garde rapprochée
Les Griffes du mensonge
Incontrôlable
Invisible
Jeu de massacres
Lettres de sang
Lune de miel
Lune pourpre
Menace sur Rio
La Maison au bord du lac
Moi, Michael Bennett
Œil pour œil
On t'aura prévenue
Le Président a disparu
Private Los Angeles
Promesse de sang
Le Sang de mon ennemi
Tapis rouge
Un si beau soleil pour mourir
Une nuit de trop
Une ombre sur la ville
Plus jamais
La Villa rouge
Zoo
Week-end en enfer

Les enquêtes d'Alex Cross

Alex Cross
Cours, Alex Cross !
Cross, cœur de cible
Dernière Chance pour Alex Cross
Des nouvelles de Mary
En votre honneur
Grand méchant Loup
La Lame du boucher
Le Masque de l'araignée
Moi, Alex Cross
La Piste du Tigre
Sur le pont du Loup
Tirs croisés
Tuer Alex Cross

Les enquêtes du Women's Murder Club

2e chance
Terreur au 3e degré
4 fers au feu
Le 5e Ange de la mort
La 6e Cible
Le 7e Ciel
La 8e Confession
Le 9e Jugement
10e anniversaire
La 11e et Dernière Heure
12 coups pour rien
13e malédiction
14e péché mortel
15e affaire
La 16e Séduction
17e suspect

BILL CLINTON
JAMES PATTERSON

La Fille du président

ROMAN TRADUIT DE L'ANGLAIS (ÉTATS-UNIS)
PAR DOMINIQUE DEFERT

JC LATTÈS

Titre original :

THE PRESIDENT'S DAUGHTER
Publié par Little, Brown and Company,
une division de Hachette Book Group, Inc.,
et Alfred A. Knopf, une division de Penguin Random House LLC.

Les personnages et les situations décrits dans ce livre étant purement fictifs, toute ressemblance avec des personnes ou des situations existantes ou ayant existé ne saurait être que fortuite.

ISBN : 978-2-253-19549-8 – 1re publication LGF

Robert Barnett, notre avocat et ami, nous a convaincus de collaborer sur Le Président a disparu. *Puisque notre duo a fonctionné à merveille, il nous a proposé de recommencer – on aurait dû s'en douter ! – avec* La Fille du président. *Nous sommes très heureux d'avoir écouté une deuxième fois les conseils de Bob.*

Quel flair, cher Maître !

Bien que cloîtré chez lui dans le New Hampshire, Brendan Dubois a participé à tout le processus de recherches, et pour chaque jet, chaque version – il y en a eu tellement que nous n'osons plus les compter ! – Brendan a été un roc pour nous, notre sauveur, et parfois, quand c'était nécessaire, un vrai casse-pieds !

I

1

2 heures du matin, heure locale
Golfe de Syrte, au large des côtes de Libye

À bord d'un hélicoptère des Night Stalkers – un Black Hawk MH-60M, nom de code Spear One –, le chef Nick Zeppos de la Team Six des SEALs consulte sa montre. Il vient de décoller avec ses hommes de l'USS *Wasp*, un navire d'assaut amphibie, pour rejoindre l'objectif de la mission, une cible de très grande valeur. Avec son équipe, et l'autre groupe dans le second Black Hawk (nom de code Spear Two), ils vont avoir l'honneur de débusquer Assim Al-Achid. Et avant le lever du soleil, le chef terroriste ne sera plus de ce monde.

Zeppos observe ses hommes, serrés sur deux rangs dans la cabine exiguë. À cause du vacarme de la turbine, ils ne peuvent pas se parler. Certains boivent de l'eau, d'autres sont penchés, les coudes sur les genoux, poings fermés. Dans le cockpit, pilote et copilote des Night Stalkers (le célèbre 160e Special Operations Aviation Regiment) volent à basse altitude, dix mètres au-dessus de l'eau. Leur tableau de bord brille en vert et bleu dans la nuit. Nick Zeppos sait que ses compagnons se remémorent leur entraînement, tentent de refouler toute pensée parasite et se concentrent sur leur mission à venir :

Tuer Assim Al-Achid.

Les agences de renseignement civiles et militaires le traquent, depuis longtemps. Ce soir, après quatre années d'efforts, Zeppos espère bien décrocher le gros lot.

Les Navy SEALs et les Forces spéciales ont déjà pourchassé des chefs terroristes – tels Oussama Ben Laden et Abou Bakr Al-Baghdadi, ainsi que leurs nombreux lieutenants et alliés, des chefs qui restent dans l'ombre, donnent les ordres, et ne se salissent jamais les mains, hormis pour tourner des vidéos ou proférer des menaces de mort et des appels à la haine.

— On arrive sur le sec, annonce le chef de bord.

Ils vont survoler les terres libyennes, une nation divisée, rongée par les luttes intestines. Le havre idéal pour cacher des terroristes comme Al-Achid.

Mais Al-Achid n'est pas un chef comme les autres.

Ces dernières années, sur chaque vidéo montrant les attentats qu'il a perpétrés, Al-Achid est présent, seul en scène, au cœur du chaos. Il opère grâce à un réseau parfaitement organisé qui vient lui prêter main-forte et disparaît aussitôt…

Al-Achid dans un centre commercial bondé en Belgique : un détonateur à la main, il presse tranquillement le bouton, et un grand *boum !* retentit dans la galerie marchande. La caméra tremble, mais on discerne quand même très bien le nuage de fumée, les clients hagards qui hurlent et courent en tous sens, le visage en sang, lacéré, leurs membres broyés.

Al-Achid dans une rue de Paris : il marche et le cameraman le suit. Il sort une mitraillette qu'il avait cachée sous son imperméable, et se met à tirer sur les piétons, visant plus particulièrement les femmes et les enfants, jusqu'à ce qu'un fourgon blanc vienne le récupérer.

Al-Achid derrière deux femmes en pleurs dans le désert soudanais : ce sont des membres de l'aide humanitaire de l'ONU. Elles ont les jambes et les bras attachés. Il se place derrière elles, lève un grand sabre et les décapite l'une après l'autre. Le sang des victimes gicle et macule sa tunique.

Zeppos étire ses jambes puis les replie. Il a déjà participé à deux raids, l'un au Yémen, l'autre en Irak – les services de renseignements pensaient qu'il y avait de fortes probabilités qu'Al-Achid soit là-bas. Mais les « fortes probabilités » ne sont pas une certitude. Et les deux opérations ont échoué. Voire pire, puisque des hélicoptères ont été abattus et qu'il y a eu des blessés. Les SEALs sont rentrés amers et pleins de frustration.

La troisième sera la bonne ! Il le faut.

D'autres vidéos sont trop horribles pour être montrées au public. Une institutrice en Afghanistan, enchaînée à un rocher, aspergée d'essence et transformée en torche humaine. Un ancien dans un village au Nigeria, tenu par des hommes de Boko Haram, tandis que Al-Achid passe devant les membres de sa famille alignés, avant de les égorger un à un.

Et il y a eu Boyd Tanner…

Nick Zeppos détourne la tête vers le hublot. Il ne veut pas penser à Boyd – les circonstances de sa mort sont gardées secrètes au sein des Forces spéciales. Il aperçoit des lumières à l'horizon, celles de Tripoli, la capitale et son port qui sort déjà des décombres.

Les Chinois – avec leur programme baptisé la nouvelle Route de la soie – ont lourdement investi ici, comme dans d'autres pays pauvres à travers le monde.

Officiellement, les Chinois déclarent que leur pays, nouvelle puissance mondiale, désire partager sa prospérité et ses connaissances avec le reste de la communauté internationale. Mais Zeppos et ses homologues ont reçu des rapports confidentiels révélant le véritable objectif de la Chine : accès aux ressources et matières premières, allégeance des États africains, et établissement de bases militaires pour que plus jamais le pays du Milieu ne se retrouve isolé et humilié, comme ce fut trop souvent le cas au cours de son histoire millénaire.

La lueur à l'ouest disparaît. Spear One et Spear Two survolent désormais les dunes du désert où, des décennies plus tôt, Allemands et Anglais se sont battus. Les carcasses de leurs blindés sont toujours visibles dans le sable qui ne connaît pas l'oubli.

Avant eux, les Italiens étaient là. Et aujourd'hui, ce sont les Chinois.

Rien de nouveau sous le soleil.

Zeppos vérifie une dernière fois son équipement.

Le chef de bord revient dans l'intercom.

— Nick, on a un appel pour toi.

Il allume son micro.

— Qui ça ? Le JSOC ?

— Non. Ce n'est pas le commandement.

Qui ose le déranger à un moment pareil ?

— Passe-le-moi.

Il y a un crépitement d'électricité statique puis une voix familière résonne dans son casque, une voix qu'il a entendue mille fois à la radio et à la télévision.

— Chef Zeppos ? C'est Matt Keating. Je suis désolé de vous déranger, je sais que vous êtes très occupé et je ne veux pas vous faire perdre la moindre seconde. Mais j'aimerais vous dire que je donnerais tout pour être avec vous aujourd'hui.

— Merci, monsieur le Président ! répond Zeppos en haussant le ton pour se faire entendre.

— J'ai toute confiance en vous et en vos hommes. Je sais que vous ferez le boulot. Mettez-moi ce salopard dans un sac ! Pour le pays, pour les Navy SEALs, et surtout pour Boyd Tanner !

— Oui, monsieur.

Zeppos est impressionné qu'un tel homme l'appelle personnellement. Ses mots sincères le touchent, mais en même temps il est agacé par ce coup de fil reçu en pleine opération !

On peut vraiment avoir la grosse tête en politique ! songe-t-il. Certes, Keating est un ancien frère d'armes. Et il sait ce qui est arrivé à Tanner.

Un ancien de la Team Two des SEALs.

Peu de gens savent comment Tanner est mort. Et contrairement à ce qu'on a dit à sa femme et à ses enfants, il n'a pas péri dans un accident, à l'entraînement.

Il a été capturé l'année dernière après un violent combat en Afghanistan. Alors que Tanner était grièvement blessé, Assim Al-Achid et ses hommes l'ont déshabillé et transporté dans une cour. Toute la scène a été filmée.

Al-Achid, avec des clous et un marteau, l'a crucifié à un arbre. Sur la vidéo, on le voyait agoniser pendant des heures avant que ses ravisseurs se lassent et lui tranchent la gorge.

Au fond de l'hélicoptère, deux gars se mettent à rire. Zeppos se penche. L'un de ses hommes – Kowalski – a dans la main une sorte d'épieu pourvu d'une pointe en métal.

— C'est quoi ce truc ? lance Zeppos.

Kowalski rit de plus belle et brandit l'objet.

— C'est pour Assim ! Quand on aura identifié ses restes, on va lui couper la tête, l'embrocher sur cette pique et la ramener à la Maison Blanche. Cadeau pour notre président !

Tout le monde s'esclaffe.

Zeppos se renfonce dans son siège inconfortable, sourire aux lèvres.

Sûr qu'il va apprécier ! se dit-il.

C'est le bon moment pour venger les morts, tous ces innocents ; avoir enfin Al-Achid en face à face, lui laisser juste le temps de comprendre ce qui lui arrive, lui mettre deux balles dans la poitrine, et une autre dans la tête !

Les deux Black Hawk filent dans la nuit, fonçant vers leur proie.

2

2 h 15, heure locale
Ambassade de la République populaire de Chine, Tripoli

Il est très tard – ou plutôt très tôt le matin – dans la salle de réception au rez-de-chaussée de l'ambassade chinoise, à l'angle des rues Menstir et Gargaresh. Jiang Lijun, officiellement vice-président de la China State Construction Engineering Corporation, réprime un bâillement.

Cette prétendue fête devait s'arrêter il y a plus d'une heure, mais les invités de ce pays dévasté – hommes politiques, chefs de tribu, militaires se pavanant dans des uniformes bardés de décorations tels des sapins de Noël – ne semblent pas décidés à partir. Tous continuent à boire, fumer et bavarder alors que leurs hôtes n'en peuvent plus. Il y en a dans tous les coins de la salle !

Jiang reconnaît les émissaires de la Great Wall Drilling Company, filiale de la CNPC Services & Engineering, le grand groupe pétrolier de Chine. Ils sont tous là, fidèles au poste pour représenter le *zhōng guó* – le pays du Milieu –, s'efforçant de sourire et de rire aux tentatives pathétiques d'humour des péquenauds locaux.

Des péquenauds *et* des rustres ! Même si les lumières ont été baissées, les buffets débarrassés, les bouteilles retirées – adieu Carlsberg, Heineken et Tsingtao ! –, ces paysans n'ont pas saisi le message. À savoir qu'il est temps pour eux de regagner leurs infâmes pénates infestés de puces. Mais non, ils restent, s'attardent, jacassent ! Certains ont même apporté des flasques d'alcool qu'ils sortent de leurs poches – en pleine terre d'Islam ! Quand il était à l'UCLA en Californie, dans le cadre d'un programme d'échange d'étudiants, et ensuite à Columbia, à New York, le jeune Jiang pensait n'avoir jamais rencontré de peuple aussi crétin, immature et grossier, mais comparés à ces Libyens, les Américains sont tous des Confucius !

Il sort une cigarette de son paquet de Chunghwa et l'allume. Il se tient en retrait, entre deux grandes plantes en pot, pour surveiller l'assemblée – qui parle avec qui, quel membre de l'ambassade paraît soûl ou agacé. Il s'intéresse aussi à la topographie des groupes de Libyens. Un cessez-le-feu précaire a été négocié l'an dernier, et un gouvernement de réconciliation nationale a été constitué, mais Jiang tient à voir quelle tribu reste à l'écart, prête à fomenter quelque rébellion ou guerre civile.

Et il est toujours utile de le savoir avant les autres.

Un des employés de l'ambassade, un binoclard maigrelet affublé d'un costume mal coupé, surgit du fond de la salle. Il scrute chaque convive tout en trottinant rapidement sur le sol lustré. Ling – c'est le nom du gars. Jiang tire une dernière bouffée, lance son mégot dans le pot le plus proche et l'attend.

Parvenu devant lui, l'employé s'incline légèrement et dit :

— Pardonnez-moi, monsieur. On vous demande au sous-sol, salle 12.

Jiang hoche la tête et s'apprête à traverser la pièce quand un gros barbu, en tenue locale – large tunique blanche et pantalon noir – et visiblement ivre, lui barre le passage.

— Monsieur Jiang ! lance l'homme dans un anglais à fort accent oriental, en le saisissant par les épaules. (Jiang continue de sourire et s'efforce d'ignorer l'haleine chargée de ce paysan.) Vous partez ? Déjà ?

Jiang tapote les mains de l'homme et les retire de ses épaules.

— Je suis désolé, cher ami, mais vous savez ce que c'est. (Il lui répond aussi en anglais, la *lingua franca* de la diplomatie, ici comme dans le reste du monde.) Le devoir m'appelle.

Jiang ne se souvient plus du nom de son interlocuteur. Juste que c'est l'un des chefs des cent cinquante tribus sur cette terre désolée.

L'homme chancelle et laisse échapper un rot avant d'articuler :

— Le devoir, bien sûr… Il faut que je vous dise… (Ses yeux s'embuent de larmes.) Merci pour ce que vous faites ici… vous avez tant apporté à mon cher pays. Les Italiens, les Français, les Anglais, les Qataris, ces maudits Égyptiens… ils ont tous tenté de nous mettre sous leur joug, de nous piller… qui aurait cru que des Jaunes, à l'autre bout du monde, allaient nous apporter leur sagesse et leurs bienfaits !

En cet instant, Jiang a envie de le gifler, de lui casser le cou – voilà ce qu'il te fait le *Jaune* ! – et de le regarder s'écrouler au sol, raide mort.

Mais Jiang, soucieux des convenances et de ses responsabilités, se contente de sourire et de serrer la main puante de ce rustre.

— À mon retour à Pékin, je ne manquerai pas de transmettre vos paroles à notre président.

Profitant de cette ouverture, Jiang prend congé. Il aurait aimé aller aux toilettes se laver les mains, se débarrasser de la crasse et de la puanteur de ce culterreux, mais il n'a pas le temps.

Le devoir l'appelle.

Jiang passe devant deux gardes de l'ambassade, affublés d'une oreillette guère discrète. Quant à leurs armes, on ne voit qu'elles sous leur veste ! Ling, qui l'attend devant l'ascenseur, lui tient déjà la porte. Mais Jiang l'ignore et prend l'escalier. C'est plus rapide. Dans ce prétendu pays, l'électricité connaît de nombreuses coupures et, malgré les groupes électrogènes présents dans le bâtiment, Jiang ne tient pas à se retrouver coincé entre deux étages.

Il ouvre la porte au sous-sol, passe devant un autre garde, et longe le couloir mal éclairé jusqu'à une autre porte en acier, équipée d'un scanner d'empreintes digitales. Jiang pose sa main sur le lecteur, ce qui déclenche un bref éclair de lumière, et le battant s'ouvre.

Jiang pénètre dans la pièce. Le battant se referme derrière lui. La salle est fraîche et agréable. Il a très envie de fumer, mais c'est interdit ici, au centre des opérations du ministère chinois de la Sécurité de l'État où les équipes travaillent H-24.

L'agent de garde cette nuit est Liu Xiaobo. Il porte des lunettes à monture noire, un pantalon noir et une chemise blanche sans cravate, le col ouvert. Il tapote sur son clavier devant un gros moniteur.

— Comment se déroule la sauterie là-haut ? s'enquiert-il. Il y a des bouses de dromadaire partout ?

— Pas encore, mais ça ne saurait tarder, ironise Jiang. Que se passe-t-il ?

La petite pièce est encombrée d'armoires métalliques, de comptoirs, d'écrans d'ordinateur, de télévisions diffusant CNN, la BBC et CCTV-13, la chaîne d'info de la télévision d'État chinoise. Il y a aussi des écrans plasma montrant des cartes de l'Afrique du Nord, de la mer Méditerranée et du golfe de Syrte. Huit autres membres du ministère sont déjà au travail.

— Les Américains préparent quelque chose, annonce Liu.

— Comme d'habitude, non ? Ces chiens aboient tout le temps. C'est quoi, cette fois ?

— Un navire d'assaut amphibie est dans le golfe, à environ vingt kilomètres de Tripoli, explique Liu en montrant une carte sur l'un des écrans. Il y a une demi-heure, deux Black Hawk ont décollé. Ils vont dans cette direction. (Avec son doigt jaune de nicotine, il trace une ligne sur l'écran.) Ils ont violé l'espace aérien libyen et maintenant ils sont… ici.

Jiang observe la zone, et les quelques petits triangles qui indiquent les villages. Une étendue morne et plate. Rien avant…

— Ils se dirigeraient vers le djebel Nefoussa ? demande Jiang.

— Oui, sans doute. Ils volent en ligne droite, sans manœuvre d'évitement. Étant donné la consommation de ces hélicoptères, ils auront juste assez de carburant pour aller là-bas et revenir au *Wasp*. À mon avis, ils cherchent quelque chose d'important dans ces montagnes, une cible qui vaille le coup de risquer la panne sèche.

Le *Wasp* ? La *guêpe* ? Quel nom ridicule pour un bateau de guerre, songe Jiang.

Il reporte son attention sur l'écran.

— Vous avez des intérêts dans ces montagnes ? reprend Liu avec précaution.

Ses longues années de pratique permettent à Jiang de rester imperturbable, de respirer normalement. On ne gagne pas du galon en révélant ses émotions.

— Autre chose ?

— Non. Je voulais juste vous prévenir.

Jiang referme sa main sur l'épaule de l'homme.

— C'est très bien, camarade.

Liu est flatté par cette remarque, car Jiang est d'un rang supérieur au sien.

— Je peux encore vous être utile ?

Jiang hoche la tête.

— Oui. Tu as un employé, un dénommé Ling, n'est-ce pas ?

Liu est aussitôt sur la défensive.

— C'est exact…

— Renvoie-le au pays par le prochain avion. Et veille à ce qu'il soit affecté à la plus grande porcherie du Liaoning. Tout à l'heure, quand il est venu me chercher, il a quasiment traversé la salle en courant. Il était à deux doigts de m'appeler. Tous ceux qui ont plus qu'un petit pois dans la tête auront compris que je suis quelqu'un d'important ici, et pas un simple invité. Il faut le punir.

— Très bien.

— Parfait. Je retourne là-haut, voir si les dromadaires sont arrivés et si ces paysans se sont lancés dans une bataille de bouse !

Liu émet un petit rire et reporte son attention sur son écran. Jiang tourne les talons et pose sa main sur le scanner pour quitter le PC. Dans le couloir désert, à sa gauche, il jette un bref coup d'œil à l'escalier qui mène à la salle de réception au-dessus, mais décide de prendre à droite pour rejoindre son bureau.

Car Jiang Lijun n'est pas le vice-président de la CSCEC, mais un haut cadre du ministère de la Sécurité de l'État.

Qu'est-ce que les Américains fichent ici ?

3

2 h 30, heure locale
Djebel Nefoussa, Libye

— Deux minutes ! Deux minutes avant la cible ! annonce le chef de bord de Spear One.

Nick Zeppos lève deux doigts pour montrer qu'il a bien reçu le message. Ses hommes l'imitent. Ils ôtent leur intercom, enfilent leur casque avec leurs jumelles de vision nocturne. Zeppos allume ses JVN, et l'intérieur du Black Hawk furtif devient d'un vert lumineux.

Cent vingt secondes.

Le pilote de Spear One informe Zeppos :

— Cible en vue, à deux heures.

Zeppos se souvient d'un autre meurtre barbare perpétré par Al-Achid deux ans plus tôt : devant ses fidèles, il a massacré une famille syrienne qu'il soupçonnait de renseigner l'ennemi. Ils ont diffusé la vidéo de la mise à mort. Une exécution pour l'exemple : enfermée dans une cage, la famille a été arrosée d'essence, et Al-Achid a gratté l'allumette.

La dernière image visible avant que la fumée n'occulte l'écran, c'est la mère au milieu des flammes, courbée sur son fils, tentant de le protéger de son corps – un geste hélas dérisoire.

— Trente secondes.

Le chef de bord déverrouille puis tire la porte. Nick Zeppos vérifie une dernière fois son équipement. L'air froid s'engouffre dans la cabine.

Zeppos se lève et lance à ses hommes :

— Restez groupés, ne traînez pas. Et finissons-en !

Tout le monde acquiesce et lève le pouce. Avec leurs grosses lunettes et leur tenue d'assaut, ils ressemblent à des ET aux yeux globuleux venant envahir la Terre.

Trois constructions sont visibles sur la gauche, et une autre plus grosse à droite, isolée. C'est là que réside Al-Achid. Et, à en croire le renseignement, il y est en ce moment même. C'est la raison pour laquelle Zeppos et ses hommes se retrouvent ici en pleine nuit.

Les bâtiments sont sur un seul niveau. Des murs en pierre. Un enclos pour chèvres à côté. C'est tout. On ne peut pas vraiment appeler ça un village.

Le Black Hawk s'immobilise en vol stationnaire à moins d'un mètre au-dessus du sol. Zeppos est le premier à sauter, et ses chaussures d'intervention Oakley viennent toucher le sol libyen à proximité de la frontière occidentale avec la Tunisie. Son barda pèse plus de vingt kilos sans compter son Heckler & Koch 416 avec ses chargeurs grande capacité. Mais, comme chaque fois qu'il est en opération, Zeppos se sent aussi vif et léger que l'air.

Dans ses JVN, il distingue les silhouettes des autres SEALs lâchés par Spear Two, qui avancent par sauts de puce, chaque groupe à l'arrière couvrant celui de tête. Nick ouvre la voie, sans cesser de surveiller les alentours. Les rayons laser infrarouges des viseurs zèbrent l'air tous azimuts.

Tout est calme.

Toujours aux aguets, il gravit la pente qui mène au petit bâtiment.

Aucun contact visuel ?

Pas de cible jaillissant des toits des trois maisons ?

Ce n'est pas normal.

Son équipe se déploie, chacun dans son rôle, armes levées. Ils regardent autour d'eux, prêts à faire feu. Il aurait déjà dû y avoir de la résistance.

— Équipe d'assaut. *Go !* murmure Nick Zeppos aux hommes à côté de lui.

Le détachement contourne la plus grosse des constructions et se dirige vers une fenêtre sur le côté. Il y a de fortes chances que la porte d'entrée soit piégée.

Il sent sous ses chaussures une petite secousse, aperçoit un éclair de lumière.

Ses hommes sont entrés dans la maison.

Tout le monde attend, guettant le silence.

— Nick, dit Ramirez dans la radio.

— Oui ?

— C'est vide. Il n'y a personne.

4

19 h 30, heure locale
Salle de crise de la Maison Blanche

La pièce est pleine. Tout le monde veut savoir où en sont les événements de la soirée. Installé en bout de table, je suis l'évolution du raid sur le repaire d'Assim Al-Achid. On est à l'étroit. Pamela Barnes, la vice-présidente, est assise dans un coin. L'amiral Horace McCoy, le chef d'état-major des armées, est juste à ma gauche. À côté de lui, un capitaine de la Navy et un colonel de l'armée de terre ont les yeux rivés sur leur ordinateur sécurisé. Ils donnent à McCoy les informations en temps réel, qui les transmet à nous tous, qui sommes réunis dans cette salle chargée d'histoire. Curieusement, on ne dit jamais que la salle de crise ne se limite pas à cette pièce. Il y en a de nombreuses autres, où les équipes surveillent et traitent les rapports qui nous parviennent des quatre coins du monde.

La vice-présidente n'est pas l'unique représentante du gouvernement. Il y a aussi Jack Lyon, mon directeur de cabinet, les membres du Conseil de sécurité nationale et un photographe de la Maison Blanche.

Les deux personnes les plus importantes de ce groupe sont la conseillère à la Sécurité nationale, Sandra Powell – une Afro-Américaine plutôt austère, avec de longs cheveux tressés – et Pridham Collum, le secrétaire à la Défense, un type à lunettes et au visage poupon, qui fait bien plus jeune que ses quarante ans.

Sandra est à la fois spécialiste de la défense et experte en politique étrangère. Elle est l'auteur de plusieurs essais politiques qui ont l'élégance d'être faciles à lire. Pridham a été nommé à ce département parce qu'il a une connaissance exhaustive des budgets alloués au Pentagone et qu'il n'a pas son pareil pour trouver des voies détournées dans cette jungle comptable afin que des armes et équipements tactiques sortent enfin des bureaux d'études et se retrouvent sur le terrain pour de bon. Il a aussi une grande expérience dans le secteur de la défense après son précédent poste : sous-secrétaire adjoint aux Affaires de sécurité internationale.

Bien que les médias parlent du conseil de sécurité du président Keating, ces gens ont été nommés en majorité par mon prédécesseur, le président Martin Lovering. Je n'ai pas eu le temps d'évaluer leur compétence et de choisir qui garder. Je termine tout juste la première année de mon mandat, qui a commencé six mois après l'élection de Lovering, ce dernier ayant succombé à une rupture d'anévrisme alors qu'il taquinait le poisson sur le Columbia dans son cher État de Washington.

— Spear One et Spear Two sont à trente secondes de la cible, annonce l'amiral McCoy.

Je hoche la tête et regarde les images infrarouges qui s'affichent sur le grand écran central. Les deux Black Hawk modifiés approchent du petit hameau où

Al-Achid et son groupe sont censés se cacher. Dans l'un des hélicoptères se trouve Nick Zeppos. Je n'aurais sans doute pas dû lui téléphoner il y a quelques minutes, mais la tentation était trop forte. Je tenais à lui souhaiter bonne chance, et je regrette vraiment de ne pas être avec eux pour cette opération où les objectifs sont clairs, et l'ennemi parfaitement connu – à l'inverse du champ de bataille de Washington où tout est illusion, faux-semblants, où l'adversaire se cache derrière des propos mesurés.

Ma blessure à la hanche droite se réveille quand je vois les Navy SEALs arriver sur zone. Cela me rappelle mes anciennes missions. Et ce crash en hélico en Afghanistan qui m'a broyé le bassin et a mis fin à ma carrière dans la Navy. Finalement, j'ai opté pour de nouvelles aventures périlleuses : la politique. Et les bonnes gens de la septième circonscription du Texas m'ont envoyé au Capitole.

Les deux appareils s'immobilisent, des silhouettes fantomatiques en sortent et se déploient, suivant la tactique d'approche que je connais si bien.

J'entends un petit *clac* ! Je viens de casser mon stylo.

Personne ne l'a remarqué hormis la vice-présidente, qui me lance un coup d'œil impénétrable avant de reporter son attention vers l'écran.

On dit que la politique est l'art du compromis et, à ce titre, ces dernières années ont été un festival. Quand, il y a deux ans, le sénateur Martin Lovering a été sur le point d'obtenir assez de votes pour la primaire de notre parti, il y a eu des pressions. Pour équilibrer son ticket, renforcer sa crédibilité sur sa politique de sécurité nationale, il m'a choisi moi… quasiment un bleu, alors que j'étais resté en retrait de « la course à la Maison Blanche », comme on dit.

Cette manœuvre politique en a agacé plus d'un dans notre camp, dont la gouverneure de Floride, Pamela Barnes, qui s'était affichée au côté du sénateur Lovering durant toute la campagne et qui pensait, cela se comprend, être *de facto* la vice-présidente de Lovering.

Son souhait a été exaucé. Un mois après que je suis devenu président, suite à la mort prématurée de Lovering, je l'ai nommée à ce poste. Elle est la troisième personne à devenir vice-présidente de cette manière, puisqu'en vertu du vingt-cinquième amendement il est possible de boucher les trous en cas de vacance du pouvoir. J'ai choisi Pamela parce que je voulais réunifier le parti, et espérais qu'avec elle je pourrais accomplir plus de choses. Mais Pamela Barnes ne m'a jamais dit qu'elle était heureuse de cette promotion, ni montré à mon égard la moindre gratitude.

Pour l'instant, flanqué de mon conseil de sécurité, je dois réaliser une prouesse : me taire.

Et attendre.

À l'écran, je vois les SEALs progresser, précautionneux et efficaces. Tant de souvenirs me reviennent. Avancer avec ses compagnons, le souffle court, fusil à la main, le corps tendu, sur le qui-vive, suivre le plan prévu, répété à l'infini, et être parés à tirer.

J'ai connu ça. En Irak, en Afghanistan, au Yémen.

On se retrouvait chaque fois lâchés en territoire hostile, de nuit, exposés, avec ses meilleurs amis, ses frères d'armes, prêts à déclencher une tempête de feu, un déferlement de balles 5,56 OTAN et de grenades, contre les ennemis de notre pays. Comme ces hommes en Libye, à huit mille kilomètres de chez eux, dont nous suivons tous les faits et gestes dans cette pièce.

C'est étrange d'être ici, et non avec eux. Et pour ajouter au côté singulier de cette situation, à cent mètres de moi, mon épouse, le Dr Samantha Rowell Keating, travaille à son article pour une grande revue d'archéologie, et notre fille, Melanie, que nous continuons d'appeler Mel, organise une petite fête dans les appartements privés de la Maison Blanche, avec des camarades de son école, Sidwell Friends.

Je suis heureux pour elles deux. Ce n'est pas facile d'avoir une vie normale dans un lieu aussi extraordinaire.

Je me reconcentre sur l'écran. Trois silhouettes entrent dans une maison.

Et puis rien.

Pas de flashs de lumière, ni de coups de feu ou de mouvements d'hommes en armes sortant pour attaquer nos soldats.

McCoy s'éclaircit la gorge.

— Monsieur…

— J'ai compris, dis-je. C'est raté. Assim Al-Achid n'est pas là.

5

2 h 35, heure locale
Ambassade de la République populaire de Chine, Tripoli

Dans son bureau sécurisé en sous-sol, le haut fonctionnaire du ministère de la Sécurité de l'État pour l'Afrique du Nord, Jiang Lijun, s'installe sur son siège, pour fumer une nouvelle Chunghwa et réfléchir. La pièce est spartiate : une bibliothèque, trois classeurs métalliques. Au mur, une photo du Grand Timonier, à côté de celle du président actuel. Sur sa table de travail, deux portraits sous cadre : celui de sa femme, Zhen, et celui de son père décédé. Jiang n'avait que cinq ans en 1999 quand il se tenait avec sa mère en pleurs sur le tarmac de l'aéroport de Pékin, attendant le retour des cendres de son père, mort après un bombardement des Américains, avec deux autres compatriotes, dans les murs de l'ambassade de Chine.

L'attaque du 7 mai s'était produite pendant les bombardements de l'OTAN visant à empêcher les Serbes d'accomplir leur juste dessein : être maîtres sur leurs terres et chasser leurs ennemis. L'Occident faisait de même depuis des siècles, mais parce que les Serbes n'appartenaient pas à l'Alliance, on le leur avait reproché et on les avait bombardés.

Son père travaillait à l'ambassade de Chine sur la rue Augusta Cesarca, en tant qu'officier de transmissions quand quatre bombes larguées par un B-2 Spirit avaient touché le bâtiment. Une erreur officiellement, mais personne en Chine n'était dupe. Pour l'Ouest, c'était une façon de punir la Chine parce qu'elle osait soutenir les Serbes.

Plus tard, Jiang avait appris à l'école que le bombardier furtif qui avait tué son père venait du célèbre 509e Bomb Wing – l'escadre qui avait largué la bombe atomique en 1945, et carbonisé des dizaines de milliers de civils.

Décidément, cette unité avait l'habitude de tuer des Asiatiques innocents.

Il contemple la photo de Zhen, un cliché pris pendant leur lune de miel à Hawaï. En ce moment, elle est à Pékin, au chevet de son père malade. Elle travaille au siège du ministère, au 14 rue Dongchang'an, à la DRH.

Le grand-père de Jiang – Jiang Yun – était un paysan illettré jusqu'à ce qu'il rejoigne l'Armée rouge chinoise, et se batte à la fois contre les Japonais et les forces du Guomindang. Il est ensuite devenu un membre discret mais influent du parti à Shanghai. Il a vécu assez longtemps pour voir l'ascension de son fils, mais Jiang regrette amèrement que les Américains lui aient trop tôt enlevé son père, l'empêchant de voir à son tour la réussite de son fils.

Jiang effleure le visage de sa femme. Combien de fois a-t-il prié pour que ses futurs enfants grandissent dans un monde stable et en paix, une communauté planétaire reconnaissant enfin la place que mérite son pays.

Quel qu'en soit le coût.

Il ouvre le tiroir central de son bureau et en sort une carte de la Libye qu'il étale par terre. Bien sûr, il existe des centaines de cartes digitales haute définition dans les ordinateurs, capables de montrer en gros plan une seule fleur de la Roseraie de la Maison Blanche, ou le visage de chaque marin américain sur le pont d'un sous-marin nucléaire quittant la base de Kitsap dans l'État de Washington.

Mais consulter de telles cartes laisse des traces.

Et la discrétion est une seconde nature chez Jiang.

Du doigt, il trace une ligne du golfe de Syrte au djebel Nefoussa, puis examine l'échelle au bas du document. Pour se faire une idée des distances, il va chercher une règle sur son bureau.

Dommage qu'il ne connaisse pas l'endroit exact où se trouve le navire américain, mais poser la question risquait de susciter des soupçons.

L'officier de garde cette nuit – Liu Xiaobo – a raison. Les Black Hawk américains vont bientôt atterrir dans ces montagnes, avec peu d'essence dans leurs réservoirs. Bien sûr, ils peuvent être ravitaillés en vol, seulement tout le monde surveille la Libye : le pays du Milieu, la Russie, l'Iran, et bien d'autres nations. Des oreilles et des yeux électroniques la scrutent, et cette manœuvre pourrait susciter bien des questions.

Du bout de son index, il explore les petits triangles représentant les villages. Liu a doublement raison : Jiang a bien des « intérêts » dans ces montagnes.

Plus particulièrement quelqu'un. Et maintenant il se demande que faire.

Il laisse la carte et la règle au sol, retourne à sa table de travail. Il retire la chaînette qu'il porte autour du cou à laquelle est accrochée une petite carte magnétique qu'il insère dans le tiroir de droite. Un déclic se produit et le compartiment s'ouvre. Cette serrure électronique vient directement du fabricant américain Schlage – et non des fournisseurs officiels du ministère. Jiang est ainsi certain que personne ne peut ouvrir ce tiroir à son insu.

Au milieu des papiers, des clés USB, des carnets de notes et autres babioles, il trouve un téléphone satellite dernier cri, construit par Iridium – encore une société américaine. Son atout principal, c'est qu'on peut l'utiliser à l'intérieur d'un bâtiment. Les Occidentaux commencent à comprendre que les composants électroniques chinois qu'ils achètent à bas prix depuis des décennies contiennent des logiciels espions et des portes dérobées. Et Jiang a besoin de passer des appels sécurisés, qui ne pourront être repérés par ses propres concitoyens.

Puis il sort un carnet où sont inscrits plusieurs numéros.

Il allume l'appareil et attend quelques secondes, le temps de réfléchir à sa prochaine action.

Tuer des Américains. Tel est son chemin personnel.

Depuis cette nuit de mai 1999.

6

2 h 40, heure locale
Djebel Nefoussa, Libye

Dans l'air vif des montagnes, Nick Zeppos lève le bras, poing serré, pour dire à tout le monde de se taire. La colère monte en lui. Encore raté !

La troisième fois n'a pas été la bonne.

Il observe les petites bâtisses, remarque un chemin caillouteux qui monte vers une colline. Il hésite. Les hélicos continuent de tourner en rond, attendant de les ramener au *Wasp*. Tout le monde espère les voir rapporter des renseignements ainsi qu'un sac mortuaire, avec à l'intérieur la dépouille d'Al-Achid.

Mais ils vont revenir bredouilles. Et Spear One et Spear Two seront bientôt à court de carburant.

Il doit prendre une décision.

Nick Zeppos s'apprête à donner par radio le signal du départ quand il entend une cloche sonner.

Qu'est-ce que c'est que ça ?

Il s'engage sur le chemin.

Les tintements se font plus distincts.

Il sait que les hélicoptères vont manquer d'essence.

Pourtant il continue de marcher.

7

19 h 40, heure locale
Salle de crise de la Maison Blanche

Dans la pièce où la tension est à son comble, Pamela Barnes prend la parole pour la première fois :

— Pourquoi les Navy SEALs ne s'en vont-ils pas ? Je croyais qu'ils étaient limite en carburant ? Ils ne devraient pas s'attarder sur le sol libyen… sans compter que leur présence est illégale, dois-je le rappeler ?

Je brûle de lui répondre mais m'abstiens. Il y a des années, pendant ma formation chez les SEALs – la fameuse sélection BUD/S –, j'aurais pu rétorquer dans la seconde.

Mais je ne suis plus un Navy SEAL.

Juste le président des États-Unis.

C'est à d'autres de s'en charger.

À côté de moi, l'amiral McCoy, le chef d'état-major des armées, prend la parole :

— Madame la vice-présidente, la situation reste… gérable. Je suppose que nos hommes veulent tirer le maximum d'informations sur le terrain et voir s'il n'y a pas de cibles potentielles à proximité.

— D'autres questions, Pamela ? dis-je.

Elle me lance un regard noir. Je lui rends la pareille. Elle fait du bon boulot comme vice-présidente, a été une bonne gouverneure de Floride, et à deux doigts de se retrouver au bureau Ovale deux ans plus tôt pendant les primaires, mais elle ne sait pas se maîtriser et ne connaît rien à la chose militaire. Elle considère les SEALs et les autres soldats des Forces spéciales comme des jouets mécaniques, qui une fois lâchés foncent tout droit, exécutent les ordres, avant de revenir vite.

S'ils sont endommagés ou cassés en chemin, on en prend d'autres. On en a plein en stock.

— Monsieur le Président, reprend McCoy, regardez…

Je quitte Pamela des yeux et observe les silhouettes fantomatiques de nos soldats qui se déplacent au sol, filmés par nos drones.

D'autres constructions apparaissent.

Et un enclos avec de petits animaux à l'intérieur.

D'autres formes blanches commencent à apparaître sur les toits, armes au poing.

— J'ai l'impression que la situation évolue, déclare McCoy.

— Tant mieux.

8

2 h 40, heure locale
Djebel Nefoussa, Libye

Arrivée à proximité de la crête, l'équipe de Zeppos, agissant dans une coordination parfaite, se plaque au sol et se cache dans les fourrés pour éviter que leurs silhouettes ne se découpent en ombres chinoises dans le ciel. Zeppos scrute la scène, son HK416 entre ses mains gantées. Le sol est froid sous lui.

— C'est pas possible, murmure-t-il.

Sur sa gauche se trouve un petit parc à chèvres, clos par un muret. Quelques bêtes portent des cloches autour du cou.

Mais ce qui attire son attention, c'est la disposition des bâtiments – copie conforme de l'endroit où ils ont atterri plus tôt.

Une erreur de carte.

Une voix chuchote dans son oreillette. C'est l'un de ses hommes sur le flanc est.

— Ici Blake. Deux tangos au bâtiment sud-ouest. J'engage.

Il a repéré deux terroristes.

— Bien reçu.

D'un coup, une nouvelle énergie gagne Zeppos. C'est le bon endroit. À nous deux, Al-Achid !

Pfft ! Pfft ! Pfft ! Trois détonations étouffées se font entendre du côté du plus petit bâtiment. Deux hommes armés de kalachnikovs s'écroulent au sol.

Ce n'est pas un village de braves paysans ! Et adieu l'effet de surprise. Si tant est qu'on ne les ait pas repérés depuis le début.

Semper Gumby… Toujours flexible. Leur vieille devise.

Zeppos se redresse, et sa section passe rapidement à l'action, en silence, sans que personne ne crie « *go ! go ! go !* » comme dans les mauvais jeux vidéo. Juste un groupe soudé, se déplaçant en harmonie, accomplissant son travail avec efficacité, le plus discrètement possible.

Un homme, armé lui aussi, sort d'une des petites maisons. Zeppos le neutralise – *Pfft ! Pfft !* Il s'approche vite du corps qui gît au sol et lui met deux balles de plus dans le torse.

Désormais, les SEALs sont tout près de la grosse construction. Zeppos se souvient qu'avec les drones et autres systèmes espions au-dessus d'eux, tous leurs faits et gestes dans ce hameau de montagne, sont retransmis au centre de commandement des opérations spéciales à Bagram, au Pentagone, et dans la salle de crise de la Maison Blanche.

Malgré lui, il éprouve une certaine fierté, de la pression aussi, à l'idée que le président des États-Unis regarde leur progression à des milliers de kilomètres de là. Après tout, l'ancien vice-président et élu du Texas à la Chambre des représentants a été l'un des leurs autrefois ; il a accompli le même travail qu'eux, juste après l'attaque des Twin Towers.

On ne va pas vous faire faux bond, monsieur !

— Groupe d'assaut, murmure-t-il dans son micro. *Go.*

Deux SEALs quittent le groupe et s'approchent du bâtiment. Il est bien en vue. Et Zeppos retrouve calme et sérénité. D'une minute à l'autre, ses gars vont faire irruption dans la maison, et tous les hommes présents à l'intérieur recevront deux balles dans le torse, plus une dans la tête. Des photos de la cible seront prises, comme ses mensurations, ses empreintes digitales, et des échantillons ADN seront prélevés pour l'identification.

Assim, ça va être ta fête !

Les deux SEALs sont à la porte.

Elle est en métal et cadenassée.

Si tous les accès sont aussi barricadés, cela risque de prendre un peu de temps, songe Zeppos.

Les deux hommes font le tour de la bâtisse, à la recherche d'un point d'entrée.

Miller lui annonce à voix basse dans son oreillette :

— Un tango repéré.

Pfft ! Pfft !

Les SEALs sont arrivés sous une fenêtre de la maison. Ils s'apprêtent à l'enfoncer quand…

Une puissante explosion projette Zeppos au sol. Il a du sang et de la poussière plein la bouche. Il se redresse sur les genoux, fusil levé, aveuglé par la lueur intense.

Il bat des paupières, retire ses jumelles de vision nocturne, met sa main en visière pour se protéger de la lumière.

Le bâtiment est éventré, en flammes, au milieu d'un nuage de fumée.

Des coups de feu partent des deux autres constructions.

Zeppos se plaque à terre pour riposter.

— Au rapport…, demande-t-il. Au rapport…

Mais aucun de ses hommes ne lui répond.

Il tire encore deux fois.

— Rapport de situation !

Des balles sifflent à côté de lui, ricochent sur les pierres.

— Merde ! Merde, marmonne-t-il en mettant un nouveau chargeur dans son fusil d'assaut.

Il se remet à tirer sur les points lumineux qui clignotent sur le bâtiment en face de lui.

Désolé, monsieur le Président, nous avons échoué !

9

19 h 45, heure locale
Salle de crise de la Maison Blanche

— Contact ! annonce l'amiral McCoy. Combat engagé dans le deuxième bâtiment. Il semble que le premier endroit ait été une erreur.

Je me contente d'acquiescer.

Que faire d'autre ? me dis-je.

Une idée me trotte dans la tête : vais-je assister à un fiasco comme Carter ? Ou à un succès comme Obama ?

Le malchanceux Jimmy Carter, qui a autorisé, en avril 1980, une opération ambitieuse pour libérer les cinquante-deux otages de l'ambassade de Téhéran, laquelle avait viré en une débâcle pitoyable dans le désert.

Ou Obama la baraka, qui a suivi dans cette même pièce le raid contre Oussama Ben Laden, en mai 2011, qui s'était terminé en apothéose, avec ces mots en provenance d'Abbottabad : « Pour Dieu et le pays – Geronimo, Geronimo, Geronimo… Geronimo, ennemi tué au combat. »

Dans un coin de l'écran, je vois les hélicoptères qui attendent de récupérer nos SEALs indemnes avec, comme nous l'espérons, des disques durs d'ordinateur, des documents, des clés USB, des téléphones et…

Soudain, un immense éclair brouille l'image.

J'entends des chuchotements dans la salle.

— Que s'est-il passé ? s'enquiert Pamela Barnes.

Je ramasse un autre stylo et le serre dans mon poing.

Je ne peux rien faire d'autre.

Nous sommes impuissants, et eux sont sur le terrain. Une fois encore, une opération militaire, planifiée avec soin, vole en éclats.

L'ennemi réserve toujours des surprises, nous disait-on en formation.

— Il y a un problème, déclare McCoy.

— C'est évident, dis-je.

— Comme vous l'avez vu… le bâtiment vient d'exploser.

— Ce sont les SEALs qui ont fait ça ? demande Pamela.

— Non, madame, répond l'amiral. L'explosion vient de l'intérieur. Ce ne sont pas nos forces au sol qui en sont à l'origine. Ni nos appareils en vol.

Le capitaine de la Navy et le colonel continuent de chuchoter des informations à McCoy.

— Compris, dis-je.

En haut de l'écran, le bâtiment en ruine apparaît plus distinctement. Les silhouettes des SEALs se meuvent tout autour. L'une s'écroule. Puis une autre.

Nos meilleurs soldats tombent en terre étrangère. Blessés ou tués.

Je hoche de nouveau la tête.

Dans la pièce, les visages sont blêmes, figés de stupeur.

Nous devons attendre.

— Les hélicoptères peuvent encore les exfiltrer ?

De nouvelles messes basses frémissent à côté de moi.

— Oui, monsieur. Vous voulez que…

— Non. C'est à nos hommes là-bas de décider.

— Bien, monsieur.

J'attends encore.

La vice-présidente me regarde fixement, la bouche pincée, ses cheveux blonds toujours impeccables.

McCoy s'éclaircit la gorge.

— Monsieur… les SEALs se préparent à quitter la zone. Ils… ils ont des pertes.

— Combien ?

— Deux tués. Et au moins trois blessés.

Merde.

— Et Al-Achid ?

Pas de réponse. Encore des murmures entre les officiers.

Je lâche mon stylo et tape sur la table.

— Amiral ! Je veux un rapport sur Al-Achid !

10

2 h 45, heure locale
Djebel Nefoussa, Libye

Sa jambe gauche lui fait très mal. Au niveau du tibia. Nick Zeppos baisse la tête et découvre son pantalon déchiré et le sang qui ruisselle.

Merde ! Il faut se sortir de ce guet-apens. La grande maison a explosé voilà quelques instants et est à moitié écroulée. Il y a encore de la fumée, et des petits foyers çà et là. On tire toujours de la crête, mais c'est désordonné et aléatoire. Lopez, le meilleur sniper de la section, les élimine un à un, avec son MK-13 Remington.

Les chèvres, paniquées après l'explosion, courent en tous sens dans leur enclos, en quête de quelqu'un pour s'occuper d'elles.

Vous pouvez toujours attendre, les biquettes ! s'agace-t-il.

Herez, un autre de ses hommes, s'approche de lui.

— Les blessés sont stabilisés, chef, annonce-t-il.

Ils vont s'en sortir. Mais deux morts, c'est cher payé.

Prudhomme y est resté, un brave gars de La Nouvelle-Orléans. Le pire cuistot de l'unité, malgré ses origines cajuns.

Et Kowalski.

Celui qui voulait planter la tête d'Al-Achid sur une pique et rapporter son trophée au bureau Ovale.

Trois autres soldats sortent des décombres fumants en toussant et courent vers lui.

Picabo lui fait son rapport :

— Personne en âge de combattre, pas d'ordinateurs, pas de dossiers… rien de rien ! Juste des matelas, des poêles et des boîtes de conserve.

Sept terroristes ont été abattus. Après un rapide examen, il est établi qu'aucun d'eux n'est Assim Al-Achid. Zeppos crache encore, regarde ses hommes s'occuper des trois blessés, tandis que Wallace veille sur les corps de Prudhomme et Kowalski.

— Autre chose ?

Picabo est pris d'une nouvelle quinte de toux.

— Oui, chef. Désolé. Il y a des civils tués là-dedans.

— Merde.

Les tirs en haut de la colline ont cessé. Sa jambe le fait souffrir. Le bâtiment soufflé par l'explosion fume toujours. Rien ici ne justifiait cette expédition, et encore moins ces morts et ces blessés.

— Ces salopards savaient qu'on arrivait ! peste Picabo.

— C'est sûr.

— On évacue, chef ?

Zeppos ouvre le micro de sa radio.

— Oui. Tirons-nous de là !

11

19 h 49, heure locale
Salle de crise de la Maison Blanche

Sur l'écran, je vois les flammes et des colonnes de fumée s'élever de la maison – la cible de cette opération qui a viré au désastre. L'image prise d'en haut s'élargit ; les deux Black Hawk s'approchent pour récupérer la section. Je regarde les silhouettes blanches des SEALs se frayer un chemin vers les appareils, certains sont soutenus par leurs camarades.

Deux groupes progressent plus lentement parce qu'ils portent les morts.

— Monsieur le Président…, commence McCoy.

— On vous écoute.

— Assim Al-Achid n'était pas là. (Des soupirs de déception fusent autour de moi.) Sept terroristes ont été abattus. Après vérification, aucun ne correspond à la cible.

Tous les regards se tournent vers moi.

Cette pièce bondée est l'endroit sur terre où l'on se sent le plus seul.

— Ils ont pu récupérer quelque chose de valeur ?

— Non, monsieur. Quelques pamphlets djihadistes, les cartes d'identité des terroristes morts. C'est tout. Pas d'ordinateurs, pas de clés USB, pas de téléphones portables.

Je regarde les hélicoptères décoller. Rapidement, il ne reste plus à l'écran que des images de fumée et de mort.

— Les Black Hawk ont assez de carburant pour regagner le *Wasp* ?

— Ce n'est pas certain, avoue l'amiral McCoy, mais on va gérer ça. Le *Wasp* peut manœuvrer et se rapprocher de la côte, ou bien nous les ravitaillerons en vol quand ils seront au-dessus de l'eau.

Je contemple fixement l'écran, où quelques minutes plus tôt des braves se battaient pour leur pays, pour moi…

— Amiral…

— Monsieur le Président ?

Je sens la déception des membres de mon équipe. Ils étaient tous impatients de me voir annoncer à la télévision qu'Assim Al-Achid a été tué ou capturé. Ils auraient tant aimé raconter plus tard la scène à leurs amis, leurs enfants, leur dire combien c'était une expérience unique d'être assis à côté du président des États-Unis en ce jour historique.

— Des civils ? dis-je. Des civils ont été tués ?

McCoy répond sans tergiverser :

— Oui, monsieur. Une femme et trois fillettes. D'après les informations des SEALs, il s'agit de la femme d'Al-Achid et de ses trois filles.

Ce n'est vraiment pas bon, ça.

— Tuées par nous.

— Tuées par l'explosion, rectifie McCoy.

— Mais l'explosion a eu lieu parce que nous étions là. Une balle perdue qui a frappé une bombe artisanale, ou un tir de roquette sur un tas d'explosifs… quelque chose comme ça.

La pièce devient d'un coup silencieuse.

Je lance à la cantonade :

— Est-ce que quelqu'un peut couper ces images ?

Dans la seconde l'écran s'éteint. *Au moins, une action menée à bien ce soir !*

Je me tourne vers Jack Lyon, mon directeur de cabinet – un type en surpoids, avec des cheveux bruns coiffés en arrière, qui porte de grosses lunettes rondes. Il fait de la politique depuis des années et a été nommé par mon prédécesseur. Je l'ai gardé parce qu'il a ses entrées un peu partout, et qu'il sait passer le bon coup de fil aux bonnes personnes, ce qui vaut de l'or dans la jungle dorée de cette ville.

— Jack.

— Monsieur ?

Je consulte l'horloge. Il est bientôt 20 heures. Trop tôt.

— Appelez les médias, les grandes chaînes comme les locales. Je vais faire un communiqué à 21 heures. Lorsque les SEALs seront de retour sur le *Wasp*.

Tout le monde me regarde. Je perçois des murmures d'incompréhension.

— Les grandes chaînes ne vont pas vouloir interrompre leurs programmes, réplique Jack. À moins de les informer de ce que vous voulez annoncer, monsieur le Président.

— Pour qu'ils lâchent tout dans la minute ?

— Accordez-leur un flash info cinq minutes avant. Il faut leur donner quelque chose.

— D'accord. Dites-leur qu'à 21 heures, je prévois d'informer le monde qu'une opération militaire visant Assim Al-Achid a eu lieu ce soir mais qu'elle n'a pas atteint ses objectifs.

Ne jamais parler « d'échec », les Américains n'aiment pas ce mot.

— Monsieur le Président, intervient Sandra Powell, ma conseillère à la Sécurité nationale, je crois que nous devrions nous donner du temps, attendre de connaître les faits et…

Je lève la main pour l'interrompre.

— Non. Pas ce soir. On a merdé. Des civils sont morts. Ce ne sont pas nos méthodes. C'était un accident, dans le feu de l'action, mais je ne veux pas que mon gouvernement fasse l'autruche, genre : « Pas de commentaire tant que toute la lumière n'est pas faite sur l'affaire. » Pas de langue de bois. Les Navy SEALs sont allés là-bas – sous mes ordres et sous mon autorité – et ils ont accompli leur mission. Ça s'est mal passé. Et des civils innocents ont péri. Ce qui relève de notre responsabilité.

La salle demeure silencieuse.

Pridham Collum, le secrétaire à la Défense, s'éclaircit la gorge :

— Si je peux me permettre, monsieur le Président, les troupes sur le terrain risquent de ne pas apprécier.

— Pridham, à votre avis qui sait mieux ce que ressentent nos soldats ? Un vétéran, ou un gars qui sort d'une école de commerce ?

Je regrette aussitôt mes paroles.

Le visage de Collum s'empourpre. Il baisse les yeux sur ses papiers.

Je me tourne vers mes conseillers.

Surtout ne rien montrer.

— Ce soir, j'expliquerai le but de la mission et ferai la liste des crimes perpétrés par Al-Achid depuis toutes ces années. Je dirai que j'ai demandé aux SEALs de lancer ce raid, suite aux informations et renseignements qui nous ont été fournis, et que j'exprime mes regrets sincères pour ce qui s'est passé dans ce hameau.

— Des excuses, monsieur ? intervient Jack Lyon avec moult précautions.

— Oui, des excuses. C'est nécessaire. Nous sommes responsables.

— Monsieur le Président, insiste Sandra Powell, sauf votre respect, ce serait une grosse erreur. Vous allez saper notre crédibilité et notre autorité dans cette partie du monde. Nos alliés – qui n'hésiteront pas à officiellement louer notre courage – vont penser que c'est un aveu de faiblesse.

Je ramasse stylos, papiers, bloc-notes et me mets debout. C'est l'un des privilèges de la fonction : lorsque le président se lève, les débats sont clos.

— Si être faible, c'est assumer la responsabilité de nos erreurs, dis-je, alors nous serons faibles.

Si quelques personnes ont dans l'idée d'intervenir avant que je quitte la salle, Pamela Barnes, la vice-présidente, reste de marbre.

12

21 h 06, heure locale
Résidence de la vice-présidente,
Observatoire naval des États-Unis

Après une longue douche au Number One Observatory Circle, sa résidence officielle à Washington, Pamela Barnes a revêtu le peignoir bleu qu'elle portait déjà au palais du gouverneur à Tallahassee. Comme chaque soir, après avoir pataugé toute la journée dans les sables mouvants de la politique, elle se détend dans son fauteuil, avec un verre de Glenlivet-glace à la main. Son mari est à ses pieds – littéralement.

Il est agenouillé et masse ses orteils endoloris et meurtris, un mal qui l'afflige depuis qu'elle est entrée en politique, voilà des années.

Le luxueux salon – décoré de meubles anciens et de tableaux de maîtres – est faiblement éclairé. Devant elle, sur le grand écran de télévision, le président des États-Unis termine sa déclaration.

— … en coordination avec la Croix-Rouge, j'ai demandé à mon département d'État de lancer une procédure de dédommagement pour les familles de ceux qui ont malencontreusement péri suite à l'intervention de nos soldats qui…

Tandis que ses grosses mains continuent de faire pénétrer la crème hydratante, le mari de Pamela Barnes lâche un grognement.

— Quel idiot ! C'est donner de l'argent aux terroristes ! Carrément un chèque en blanc ! Cette manne va bien évidemment finir dans les poches d'Al-Achid.

Pamela boit une gorgée de whisky. Son petit vice, le seul qu'elle s'autorise chaque soir. Un verre, pas plus. Elle a vu à Tallahassee toutes les carrières gâchées à cause de l'alcool et du manque de discernement qui en résultait.

— Le Trésor prétend qu'on peut éviter ça. Il suffit de créer des fonds auxquels seules certaines personnes ont accès, des opérations parfaitement traçables, pour éviter que l'argent serve à acheter du C-4 ou des munitions.

Richard Barnes passe une nouvelle couche de crème de ses mains puissantes. Il était éleveur de bétail dans le comté d'Osceola et a fait fortune, des années plus tôt, en vendant une partie de ses terres à un casino. Pamela l'a rencontré lorsqu'elle était sénatrice de Floride et qu'il siégeait à la Chambre des représentants. Au début, c'est son physique imposant qui l'avait attirée ; il avait l'air aussi fort qu'un bœuf. Il était si différent des membres proprets de la chambre basse, avec leurs jolis costumes. Et il s'était révélé d'une intelligence politique hors pair.

Grâce à son talent de stratège, elle avait obtenu le fauteuil de gouverneur, et à quelques voix près elle aurait pu gagner la Maison Blanche – un rêve qu'elle avait été à deux doigts de réaliser !

Quelle lopette ! se dit-elle, en avalant une nouvelle gorgée. Elle songe au sénateur de l'État de Washington, cet être mielleux, qui n'avait pas eu la bonne idée de casser sa pipe avant la fin des primaires et avait choisi Matt Keating comme VP, la faisant passer à la trappe. Et maintenant, des écoles, des routes allaient porter son nom alors que ce crétin ne lui avait pas donné le poste qui lui revenait de droit.

— … l'opération conjointe de nos forces armées a été lancée à ma demande, et les soldats ont suivi mes ordres, avec la bravoure et l'excellence qui les caractérisent, poursuit Keating. S'il y a quelqu'un à blâmer pour ce qui s'est produit ce soir, pour ces civils qui ont trouvé la mort, c'est moi. Et moi seul. Nos armées ont accompli un travail exemplaire et irréprochable, en suivant mes instructions.

Richard reprend le massage de ses pieds. Dieu qu'elle aime ça, et qu'il est doué !

— Ils ont merdé, de vrais branques ! Et tu as beau sortir le drapeau et tout le tralala, ça ne va pas t'aider, Navy Boy ! Les électeurs n'aiment pas les plantades. Et ils aiment encore moins que l'Amérique présente ses excuses… et, pire, qu'elle donne du fric aux terroristes.

— Richard, s'il te plaît…

Il arrête de la masser et la regarde de ses yeux gris.

— Maintenant, Pamela, tu vas m'écouter. Tu vas ouvrir grand tes oreilles et ne pas m'interrompre.

Elle boit une nouvelle gorgée de Glenlivet.

— Vas-y. Je suis tout ouïe.

— Toi comme moi savons que Keating a peut-être les électeurs de son côté, mais qu'il n'a pas de vrais soutiens, en particulier dans le parti. Nous avons un tas de personnes influentes, aux poches bien pleines, qui n'ont pas la mémoire courte, des gens qui estiment que tu t'es fait avoir à la convention de Denver. Si Lovering avait eu des couilles, il t'aurait choisie comme vice-présidente et, aujourd'hui, c'est toi qui serais à la Maison Blanche, pas ce cul-terreux du Texas. Et si tu étais à sa place, tu ne serais pas en train de présenter tes excuses à la télévision.

La chaleur du whisky gagne tout son corps ; ses pieds ne la font plus souffrir…

— C'est de l'histoire ancienne, Richard. Il faut tourner la page.

Il s'essuie les mains sur une petite serviette blanche puis se relève.

— L'histoire, c'est à nous de l'écrire, Pamela. Tu sais comment ça marche. Sa cote va monter un peu parce qu'il va passer pour un gars qui a des couilles, mais en coulisses ce sera une autre histoire. Quel signe de faiblesse, cette allocution ! Alors que des Navy SEALs, deux héros, sont tombés. Avec ces excuses honteuses, c'est comme s'il crachait sur leur courage et leur mémoire. Il fait penser à un petit fayot à l'école. À cela, tu ajoutes son incapacité totale à tenir sa bonne femme… Dans six mois, il est à poil, sans aucun soutien.

Au fil des années, le franc-parler de Richard et ses manières rustres avaient dupé beaucoup de ses opposants, qui se croyaient supérieurs. Mais Pamela avait appris à se fier au bon sens de son mari.

— Et dans moins d'un an, il y a les caucus de l'Iowa et les primaires dans le New Hampshire, renchérit-elle.

Il acquiesce, satisfait.

— Tu as tout compris, ma chérie. Alors voilà, laisse-moi tâter le terrain, parler à quelques personnes, pour recenser nos forces. Il y a plein de gens dans le parti qui sont prêts à lâcher Keating et à te soutenir quand le moment sera venu. C'est à nous de décider de la date du grand changement.

À la télévision, le président termine son allocution :

— Je vous remercie de votre attention et vous souhaite une bonne soirée.

La vice-présidente prend la télécommande et éteint le poste. Elle termine son verre.

— D'accord, Richard. Fais ce qu'il faut.

13

4 h 05, heure locale
Ambassade de la République populaire de Chine, Tripoli

Dans une petite pièce à côté des grandes cuisines de l'ambassade, Jiang Lijun, du ministère de la Sécurité de l'État, et quelques membres de l'équipe de nuit regardent CCTV-13, la chaîne info de la télévision d'État chinoise, sur un poste suspendu dans un coin.

À l'écran, le président américain fait sa sinistre déclaration, tandis qu'au-dessous défilent les sous-titres en chinois. Liu Xiaobo, l'employé de garde qui a prévenu Jiang, est assis à côté de lui à la table ronde.

— Incroyable, non ? lâche Liu.

Jiang acquiesce tout en buvant une tasse de Da Hong Pao.

— Je suis bien d'accord.

Liu secoue la tête, incrédule.

— Cet idiot présente ses excuses pour ce qui s'est passé cette nuit. Un *mea culpa* ! Vous imaginez notre président s'excuser ? Jamais il n'oserait ! Et s'il tentait ça, le présidium l'en empêcherait aussitôt. Il pourrait même le destituer.

Jiang esquisse un sourire, avale une nouvelle gorgée de son précieux thé oolong.

— Dans deux ans, les électeurs américains pourront le destituer, s'ils le veulent.

— C'est vrai. Et ce serait un beau cadeau pour nous.

— Absolument, renchérit Jiang qui regrette le temps de son prédécesseur. Depuis que Keating est aux commandes, il n'a pas arrêté de nous mettre la pression, de s'opposer à nous, de nous humilier… Et de se plaindre auprès de l'Organisation mondiale du commerce, et de nous poursuivre pour vols de brevets et atteintes aux copyrights… Il a même envoyé des bateaux et des avions près de nos bases en mer de Chine méridionale. Comme si ces eaux lui appartenaient.

Jiang observe le président américain, faussement humble, exprimer ses regrets. Liu a raison. Jamais leur propre président ne s'abaisserait ainsi, en pleurnichant devant les caméras. Jamais !

C'est pour cette raison que nous finirons par l'emporter, songe Jiang.

Pas d'excuses.

Juste l'action d'une puissance mondiale reprenant la place qui lui est due.

Liu tapote la cendre de sa cigarette dans sa soucoupe.

— Ce serait bien, camarade Jiang, lorsque le temps viendra pour les Américains de voter, que ce raid raté et ce discours pathétique signent la fin de Keating.

Jiang hoche la tête avec satisfaction, songeant à l'appel qu'il a passé moins de deux heures plus tôt. Il l'a fait pour son pays, bien sûr, mais aussi pour ses futurs enfants.

— Oui, ce serait un beau *happy end*.

14

8 heures, heure locale
Djebel Nefoussa, Libye

Dans une grotte au cœur des montagnes, Assim Al-Achid est assis en tailleur sur une couverture. Il attend. Sa tasse de tchaï est quasiment vide. L'air froid découpe les cimes, comme des dents de scie. Il a posé sur ses épaules une couverture spéciale, cadeau de ses amis chinois, conçue pour dissimuler son empreinte thermique et être indétectable par les appareils espions qui le traquent sans cesse. La couleur du tissu est identique aux rochers alentour, et un drone passant au-dessus de la caverne ne pourra pas le repérer, même avec une caméra high-tech.

Dans le petit sac à dos à ses pieds, il y a son coran, des affaires de rechange, de la nourriture, de l'eau. Il a calé sa kalachnikov contre la paroi. Et glissé un pistolet Tokarev dans sa ceinture.

Quelques mètres derrière lui, plus profond dans la grotte, se trouve son estafette qui lui a annoncé la mort de toute sa famille. Un peu plus tôt cette nuit, dans son trou, Assim a rêvé de démons et de djinns qui déchiquetaient sa femme et ses filles. Avec l'arrivée de son messager, voilà quelques heures, le cauchemar est devenu réalité.

Innâ lillahi wa innâ ilayhi râji'ûn, recommence-t-il à prier. *C'est à Dieu que nous appartenons et c'est à Lui que nous retournons.*

L'émissaire ne bouge pas, ne parle pas. Il est adossé au rocher, enveloppé dans une bâche en plastique.

Assim ne craint pas la solitude, ni le froid, ni la rudesse des montagnes. Il a pourtant connu les grands restaurants, les hôtels de luxe, les universités de New York, Londres, Paris et Berlin. Il a séjourné dans ces villes à maintes reprises, pour distribuer de l'argent à ses fidèles, s'assurer de leur soutien quand l'heure viendrait. Mais il a compris que la vie en Occident, avec toutes ses tentations, incite à l'oisiveté et aux distractions impies. Il en a mesuré le danger, pour lui comme pour ses frères et sœurs.

Il contemple ses mains abîmées et rugueuses. Quand il était étudiant, ces mains-là étaient douces et lisses – il souhaitait alors devenir chirurgien. Grâce à la générosité d'une tante qui habitait en Tunisie, il avait pu passer presque un an à l'université de Tunis El Manar, pour commencer sa formation. Là-bas, il avait fait la fête, bu de l'alcool, connu des filles, mais aussi beaucoup étudié. Une belle vie en Occident lui tendait les bras… jusqu'à ce que l'appel du djihad devienne trop fort.

Assim effleure de ses doigts ses mains déjà usées.

Une autre vie.

Le soleil vient de se lever. Au milieu des rochers, il s'efforce de retrouver calme et sérénité. Un siècle avant lui, Omar Al-Mokhtar, paix à son âme, a organisé la résistance contre l'envahisseur italien. Le saint homme a vécu dans des montagnes semblables à celles-ci, et combattu ces peuples colonialistes d'Europe qui, depuis des millénaires, convoitent ces terres.

Al-Mokhtar a toujours été son modèle.

Sa terre, son peuple, sa famille.

Il perçoit du mouvement à l'extérieur.

Assim prend sa paire de jumelles Zeiss pour scruter le chemin en contrebas.

Là ! Un couple. Ils avancent avec précaution sur le sentier pierreux et étroit. Ils bavardent en riant. Le rouge de leurs sacs à dos contraste avec le brun de la roche. L'homme paraît costaud, et jeune. Il a des cheveux aussi blonds que ceux de la femme. À quelques dizaines de mètres sous la cache d'Assim, ils s'arrêtent et continuent de parler.

L'homme aide la femme à ôter son sac. Sa polaire, très près du corps, laisse voir les rondeurs des seins. Puis il se débarrasse à son tour de son barda. Ils discutent encore un peu, s'esclaffent, puis l'homme se remet à gravir la sente et se rapproche de la grotte.

Assim se saisit de son pistolet.

Un faucon apparaît dans le ciel bleu, profitant des courants thermiques du matin.

L'homme aux cheveux blonds s'arrête devant l'entrée de la caverne, se retourne et fait un signe à la femme, qui lui répond en agitant le bras. L'homme baisse la tête et pénètre dans l'abri. Une fois ses yeux habitués à la pénombre, il lance :

— *As-salam alaykoum,* mon cousin.

— *Wa alaykoum salam,* répond Assim à son cousin Faraj.

L'homme s'assoit en tailleur devant lui.

Un long silence s'installe.

— Qui est cette pute avec toi ?

— Une étudiante danoise. Je l'ai rencontrée dans une boîte de nuit à Tripoli. Elle fait de la randonnée ici et en Tunisie, pour visiter les ruines romaines. Je lui ai dit qu'il y en avait ici, cachées dans les montagnes, et elle a accepté de faire le trajet avec moi. Je lui ai sorti les jolies paroles que j'ai apprises à l'université. Un jeu d'enfant.

— Et elle t'a cru ?

Son cousin touche ses longs cheveux blonds.

— C'est une imbécile. Elle gobe n'importe quoi.

Se souvenant de ses années étudiantes, Assim hoche la tête.

— Quand pourrai-je retrouver mes cheveux bruns ? demande Faraj. Je me sens comme un *ahmak*. Totalement ridicule.

— Quand je te le dirai, réplique Al-Achid. Ces cheveux décolorés et cette pute te protègent quand tu te promènes dans ces montagnes. Aucun drone américain n'ira croire que deux randonneurs blonds sont des ennemis.

— Oui, mon cousin.

— Et tu as bien fait de prendre cette fille avec toi aujourd'hui. C'est très intelligent.

— Merci.

Assim se tait un moment.

— Pardonne ma curiosité, mon cousin, demande finalement Faraj, mais c'est Ali derrière toi ?

— Oui.

— Je vois qu'il est mort.

— Il est venu m'annoncer la mort de ma Leïla et de mes trois filles. J'ai voulu en savoir plus, il n'a répondu à aucune de mes questions. Et quand j'ai insisté, il s'est agacé…

Sa voix chevrote un court instant.

Allah, donne-moi le courage ! songe-t-il.

— Je ne l'ai pas supporté, reprend-il. Alors je lui ai ouvert la gorge.

— Je comprends, mon cousin.

Al-Achid sent la force lui revenir. *Merci, Allah !*

— Je t'écoute. Raconte-moi ce que tu sais.

— Les Américains sont arrivés il y a six heures. Nos combattants avaient été prévenus. Il y a eu une bataille. La maison, où se trouvaient les munitions et le matériel pour notre opération à Tripoli, a explosé. Tes femmes… on les a retrouvées à côté du bâtiment, leurs corps couverts. (Faraj crache au sol.) Comme si ces chiens avaient du respect !

— Dans un jour ou deux, tu retourneras là-bas et tu enterreras leurs dépouilles. Et marque l'emplacement des tombes. Un jour, j'irai leur rendre visite, *inch'Allah*.

La jeune femme restée plus bas appelle. Sa voix résonne dans l'air vif de la montagne.

— La pute s'impatiente, mon cousin, annonce Faraj. Il faut que je parte. Si je peux faire autre chose pour toi, dis-le-moi.

— Le président américain… ce Keating. Il a une fille, n'est-ce pas ?

— Oui.

— Je vais y réfléchir.

— Tu veux que…

— Non. Pas maintenant. Il nous faut être patients.

Faraj se lève, se penche et baise la main que lui tend Al-Achid.

— Je pleure la mort de tes femmes, Assim.

— Merci mon cousin. Elles sont… étaient une joie et une bénédiction dans ma vie.

Assim se tait. Sa gorge se serre.

— Qu'est-ce que je fais pour la pute ? Je la tue ? demande Faraj en se dirigeant vers l'entrée de la grotte.

— Non. Ce n'est pas l'heure pour elle. Sa mort susciterait trop de questions. Quand tu seras rentré chez toi, tu pourras retrouver tes cheveux bruns. Tu m'as bien servi.

— Tout sera fait selon tes souhaits.

Faraj s'en va. Al-Achid ne bouge pas, il n'a pas un regard pour cette étudiante qui patiente sur le chemin – elle devrait pourtant remercier son dieu pour le restant de ses jours, elle a failli être envoyée au paradis aujourd'hui !

Le corps d'Ali commence à se décomposer. Assim va devoir partir d'ici.

Mais pas tout de suite.

Sa famille, sa femme, ses filles. Toutes mortes. C'était la volonté d'Allah, cependant…

Le chagrin est un tison ardent dans son ventre.

Le faucon plane dans le ciel. Il se déplace dans le silence, lentement, innocemment, et pourtant il est en chasse. Al-Achid attend lui aussi le bon moment pour frapper.

15

Jour de l'investiture
Bureau Ovale

Ce matin, alors qu'un groupe de photographes prend les derniers clichés du président Keating et de sa charmante famille, je perçois la tension de Samantha. Dans quatre heures, je serai l'ex-président Matthew Keating. J'ai passé mon bras gauche sur les épaules de ma femme, et le droit sur celles de Melanie. Je sens que ma fille, en digne ado, brûle de s'éloigner de son vieux père. Samantha, en revanche, est aussi solide qu'un roc.

L'une des assistantes du bureau de presse de la Maison Blanche intervient :

— Merci messieurs, merci beaucoup. Mais nous avons un planning très chargé aujourd'hui.

Comme si elle menait un troupeau de brebis, elle conduit les journalistes vers la sortie.

Ce n'est qu'une séance photo, mais depuis des décennies le pool de reporters accrédités se fait un devoir de pousser toujours plus loin les limites. Ce jour historique est une aubaine à ne pas manquer.

— Monsieur le Président, avez-vous laissé un mot sur le Resolute pour la Présidente élue ?

— Un commentaire ? des regrets ? pour ce dernier jour sous votre administration ?

— Quel effet cela vous fait d'être le premier président à perdre sa réélection au profit de sa vice-présidente ?

Les épaules de Samantha se raidissent. Je garde le sourire tandis que la meute est entraînée vers les portes où se tient l'agent du Secret Service. Le battant légèrement incurvé se referme sur les journalistes et nous nous retrouvons seuls.

Mel s'écarte aussitôt.

— Je pensais qu'ils n'allaient jamais s'en aller ! Et, bien sûr, ils n'ont pas pu s'empêcher de balancer des saloperies.

Elle porte une robe verte et une veste jaune. Ses cheveux blonds – d'ordinaire une tignasse frisée – sont coiffés avec soin pour l'occasion. Ses lunettes à monture transparente encadrent ses yeux bleu pâle de myope et astigmate.

— M'man, avant de partir, je peux aller jeter un dernier coup d'œil dans ma chambre ?

— Au cas où tu aurais oublié un jouet ? dis-je.

Elle roule des yeux.

— Exactement. Je cherche ma Barbie.

— Celle en tenue de kung-fu ou celle avec les pistolets de cow-boy ?

Elle m'adresse une nouvelle grimace.

— C'est bon, papa… je vous retrouve tout à l'heure.

— Mais pas de bêtises, hein ? intervient Samantha. On a un emploi du temps chargé.

— Promis, m'man.

— Et pendant que tu y es, tâche de retrouver ces lunettes que tu as perdues le mois dernier.

— M'man ! À t'entendre, je l'ai fait exprès.

Samantha sourit.

— Allez, file. Et ne sois pas en retard.

Mel quitte le bureau Ovale, passe devant l'agent qui murmure quelque chose dans le micro fixé à son col, sans doute : « Hope se dirige vers les appartements. » Je prends une grande inspiration dans l'espoir d'alléger le poids qui m'oppresse. J'ai passé les six mois les plus sinistres et déprimants de mon existence depuis que Pamela Barnes m'a battu à notre convention de Chicago. Et, beau joueur, j'ai appelé le parti à s'unir derrière sa candidature.

Après cette défaite, j'ai eu l'impression de purger une peine de prison. Pendant qu'elle menait campagne pour la présidentielle, je me sentais coincé, quasiment pieds et poings liés. Comme elle n'a jamais sollicité mon aide, j'ai eu largement le temps de ruminer mon échec aux primaires. Même si je l'ai devancée – certes, d'une courte tête – au nombre de voix, elle a raflé les caucus et gagné davantage de superdélégués, et ainsi remporté la nomination.

Sur les conseils de son mari sans scrupule, elle n'a pas hésité à se servir de l'opération ratée en Libye et de mon intervention télévisée pour me faire passer à la fois pour un faible et un va-t-en-guerre. Un joli coup de com qui a trouvé écho dans la presse politique ainsi que chez les jeunes électeurs toujours à l'affût de nouveauté.

J'aurais dû chercher un moyen de parer l'attaque et gagner ces primaires. Mais un ancien Navy SEAL a plus d'expérience pour les batailles à l'autre bout de la planète que pour le combat politique sur ses propres terres. Et cela m'a été fatal. Je m'en voulais tant qu'à deux reprises j'ai failli démissionner, pour lui laisser les rênes sans attendre l'élection présidentielle de novembre.

Je n'ai cependant pas pu m'y résoudre. Un SEAL digne de ce nom n'abandonne jamais avant que sa mission ne soit terminée. Un président non plus.

Samantha pousse un long soupir. Elle porte une robe bordeaux et a relevé ses cheveux bruns en une coiffure savante. Elle n'a qu'une simple chaîne autour du cou. Lors de notre première rencontre à San Diego, j'ai été saisi par sa beauté et sa peau hâlée parfaite. À l'époque, j'étais en formation, et elle terminait à Stanford un doctorat en anthropologie et menait des recherches sur les villages précolombiens.

Pendant des années, je lui ai répété qu'elle avait le physique pour être mannequin, ce qu'elle a toujours contesté, prétextant qu'elle avait un nez trop gros. Évidemment, c'est totalement faux.

— Tu crois qu'on peut faire confiance à Mel pour revenir à temps ? me demande-t-elle.

— Elle déteste être en retrait. Donc, oui, je pense qu'elle sera à l'heure.

— Il nous reste combien de temps ?

Je consulte ma montre.

— Dans cinq minutes, on doit avoir quitté les lieux.

— Tu peux me rendre un service ?

— Bien sûr. Je suis encore le président pour quatre heures. Tu veux que je bombarde l'Albanie ?

— Plutôt le comité de titularisation de Stanford !

Je vois dans le regard de ma tendre épouse une rancœur tenace.

— Donne-moi les coordonnées GMS et j'envoie les B-52 !

Elle me prend la main et m'entraîne sur l'un des deux canapés beiges. Je pense à toutes les personnes que j'ai reçues ici – du Premier ministre israélien à la délégation des Girls Scouts, dont leur championne de vente de cookies…

— Malgré ma haute fonction, je suppose que je ne parviendrai pas à te faire changer d'avis ?

Elle me caresse la main.

— Même lorsque tu étais chez les SEALs, tu n'y es pas arrivé, Matt.

— C'est pour quand ?

— Plus tôt que prévu. L'université de Boston m'avait parlé d'un créneau au deuxième semestre dans leur département d'archéologie, et c'est tombé ce matin. Une chaire complète. Et j'ai accepté. Je commence la semaine prochaine.

Sous mon crâne, c'est la tempête. Je décide pourtant de rester mesuré.

— Félicitations. Je sais que ça compte beaucoup pour toi. Tu vas faire un super boulot là-bas.

— Ils disent que tu pourrais aussi…

— Merci, mais c'est toujours non.

Ma femme super-brillante et super-savante a décroché son poste de professeur avec de belles opportunités de recherches. Je ne vais certainement pas prendre la place d'un enseignant pour donner des conférences sur la politique, la démocratie et que sais-je encore !

Sam part pour Boston, et moi je vais au fin fond du New Hampshire où nous avons acheté notre maison. Dès le début de mon court séjour à la Maison Blanche, je savais que ce moment viendrait. Un jour, elle ne serait plus l'épouse du président et elle reprendrait les commandes de sa vie. Et c'est exactement ce qu'elle fait, en femme avisée et intelligente.

Je serre sa main dans les miennes.

— Les médias vont se délecter, poursuit Samantha. Une First Lady, qui n'a jamais trouvé sa place à Washington, abandonne enfant et mari pour aller creuser des trous au fin fond du pays.

— On s'en fiche.

— Ils auront raison, Matt. Toi et moi savons que je n'étais pas taillée pour cette vie, pour cette fonction d'apparat. Ils vont encore nous casser du sucre sur le dos. Je les vois déjà se frotter les mains !

— Annonce-leur que tu pars faire des fouilles à Oak Island, ça leur clouera peut-être le bec. Sauf History Channel. Les histoires de trésor, tout le monde adore ça. Les gens comprendront que ce projet est bien plus important pour toi que d'être First Lady.

Elle me presse brièvement la main.

— Un trésor ? Croisons les doigts. (Elle jette un regard circulaire dans la pièce.) Je n'ai jamais aimé cet endroit, et encore moins ce bureau. Te voir travailler ici… comme si tu étais devenu une potiche de musée, en train de jouer un rôle.

— À en croire les délégués du parti, je n'ai pas fait du très bon boulot. N'empêche, ç'a été une sacrée aventure, non ?

Samantha m'embrasse sur la joue.

— Après notre mariage, Matt, tu m'avais promis de l'aventure et des voyages. Mais pas ça.

— C'est ton mari tout craché : petites promesses, grandes réalisations !

— Tu m'avais promis que tu écrirais l'Histoire et que moi je la découvrirais. Ma part du marché n'est pas remplie.

C'est vrai. Dès qu'elle est devenue First Lady, beaucoup d'établissements ont proposé un poste à Samantha. Elle a décliné toutes les offres pour une raison évidente : on voulait profiter de sa notoriété, se faire de la publicité à bon compte, mais certainement pas lui donner l'opportunité d'accomplir un réel travail universitaire.

— Ça va être compliqué pour toi d'être l'ancien président Keating. Il va te falloir du temps pour t'y habituer.

— Les coups de fil à 3 heures du matin ne me manqueront pas !

Elle se lève.

— Si, bientôt. Ne plus être aux commandes. Te dire en apprenant les nouvelles : *j'aurais fait mieux !* Moi, en revanche, jamais je ne regretterai de ne plus être la First Lady Samantha Keating. Sans vouloir cracher sur ces dernières années, sur tous ces voyages et visites officiels, j'ai hâte de retrouver les amphis et de mettre les mains dans la poussière.

La porte s'ouvre. Jack Lyon, mon directeur de cabinet, entre.

— Monsieur le Président, madame Keating, c'est l'heure.

Sam ne se fait pas prier et se dirige d'un pas vif vers la sortie.

— Je n'aurais pas mieux dit !

Lorsque nous passons devant l'agent du Secret Service, je sais déjà ce qu'il murmure dans son micro : « Harbor et Harp bougent. » Tandis que nous avançons dans le couloir, je prends la main de ma femme et lui chuchote quelque chose à l'oreille. Elle éclate de rire. Jack et les autres membres de l'équipe peuvent bien se demander ce que je viens de lui dire, ils ne le sauront jamais.

Je te rappelle que j'ai encore quatre heures pour atomiser ces crétins à Stanford !

16

Aéroport de Manchester, New Hampshire

Dix heures plus tard, je suis l'ancien président. Pendant que mon ex-vice-présidente fête son succès avec son mari dans l'un des dix bals organisés en son honneur, je patiente dans un hangar isolé de l'aéroport de Manchester en regardant la neige tourbillonner sur le tarmac. Les lampadaires forment des halos orangés sous les bourrasques. Samantha se tient à quelques mètres de moi, le nez rivé à son iPhone. Quelques irréductibles du New Hampshire sont venus avec des banderoles pour me souhaiter la bienvenue.

Mel est à l'autre bout du bâtiment. Elle porte une doudoune bleue et boit un café en compagnie de deux policiers et d'une jeune agent du Secret Service. Elle s'efforce de plaisanter, mais c'est certainement de la comédie. Je doute qu'elle se soit faite à l'idée que papa et maman – même s'il ne s'agit pas d'une séparation officielle – vont vivre chacun de leur côté durant une période indéterminée. Mon plan est de me ressourcer, de me remettre de ces années brutales à la Maison Blanche. Celui de Samantha est de revenir à ses premières amours : l'enseignement et la recherche.

C'est juste temporaire. C'est ce qu'on a décidé, et ce qu'on a dit à Mel. J'espère que c'est vrai.

Alors que Sam est sur son téléphone et Mel avec son café, je suis seul de mon côté. Un agent du Secret Service se tient derrière moi, et un autre est en faction à la porte. Certes, il va me falloir un peu de temps pour m'habituer à mon nouveau statut, mais je conserverai une des prérogatives dues à ma précédente fonction : la protection du Secret Service. Jusqu'à la fin de mes jours, des agents resteront près de moi, et continueront de m'appeler Harbor, mon nom de code.

L'un d'entre eux aura toutefois disparu et il ne me manquera pas : celui qui, depuis le jour de mon investiture, m'escortait en tous lieux, portant la fameuse « mallette » – une grosse sacoche, en fait – avec à l'intérieur les codes et les systèmes de communication qui me donnaient le pouvoir effrayant de déclencher le feu nucléaire sur terre.

Durant tout mon mandat, ce fardeau m'a donné des sueurs froides qui s'ajoutaient à mes cauchemars de soldat, stigmates de mes missions avec les SEALs.

Aujourd'hui, depuis midi, cet agent « porteur de mort » accompagne partout Pamela Barnes. Grand bien lui fasse !

Samantha relève les yeux de son iPhone.

— Tout est réglé, annonce-t-elle.

— Ah oui ?

Elle sourit.

— Je parle de mon appartement à Boston ! Le courant est mis et le chauffage allumé.

Elle marche vers moi en contemplant la neige qui tombe de plus en plus dru. Il y a quelques minutes, notre avion de l'Air Force – pas Air Force One, évidemment – a redécollé avant l'arrivée du blizzard.

Je reste silencieux. Que dire en un moment pareil ? Lui demander de changer d'avis ?

Non.

Samantha va retrouver son ancienne vie de professeure et d'archéologue, comme lorsque j'étais chez les SEALs et plus tard au Congrès. Mais Martin Lovering est mort… et son directeur adjoint de cabinet, flanqué d'un juge à la cour d'appel avec sa Bible sous le bras, a débarqué dans mon bureau du Eisenhower Executive Office Building, bouleversant la vie de ma femme en même temps que la mienne.

Une fois que Sam a décidé quelque chose, personne ne peut la faire changer d'avis. En outre, à mon corps défendant, je sais que ce n'est que justice.

C'est son tour.

— À quoi tu penses ? s'enquiert-elle.

— Que ton voyage sera plus confortable que le mien. Pour Boston, c'est une quatre voies quasiment tout le long. Tu as de la chance.

— Tu n'as qu'à venir avec moi.

— Plus tard, peut-être.

C'est son moment, mais c'est aussi le mien. Une retraite rurale m'attend ; j'aspire à m'éloigner des grandes villes, des buildings et des lumières. Le calme et le silence seront une bénédiction.

D'accord, notre fille Mel sera avec moi… Après avoir connu les bivouacs au milieu des montagnes afghanes, je devrais être capable de gérer une ado et l'aider à finir son année scolaire dans un coin reculé du pays.

Du moins, je l'espère.

— Il y a des journalistes ? demande Samantha.

— Peut-être quelques-uns dans le terminal. Le gros des troupes est à Washington et à Georgetown, en train de manger des petits fours avec le clan de Pamela. Ils se fichent pas mal d'un ex-président répudié par son parti et exilé dans les bois.

— Ils ne savent pas ce qu'ils perdent. (Elle s'approche pour me serrer contre elle et m'embrasser.) Tu as tout donné, Matt, murmure-t-elle. Tu n'es pas un professionnel de la politique, ni un ambitieux acharné. On t'a jeté dans l'arène et tu as fait ton possible. L'Histoire s'en souviendra.

— On peut toujours rêver.

Des phares apparaissent à l'autre bout du tarmac. Elle me relâche doucement.

— Matt, tu aurais pu accomplir tant de choses si le système n'était pas perverti depuis si longtemps. Bien avant ton arrivée au bureau Ovale. Entre Twitter et les groupes de réflexion, on ne peut plus rien bouger dans ce pays. Tu n'y es pour rien.

— Tu sous-entends que j'étais trop bon pour les Américains ?

Un autre sourire, puis un autre baiser sur la joue.

— Tout doux, soldat. Le monde est complexe, tout comme toi. Les vraies gens sont toujours là, avec leurs problèmes, leurs qualités, leurs espoirs, leurs rêves. Il est juste difficile de les aider à prendre les bonnes décisions quand leur cerveau est saturé de fake news, et qu'ils ont perdu toute foi en l'avenir. Je t'appelle quand j'arrive à Boston ! Et je serai là le week-end prochain pour voir si tu as déballé tes affaires. Et je passerai les prochaines vacances avec toi et Mel.

D'autres phares approchent.

Un Suburban noir se gare devant nous. À bord, deux policiers en civil. Samantha a refusé la protection du Secret Service et, par courtoisie, la police a envoyé deux hommes pour l'accompagner à Boston.

Un autre Suburban débarque, suivi de deux autres, un convoi encadré par deux voitures de patrouille de la police du New Hampshire, gyrophares allumés. Au moins, avec mon statut d'ancien président, j'ai droit à un service de sécurité digne de ce nom pour rejoindre ma nouvelle maison dans les bois.

Mel vient à ma rencontre, avec deux gobelets de café, un pour elle et un pour moi.

Samantha l'enlace rapidement, l'embrasse et file vers son véhicule. Sitôt qu'elle est montée, le SUV démarre et s'éloigne sur le macadam enneigé.

Mel me tend mon café, puis s'essuie les yeux.

Je passe mon bras autour d'elle.

— Tu tiens le coup ?

— Ça craint.

— Je suis d'accord. Au fait, bravo pour ton admission à l'université de Dartmouth. Tu as choisi tes matières ?

— Non.

— Une spécialité ?

— Non.

Mel reste blottie contre moi. Je savoure cet instant.

— Est-ce que tu sais ce que tu aimerais faire plus tard ?

— Pas encore.

Je la serre un peu plus fort.

— Et ce que tu ne veux pas ?

Elle rit et boit une gorgée de café.

— En tout cas, pas de politique. Désolée, papa. Ni du journalisme ou tout ce qui a un rapport avec la télé.

Une vieille colère me transperce à nouveau. Quelques jours après mes excuses à la télévision concernant la mort de la famille d'Al-Achid, le *Saturday Night Live* a fait un sketch avec une actrice incarnant Mel – elle portait des lunettes grosses comme des culs de bouteille – qui tirait au pistolet et mettait dans le mille chaque fois. Et la blague c'était qu'au moins quelqu'un chez les Keating atteignait sa cible.

Le week-end avait été pénible, et il a fallu des mois à Mel pour se remettre de cette humiliation devant plusieurs millions de spectateurs. Le producteur du *SNL* a fini par regretter publiquement d'avoir tourné ma fille en ridicule. Mais ensuite, il a créé une série de parodies où je figurais en soldat robot totalement perdu. C'était de bonne guerre et ils étaient drôles. J'ai accepté ses excuses et, évidemment, le chef de la NBC s'est dit encore une fois qu'il était intouchable.

— Et une carrière militaire ? Suivre les pas de ton vieux père ?

— Papa ?

— Oui ?

— Tu as dû sauter de beaucoup d'avions, n'est-ce pas ?

— Oui. Et d'hélicoptères aussi. Mais toujours avec un parachute.

— Tu imagines que je vais aimer ça ?

— On peut toujours rêver.

Mel me fixe des yeux un instant.

— On y va ? suggère-t-elle.

— Oui, allons-y.

Nous sortons sous les bourrasques de neige. Cette fois, la présidence de Matthew Keating est bien terminée. Qu'il s'agisse des espoirs qu'elle a suscités ou de ses réels accomplissements, la page est définitivement tournée.

II

17

Post-présidence de Matthew Keating, an deux
Lake Marie, New Hampshire

— Allez, David ! Faites honneur au Secret Service ! Je vais vous ridiculiser !

Nous pagayons chacun sur des canoës Old Town vert kaki sur le Lake Marie. David est derrière moi, à cinquante centimètres. Sur son visage, je vois l'amusement, mais aussi l'effort tandis qu'il redouble d'ardeur dans l'espoir de me dépasser.

En ce beau jour de juin, je suis torse nu. L'agent David Stahl, qui assure ma sécurité, est vêtu d'un grand tee-shirt noir qui cache ses muscles ainsi que ses armes et outils de communication. Cette course à travers les eaux sombres du lac est devenue notre exercice quotidien pour nous tenir en forme – même si lui, de dix ans mon cadet, a sûrement moins besoin d'entretenir son corps.

Derrière le ponton, où est amarré un petit bateau de plaisance, se dresse la maison que j'ai achetée entre l'élection de Pamela Barnes et son investiture. La propriété comprend le bâtiment principal en bois sombre – deux niveaux et un auvent couvrant les quatre côtés –, trois dépendances : un garage pour deux voitures, une remise où j'ai installé ma salle de gym, et une petite grange aménagée pour les hommes du Secret Service. Le terrain est arboré, avec des pins et des bouleaux, auquel s'ajoutent deux parcelles de bois de chaque côté pour être sûr de ne pas être dérangé par les voisins.

— Plus que quelques mètres, David ! Allez ! Souquez, matelot ! Vous n'allez pas lâcher maintenant !

C'est mesquin, je sais, mais je ne peux m'empêcher d'être satisfait de le battre alors qu'il est plus jeune que moi et en meilleure forme. Et je veux qu'il donne tout ce qu'il a. Pas question qu'il prétende m'avoir laissé la victoire !

C'est une course de canoës, pas un match de golf. On ne peut bidouiller les résultats, ni faire intervenir handicaps ou mulligans. Ici, c'est sans appel, sans négociations. On gagne, ou pas.

J'aime cette simplicité.

J'entends le fond de mon canot gratter le sable et je pousse un cri de joie. Je saute dans l'eau qui m'arrive à mi-tibia. Ma hanche droite, brisée en Afghanistan il y a des lustres, me fait à peine souffrir ce matin. C'est bien agréable. Je tire mon embarcation au sec sur notre petite plage et j'aperçois l'agent David Stahl derrière moi, en sueur.

— Bravo, monsieur, halète-t-il. Bien joué.

Il patauge dans l'eau et je l'aide à porter son canoë jusqu'à la cabane qui nous sert d'abri à bateaux. Alors que nous rangeons nos pagaies et nos gilets de sauvetage, j'entends une voix de femme.

— Monsieur le Président, vous avez un moment ?

Il y a une glacière à mes pieds. Je l'ouvre et en sors deux bouteilles d'eau, une pour l'agent Stahl, une pour moi.

Madeline Perry descend l'allée. Elle est ma nouvelle directrice de cabinet, bien que je ne me sois pas tout à fait habitué à ma post-présidence. Elle a environ mon âge, et le magazine *Glamour* la décrirait comme une femme « bien charpentée », avec des cheveux bruns mi-longs et une peau très pâle hypersensible au soleil. Elle a voulu me suivre dans mon exil au New Hampshire, pendant que la majeure partie de mon équipe à la Maison Blanche restait là-bas dans l'espoir d'obtenir un poste dans la nouvelle administration Barnes, ou n'importe où à Washington. Madeline est en tenue de combat, pantalon noir et chemisier pastel très large.

Je bois une longue gorgée d'eau tandis qu'elle s'approche.

— Je file au bureau de Manchester, monsieur, et je prends un avion pour Manhattan.

— Je vous souhaite bon voyage.

— Il sera bon, je n'en doute pas, mais il serait bien meilleur encore si vous disiez oui.

— Oui à quoi ?

Bien sûr, je la taquine. Je sais parfaitement de quoi elle parle. Quatre maisons d'édition m'ont demandé d'écrire mon autobiographie. Je n'ai pas encore accepté.

Voyant ses lèvres pincées, je lève la main en signe de reddition.

— D'accord, Maddie, d'accord. En revanche, pas aujourd'hui. Plus tard. Bientôt. Je vous le promets.

Elle secoue la tête.

— Monsieur le Président, plus vous attendez, plus la fenêtre de tir se referme. L'intérêt pour votre histoire va s'étioler et les éditeurs vont se tourner vers d'autres projets.

J'avale une nouvelle gorgée d'eau.

— C'est si grave ?

Madeline, déjà repartie vers la maison, se ravise et réplique :

— Oui, c'est grave. Si vous voulez avoir de quoi faire vivre votre famille, sans parler de financer votre fondation pour vos anciens compagnons d'armes qui souffrent de problèmes bien plus sérieux que votre défaite à l'élection présidentielle.

Aïe !

Je tourne la tête vers l'agent Stahl pour chercher son soutien, mais ce dernier a l'intelligence d'esquiver. Il fait mine de s'occuper des canots, même s'il n'a pas perdu une miette de cet échange.

Je regarde Maddie passer derrière le garage où elle laisse sa Volvo. Je devrais me montrer plus aimable avec elle : gérer ma post-présidence est un travail ingrat. La première année, j'ai reçu cent mille lettres, traitées, pour la plupart, par une armée de bénévoles. Cette année, le nombre est tombé à vingt mille et Madeline s'occupe de cette corvée et de bien d'autres, que ce soit de répondre aux universités et autres organismes qui m'invitent à donner des conférences, ou à tous ceux qui souhaitent que je leur dise la vérité sur la Zone 51 et sur l'affaire de Roswell.

Certains jours, j'envie l'insouciance de Harry Truman et sa femme Bess, lorsqu'ils sont montés dans leur voiture pour rentrer tranquillement chez eux dans le Missouri après l'investiture d'Eisenhower en 1953. Moi aussi, je voudrais redevenir un citoyen normal, un brave père de famille. C'est tout ce que je demande.

Dans la maison, une porte moustiquaire claque et je vois Mel qui descend les marches du perron.

— Je pars rejoindre Tim, p'pa. Alors ? Qui a gagné ?

— À ton avis ?

Elle éclate de rire.

— Ça fait dix victoires d'affilée !

— Non, neuf ! rectifie l'agent Stahl. Il faut être précis avec les chiffres.

— Si vous le dites ! réplique Mel. P'pa, tu as besoin que je te rapporte quelque chose ?

Avant de répondre, je prends le temps d'admirer ma fille, ses lunettes bien en place, ses cheveux blonds encore humides après sa douche. Elle porte un sac à dos vert foncé, des chaussures de marche, un short en toile et un sweat-shirt gris clair siglé DARTMOUTH. À dix-neuf ans, elle est bien plus intelligente que je ne l'étais à son âge – la bière, les filles, les armes et les chevaux étaient mes seuls centres d'intérêt, alors que Mel figure dans le 1 % de tête aux résultats des SATs.

— Comment ça, me rapporter quelque chose ? Je croyais que tu ne rentrais pas avant demain ?

Elle se plante devant moi et me sourit de ses jolies dents blanches.

— Je sais. Mais tu aimes ces gâteaux au sirop d'érable du Cook's General Store, non ? Tu veux que j'en prenne une boîte sur le chemin du retour ?

Ah… le Cook's General Store. Je me souviens, avec une certaine contrition, de la première fois que je suis allé faire des courses dans cette supérette, voilà près de deux ans. Je suis tombé des nues en découvrant le prix d'un bidon de lait. Quasiment quatre dollars ! Je n'en revenais pas ! Depuis quand était-ce si cher ?

C'est là que j'ai compris que j'avais vécu trop longtemps dans une bulle.

Je secoue la tête, serre ma fille contre moi et l'embrasse sur la joue.

— J'adorerais, mais mon cholestérol me l'interdit. Merci d'avoir pensé à moi.

Mel se laisse brièvement aller contre moi et lance en plaisantant :

— Préviens-moi quand ton cholestérol sera moins casse-pieds.

— Promis. Amuse-toi bien avec ton Tim.

Elle lève les yeux au ciel.

— *Mon* Tim ?…

— Et appelle-moi demain, dès que tu auras du réseau, d'accord ?

— Promis, papa ! Ne t'inquiète pas. Il ne va rien m'arriver. Faut que je file. Il passe me prendre sur la route. Il doit déjà m'attendre.

Elle tourne les talons et remonte l'allée entre le garage et la maison. Je la regarde s'éloigner jusqu'à ce qu'elle soit hors de vue.

— Quel est votre programme ? s'enquiert l'agent Stahl.

— Des broutilles. Boire une autre tasse de café, lire les journaux du matin, prendre une douche, débroussailler, nettoyer le long du vieux mur. Rien de très excitant.

— Et Mel ?

Mel n'a plus droit à la protection du Secret Service. L'âge limite pour les enfants des anciens présidents est de seize ans. Et depuis que ses gardes ne sont plus constamment derrière elle, c'est fou comme elle s'est détendue. N'empêche que l'agent Stahl a toujours un œil sur elle, ce qu'elle fait, qui elle voit, et j'apprécie cette conscience professionnelle. Alors je l'informe :

— Elle part en randonnée avec Tim Kenyon, un ami de la fac. Ils vont au mont Rollins, ils ont prévu de dormir dans une cabane qui appartient au Dartmouth Outing Club. Et ils rentrent demain matin.

— La météo est bonne. Ils auront beau temps. Vous l'aimez bien ?

— Qui ça ? Tim ? Mel semble l'apprécier, donc moi aussi. Elle m'a même expliqué qu'il pense suivre la formation des officiers de réserve à Dartmouth, ce qui est un bon point pour lui. Il était un peu nerveux quand on s'est rencontrés, mais ça va mieux depuis que je lui ai parlé.

— Qu'est-ce que vous lui avez dit ?

Je souris à l'agent Stahl, qui est encore en sueur après notre course.

— Que j'ai un pistolet 9 mm et une pelle et que je sais me servir des deux. À plus tard, David.

18

Près de la frontière canadienne

Lloyd Franklin est au volant de son vieux pick-up F-150 avec son cousin Josh assoupi sur le siège passager. Ils roulent sur une petite route à dix kilomètres au sud de la frontière avec le Canada quand deux silhouettes sortent des bois.

Josh continue de somnoler, le menton presque collé à son tee-shirt des Bruins de Boston qui recouvre ses abdominaux Budweiser. Lloyd le réveille d'un coup de coude.

Josh tousse, s'essuie les yeux.

— Quoi ? Un problème ? La douane ?

Bonne question, puisqu'ils transportent dix caisses de Marlboro dans la benne, cachées sous une bâche – cinq cents cartouches au total –, qu'ils livrent à leur associé dans l'Ontario. Achetées chacune quarante-huit dollars dans divers magasins des environs de Lebanon dans le New Hampshire, ils les revendront au Canada quatre-vingts dollars l'unité.

Même en comptant l'essence et la commission de leur acolyte canadien, Lloyd et son cousin vont se faire quinze mille dollars de bénéfices en une seule virée sur ces routes forestières qui permettent de passer la frontière. Il n'y a plus beaucoup de travail pour lui et son cousin, et la contrebande de tickets alimentaires, de surplus de fromages et de céréales pour les SDF, ne suffit plus.

Lloyd observe les silhouettes derrière le pare-brise crasseux.

— Qu'est-ce qu'ils foutent là, ces guignols ? Habillés comme ça, tout en blanc ?

— C'est peut-être des prêtres ?

— N'importe quoi !

Les types sont plantés au milieu de la route. Le plus grand des deux lève les mains pour qu'ils s'arrêtent. Lloyd freine – il entend des grincements suspects. Avec l'argent de cette livraison, songe-t-il, je vais pouvoir me payer de nouveaux disques. Son pick-up s'immobilise enfin, à un mètre des inconnus.

— Regarde-moi ça ! lâche Lloyd.

Qu'est-ce que fichent ces gugusses avec des combinaisons blanches, se demande-t-il. On est au milieu de nulle part !

Josh pousse un long soupir et plonge la main sous son siège pour récupérer son revolver Ruger .357 Magnum. Il le sort de son étui et le tient sous son ventre rebondi.

— Si ces connards refusent de s'écarter, je fais un carton.

Lloyd baisse sa vitre et le plus grand des deux – le plus âgé aussi – s'approche.

— Du calme, Josh. C'est sans doute des tarés, perdus dans les bois, qui cherchent leurs copains de yoga, ou un truc du genre.

— C'est ça, joue-la cool. Moi, je pense à ces salopards de la Citizens Bank qui vont me saisir la baraque, et nous foutre dehors, avec Lisa et les gosses. Et ça, pas question. J'en ai rien à battre si ces deux-là crèvent de faim ou sont perdus depuis un mois. J'ai pas de temps à perdre. On doit livrer à l'heure.

Le type se penche vers la portière de Lloyd. Il sourit. Il a la peau sombre, de gros sourcils broussailleux.

— Je suis désolé de vous déranger, commence-t-il avec un fort accent.

— Qu'est-ce qui se passe ? Il y a un problème ? Pourquoi vous portez ces trucs… c'est quoi ? Des combis Hazmat ?

L'homme continue de sourire. Une drôle de lueur brille dans ses yeux.

— Exact. Vous êtes un petit futé. Non, il n'y a pas de problème. Nous avons juste besoin de votre pick-up. Tout de suite.

Le ton a beau être taquin, Lloyd sent ses poils se dresser sur sa nuque.

— Va te faire enculer ! lance Josh. Allez, on se tire, cousin.

— C'est ça… se faire enculer. C'est peut-être justement ce que vous fabriquiez vous deux ?

Lloyd enclenche la position Parking.

— Vous deux, vous allez morfler ! éructe Josh.

En ouvrant brutalement la porte, Lloyd heurte le type. Les deux cousins ont été couvreurs, charpentiers, bûcherons, ils ont même appartenu à un gang de motards, les North Mountains Boys, et sont bien décidés à faire passer un sale quart d'heure à ces merdeux.

Josh et Lloyd les dépassent d'une bonne tête et pèsent bien vingt kilos de plus.

Ça promet d'être marrant.

Josh glisse son revolver dans sa ceinture et fonce sur le plus petit qu'il attrape par le col.

— Tu nous prends pour qui ? Pour des tapettes ?

Lloyd, qui se dirige vers le plus grand, s'arrête pour regarder Josh balancer son poing dans la figure du petit mais…

Le gringalet esquive le coup et se livre à un curieux mouvement des mains ; un truc rapide.

Josh pousse un grognement.

Il se retourne d'un coup – trop vite pour un gars de sa corpulence.

Il se tient la gorge.

Il regarde Lloyd avec des yeux ronds.

Il pousse des borborygmes.

Tousse.

Du sang s'écoule entre ses doigts. Il tente de comprimer sa gorge tranchée. Il titube, fait deux pas et s'écroule.

Lorsqu'il voit le grand venir vers lui, toujours souriant, Lloyd panique. Soudain, avec horreur, il comprend pourquoi les deux types portent des combinaisons – pour ne pas se tacher avec le sang ! Il tourne aussitôt les talons pour s'enfuir quand il reçoit un coup dans le bas du dos.

Ses jambes se dérobent sous lui. Il chute violemment et heurte le sol, tête en avant. Il a la bouche pleine de terre. Puis le type le retourne, il tient un couteau effilé et étincelant. Une petite goutte de sang perle au bout de la lame. Lloyd la regarde fixement. Sa respiration ralentit.

— J'ai sectionné ta moelle épinière entre les vertèbres L3 et L4. J'ai appris ça à la faculté de médecine en Tunisie, il y a bien longtemps. C'est très utile. J'utilise souvent cette technique en combattant, aux quatre coins du monde. Tu ne pourras plus marcher de ta vie. Enfin c'est vrai que, dans ton cas, ça n'a aucune importance, s'esclaffe-t-il.

Son comparse le rejoint, tout sourire lui aussi.

— Pourquoi, murmure Lloyd.

— Pourquoi pas, réplique-t-il tandis que le couteau s'abat une dernière fois.

19

Lake Marie, New Hampshire

Une heure après le départ de Mel, je suis douché et j'ai lu la presse du matin – juste parcouru, en fait, depuis que j'ai découvert, de l'intérieur, la médiocrité des journalistes. J'ai bu ma deuxième tasse de café de la journée en mangeant un reste de saucisse du petit-déjeuner.

En novembre, cette saucisse était un chevreuil qui se promenait de l'autre côté du lac, avant que je ne l'abatte avec ma carabine Remington calibre .308 Winchester. Je suis toujours aussi adroit au tir, ce qui me rassure. Quant à mes agents du Secret Service, ils ont été soulagés de voir leur protégé obtenir son trophée de la saison et cesser de battre les bois dans ces montagnes grouillantes de chasseurs.

Après ce petit en-cas, je prends une scie, un coupe-branches et me dirige vers le côté sud de la propriété.

J'aime cet endroit – même si Samantha, toutes visites cumulées, a passé moins d'un mois ici. La plupart des terrains sont en zones protégées. Ils ne seront jamais constructibles. Et presque tous les locaux suivent la grande tradition du New Hampshire : se mêler de ses affaires et ne rien raconter aux inconnus ou aux journalistes.

Sur le lac, j'aperçois deux hommes pêchant à bord d'un Boston Whaler. Ce sont en réalité des agents du Secret Service. L'année dernière, l'*Union Leader* de Manchester a sorti un petit article évoquant ces pêcheurs qui n'attrapent jamais rien. Depuis, la presse les laisse tranquilles.

Tandis que je coupe et empile les broussailles, je pense aux deux anciens présidents qui s'adonnaient aussi au jardinage – Ronald Reagan et George W. Bush. Personne ne comprenait vraiment cet engouement : Vous avez été au sommet de la gloire, alors pourquoi mettre vos mains dans la terre ?

Je repère un pin obstiné qui pousse à côté du vieux mur. Pour sauver ces pierres vénérables, je dois déraciner ce jeune arbre. Ce travail m'occupe l'esprit, m'empêche de penser à mes trois ans et demi de mandat et à leur misérable conclusion.

J'ai connu tant de réunions interminables et vaines avec des responsables politiques des deux bords. J'ai bataillé, parfois supplié, mais je finissais régulièrement par m'exclamer : « Nom de Dieu, nous sommes tous des Américains ! Il faut aider notre pays à aller de l'avant. »

Et chaque fois, on me répondait d'un ton pincé et pédant : « Ce n'est pas à nous qu'il faut dire ça, monsieur le Président. Mais aux autres. Ce sont eux les fautifs. »

J'ai passé tellement de soirées dans le bureau Ovale, à signer des lettres de condoléances aux familles qui avaient perdu les meilleurs d'entre nous, des hommes et des femmes morts pour le bel idéal fondateur de notre pays, et non pour cette nation revancharde et pleine de fiel qu'elle est devenue. À trois reprises, j'ai vu sur ces listes funestes le nom d'hommes avec lesquels j'avais combattu lorsque j'étais chez les SEALs.

Et j'ai passé beaucoup d'autres soirées à examiner ce qu'on appelle, dans le jargon bureaucratique, la Disposition Matrix, mise au point par le National Counterterrorism Center, et plus connue sous le nom de *Kill List*. Des mois de recherches, de surveillance et de renseignements ont permis l'élaboration de ce répertoire des terroristes représentant un danger imminent pour les États-Unis. Assis dans mon fauteuil, tel un empereur romain, j'indiquais d'une croix les noms de ceux que je voulais voir tués dans les prochains jours. Je suis heureux de ne plus avoir à faire ça.

Le jeune pin cède.

Mission accomplie. Enfin presque. J'arracherai la souche demain, pour me changer les idées.

Quand je relève la tête, je remarque un point noir qui vole au loin. Bizarre.

Je mets ma main en visière. Depuis mon arrivée dans la région, j'ai appris à reconnaître les différents oiseaux qui vivent autour du lac, y compris les plongeons, dont les appels nocturnes ressemblent aux cris de quelqu'un qu'on étrangle. Mais, dans le cas présent, ça n'a rien à voir avec eux.

J'observe quelques secondes ce point noir, avant qu'il ne disparaisse derrière la cime des arbres.

En me remettant au travail, je me sens soudain tendu. Quelque chose me tracasse, et je n'arrive pas à savoir quoi.

20

Départ du Huntsmen Trail
Mont Rollins, New Hampshire

À l'avant du Cadillac Escalade noir, le plus âgé frotte son menton rasé de près, les yeux rivés sur l'écran de l'ordinateur portable posé sur la console centrale. Assis près de lui, son jeune compagnon tient une télécommande pourvue de deux joysticks et autres boutons. Il pilote un drone qui vient de passer devant la maison de l'ancien président Matthew Keating.

Que les célèbres drones des hommes de l'Occident se retournent contre eux n'est que justice. Pendant des années, ils ont utilisé leur réseau sans fil, leurs téléphones cellulaires et moult dispositifs pour créer des bombes qui ont semé la terreur et déchiqueté tant de corps.

Quant à Internet – qui devait faire de la planète un grand village mondial –, c'est devenu un moyen de communication très utile et sûr pour ses combattants et lui.

Après avoir caché le pick-up volé ce matin, les deux hommes ont pris ce SUV Cadillac à une jeune famille dans le nord du Vermont. Des traces de sang et des restes de cervelle sont toujours visibles sur le tableau de bord. À l'arrière, il y a un siège bébé vide et un sac de toile rempli de jouets et d'affaires d'enfants. S'ils doivent garder cet Escalade, ils vont devoir faire le ménage.

— Et maintenant ? demande le plus vieux.

— On trouve la fille. Ça ne devrait pas être long.

— Très bien. Vas-y.

Avec une certaine admiration, il regarde son cadet manipuler la télécommande qui permet d'envoyer les images du drone sur l'ordinateur.

— Ça y est. La voilà !

Nous sommes des aigles, se dit le jeune homme en observant l'écran. Une voiture rouge roule sur une petite route.

— Tu es sûr que les Américains ne nous ont pas repérés ?

— Absolument. Des milliers de drones comme celui-ci volent en ce moment dans le pays. Les autorités qui régissent l'espace aérien ont établi des règles strictes concernant les endroits où peuvent évoluer les drones, à quelle altitude minimale et maximale, pourtant les gens ne les respectent jamais.

— Reste le Secret Service…

— Maintenant que Keating a quitté ses fonctions, sa fille n'a plus droit à la protection de l'État. C'est la loi. Incroyable, non ?… L'ex-président pourrait la demander, dans certaines conditions. Mais pas là. La fille veut être tranquille, pouvoir se déplacer, aller à l'école, sans avoir de gardes du corps.

— Une fille courageuse, donc…

— Et idiote.

Comme son père, pense-t-il. Qui laisse sa fille faire ce que bon lui semble, sans escorte, sans service de sécurité.

Le drone n'a aucun mal à suivre le véhicule. Le plus âgé secoue la tête, puis contemple une nouvelle fois le paysage autour de lui – des prairies verdoyantes, des forêts profondes. Quel magnifique pays ! Une terre bénie du ciel ! Alors pourquoi ces gens veulent-ils s'ingérer dans les affaires des autres nations et coloniser le reste de la planète ?

Une bouffée de colère monte en lui.

Si seulement ils restaient tranquillement chez eux, tant d'innocents seraient épargnés.

— C'est bon…, lâche son complice. Ils s'arrêtent. Comme prévu. Au début du Sherman's Path.

La voiture se gare sur un parking de terre bien visible depuis les airs. Le plus jeune n'en revient toujours pas. Quel jeu d'enfant de trouver le programme de cette fille ! Il lui a suffi de consulter le site de son université, et les panneaux d'affichage, en particulier celui du Dartmouth Outing Club. Moins d'une heure de recherche, et voilà qu'il surveille cette fille du ciel, tel un Dieu omniscient.

Certes, se promener ainsi sur le campus avait ravivé en lui un désir qu'il pensait éteint depuis longtemps, l'envie d'être étudiant, avec pour seuls soucis les filles et les examens.

Mais le temps de l'innocence est perdu.

Il observe de nouveau l'écran. D'autres véhicules stationnent sur le parking à l'entrée du chemin de randonnée. La fille et le garçon sortent du leur et vont récupérer leurs sacs à dos dans le coffre. Ils s'enlacent, échangent un baiser, et disparaissent dans les bois.

— Alors ? Satisfait ? s'enquiert le cadet.

Oui, il l'est. Pendant des années, l'Occident a utilisé ces drones pour envoyer des Hellfire sur ses frères, ses guerriers, et aussi sur sa famille. Des hommes obèses (des femmes aussi !), confortablement installés dans leur fauteuil, avec un soda à la main, bien à l'abri, à des milliers de kilomètres, regardent sur leur écran les explosions silencieuses de leurs missiles, mais aucun n'entend les cris, les pleurs, les râles des blessés et des mourants. Et ces tueurs au sang froid rentrent tranquillement chez eux en voiture, sans une pensée, sans un regret.

Maintenant, c'est son tour.

Son tour de traquer ses proies depuis le ciel.

Tel un faucon en chasse.

Patient, silencieux, attendant le bon moment pour attaquer.

21

Sherman's Path
Mont Rollins, New Hampshire

Le temps est clair, magnifique, sur le Sherman's Path. Mel Keating est ravie de cette randonnée et de passer la nuit avec Tim Kenyon, et d'autres camarades, dans la cabane que le Dartmouth Outing Club possède au sommet du mont Rollins. Elle s'arrête sur un promontoire de granit, coince ses pouces sous les sangles de son sac et admire le paysage.

Sourire aux lèvres et luisant de sueur, sac à dos bleu à l'épaule, Tim la rejoint. Elle lui prend la main.

— Sacrée vue, Mel.

Elle l'embrasse.

— Moi, j'en vois une plus belle encore.

— Comment ça ?

— Attends…

Elle le lâche pour contempler les sommets des White Mountains et le vert émeraude des forêts, qui vire par endroits au noir sous les nuages. Au loin miroitent les eaux du Connecticut et les montagnes du Vermont.

Mel prend une grande inspiration. L'air est si vivifiant.

Juste Tim et elle, seuls au monde.

Elle ôte ses lunettes, et aussitôt tout devient flou. Il n'y a plus que des taches vertes et bleues informes. Plus rien à voir, plus rien à repérer. Elle se souvient quand elle mourait d'ennui durant les dîners officiels à la Maison Blanche, avec ses parents. Elle baissait ses lunettes pour ne plus percevoir que des patatoïdes de couleur. Ça l'aidait à passer le temps. Elle aurait tant voulu être ailleurs, loin de ces gens bien habillés qui feignaient d'apprécier son père juste parce qu'ils espéraient ses faveurs.

Mel remonte ses lunettes sur son nez, et le paysage reprend forme.

C'était ça qu'elle aimait.

Qu'on ne fasse pas attention à elle et observer uniquement ce qu'elle voulait.

Tim passe sa main par-dessus son sac à dos et lui caresse la nuque.

— Qu'est-ce que tu regardes ?

— Le rien.

— Ça n'a pas l'air terrible.

Mel s'esclaffe.

— Idiot ! C'est ce qu'il y a de mieux. Pas d'assistants, pas de journalistes, pas de caméras, pas d'agents du Secret Service plantés comme des statues dans un coin. Personne ! Juste toi et moi.

— Ça fait un peu « seuls au monde ».

Elle lui donne une tape sur les fesses.

— Tu ne comprends rien ! Il n'y a personne pour nous surveiller. Et j'adore ça. Viens, on y va.

Quelques minutes plus tard, Tim est assis les pieds dans l'eau au bord d'un petit lac de montagne, entouré de rochers, de sapins et de fourrés. Il savoure le soleil dans son dos, et l'effet du petit joint qu'ils viennent de partager avec Mel. Il n'en revient pas de la chance qu'il a.

Quand, en cours d'histoire sur l'Afrique, il s'était retrouvé avec Mel (tout le monde à Dartmouth savait qui elle était), il avait d'abord été intimidé. Il n'avait même pas essayé de l'aborder, jusqu'au jour où Mel avait parlé en classe de l'importance des microcrédits en Afrique. Quelques grandes gueules avaient commencé à l'attaquer, lui reprochant de ne rien connaître au monde réel, d'être une privilégiée, enfermée dans sa tour d'ivoire, et donc mal placée pour parler de la vraie vie des gens.

Lorsque la meute avait fini par se taire, Tim, à sa propre surprise, était intervenu :

— Moi, j'ai grandi dans un immeuble à South Boston, mon père était monteur de lignes électriques pour Eversource, et ma mère faisait des ménages et les courses avec des coupons alimentaires, alors je peux vous dire que j'aurais bien échangé ma vraie vie contre une tour d'ivoire.

Quelques ricanements avaient fusé. Mel lui avait souri. Après le cours, Tim lui avait proposé d'aller boire un café au Lou's Bakery. C'est ainsi que tout avait commencé.

L'étudiant boursier, qui sort avec la fille de l'ex-président Matt Keating.

Quel monde de fous !

Quelle vie !

Assise sur un rocher couvert de mousse, Mel le taquine :

— Comment vont tes pieds ?

— C'est froid. Mais ça fait du bien.

— Alors ne faisons pas les choses à moitié ! (Elle se lève et commence à ôter son sweat-shirt.) Prêt pour un petit bain ?

Il esquisse un sourire. Il a un peu le tournis.

— Mel… quelqu'un pourrait nous voir.

Elle lui rend son sourire et hausse les épaules. Puis elle finit d'enlever son sweat, révélant son soutien-gorge de sport, et baisse son short.

— Ici ? En pleine forêt ? Allez ! Il n'y a personne à des kilomètres à la ronde.

Une fois déshabillée, Mel se jette à l'eau avec un cri, en veillant à ne pas mouiller ses lunettes. Le froid est mordant. Tim préfère prendre son temps et progresse doucement sur les pierres glissantes pour garder l'équilibre. Il émet des petits jappements de chiot quand l'eau lui arrive à la taille.

Le lac est minuscule. En trois brasses, Mel atteint l'autre rive et fait demi-tour. L'eau est glacée, les battements de son cœur s'accélèrent, tout son corps la picote. Elle renverse sa tête en arrière, contemple les grands sapins, le bleu limpide du ciel. Rien. Personne ne la surveille, personne ne la suit, personne ne la filme.

Le bonheur !

Tim pousse un autre cri. Elle se tourne vers lui. Il voulait intégrer l'école des officiers de réserve de la Navy, mais ses mauvais poumons l'en ont empêché. Malgré tout, ses origines modestes et son intérêt pour l'armée lui ont permis de gagner des points aux yeux du père de Mel, même si ce dernier n'apprécie toujours pas sa coupe de cheveux.

Tim s'enfonce dans l'eau jusqu'aux épaules.

— Tu as vu qui s'est inscrit au séjour ? dit-il. Cam Carlucci. Il sera là. Désolé.

— Je suis au courant, soupire Mel en s'allongeant sur le dos pour faire la planche.

Elle admire à nouveau le ciel vide.

— Il ne va pas te lâcher…

— Oui, je sais. Lui et ses copains veulent que j'aille avec eux à la centrale nucléaire de Seabrook le week-end du Labor Day – pour « l'occuper » et « la couper ».

Pauvre Tim, ses lèvres sont en train de virer au bleu !

— Tu m'étonnes !

Pour se moquer, Mel imite la voix de Cam.

— Mel, s'il te plaît, ce sera un vrai plus, si tu te fais arrêter. Imagine les gros titres ! Et les répercussions médiatiques ! Mais j'en ai rien à faire de Cam. Tout ce qu'ils veulent, c'est une potiche pour leur prochain coup de pub !

— C'est ce que tu vas lui répondre, ce soir ?

— Non. Juste que je suis prise ce week-end-là.

— Ah bon ? Tu as prévu autre chose ?

Elle nage vers lui, l'embrasse et s'accroche à ses épaules.

— Absolument. Être avec toi, gros malin.

Les mains du garçon, sous l'eau, trouvent sa taille. Elle savoure ce contact, puis soudain elle entend des voix. Mel relève la tête.

Pour la première fois depuis longtemps, elle a peur.

22

Lake Marie, New Hampshire

Je prends ma seconde douche de la journée (je me suis étalé de tout mon long dans une flaque de boue). Une fois sorti de la cabine, et alors que par habitude je scrute mes cicatrices, mon iPhone se met à sonner. J'attrape une serviette et décroche. Une vingtaine de personnes seulement ont ce numéro. De temps en temps, je reçois un appel d'un certain John, avec un fort accent indien, prétendant être un employé de Microsoft à Redmont. Chaque fois, je brûle de préciser à qui ce « John » a affaire, mais je m'abstiens.

Aujourd'hui, le numéro est masqué. Curieux. Je décroche.

— Keating à l'appareil.

Une voix de femme me répond :

— Monsieur le Président ? C'est Sarah Palumbo, du conseil de sécurité.

Aussitôt le nom fait tilt. Sarah, l'ancienne générale une étoile de l'armée de terre et la directrice adjointe de la CIA. Elle était vice-conseillère à la Sécurité nationale quand j'étais en poste. Quand Sandra Powell est repartie dans la sphère universitaire, Sarah aurait dû devenir la grande chef du conseil de sécurité, mais Pamela Barnes a placé quelqu'un à qui elle devait une faveur. Pourtant, Sarah connaît son boulot. Et elle est une véritable encyclopédie vivante – de la production annuelle des champs de pétrole russes au nombre de narco-sous-marins utilisés par les cartels colombiens.

— Sarah… quelle bonne surprise, dis-je en mettant de l'eau partout dans la salle de bains. Comment vont vos parents ? Toujours la belle vie en Floride ?

Sarah et sa famille sont originaires de Buffalo où, avec la proximité des grands lacs, il peut tomber l'hiver jusqu'à un mètre cinquante de neige en un seul après-midi.

— Ils profitent de chaque seconde de soleil. De vrais lézards ! Vous auriez une minute à m'accorder, monsieur ?

— Mes journées ne sont guère remplies. Que se passe-t-il ?

— Monsieur…, commence-t-elle d'une voix grave. Ce n'est pas officiel, mais je voulais vous annoncer ce que j'ai appris ce matin. Parfois, la bureaucratie met trop de temps à réagir et je ne veux pas que ça soit le cas ici. C'est trop important.

— D'accord.

— J'ai assisté à la réunion avec les autres agences de renseignement pour préparer le Daily Brief de la Présidente.

Dans l'instant, des souvenirs resurgissent. Le Daily Brief : le résumé des menaces et informations classées secret-défense que le directeur de la CIA présente chaque matin au président.

— Quel est le problème, Sarah ?

Elle hésite un moment.

— Monsieur, nous avons repéré un regain d'activité dans les communications entre diverses cellules terroristes au Moyen-Orient, en Europe et au Canada. Rien que l'on puisse rattacher à un lieu, ni à une date. Il se trame quelque chose, quelque chose de grave et d'important qui va faire du bruit.

Merde...

— D'accord, des terroristes se préparent à frapper. Et pourquoi m'appeler moi ?

— Monsieur, c'est vous la cible.

Je mets Sarah sur haut-parleur et m'habille en hâte.

— Les messages et les e-mails qu'on a interceptés, explique la vice-conseillère à la Sécurité nationale, sont difficiles à décoder, mais votre nom apparaît plusieurs fois, ainsi que de nombreuses phrases suggérant un désir de vengeance, demandant aux djihadistes partout sur la planète de prendre les armes et de vous tuer. L'affaire est suffisamment sérieuse pour que le département de la Sécurité intérieure et le FBI lancent une enquête. Seulement ça peut prendre du temps. C'est pour ça que je vous appelle. Pour que vous et vos agents du Secret Service restiez sur vos gardes.

Je me sèche les cheveux avec une serviette.

— Merci, Sarah. C'est très gentil de votre part... mais vous risquez d'avoir des ennuis en ne suivant pas la voie officielle.

— Monsieur, je n'ai pas apprécié la façon dont on vous a traité quand la vice-présidente s'est présentée contre vous. Cette campagne m'a donné envie de vomir. Et je n'allais pas garder cette information pour moi.

— Je n'ai pas trop aimé non plus cette campagne. Merci de m'avoir prévenu, Sarah.

— Faites attention à vous, monsieur le Président.

Je trouve l'agent Stahl assis sous l'auvent, qui pianote sur son ordinateur portable sécurisé, loin de la grange où il a ses quartiers. Pendant que je lui fais un bref résumé de la situation, il m'écoute attentivement, assimilant chaque mot.

— Je veux que vous préveniez votre bureau de Portland, ou la police du Maine. Et demandez une sécurité renforcée pour ma femme. Elle fait des fouilles pour l'université de Boston à… Hitchcock. Oui, c'est bien le nom : Hitchcock, dans le Maine. Elle ne va pas être contente, mais trouvez un endroit pour la mettre à l'abri le temps qu'on règle cette affaire.

Stahl hoche la tête et referme son ordinateur.

— Très bien, monsieur.

— Et démarrez le Suburban. On part chercher Mel. Embarquez peut-être un autre agent, et toutes les armes possibles.

L'agent Stahl se lève, coince son portable sous le bras et marque un arrêt.

— Sauf votre respect, monsieur, je vous déconseille très fortement de faire ça. C'est trop dangereux.

— Peu importe ! Une menace terroriste pèse contre moi. Ça veut dire que Samantha et Mel sont elles aussi en danger. Vous le savez aussi bien que moi. Nous allons prendre le Suburban et aller récupérer Mel dans la montagne.

— Monsieur le Président… le Suburban n'est pas blindé. Il n'a pas le même niveau de protection que la limousine présidentielle. C'est trop risqué.

— Je m'en fiche, dis-je en sentant ma nuque se raidir.

— Pas moi, monsieur. Mon travail est de veiller sur votre sécurité. Ils veulent peut-être que vous quittiez la maison et que vous vous exposiez sans véritable escorte. Un groupe est sans doute déjà en place à attendre votre sortie.

— Alors rameutez tout le monde et sortons en nombre.

— Monsieur le Président, je vous en prie. Nous devons assurer votre sécurité et protéger la propriété. Impossible de retirer tous les gardes pour aller chercher Mel. Même si nous prenons l'ensemble des véhicules dont nous disposons, aucun d'eux n'est blindé. Deux rafales de mitraillette tirées du bas-côté de la route pourraient tuer tous leurs occupants.

— David…

— Je vais contacter la police du New Hampshire, le shérif du comté de Grafton, le service des gardes forestiers, et me débrouiller pour envoyer du monde là-haut. Le plus vite possible. Ils protégeront Mel et la ramèneront ici.

— Ça ne suffit pas !

Il secoue la tête.

— Je vais appeler notre bureau à Burlington, poursuit-il, leur demander d'envoyer deux agents pour qu'ils se joignent au groupe qui ira sur le mont Rollins. Nous nous occuperons de votre épouse et de votre fille du mieux que nous pourrons étant donné votre… statut.

L'agent Stahl est trop poli pour l'avouer.

Si j'étais encore le POTUS, j'aurais une unité d'agents à ma disposition. Et un hélicoptère, plein de types armés, foncerait au mont Rollins. Des hommes du Counter Assault Team du Secret Service patrouilleraient dans la propriété, il y aurait des barrages et des contrôles sur toutes les routes alentour. Des tireurs d'élite et des chiens seraient déployés dans les bois et les allées forestières.

Mais je ne suis plus le président des États-Unis, et je n'ai pas droit à la même protection qu'au 1600 Pennsylvania Avenue.

— S'il vous plaît, monsieur, laissez-moi passer ces appels. Je vous informerai quand tout sera en ordre. Ensuite, je trouverai des renforts pour sécuriser la propriété.

J'acquiesce et tourne les talons. Évidemment, l'agent Stahl a raison.

23

Sherman's Path
Mont Rollins, New Hampshire

Mel s'écarte de Tim. Oui, quelque chose ne tourne pas rond. Les deux hommes sont souriants, mais il n'y a aucune bienveillance aucun humour dans leurs yeux. Ils sont en vêtements de ville, et n'ont ni sac à dos ni bouteilles d'eau.

Tim regarde tour à tour Mel et les deux inconnus.

— Apparemment, on n'était pas seuls, commente-t-il.

Elle lui murmure à l'oreille :

— Tim, sauve-toi. Nage vers l'autre rive et enfuis-toi dans les bois. Vite !

Tim ne bouge pas.

— Mel ? Qu'est-ce qui se passe ? C'est quoi le problème ?

Les deux hommes se rapprochent, un sourire toujours accroché aux lèvres.

Elle a compris.

Pendant la première campagne de son père pour son élection au Congrès, tout le monde s'était retrouvé un soir dans un restaurant Bonefish et un type du Rotary

Club avait fait un discours. Un journaliste qui couvrait l'événement s'était approché de Mel qui s'ennuyait à mourir pour lui demander son avis. Et elle avait répondu : « Il parle trop. »

Ce qui était vrai. À l'époque, ça lui avait valu des problèmes avec sa mère. Mel avait toujours le chic pour cerner les gens.

Ces deux-là n'étaient pas des randonneurs.

Mais des tueurs.

Le plus grand s'arrête au bord de l'eau.

— Melanie Keating, rhabille-toi et suis-nous. Et ton ami aussi.

— Qui êtes-vous ? demande Tim. Pourquoi on devrait venir avec vous ?

L'autre sort un pistolet de sa poche.

Oh non… Soudain, l'eau semble encore plus glacée.

— Ça répond à ta question, déclare l'homme, sans se départir de son sourire.

Mel hausse la voix, tentant de se montrer forte devant Tim.

— À condition que vous vous retourniez pendant que je sors de l'eau.

— Nous avons vu bien pire, Melanie Keating, réplique le type.

Les cheveux encore ruisselants, les pieds mouillés dans ses chaussures, Mel redescend le sentier avec Tim et les deux hommes armés. Outre la peur qui s'est emparée d'elle, la jeune fille s'en veut à mort. À peine étaient-ils apparus qu'elle a su qu'il se passait quelque chose d'anormal, et ce, avant même de noter leur tenue incongrue dans ces montagnes.

C'était déjà sur leur visage.

Malgré leur mine souriante et ouverte, Mel a remarqué leur regard. Celui de prédateurs. Elle connaît bien cette lueur dans les yeux, car durant son enfance au Texas, presque tous les membres de la famille Keating chassaient ; et quand les amis de son père venaient lui rendre visite, juste avant de partir en opération, ils avaient ce même regard.

Des yeux en alerte, qui observaient, évaluaient. Avant d'attaquer.

Si ces types ne les avaient pas trouvés dans l'eau (quelle idée stupide elle avait eue !) mais sur le chemin, elle aurait pu pousser Tim dans les buissons et ils auraient pu se mettre à courir, profiter des sous-bois pour s'échapper.

Dans ce petit étang, il n'y avait aucune fuite possible. Juste l'humiliation de sortir trempée, de s'habiller devant ces hommes qui les ont contraints d'avancer avant de les conduire sur un autre chemin.

Tim est devant elle, son visage pâlit un peu plus chaque fois qu'il se retourne vers Mel. Le plus jeune des deux ouvre la marche et progresse d'un pas vif. L'autre est juste derrière elle. À un moment, alors que le premier ralentit pour franchir un passage délicat, Mel demande :

— Pourquoi vous faites ça ?

L'homme lui sourit. Son accent n'est plus aussi prononcé quand il lui répond :

— Tu le sais très bien.

— Mon père n'est plus président ! Si vous voulez que…

— Melanie Keating, tu n'as pas la moindre idée de ce que nous voulons.

— Mais c'est inutile de faire ça, persiste-t-elle, tandis que les pensées se bousculent dans sa tête. (Tim la regarde, les yeux écarquillés de terreur.) Laissez-nous partir.

— Allah en a décidé autrement.

— Je vous en prie, je sais que l'islam est une religion de paix. Alors prouvez-le. Relâchez-nous. Si vous avez un message, une requête, un grief, je transmettrai à mon père. Il connaît du monde, il pourra faire quelque chose.

L'espace d'un instant, l'homme garde le silence, puis il éclate de rire.

— Pauvre idiote. Tu ne connais rien de moi ou de l'islam. Ton ignorance remplirait un porte-conteneurs ! Mais j'ai été un professeur patient pendant de longues années… toi et ton père avez encore tant à apprendre, et moi tant à vous enseigner. Oui, j'attends ce moment depuis très longtemps.

Il appuie le bout de son arme sur sa nuque.

— Maintenant, avance. Cette discussion a beau être intéressante, j'ai l'impression que tu cherches à gagner du temps. N'est-ce pas, Melanie Keating ? Dans l'espoir de croiser d'autres promeneurs. Tu comptes sur ce genre de diversion pour tenter de t'enfuir. Ne te fais aucune illusion. Nous n'avons pas préparé cette opération avec tant de minutie et voyagé de si loin pour laisser un ou deux randonneurs nous retarder. Alors dépêche-toi.

Tim la regarde toujours. Elle voudrait tellement pouvoir lui dire : *Pardon Tim. Sortir avec la fille du président, ce n'est pas aussi bien que tu l'espérais.*

Mel sent une nouvelle pression du pistolet sur sa nuque.

Elle se remet à marcher ; plus lentement. Mais son subterfuge est aussitôt découvert.

— Plus vite, Melanie Keating, sinon je vais perdre patience et laisser ta tête sur un poteau.

24

Huntsmen Trail
Mont Rollins, New Hampshire

Les minutes défilent et, à chaque pas, Mel se persuade que c'est à elle d'agir, de tenter quelque chose pour échapper à ces individus. Si elle était coincée dans une tempête de neige, ou naufragée sur une île déserte, Tim lui serait d'un grand secours. Il n'y aurait pas plus fiable que lui.

Mais la situation est bien différente.

Elle pense à ces jeunes hommes endurcis – à ces femmes aussi – qu'elle a rencontrés quand son père était encore à l'armée, et plus tard, pendant sa campagne pour le Congrès. Elle a parfois écouté aux portes, quand tout le monde la croyait couchée, et entendu ce qui se passait par-delà les frontières et les océans. Aujourd'hui, elle aurait tout donné pour avoir à son côté l'un de ces guerriers à la place du doux et gentil Tim.

Sa mère, qui était près de son père depuis le début et bataillait dans une autre jungle – celle du monde universitaire où tous les coups bas sont permis –, penserait comme elle. Il faut inverser la tendance, trouver une solution.

Les bois s'éclaircissent.

Le sentier s'élargit.

Tout au bout, elle aperçoit le parking. Elle plisse les yeux pour mieux étudier les lieux…

Un seul véhicule au départ de ce chemin. Et l'endroit où Tim a laissé la voiture se trouve à cinq kilomètres d'ici.

Un Cadillac Escalade noir.

S'il y avait eu deux ou trois voitures, avec des randonneurs en train de s'équiper, peut-être y aurait-il eu dans le lot un sportif costaud de Dartmouth, un joueur de football ou de rugby.

Hélas, elle ne doit compter que sur elle-même.

— Marche plus vite ! s'agace l'homme dans son dos.

Ils débouchent sur le parking.

Tim s'arrête et s'approche de Mel.

— Ça va aller, ne t'inquiète pas. Je te le promets, lui chuchote-t-il.

Tim s'efforce de réfléchir. Il regarde les deux hommes armés, et les pensées tournoient dans sa tête comme dans un rapide de classe IV. Il est devant une rivière dangereuse et impétueuse ; il doit examiner les conditions, penser aux meilleures options de survie.

Merde... Il aurait dû écouter Mel quand elle lui a dit de se sauver. Bien sûr, courir nu dans les bois risquait d'être douloureux, mais au moins il aurait pu aller chercher de l'aide, trouver quelqu'un avec un téléphone, appeler la police pour les prévenir que Mel Keating a été kidnappée.

Dans l'eau, il a été surpris de voir Mel redevenir la fille du président des États-Unis – vive, lucide quant au danger. La simple étudiante de Dartmouth s'était volatilisée d'un coup.

Mel se tourne vers l'homme.

— D'accord, je ne sais pas ce que vous voulez, ni ce que vous cherchez, mais il y a une chose évidente : ça a un lien avec moi. Pas avec mon ami. (Elle le désigne.) Emmenez-moi. Et lui, laissez-le.

Tim est impressionné par le calme et le courage de la jeune fille.

Très bien, songe-t-il, on peut sans doute tenter quelque chose…

Dans une poche latérale de son sac à dos, il a un couteau pliant qu'il espère ouvrir. Tout à l'heure, au bord du lac, quand il l'a chargé sur ses épaules, il a discrètement ouvert la poche. Si on l'autorisait à ôter son sac, il pourrait sortir le couteau et…

Le plus vieux baisse son pistolet.

— C'est ce que tu veux ? Qu'on laisse ton copain ici ? Et continuer seule ?

Mel acquiesce tandis que le plus jeune s'approche de Tim.

C'est bien, Mel, continue à leur parler…

— Hé les gars, lance le garçon, j'ai le dos en vrac. Je peux poser mon sac ?

— Oui. C'est ce que je veux, reprend Mel. Laissez Tim ici. Et je partirai avec vous.

Le garçon commence à desserrer les sangles. Il voudrait balancer son sac sur le type avec le pistolet, et attaquer l'autre avec le couteau. Le taillader, le planter. N'importe. Lui faire mal. Attraper Mel et foncer dans les bois.

— Qu'est-ce que vous en dites ? poursuit Mel. Vous seriez d'accord ? Ça se tient, non ?

— Oui, en effet.

OK, c'est maintenant ou jamais !

— Jeune homme, l'interpelle le plus vieux, tu promets de rester là si nous partons ? C'est bien ça ?

Nom de Dieu, ça va marcher. L'autre baisse la garde…

— Absolument, répond Tim. Promis, juré.

J'ai marqué un point, songe Mel. Il va peut-être relâcher Tim. Il pourra alors aller trouver les flics, leur décrire les deux gars, le SUV, leur indiquer la direction qu'ils ont prise…

À sa grande surprise, le plus vieux demande à Tim s'il leur promet de rester tranquille après leur départ.

Tim paraît soulagé. « Promis, juré. »

Il s'adresse ensuite à son complice – sans doute en arabe – puis il ajoute en anglais :

— Très bien, on va te laisser ici.

Merci mon Dieu ! songe Mel. Ça va marcher.

Le plus jeune fait un pas vers le garçon, enfonce l'extrémité de son canon dans son oreille gauche. Mel blêmit d'horreur tandis que Tim tente de dégager sa tête au contact du métal. Et c'est la détonation.

Le sang jaillit.

Tim pousse un grognement, s'effondre au sol, puis tremble quelques instants avant de mourir.

25

Départ du Huntsmen Trail
Mont Rollins, New Hampshire

Il a dû parlementer un peu, et sortir quelques billets, pour avoir la baby-sitter pour la journée, mais Clem Townsend est un homme heureux ce matin, alors qu'il roule sur la petite route de montagne, avec sa femme Sheila à côté de lui. Il se dirige vers le Huntsmen Trail. Dix ans plus tôt, ils avaient randonné ensemble sur ce chemin et, une fois arrivés au sommet, il lui avait fait sa déclaration, en lui offrant une jolie bague qu'il avait achetée au Walmart à West Lebanon. Bien sûr, elle avait dit oui. Depuis, cette montagne et ce sentier occupent une place particulière dans leur cœur et tous les ans, à la même date, ils vont là-haut en une sorte de pèlerinage. Dix ans et trois enfants plus tard, Sheila est toujours aussi jolie, même si elle a pris quelques kilos. D'ailleurs, lui aussi, et pas qu'un peu…

— Clem ! Attention !

Il donne un coup de volant. Leur vieille Subaru Forester fait une embardée pour éviter un gros SUV noir qui dévale la route de terre. Le véhicule les frôle à toute allure, manquant de toucher le rétroviseur latéral, tandis que la roue extérieure de la Subaru se retrouve dans le fossé.

— Abrutis ! s'écrie Sheila en s'agrippant au tableau de bord.

La Forester cahote, soubresaute, et sort enfin de l'ornière. De retour sur la chaussée, Clem s'arrête, le souffle court.

— Il s'en est fallu de peu ! Ça va, ma chérie ?

Sheila acquiesce.

— Quel crétin ! Il a failli nous rentrer dedans.

Clem redémarre et roule lentement jusqu'au parking.

— Regarde-moi ça ! s'exclame-t-elle alors que Clem se gare à côté du panneau, dont les lettres jaunes indiquent le départ du sentier de randonnée. Ces imbéciles ont laissé des détritus derrière eux. Pas étonnant qu'ils soient si pressés.

Clem regarde par la fenêtre et se fige. Sheila et lui tiennent une station-service à Spencer, une petite ville du comté, où il est également pompier volontaire. Ce qu'il voit, ce n'est pas un tas d'ordures.

Il coupe le moteur.

— Sheila… prends ton téléphone et vérifie s'il y a du réseau.

Pendant que sa femme fouille dans son sac, Clem descend de voiture dans l'air vif du matin. Il se dirige vers la forme par terre, à l'entrée du chemin.

— Hé ? Ça va ? Vous allez bien ?

Un jeune homme est étendu, les yeux écarquillés de surprise. Il porte un short et un tee-shirt des Patriots. Et un sac à dos sur les épaules. Le côté de son crâne est en bouillie.

Nom de Dieu…

Sheila est à côté de lui, le Galaxy tremble dans ses mains.

— Clem, j'ai du réseau, bredouille-t-elle.

— Appelle le 911. Dis-leur où nous sommes et que nous avons trouvé quelqu'un qui a été tué.

Elle passe l'appel. Clem ne touche pas au corps. Il connaît les procédures et ce qu'il ne faut pas faire. Le garçon est mort. On ne peut plus rien pour lui. Inutile de l'ausculter ou de le fouiller. Mieux vaut laisser la police s'en occuper, et ne pas altérer les indices. Il entend Sheila parler au téléphone. Sa voix est calme, posée. Elle est décidément solide, sa Sheila. Il a beaucoup de chance de l'avoir.

Un détail attire son regard : un second sac à dos semble avoir été abandonné à deux mètres de là.

Un autre randonneur ? Le tireur ? Le garçon qui gît par terre aurait-il tenté de voler ce sac ? Une bagarre se serait ensuivie, et quelqu'un aurait sorti une arme ?

— Tu entends ? questionne Sheila.

Clem perçoit une sirène au loin.

— Ça approche, confirme-t-il. Et le gars roule vite.

— Le central a dû alerter Donny Brooks. Je parie que c'est lui.

Clem est soulagé. Il n'y a quasiment aucune police municipale dans ce coin rural, c'est donc la police d'État ou le shérif du comté qui arrivent les premiers. Et avec leur petite station-service, Sheila et lui connaissent presque tous les adjoints et agents à cinquante kilomètres à la ronde.

Une Dodge Charger vert sombre s'engage sur le parking, tous gyrophares allumés, et s'arrête brutalement. C'est bien Donny Brooks au volant. Un gars d'une vingtaine d'années, plutôt baraqué. Clem le voit prendre sa radio pour annoncer qu'il est sur zone. Il descend de sa voiture de patrouille, dans son uniforme de policier – chemise verte et pantalon marron clair. Le visage grave, il cale son chapeau sur ses cheveux blonds et se dirige vers eux d'un pas rapide.

Il examine aussitôt le cadavre.

— Quand as-tu trouvé le corps, Clem ?

— Il y a dix minutes. Sheila et moi, on venait faire une balade et…

— Tu as vu quelqu'un dans le secteur ? Ou entendu quelque chose ?

— Un gros SUV noir a failli nous rentrer dedans. On s'est à moitié retrouvés dans le fossé.

Donny observe toujours la dépouille. Il sort un calepin de sa poche de chemise et commence à prendre des notes.

— Combien de temps entre le moment où vous avez vu ce SUV et celui où vous avez découvert le mort ?

— Trois minutes, répond Sheila.

— Quel genre de SUV c'était ?

— Je ne sais pas, dit Clem.

— Un Cadillac Escalade, annonce Sheila. Ce truc a foncé sur nous !

— Vous avez pu relever le numéro des plaques ?

— Non. Désolée. Je ne sais pas non plus de quel État il provenait.

Donny Brooks consulte sa montre. À force d'avoir vu travailler les policiers et les hommes du shérif, Clem comprend qu'il tente d'estimer où se trouve l'Escalade depuis qu'ils l'ont croisé.

L'agent annonce dans sa radio à l'épaule :

— Central. Un un quatre. Lancez un avis de recherche pour un Cadillac Escalade noir, qui vient de quitter la zone et se dirige vers l'Upper Valley Road. Témoin ou suspect possible à bord. Alertez les services de Purmort, Montcalm, Spencer, Monmouth et Leah. Et prévenez le sergent Wagner. Qu'il me retrouve ici.

Il parle encore un peu à la radio. Quand il y a une pause dans la conversation, Clem demande :

— Tu as remarqué qu'il y a un autre sac à dos ? C'est bizarre, non ?

Le jeune agent opine du chef.

— Oui. Je l'ai vu en arrivant.

— On jette un coup d'œil ?

— Je devrais attendre que mon supérieur soit là… mais bon, ça pourrait être utile.

L'agent Brooks enfile des gants en latex, s'accroupit devant le sac et l'ouvre. Curieux, Clem s'approche. Donny en sort une bouteille d'eau, deux barres Granola, un sweat-shirt bleu, une paire de grosses chaussettes de laine et un portefeuille marron.

— Intéressant, relève Clem.

Sheila les a rejoints. Elle est si près de lui qu'il l'entend respirer.

Dans le portefeuille, le policier trouve une carte d'étudiant. Clem, qui s'est penché, est stupéfait de découvrir la photo et le nom.

MELANIE KEATING

— Oh, merde…, lâche Donny, tandis que d'autres sirènes hurlent au loin.

— C'est la fille du président Keating ! s'exclame Sheila.

Clem en reste bouche bée.

Ils ne sont pas près d'oublier leur pèlerinage de cette année.

26

Nord-ouest du New Hampshire

Mel Keating s'efforce de se calmer, de respirer lentement. C'est difficile. Elle a les bras et les jambes attachés avec du ruban adhésif, la tête couverte d'un sac noué autour de son cou, et elle est bâillonnée, avec une bourre de tissu dans la bouche. Par chance, elle a encore ses lunettes. Elle tremble encore, horrifiée d'avoir assisté à l'exécution du gentil Tim. Il n'avait même pas l'âge légal pour boire de l'alcool ! Et à présent, il gît sur ce parking, abattu par deux terroristes.

Des tangos ! songe-t-elle en utilisant le jargon militaire. Des assassins. Des ordures.

Le genre d'individus que son père combattait lorsqu'il était chez les Navy SEALs. Et plus tard, pendant sa présidence.

Ses camarades de fac ne savent décidément rien du monde réel. Un mélange d'ignorance et de mollesse d'esprit. Durant les soirées étudiantes, Mel a appris à se taire quand tous ne cessaient de répéter que les causes du terrorisme étaient la pauvreté, le désespoir et les inégalités.

Un soir, elle a osé préciser qu'Oussama Ben Laden venait d'une riche famille saoudienne, et qu'il n'était ni pauvre ni opprimé. Grossière erreur ! Ils lui étaient tous tombés dessus, lui reprochant d'être une privilégiée sans cœur, qui ne connaissait rien à la misère humaine.

Le sac en toile sent le blé. Surtout respirer lentement, ne pas hyperventiler. Elle tente d'écouter ce que disent ses ravisseurs qui roulent à toute vitesse.

C'est elle qu'ils voulaient.

Elle.

La fille du président.

Mais pourquoi ?

Son père n'est plus en fonction depuis près de deux ans. Il n'a désormais ni pouvoir ni influence. Il ne peut plus décrocher son téléphone pour exaucer leurs souhaits.

Tais-toi !

Réfléchis !

Il y a une minute, le SUV a quitté la route de terre, puis a tourné à gauche et rejoint le macadam.

Réfléchis !

Écoute.

Une route bitumée.

Elle aurait dû faire plus attention.

Ressaisis-toi, Mel !

Reste calme, respire par le nez.

Ne pense pas à Tim. À ce gentil garçon. Ne pense pas.

Écoute.

Le bruit des pneus sur l'asphalte.

Ils sont toujours sur l'Upper Valley Road.

Concentre-toi.

Le SUV s'arrête.

Recule.

S'engage sur un autre chemin de terre.

Compte !

Un éléphant, deux éléphants, trois éléphants…

On l'emmène dans une cachette, un endroit isolé où ses ravisseurs vont l'enfermer et demander une rançon. Si elle continue à compter et ne perd pas le fil, elle pourra mémoriser le trajet et…

Le SUV s'arrête à nouveau.

Tourne encore.

Retrouve le bitume.

OK, combien de temps ?

Dix secondes ? Onze ?

Le SUV tourne en rond. Il fait des détours, des demi-tours…

Une autre allée forestière.

Et puis le macadam.

Elle en a les larmes aux yeux.

Ces types le font exprès. Pour la perdre, pour qu'elle ne puisse pas se rappeler l'itinéraire.

Les larmes coulent sur ses joues.

D'accord, vous savez vous y prendre…

Mais moi aussi.

Elle inspire profondément pour se donner du courage, et se remémore les jalons : bitume, terre, bitume encore, terre à nouveau. Lorsque le véhicule revient sur l'asphalte, elle compte.

Si ces types s'imaginent avoir kidnappé une étudiante lambda qui se contentera de leur demander un oreiller et des draps propres, ils vont vite déchanter.

27

Nord-ouest du New Hampshire

Un peu plus tard, le véhicule s'engage sur une autre route de terre. Mel se remet à compter. Un éléphant, deux éléphants… Les sens en éveil.

Elle a cessé de pleurer. L'heure n'est plus aux larmes. Elle a les bras et les jambes en feu, sa bouche est sèche, à cause de la bourre de chiffon. Dans combien de temps va-t-on retrouver le corps de Tim ?

La déflagration, l'horreur sur son visage, la gerbe de sang qui fend l'air…

Ses oreilles claquent.

C'est qu'ils gagnent en altitude.

Le SUV ralentit.

Stoppe.

Après soixante-trois secondes exactement.

Souviens-t'en !

Les portières s'ouvrent à l'avant.

Elle entend des voix. Le hayon est levé. Elle sent le soleil à travers la toile du sac. Des mains l'empoignent et la sortent du coffre. Elle ne se débat pas. Pas de cris, pas de résistance. Pas question de leur donner ce plaisir !

Elle ne leur montrera pas sa peur.

Jamais.

Ses ravisseurs l'emportent. Au bruit de leurs pas, elle comprend qu'ils sont entrés dans une maison. Puis le grincement d'une porte, les marches d'un escalier…

Un lit.

On l'y dépose !

Des mains courent sur son corps. Elle se raidit. Les mouvements sont brusques, efficaces. Le ruban adhésif est tranché… avec quoi ? Une lame de rasoir ? Une paire de ciseaux ?

Enfin, on lui retire le sac.

Elle bat des paupières. Le plus jeune s'approche. Il a quelque chose dans les mains, un flacon…

De l'huile ?

Il en verse un peu sur le bord de l'adhésif qui la bâillonne et tire doucement. Il répète l'opération pour que tout soit retiré sans douleur.

C'est une blague ? Ils tuent froidement Tim, la kidnappent, et après, ils veillent à ne pas lui faire mal ?

Le plus vieux observe la scène.

Une fois le bâillon retiré, le jeune lui ôte de la bouche la bourre de chiffon. Elle a un haut-le-cœur. Il lui tend une bouteille d'eau.

Elle boit, de tout son soûl, et puis lui crache un jet en pleine figure.

— Espèce de salauds ! Vous êtes des ordures ! Des assassins ! Vous devriez…

Le plus vieux, qui a des sourcils broussailleux, s'avance vers Mel, et la lueur qu'elle perçoit dans son regard l'arrête net. Maintenant, elle a vraiment peur. Elle préfère détourner les yeux et contempler la pièce.

Un cube de ciment, des murs aveugles. La seule issue est une porte de métal. Elle repère une lampe dans un coin. Une petite table et une chaise boulonnées au sol. Et des toilettes chimiques.

C'est tout.

— Te voilà arrivée, Melánie Keating. C'est là que tu vas rester, à moins que ton père n'accède à mes demandes.

— Il n'est pas du genre à céder au chantage. Vous le connaissez mal.

L'homme aux gros sourcils esquisse un sourire, fait signe à son jeune compagnon d'ouvrir la porte.

— L'homme est peut-être solide… (Il lui tapote la tête, comme si elle était un petit chiot.) Mais le père, l'est-il autant ?

Puis il sort de la pièce, et le battant se referme derrière lui. Elle entend le verrou claquer. Jamais Mel ne s'est sentie aussi seule.

Elle se pelotonne sur le lit et se met à prier.

Seigneur, faites que mon père me sorte de là.

S'il vous plaît.

Quelques minutes s'écoulent. Elle cesse de prier et se redresse.

Elle essuie ses yeux.

Tu as bien pleuré. Maintenant, à l'action.

Peut-être que son père la trouvera.

Peut-être pas.

Mais fini les larmes.

Il est temps de penser, de réfléchir.

C'est à moi de me prendre en charge. Je ne peux compter que sur moi-même pour sortir d'ici.

Moi seule.

28

Lake Marie, New Hampshire

Après ma conversation téléphonique avec Sarah Palumbo et ma discussion plutôt irritante avec David Stahl, je tente de me calmer en m'occupant du terrain.

Un ex-président des États-Unis ne peut pas faire grand-chose en ces circonstances. Plus tôt, l'agent Stahl m'a suggéré de rester dans la maison toute la journée. Il me l'a demandé gentiment. Et avec la même amabilité, je lui ai répliqué qu'il n'en était pas question.

Bon, peut-être que je n'ai pas été aussi affable que cela.

Je veux continuer à dégager ce coin et retirer les arbustes et les taillis qui l'encombrent. Ce vieux mur date d'au moins deux siècles. Il sera magnifique quand j'aurai débroussaillé le coin. Je me redresse, m'étire le dos, admire la vue et m'efforce de chasser mon inquiétude.

On ne s'en rend pas compte au premier coup d'œil, mais la forêt alentour est relativement jeune. La plupart des arbres ont été coupés par les premiers colons, et lorsque de nouvelles terres se sont offertes à l'Ouest, moins chères et plus fertiles (évidemment, après avoir chassé les Amérindiens de leur territoire), les fermiers ont abandonné leur exploitation, et la nature a repris ses droits.

Pourquoi le New Hampshire ?

J'ai grandi au Texas, j'ai vécu ensuite là où la Navy m'envoyait, puis je suis rentré au Texas. Finalement, j'ai décidé de poser mes valises ici, dans « l'État de granit » – ma bouée de sauvetage après la débâcle des caucus de l'Iowa, provoquée par ma belliqueuse vice-présidente, Pamela Barnes. Les gens d'ici m'ont donné leur soutien et m'ont offert une victoire nette aux primaires, les premières dans le calendrier.

J'aime, mieux, j'admire la loyauté.

Je sors mon iPhone, consulte l'heure puis fais une rapide vidéo avec, à l'arrière-plan, mon muret en partie débroussaillé.

— Coucou, Sam, ton mari au rapport, comme tous les jours. Le travail avance bien. Dans deux mois, je l'aurai totalement dégagé. Peut-être que toi et tes étudiants pourriez venir creuser ici. Y aurait-il un trésor ? Va savoir ? Je t'aime. Je te téléphone ce soir.

J'arrête l'enregistrement, l'envoie sur la boîte mail de Samantha à l'université de Boston, impatient de reprendre ma tâche. Depuis son départ, nous avons trouvé un modus vivendi. Nous nous voyons un week-end sur deux, et pendant les vacances scolaires. Et aussi de temps en temps, pour des événements à Dartmouth avec notre fille.

C'est une relation étrange, je le sais, mais les familles des sitcoms des années 1950 n'existent plus.

Alors que je retourne à mon mur, une silhouette apparaît derrière les rochers, en tenue de camouflage, avec gants noirs, filet de sniper et fusil d'assaut SR-16 CQB.

Je n'ai pas perdu mes réflexes : je plaque ma main à ma ceinture, au côté droit. En vain, il n'y a rien. Évidemment…

Je m'apprête à lancer ma scie à la figure de l'intrus quand celui-ci baisse soudain son arme et retire son filet. Je découvre le visage en sueur d'une jeune femme blonde.

L'agent Stacy Fields du Secret Service.

— Ici Fields. J'ai Harbor, dit-elle dans son micro. Il est au muret de pierre ! Je répète, Harbor est au muret de pierre.

J'entends un bourdonnement. Je me retourne.

Le Boston Whaler arrive dans notre direction. Les deux agents ont délaissé leurs cannes à pêche pour des armes. Je remarque la grosse gerbe d'eau que soulève l'étrave, signe que le bateau avance vite.

Il se passe quelque chose.

Sarah Palumbo, la vice-conseillère à la Sécurité nationale, avait raison de me mettre en garde.

Un autre bruit de moteur retentit. Un SSV Yamaha fonce vers moi. L'agent Stahl est au volant, équipé d'un gilet pare-balles, accompagné de deux autres agents du Secret Service – Ron Dalton et Paula Chin –, eux aussi sont en tenue de combat. Ils ont des SR-16 dans les mains.

Le quad à quatre places s'arrête dans un dérapage. L'agent Fields m'attrape aussitôt par la taille et le col de mon tee-shirt.

— Monsieur, nous devons vous mettre à l'abri. Immédiatement. S'il vous plaît !

Le Boston Whaler vire devant la berge. Les deux agents sautent à l'eau et prennent position sur la rive. Un genou à terre, ils scrutent le lac, arme à l'épaule, prêts à tirer. Je lâche ma scie et l'agent Fields m'entraîne à l'arrière du véhicule tout-terrain. Pendant que le SUV fait demi-tour, ils m'attachent au siège, me plient en deux et placent sur moi une couverture en Kevlar antibombe. Sans aucune considération pour ma position inconfortable, le véhicule repart à toute allure.

Oui, il se passe quelque chose. Et c'est sérieux.

Je suis bringuebalé sur mon siège tandis que le moteur rugit. Je perçois un arrêt brusque, puis une courte glissade. On me retire la lourde couverture, on détache mon harnais. On me soulève de terre et on me transporte vers le double garage à côté de la maison. La porte gauche, levée, dévoile une construction de ciment, pourvue d'une autre porte métallique.

Mon bunker.

Les ordres fusent autour de moi. « *Go, go, go.* » Le lourd battant s'ouvre. L'agent Nicole Washington apparaît sur le seuil. On m'entraîne à l'intérieur, au milieu de mes agents en armes.

L'agent Paula Chin assure les arrières et se plante dans l'encadrement, fusil en joue, doigt sur la détente, volontairement placée dans la ligne de mire d'un éventuel tireur, jusqu'à ce que la porte soit entièrement refermée – c'est ce qu'on appelle un « bouclier humain ».

Une fois la porte verrouillée, elle recule d'un pas.

Je m'assois sur le divan – en cuir tout simple.

— David ? Qu'est-ce qui se passe ?

La pièce, installée avant mon arrivée, est conçue pour m'accueillir avec Mel – et Sam, quand elle est là – et nous protéger en cas de menace extérieure. Elle est équipée d'un système de ventilation autonome, il y a de la nourriture, de l'eau, une salle de bains minuscule, et seule une bombe atomique pourrait détruire ce cube en béton armé. Il y a également des canapés-lits, un coin cuisine avec un réfrigérateur et des plaques chauffantes. L'endroit est aussi chaleureux qu'une cellule de prison. Je m'impatiente.

— David !

Une console de communication est installée au fond de la pièce, avec des écrans de surveillance couvrant divers points de la propriété. Sur l'un d'eux, je reconnais l'extrémité de l'allée qui rejoint la route. Cette fois, la voiture de patrouille de la police du New Hampshire, présente en permanence, bloque l'accès. Et les deux agents sont agenouillés derrière le véhicule, arme au poing.

L'agent Nicole Washington s'est installée devant, écouteurs aux oreilles. L'agent Stahl se tient derrière elle et donne ses consignes :

— Contacte les bureaux de Burlington, Concord et Boston. Il nous faut du renfort ici, tout de suite. Et je veux une ligne sécurisée avec Washington. Il faut les prévenir. Et aussi le FBI pour…

— Agent Stahl ! vous allez enfin m'expliquer ce qui se passe ?

Il pivote vers moi. Le compagnon détendu que j'ai battu ce matin à la rame a disparu.

À présent, son visage est dur, fermé. Je vois un homme en mission. Il est désormais le responsable, même s'il se trouve à côté de l'ancien président des États-Unis.

Ses paroles m'atteignent en plein ventre, comme autant d'uppercuts.

— Monsieur le Président, j'ai une mauvaise nouvelle. Les informations que vous avez eues concernant la menace sont exactes. Mel a été kidnappée.

29

Lake Marie, New Hampshire

L'agent David Stahl est originaire de Bakersfield en Californie. Après avoir servi chez les Marines – trois affectations en Afghanistan –, il a rejoint le Secret Service et, depuis les dix dernières années, il fait carrière dans cette agence gouvernementale chargée d'assurer la protection du président.

Malgré toutes ces années de formation, d'entraînement, de simulations grandeur nature, il sent sur ses épaules le poids écrasant du département de la Sécurité intérieure. À partir de maintenant, tous ses choix et décisions seront examinés à la loupe, analysés, évalués.

Le moment est arrivé ! songe-t-il.

C'est pour ça qu'il s'est engagé.

Et son travail, à cet instant T, c'est de confiner Harbor et d'empêcher cet ex-SEAL de prendre une arme et de partir seul récupérer sa fille.

Il voit la tension chez Keating, l'intensité de son regard, le combattant sur le pied de guerre, désireux de passer à l'attaque tout de suite.

Stahl connaît bien ce sentiment.

— Dites-moi ce que vous savez, David.

— Monsieur, je vais devoir être bref, parce que, là, j'ai beaucoup à faire entre localiser votre fille et vous protéger.

Le visage de Keating s'empourpre.

— Je le sais bien. Pour qui me prenez-vous ! Mais je veux un rapport !

— Des équipes des gardes forestiers et du shérif du comté étaient déjà en route vers le mont Rollins. Ils ne sont pas arrivés à temps. Le sac à dos de Mel a été retrouvé au départ du Huntsmen Trail. Et le corps de son ami, Tim Kenyon, à proximité. Mort. Une balle dans la tête. Pour l'instant, il n'y a eu aucune demande de rançon.

L'ancien président hoche la tête, le visage pâle.

— La police du New Hampshire a été la première sur les lieux. Ils ont communiqué un avis de recherche pour un Cadillac Escalade noir qui a été aperçu quittant la zone à vive allure. Des barrages sont établis en ce moment et nous avons demandé à la police d'État du Vermont et du New Hampshire d'envoyer des hélicos pour commencer une reconnaissance aérienne. Nous…

Keating lève la main pour l'arrêter.

— C'est bon. Je ne veux pas vous faire perdre plus de temps. Il y a autre chose que je devrais savoir ?

— Non, monsieur le Président.

Mais lorsque Stahl se retourne vers l'agent Washington pour reprendre la direction des opérations, il sait au fond de lui qu'il a menti.

Car si Mel a été kidnappée, c'est sa faute.

Et pas seulement à cause de sa réaction, suite à l'alerte de ce matin.

Deux mois plus tôt, il était dans la grange, dans le petit bureau à l'étage, quand le téléphone a sonné.

— Ici Stahl, a-t-il répondu.

C'était l'agent Washington à l'autre bout du fil.

— David, j'ai Murray en ligne. Tu es là ou pas ?

Il s'était frotté les yeux. Il avait travaillé sur l'emploi du temps de l'équipe pour les trois mois à venir et, comme toujours, il manquait de personnel et ne cessait d'exiger de ses hommes des heures supplémentaires. C'était le meilleur moyen pour perdre les bons éléments et les voir partir dans le privé ! Il aurait aimé avoir un adjoint pour lui déléguer cette tâche, seulement ce poste n'était plus pourvu depuis des mois.

— J'aurais préféré être ailleurs. C'est bon, passe-la-moi.

Faith Murray, sous-directrice adjointe du Secret Service et chef du service de protection du président, avait attaqué bille en tête :

— Stahl, à quoi vous jouez là-bas ?

Il s'était redressé sur son siège.

— Mon travail. Quel est le problème ?

— Le problème, c'est que vous violez les procédures et le règlement en protégeant Mel Keating. Vous allez avoir de gros problèmes.

— Nous ne faisons rien de tel.

— Ce n'est pas ce qu'on m'a raconté ! Arrêtez vos conneries.

Se frottant de nouveau les yeux, David s'était tourné vers la petite fenêtre. Il entendait de la musique et des rires. Un filet de volley-ball avait été installé, et Mel faisait un barbecue avec ses amies de Dartmouth. Stahl se sentait nostalgique de cet âge où l'on ne s'inquiétait que des cours à venir et des balles de service vicieuses.

Et puis il y avait cette douleur sourde qui le taraudait depuis qu'il avait perdu sa femme, Hannah, emportée cinq ans auparavant par une leucémie. Il n'avait jamais trouvé le temps, ni l'envie, de refaire sa vie.

— Il s'agit de séances d'entraînement *in situ*. Je ne veux pas que mes hommes s'empâtent. Suivre et surveiller des individus relève des exercices classiques. Et c'est justement ce que nous faisons avec Mel Keating.

— Elle est au courant ?

— Non, madame.

— Et son père ?

— Non, madame, avait-il répété.

— Alors laissez tomber. Il y a un protocole pour les exercices. Suivez-le. Mel Keating est grande et n'a plus besoin de protection.

— Madame, je…

— Quoi ?

Il avait serré les dents.

— Son père est un ancien Navy SEALs. Il s'est forcément fait beaucoup d'ennemis.

— Vous le protégez lui, non ?

— Ça ne suffit pas.

— Moi, je vous dis que c'est assez. Bon, j'ai une réunion avec le secrétaire à la Sécurité intérieure. Si vous avez quelque chose à ajouter, soyez bref.

Il avait voulu insister. Non, ce n'est pas suffisant ! Et si vous aviez connu le terrain, la pluie, la neige, les longues heures à rester aux aguets, vous le sauriez ! Au lieu de fréquenter les séminaires, les colloques et les bancs de l'université. Si vous aviez gagné vos galons à la sueur de votre front, au lieu de suivre la voie bureaucratique, vous comprendriez, vous sentiriez jusqu'au plus profond de vous-même à quel point Mel Keating est vulnérable !

Tout comme cette propriété ! Pour les autres anciens présidents, le QG était toujours situé à l'écart, pour que la brigade de protection ne soit pas une cible facile regroupée au même endroit. Mais l'administration Barnes et ses soutiens au Congrès avaient réduit le budget du Secret Service. Certains commentateurs à Washington parlaient d'une revanche contre Keating, qui avait été son rival aux primaires. Du coup, le Service manquait d'agents et de moyens.

— Non, rien à ajouter, madame. Pas pour l'instant.

Et Murray lui avait quasiment raccroché au nez.

Stahl regarde les écrans de surveillance.

— Demande à Towler et Wrenn de retourner sur le lac. Je ne veux personne à moins de cent mètres du rivage. Compris ?

— OK, répond Washington, transmettant aussitôt les ordres par son micro.

Ils s'étaient si souvent entraînés. Une équipe synchrone, concentrée uniquement sur leur travail.

Protéger Harbor à tout prix.

Malgré sa boule au ventre, car il a lâché le président et sa fille, aujourd'hui kidnappée. Car il les a trahis.

30

Lake Marie, New Hampshire

Dans le bunker, un léger bourdonnement se déclenche quand le système de CVC se met en marche, soufflant à l'intérieur un air filtré, au cas où des agents pathogènes auraient été disséminés à l'extérieur.

L'agent Stahl secoue la tête.

Arrête de te lamenter, David. Fais ton boulot !

— Rappelez le périmètre extérieur. Et rassemblez-les sur la seconde ligne défensive.

Son téléphone sonne, les messages radio arrivent en cascade dans les haut-parleurs. L'agent Chin est derrière une barricade mobile en Kevlar. Elle aligne à côté d'elle une série de chargeurs pour sa mitraillette, ainsi qu'un masque à gaz, prête à défendre la porte.

Mel Keating a été kidnappée. Est-ce un coup isolé ou le début d'autre chose ? Les terroristes veulent-ils qu'on évacue Harbor maintenant, avant que les renforts arrivent ? Pour attaquer avec des roquettes ou un groupe armé dès que Keating sortira du bunker ? Est-ce que des assaillants ont déjà pris position dans les bois pour prendre le bunker ?

— Le SWAT du New Hampshire arrive au point de ralliement, annonce Washington.

Stahl acquiesce. Si Keating était encore président, on enverrait dix fois plus de renforts. Des véhicules blindés, des limousines, un hélicoptère et un avion à proximité, plus le CAT – la section d'assaut du Secret Service, qui peut venir à bout de n'importe quel groupe armé dans le monde.

— On a trois agents de Burlington, quatre de Concord et huit de Boston en chemin, l'informe Washington.

— Qui est dans la maison ?

— Emma Curtis.

« La brebis sacrificielle », songe Stahl. Le gros des effectifs est soit ici, dans le bunker, soit disséminé sur la propriété pour défendre le domaine. Mais quelqu'un doit rester dans la maison pour faire la liaison avec les agents à l'extérieur et les renforts qui ne vont pas tarder. Parce que personne ne va sortir du bunker. Pas avant l'exfiltration de Harbor.

Ce qui n'est pas près d'arriver.

Et, cela signifie que, si la maison est attaquée, Curtis est seule.

— La police du Vermont propose aussi son SWAT, indique Washington.

— Remercie-les et contacte Concord.

Quelques instants plus tard, Washington le prévient.

— J'ai Paul Charles en ligne.

Paul Charles, le secrétaire à la Sécurité intérieure, dirigeait la police routière de Floride avant que la nouvelle Présidente le nomme à ce ministère qui supervise le Secret Service depuis le 11-Septembre.

Et, bien sûr, il est parfaitement incompétent.

— Réponds-lui que je suis occupé.

Stahl jette un coup d'œil circulaire.

Personne ne pipe mot.

Tout le monde est concentré sur sa tâche.

Keating, visage fermé, toujours assis sur le canapé, l'observe.

L'agent détourne les yeux.

— David, j'ai de bonnes nouvelles côté FBI, annonce Washington.

— Ça nous change. C'est quoi ?

— Huit membres de leur Hostage Rescue Team s'entraînent en ce moment sur la base aérienne de Hanscom dans le Massachusetts. Ils peuvent décoller dans cinq minutes.

— On prend.

Soudain, il entend une voix dans son dos, si grave et sourde qu'il la reconnaît à peine.

— David…

Il se retourne. Keating est debout derrière lui.

— Deux questions : où en est-on avec ma femme ?

— La professeure Keating est toujours sur le site archéologique à Hitchcock, avec une petite dizaine de doctorants et de bénévoles.

— L'équipe de protection n'est pas encore sur place ?

— La police du Maine devrait y être. Un poste de la garde nationale se trouve à cinq kilomètres. C'est là qu'ils vont l'emmener.

— Parfait.

Stahl est pressé de vérifier le réarrangement du périmètre de sécurité, voir s'il peut mettre deux agents supplémentaires sur l'eau, et préparer l'évacuation de Harbor vers un endroit plus grand et plus facile à défendre.

— Quelle est l'autre question, monsieur ?

— J'ai bien entendu ? La HRT arrive ici. En hélicoptère ?

— Oui, monsieur. Dès qu'ils seront là, on montera dans le Black Hawk et on quittera la propriété.

31

Hitchcock, Maine

C'est la fin de la matinée dans le petit village de pêcheurs. La professeure de l'université de Boston et ancienne First Lady est à quatre pattes sur le sol et regarde deux étudiants dégager lentement – si lentement ! – une pièce enfouie à un mètre de profondeur.

Elle est en sueur, ses mains sont couvertes de terre, elle a des ampoules aux deux pouces, ses vêtements sont crasseux et puants, mais pour rien au monde elle ne voudrait être ailleurs. Ces dernières années, elle s'est si souvent retrouvée coincée à des soirées ou dîners mondains en robe trop serrée, à manger du poulet insipide et des pommes de terre froides en compagnie de politiciens mielleux et fourbes qui ne pensaient qu'à leur carrière.

Heureusement, ce temps est révolu.

Sa place est ici, à exhumer des secrets du passé. Son havre. Son paradis. Bien loin des arènes artificielles de la politique.

Cameron Dane, une jeune doctorante, retire une fine couche de sédiments, à l'aide d'une brosse en poil de chameau.

— Professeure, vous voyez ce que je vois ?

Un velum a été tendu au-dessus de cette portion de fouilles pour protéger le sol et les objets du soleil ardent du Maine, et malgré l'ombre Samantha Keating reconnaît tout de suite l'objet qui apparaît : une tuile creuse en terre cuite, originaire d'Europe !

— Oui, souffle-t-elle d'une voix vibrante d'excitation.

Paul Juarez, un autre doctorant, est lui aussi sous le choc.

— Professeure, c'est basque. Ça ne fait aucun doute.

Un grand sourire illumine le visage de Samantha.

— Parfois on mise sur le bon numéro et on contredit les probabilités…

Les étudiants s'esclaffent tout en continuant de dégager la tuile rouge.

C'est le jackpot !

La véritable Histoire de l'Amérique est bien plus complexe et étonnante que ce qu'on lit dans les manuels scolaires qui se contentent d'évoquer l'arrivée des premiers explorateurs français et anglais sur ces côtes. À Terre-Neuve et dans d'autres provinces du Canada, de nombreux sites archéologiques indiquent que, dès les années 1400 – bien avant que Christophe Colomb ne débarque par hasard aux Caraïbes –, des pêcheurs basques venaient pêcher la morue et la baleine le long du rivage.

On supposait que les Basques avaient pu s'aventurer plus au sud, et même jusqu'au Maine. Si on découvrait une preuve de leur passage, alors l'histoire de la Nouvelle-Angleterre s'en trouverait bouleversée.

Mais toutes les recherches avaient fait chou blanc.

Jusqu'à aujourd'hui…

— Vas-y doucement, Paul, recommande Samantha. Ces tuiles n'ont pas vu le jour depuis six cents ans. On n'est plus à cinq minutes près.

Le fracas des vagues de l'océan Atlantique s'écrasant sur les rochers a beau être omniprésent sur le chantier, Samantha perçoit un autre son. Un bruit de moteur.

Désormais, elle se fiche du XXIe siècle, de sa technologie et de ses querelles, elle veut oublier ces heures et ces jours perdus à incarner la First Lady – ou à faire semblant de l'être.

Aujourd'hui, c'est son moment. Quelle aventure pour ces Basques du début du XVe siècle, naviguant jusqu'ici pour chasser les bancs de poissons et les trésors du Labrador, si loin des côtes de France et d'Espagne ! Ils n'espéraient pas conquérir le monde ni fonder un empire, ils voulaient juste pêcher.

Picard, l'un des bénévoles, plutôt âgé et vêtu d'un jean et d'un sweat-shirt gris, arrive en courant sur la zone de fouille.

— Professeure, il y a deux hommes qui vous cherchent !

— Dis-leur que je suis occupée, réplique Samantha, émerveillée par les autres tuiles qui surgissent sous les brosses.

Découvrir un camp de pêcheurs basques, ici, dans le Maine… Ça va faire les gros titres, sans compter tous les articles qu'elle va pouvoir écrire. Et pourquoi pas un livre entier ? Il y a deux ans, lorsqu'elle a commencé les fouilles ici, le magazine *People* a fait son portrait, et depuis les médias l'ont oubliée.

Cette fois, elle va se rappeler à leur bon souvenir…

— Professeure, ils sont…, insiste le bénévole.

Samantha lève la main pour le faire taire.

— Soit ils patientent, soit ils s'en vont. (Elle se tourne vers l'étudiant.) C'est bien, Paul. Continue comme ça.

En levant la tête vers le parking de terre, elle voit deux hommes qui traversent le chantier en courant, dépassent deux autres zones de fouille, et les trois grands tamis où la terre est passée pour ne pas rater le moindre débris. Ils se dirigent droit vers elle. Ils sont en costume cravate et chemise blanche. Samantha se redresse lentement.

Elle a aperçu les étuis de pistolet.

C'est comme si une motte de cette terre froide du Maine lui tombait dans l'estomac.

— Cameron…

— Oui, professeure, répond l'étudiante, sans quitter des yeux ce morceau d'Histoire révélé au grand jour.

— Il y a visiblement un problème. En attendant mon retour, tu diriges le chantier.

Samantha sort sous le soleil. Un des hommes, le visage cramoisi, tire de sa poche un porte-cartes en cuir, l'ouvre et lui montre son badge doré.

— Madame Keating…, halète-t-il. Je suis le sergent Frank Courtney, de la police du Maine. Il faut que vous veniez avec nous.

Matt ! Oh non… Qu'est-il arrivé ?

— D'accord, je vais chercher mes affaires.

Mais l'autre policier l'arrête.

— Madame, nous n'avons pas le temps. On doit vous évacuer, déclare-t-il d'un ton sans appel.

Il marque un silence. Très court. Terrible.

Avant d'ajouter :

— Votre fille a été kidnappée.

32

Nord-ouest du New Hampshire

Mel ignore depuis combien de temps elle est enfermée dans sa cellule en sous-sol, mais il a dû s'écouler plusieurs heures. Elle a soif, faim et froid. Assise en tailleur sur le lit, enveloppée d'une couverture, elle réfléchit – tous ses sens sont en éveil.

Il n'y a pas grand-chose à voir. Un peu plus tôt, elle a exploré la petite pièce. À l'ouverture de la porte, elle a remarqué que les gonds étaient à l'extérieur et que le battant était équipé d'une serrure à clavier numérique. Le lit, la chaise, la table et la lampe sont boulonnés au sol. Idem pour les toilettes chimiques. Il n'y a aucun cordon d'alimentation visible pour la lampe, ni interrupteur pour l'éteindre. Mel a brièvement songé à casser l'ampoule, et se servir d'un éclat de verre comme arme, mais elle s'est vite ravisée. Elle se retrouverait alors plongée dans l'obscurité. Et cette seule idée l'a terrifiée.

Elle a préféré se rasseoir sur le lit, pour mettre de l'ordre dans ses pensées en s'efforçant de chasser ses souvenirs…

Tim imitant le présentateur du Daily Show.

Tim qui l'avait défendue en cours d'histoire africaine.

Et son geste familier, lorsqu'ils étaient assis côte à côte sur un banc ou en voiture et qu'il tendait la main pour lui caresser doucement la nuque.

Ce n'était pas une invite au sexe ou pour la déshabiller… plutôt une façon douce de lui signifier : Je suis là. Dis-moi si tu as besoin de quelque chose.

Elle s'essuie les yeux.

Le silence.

Un silence bien trop grand.

Mel se relève, se dresse sur la pointe des pieds et tend l'oreille.

Rien.

Ni bruit de pas, ni voix, ni portes qui claquent.

Sa cellule est bien isolée.

Elle retire ses lunettes. Elle a toujours l'impression de mieux entendre quand elle les ôte et qu'elle est plongée dans le brouillard.

Mais rien.

Encore le silence.

Mel se rassoit pour faire le point sur la situation. Elle a ses habits, c'est tout. Ils lui ont pris ses chaussures de marche au moment où ils l'ont balancée dans le SUV. Elle ne peut donc espérer se servir des lacets pour étrangler l'un des deux terroristes – *pff !* comme si elle en était capable !

Elle songe à la chaîne qu'elle porte autour du cou – un cadeau de son père pour ses quatorze ans.

Et aussi à la bague à sa main droite, un anneau en or qui appartenait autrefois à la grand-mère de sa mère.

Mel se relève pour un nouveau tour d'inspection. Pas de système de ventilation. Inutile d'espérer trouver une grille pour s'enfuir en rampant dans le conduit d'aération comme dans *Die Hard*. Elle revient vers le lit mais reste debout.

Non !

Elle essuie une larme, elle pense à nouveau à Tim.

Elle va tenir tête à ces deux salopards.

La porte s'ouvre sur le plus vieux des ravisseurs, suivi de son complice. Il tient une petite caméra, et le plus jeune un journal.

Les deux ont des pistolets à la ceinture.

— Tu vas avoir à manger et à boire dans un petit moment, déclare l'aîné. Mais il va falloir le mériter.

Il lance un ordre en arabe à l'autre, qui tend le journal à Mel. C'est le *USA Today* du jour.

Mel garde les bras le long du corps.

L'homme avec la caméra pousse un soupir.

— Il n'y en a pas pour longtemps. Tu n'as rien à faire, juste tenir ce journal pour prouver à ton père que tu es vivante à ce jour. Si tu refuses de coopérer, mon cousin va t'y inciter. Ça risque juste d'être douloureux et, à la fin, tu tiendras de toute façon ce journal.

Il parle d'une voix douce et posée, tel un professeur expliquant la différence entre John Locke et Karl Marx, et cette apparente bienveillance la glace.

— C'est tout ? demande-t-elle.

Il hoche la tête.

— Tu n'auras même pas besoin de parler. Juste montrer le journal quelques instants. Et puis on ira chercher ton repas.

Elle avance la main, prend l'exemplaire du *USA Today* et bat des paupières pour refouler ses larmes. Elle le déplie et le place sous son menton.

— Parfait, commente l'homme en approchant la caméra de Mel.

Le papier tremble entre ses doigts.

Elle ressent un mélange de honte et de terreur. Pourquoi ce crétin ne se presse-t-il pas ?

— C'est bon, finit-il par dire en baissant sa caméra. (Il récupère le journal.) Tu vas être nourrie.

— Magnifique ! ironise Mel. Qu'est-ce qu'il y a au menu ? Vous n'avez pas l'air de cordons-bleus. Je ne suis même pas sûre que vous sachiez vous servir d'un four à micro-ondes.

— Cela t'ira très bien, j'en suis certain, répond l'aîné.

— Et ensuite ?

Il se dirige vers la porte, suivi de son comparse.

— Tout dépend de ton père et d'Allah. Il va bientôt recevoir cette vidéo ainsi qu'un message de ma part.

— Qu'est-ce que vous allez lui demander ?

Il lui lance un sourire.

— Quelque chose que ton père ne pourra jamais me donner.

Alors qu'ils s'apprêtent à refermer la porte, Mel s'écrie :

— Attendez ! Attendez ! Vous pourriez m'accorder une faveur ?

L'homme s'arrête sur le seuil.

— Vas-y toujours.

Elle désigne le pistolet à sa ceinture.

— J'ai… j'ai peur des armes. Ça me terrifie. C'est idiot, mais c'est comme ça. La prochaine fois que vous et votre ami venez, vous pourriez ne pas prendre vos pistolets ?

— Non.

Et ils sortent de la pièce.

Quelques minutes plus tard, elle est de nouveau assise sur le lit, la couverture sur les épaules, à fouiller ses souvenirs.

Elle se rappelle ce jour particulier, il y a quelques années, après l'élection de son père à la Maison Blanche… Et ces deux semaines bizarres qui avaient suivi, avec un tas de réunions et de briefings sur la sécurité. Un des agents du Secret Service – David Stahl – l'avait entraînée à l'écart.

— Mel, vous allez avoir une protection H-24, ici et où que vous alliez, mais s'il y a une erreur, un bug ou une attaque, vous pourriez alors vous retrouver toute seule. Je veux vous expliquer ce que vous devrez faire en pareil cas.

L'échange avait été intéressant et, malgré son angoisse quand l'agent Stahl lui avait décrit ce qui pouvait se passer, elle avait été flattée qu'il lui parle comme à une adulte.

Elle se souvient de tout.

Et c'est arrivé. Comment sa mère et son père vont-ils réagir en découvrant cette vidéo et les exigences du terroriste ?

Mel esquisse un sourire.

N'empêche que ce « tango » semble avoir gobé ce qu'elle lui a dit tout à l'heure, au sujet de sa peur des pistolets.

Parce que c'est complètement faux.

Son père lui a appris à tirer dès l'école primaire. Et, depuis, elle s'est entraînée avec toutes sortes d'armes à feu, d'une petite carabine Ruger 22 long rifle au fusil d'assaut M4.

Mais lui ne le sait pas.

Et c'est déjà une petite victoire.

33

Lake Marie, New Hampshire

L'agent David Stahl paraît agacé, et je le comprends. Il sent que je vais l'encourager à faire fi des procédures et de tout ce qu'on lui a enseigné. En effet, dans les prochaines secondes, je vais l'inciter à commettre carrément une faute professionnelle.

Je tente de garder un ton calme.

— Si Mel a été kidnappée, cela signifie qu'ils vont réclamer une rançon.

En moi, une petite voix scande : « Mon Dieu, faites qu'il y en ait une. Je vous en prie, faites qu'elle soit en vie. Rendez-moi ma fille. »

Je sais que mes ennemis sont nombreux et qu'ils ont la mémoire tenace. Une demande de rançon serait un moindre mal.

— Certes, monsieur le Président. Cela pourrait aussi être une ruse, pour nous faire bouger et nous rendre vulnérables à une attaque.

Jc poursuis néanmoins :

— Possible. Mais dans le cas d'une rançon, le FBI et la Sécurité intérieure vont entrer en scène, avec toutes les forces de l'ordre en Nouvelle-Angleterre. Samantha et moi devons pouvoir suivre ce qui se passe. Quelles sont les exigences des terroristes, quelles options sont sur la table… Vous êtes d'accord, David ?

Il serre les mâchoires et hoche la tête à contrecœur. Les autres agents du Secret Service présents dans le bunker s'efforcent de nous ignorer. Quel changement ! Hier encore, je faisais un barbecue pour eux, avec cheeseburgers et hot-dogs. Plus tard dans la soirée, je les plumais au poker. Et maintenant leur bonne humeur s'est envolée. Ils sont redevenus des combattants aguerris, des hommes et des femmes prêts à tuer pour me protéger.

— Cela suppose des entretiens, des coups de téléphone, des visioconférences. Comment m'occuper de ça ici ? Il faut que je sorte de là, David. Et tout de suite.

— Monsieur le Président, je…

— Je ne suis pas le président. Aujourd'hui, c'est Pamela Barnes le président. Je suis juste l'ancien POTUS, sans pouvoir, sans influence, sans responsabilité. Vous, et tous vos compagnons ici, avez fait le serment de me protéger, et je ne vous en remercierai jamais assez. Mais je ne vais pas rester assis dans mon petit cocon, à attendre que ça se passe.

— Monsieur, des renforts vont pouvoir vous transporter dans un lieu plus sûr.

— Dans combien de temps ? Un hélico arrive sous peu, avec le FBI à bord. Laissons la HRT se déployer et quand tout ce petit monde sera descendu de l'appareil, on monte en cabine, avec un ou deux agents, et on s'en va.

L'cxpression de David Stahl est toujours aussi implacable. Je n'aimerais pas être sous ses ordres, ou convoqué dans son bureau pour me faire remonter les bretelles.

Je dois pourtant sortir d'ici, d'une façon ou d'une autre.

Nous nous fixons des yeux.

C'est lui qui craque le premier.

— Et où irions-nous ? s'enquiert-il.

— À l'aéroport de Manchester. Destination Ronald-Reagan. Et on descend au Saunders Hotel à Crystal City.

— Pourquoi au Saunders ?

— Le comité de campagne pour ma réélection a encore une suite là-bas. Ils s'occupent de la paperasse bureaucratique pour la commission électorale fédérale. L'endroit a déjà été inspecté par le Secret Service. Et c'est juste à côté de Washington, sur la rive droite du Potomac.

— Comment vous comptez vous rendre à l'aéroport Ronald-Reagan ?

— Pour ça, il me faut mon téléphone. Et il est dans la maison.

Stahl secoue la tête.

— Je ne peux pas ouvrir cette porte.

— Si. Vous le pouvez. Demandez à l'agent là-bas de me le rapporter, ainsi que mon sac d'urgence qui se trouve dans le placard de ma chambre. Je ferai alors le nécessaire pour avoir un avion.

Quelques secondes s'écoulent.

— Je vais perdre mon travail.

— J'ai encore des amis à Washington. Je veillerai à ce qu'on s'occupe de vous.

Il me regarde fixement. Sans me quitter des yeux, il articule :

— Nicole…

— Oui, David, répond Washington, toujours assise derrière la console.

— Appelle Emma. Qu'elle nous rapporte l'iPhone de Harbor, et son sac d'évacuation d'urgence.

— Très bien.

J'acquiesce.

Déjà une petite victoire. Un pas minuscule pour sauver ma fille.

Mais je prends.

34

Lake Marie, New Hampshire

Six minutes plus tard, je suis dans un coin du bunker tandis que les agents du Secret Service continuent de superviser les opérations. Il y a beaucoup d'échanges, les téléphones sonnent, les radios crépitent. Je fais défiler la liste de mes contacts, l'esprit en ébullition, cherchant quels amis pourraient m'aider à quitter cet endroit.

Ils ne sont pas si nombreux.

C'est une des leçons que j'ai apprises en politique, et on la retient très vite… Peu de personnes sont de véritables amis. La plupart des gens dont on fait la connaissance, quelles que soient la chaleur de leur sourire, l'intensité de leurs compliments, n'aiment chez vous que votre pouvoir. Une fois ce privilège perdu, ils disparaissent.

Toutefois, certains restent. Même s'ils ne sont pas nombreux.

Comme…

Trask Floyd.

Il était autrefois dans les Forces spéciales, comme moi. Puis il a travaillé comme cascadeur au cinéma et, finalement, il est devenu acteur et réalisateur. Je l'ai connu lorsque j'étais au Congrès, et qu'il avait besoin du soutien de la Texas Film Commission.

Le téléphone sonne une fois, deux fois, et un jeune homme répond :

— Ici, le téléphone de Trask Floyd.

— C'est Matt Keating. Je dois parler à Trask.

Il y a quelques années, le standard de la Maison Blanche pouvait me mettre en relation avec n'importe qui sur la planète.

Hélas, ce temps est révolu.

— Je regrette, mais il est occupé.

— Où est-il ?

— Il prépare un plan, et nous sommes déjà très en retard sur le planning, alors…

Je décide de prendre mon ton de militaire.

— Fiston, si dans les soixante secondes Trask Floyd n'est pas au bout du fil, tu vas le regretter pour les soixante prochaines années de ta vie. Exécution !

Sur la ligne, il n'y a plus personne.

Quelques minutes s'écoulent.

Oh, Mel…

Où te trouves-tu en ce moment ? Qui t'a enlevée ?

Soudain, une voix résonne dans le téléphone :

— Matt ? lance Trask. Je ne sais pas ce que tu as dit à Tommy, mais il est livide.

— Où es-tu ?

— À Vasquez Rocks, en Californie. Je m'apprête à tout faire péter.

La Californie…

J'aurais préféré qu'il soit plus près.

— J'ai besoin d'un coup de main, dis-je.

— D'accord, Matt.

Ce bon vieux Trask. Pas de questions, pas de marchandages.

— Qu'est-ce qu'il te faut ?

— Un avion à l'aéroport de Manchester dans le New Hampshire. Pour m'emmener, moi et un agent du Secret Service à Washington.

— Tout ça pour quand ?

— Dans cinq minutes.

— Ah oui, quand même…

J'entends des voix en arrière-plan. Apparemment, on réclame Trask sur le plateau.

— Monsieur Floyd…

— Trask, il faut tourner…

— On perd le soleil…

— Attends deux secondes, s'il te plaît, déclare Trask. (J'ai l'impression qu'il a posé le téléphone contre sa poitrine. J'entends une série de jurons étouffés, et puis il revient en ligne.) C'est d'accord. Tu l'as.

Je ferme les yeux de soulagement.

— Tu veux savoir ce qui se passe ?

— Non. Je dois passer quelques coups de fil pour ton avion. Si tu me réclames ça, c'est que tu as de bonnes raisons. Bonne chance, Mister Président. Je suis là, n'hésite pas.

Quelques minutes plus tard, j'entends le vrombissement d'un hélicoptère. Les vibrations font trembler le béton. Je suis à la porte, avec mon sac, l'agent Stahl est à mon côté. Il tient également un sac dans une main, et dans l'autre son pistolet SIG-Sauer.

L'agent Washington, derrière sa console, annonce :

— Le Black Hawk a atterri.

La porte est aussitôt déverrouillée et l'agent Chin tire le battant. Stahl passe en premier. Je le suis de près. Devant nous, sur la grande pelouse qui mène au lac, l'hélicoptère est posé, avec son rotor toujours en marche.

Une section de l'Hostage Rescue Team du FBI, en tenue d'intervention, descend de l'appareil. David et moi courons vers eux, tête baissée, tandis que les pales soulèvent un nuage de débris végétaux.

Mes souvenirs remontent par vagues successives. Dans combien d'hélicoptères comme celui-ci suis-je parti en opération – des missions certes dangereuses et vitales, mais jamais aussi importantes que celle-ci.

L'agent Stahl monte le premier et m'aide à grimper. Le chef de bord referme la porte coulissante, et nous nous installons dans les sièges légers faits de sangles entrecroisées. Je m'assois en face de Stahl.

Nous fixons nos casques intercom, même si je n'ai rien à dire. Le Black Hawk s'élève, survole les monts tapissés de forêts. Alors que je contemple les arbres qui défilent, je sens la colère me gagner, la peur aussi.

Mel est peut-être ici. Juste sous nos yeux.

Que faire ?

Je tire mon sac vers moi, pour le garder à portée de main. Il y a dedans des affaires de rechange, des baskets, de l'eau, des barres énergétiques et de l'argent.

Entre autres…

Quand j'étais le président des États-Unis, les seules armes que je voyais, c'étaient celles des gardes du Secret Service, ou de ses brigades de la CAT.

Aujourd'hui, dans mon sac, il y a un SIG-Sauer P226 et un fusil d'assaut M4 démonté, équipé d'une lunette TAWS 32, ainsi qu'un stock de munitions pour les deux armes.

Parce que je ne suis plus le président.

Je suis un père, prêt à aller à l'autre bout du monde, et à tuer tous ceux qui m'empêcheront de ramener ma fille à la maison.

35

Bureau Ovale
Maison Blanche

La présidente Pamela Barnes pose devant les photographes avec une délégation de la Jeune Chambre internationale, et elle se demande quel visage présenter aujourd'hui. Au fil de sa carrière politique, elle a secrètement répertorié les différents masques à arborer selon les occasions – du visage chaleureux et souriant au plus courroucé. Devant ce groupe de jeunes entrepreneurs, elle choisit d'afficher celui de la chef d'État concernée mais très occupée.

Alors que les appareils crépitent, elle se place au milieu du groupe. Elle hoche la tête tout en ignorant les questions des journalistes de la Maison Blanche, comme autant de bombes à eau.

— Madame la Présidente, le président de la Chambre des représentants affirme que les débats concernant le budget sont suspendus tant que…

— Madame la Présidente, comment allez-vous répondre aux représailles chinoises suite à la fermeture du détroit de Taïwan ?

— Madame la Présidente, malgré les promesses du Congrès, il semble que le budget alloué à l'OTAN va encore diminuer cette année…

Elle continue de sourire, jusqu'à ce que l'un de ses jeunes assistants consulte sa montre et intervienne :

— C'est terminé. Merci à tous. Merci infiniment.

Il écarte les bras pour repousser vers la sortie les journalistes et les jeunes de la JCI qui ont encore des étoiles plein les yeux.

L'un d'eux, une Asiatique à forte corpulence, dans un tailleur bleu marine, s'attarde auprès de Pamela.

— Merci pour votre visite, déclare la Présidente en lui serrant brièvement la main. J'espère que vous apprécierez la suite de votre séjour à Washington.

La jeune femme est au bord des larmes.

— Merci. Merci beaucoup, madame la Présidente… sachez-le, nous sommes tous derrière vous. Nous vous soutenons. Nous vous aimons. Dieu vous bénisse !

Cette fois, le sourire de Pamela est authentique. Elle pose la main sur l'épaule de la femme.

— Merci… C'est très gentil de votre part.

Même si elle est touchée par la déclaration de sa visiteuse, elle la modère aussitôt : Non, songe-t-elle, tout le monde ne me soutient pas, en particulier la Chambre des représentants, la Chine, la Russie, l'Iran, et une bonne partie des médias et d'Internet. Sans compter la majorité du pays qui ne s'est toujours pas faite à l'idée que « le leader du monde libre » puisse être une femme.

Le groupe de la JCI finit par quitter le bureau Ovale.

Richard, le mari de Pamela, entre en tenant son porte-documents en cuir dans ses grosses mains. Encore une fois, elle sent une bouffée d'amour et de reconnaissance monter en elle. Il porte sa tenue habituelle – costume anthracite de Savile Row et cravate bordeaux. Bien avant qu'elle n'accède à la fonction suprême, les critiques fusaient déjà sur les goûts de luxe de son mari.

À l'époque, Richard lui répliquait : « J'ai grandi dans le comté d'Osceola, avec de la bouse de vache plein mes vêtements, et maintenant tu me reproches de vouloir être présentable ? »

— Quelle est la suite du programme ? s'enquiert-elle.

Il est la seule personne en qui elle ait totalement confiance.

— J'ai tout annulé, répond-il sans hésitation.

Pamela se raidit d'un coup. Après sa victoire sur le fil à la présidentielle, il y a deux ans, Richard a dirigé son équipe pendant la transition du pouvoir. Beaucoup ont crié au scandale lorsqu'elle a imité JFK (qui avait nommé son frère Bobby comme procureur général des États-Unis) en confiant à Richard le poste très convoité de directeur de cabinet. Mais sa victoire historique a fait taire les critiques. D'ailleurs, il lui arrive souvent de regretter l'état de grâce du début de son mandat, quand tout paraissait possible.

— Qu'est-ce qui se passe ? demande-t-elle en se rasseyant derrière le Resolute, comme tant de présidents avant elle.

Une fois la porte du bureau Ovale refermée, Richard vient la rejoindre.

— Mel Keating a été kidnappée.

— Quoi ? s'écrie Pamela, horrifiée. La fille de Matt ?

Elle s'était préparée à tout – une attaque terroriste, une opération militaire, la mort d'une personnalité éminente –, mais pas à ça.

Richard ouvre son porte-documents.

— Il y a près de deux heures. J'ai reçu une note de la Sécurité intérieure. Mel Keating et son petit ami faisaient une balade dans les White Mountains, à une demi-heure de la maison de Matt. Le garçon a été retrouvé sur le parking, au début du chemin de randonnée, tué d'une balle dans la tête. Le sac à dos de Mel était à côté du corps.

— Et le Secret Service ? Ils étaient censés la protéger, non ?

— Matt n'est plus le président et, légalement, la sécurité des enfants d'un ex-président est assurée jusqu'à leurs seize ans. Or Mel en a dix-neuf.

Pamela pousse un long soupir.

— Est-ce qu'il y a eu une demande de rançon ?

— Pas encore.

— On sait d'où ça vient ?

— Matt a servi chez les SEALs, la liste de ses ennemis est longue comme le bras. Je suis sûr que le FBI est en train d'éplucher ça à la loupe.

— Où en est-on en ce moment ?

— La police locale est sur place. On a envoyé une section de la HRT chez Keating. Et tous les agents disponibles de Boston à Buffalo.

— Et les médias ?

— Juste des rumeurs sur Internet, à propos de trucs bizarres qui se déroulent dans ce coin du New Hampshire. Mais l'info ne va pas tarder à sortir, c'est couru d'avance. Tu vas devoir faire une déclaration très vite, montrer que tu es aux commandes.

Pamela se frotte les yeux.

— Ce serait plutôt à Lisa Blair de s'en charger, non ? C'est elle la chef du FBI.

— Si c'était un kidnapping classique, je serais d'accord avec toi. Sauf que là, il s'agit de la fille de l'ancien président. Il faut que tu prennes les devants, que tu montres au pays que c'est toi qui commandes.

Pamela acquiesce. Son mari et directeur de cabinet a raison.

— Entendu, soupire-t-elle. Convoque Lisa au plus vite pour qu'elle me fasse un topo. Et je veux que Paul et le directeur du Secret Service soient également présents. Ainsi que le général Perkins et Fred Munroe. Et tout le pool de presse. Au fait… où est le vice-président ?

— Dans un avion, en route pour l'Amérique du Sud. Tu es sûre de vouloir convoquer le chef d'état-major et ton conseiller à la Sécurité nationale ?

— Absolument. Il y a peu de chances que Mel ait été kidnappée par un péquenaud du coin qui veut se faire un peu de fric. C'est une question de sécurité nationale et une affaire militaire. Je dois me couvrir.

— Ce sera fait.

Pamela secoue la tête. Voilà des années, Richard et elle avaient tenté d'avoir des enfants, en vain. Et ni l'un ni l'autre ne souhaitait se lancer dans le parcours du combattant d'une FIV. Alors, ils avaient reporté leur affection sur leurs neveux, nièces, cousins et cousines – d'ailleurs, c'était fou le nombre de parents plus ou moins éloignés qu'ils avaient depuis son investiture !

Elle n'osait imaginer l'horreur d'avoir son enfant kidnappé.

— Il faut que je parle à Matt.

— C'est impossible pour le moment.

— Pourquoi ?

— Il est dans un hélicoptère du FBI qui l'emmène à l'aéroport de Manchester. De là, d'après ce que je sais, il va rejoindre Washington pour être au plus près des informations et des instances décisionnaires.

— Et Samantha ?

— Elle est en chemin aussi.

— Très bien. Dès que possible, je veux les recevoir en personne. Et sans journalistes.

— Je m'en occupe.

Qui d'autre convier à sa cellule de crise ? Elle a toute confiance en Lisa Blair, la directrice du FBI, même si elle a été nommée par son prédécesseur. Il n'y a pas plus compétente qu'elle pour gérer une affaire de kidnapping. En revanche, Paul Charles, le secrétaire à la Sécurité intérieure, est un ancien flic de Floride à l'imagination limitée. Il faudra qu'elle veille à ce qu'il se taise et suive les instructions du FBI. Et la NSA ? Ce sont les meilleurs pour intercepter les communications. Ils devront…

Elle lève les yeux. Son mari n'a toujours pas quitté la pièce.

Le signal est clair.

— Tu as autre chose à me dire ?

Il la regarde un long moment.

— C'est une crise sérieuse, Pamela. Mais c'est aussi une véritable opportunité. Ces derniers mois n'ont pas été faciles pour nous.

— Richard, cette fois c'est…

Il l'interrompt :

— Nous sombrons, Pamela. On prend l'eau de partout. Ton exploit est loin dans les mémoires. Nous avons aujourd'hui l'occasion de reprendre les rênes, de montrer ton autorité, d'opter pour des décisions difficiles qui impressionneront le peuple américain et les autres pays.

La Présidente observe cet homme qui l'a aidée à conquérir son fauteuil, dans ce bureau le plus célèbre de la planète.

— Quel genre de décisions ?

Le regard de Richard est calme et déterminé.

— Pam, quand les ravisseurs feront connaître leurs exigences pour libérer Mel, tu leur diras non.

36

Saunders Hotel
Arlington, Virginie

Quelques minutes après mon arrivée avec l'agent Stahl, c'est déjà les grandes manœuvres au quatrième étage du Saunders Hotel, et je fais mon possible pour diriger tout ce petit monde. Deux Suburban noirs sont venus nous chercher à l'aéroport national Ronald-Reagan, avec trois autres agents du Secret Service, mandatés par le bureau du 1100 L Street NW, du district de Columbia. J'ai reconnu l'agent assis à côté de moi.

— Comment allez-vous, agent Morales ? Et vos jumeaux ?

— Très bien, monsieur, a-t-il bredouillé, stupéfait. Ils sont entrés à la grande école. Et ils font tourner les sœurs en bourrique.

— Déjà en CP ! C'est magnifique.

Ça m'a permis de ne pas penser à Mel pendant une minute. Morales est resté six mois au service de protection du président quand j'étais aux commandes, et à force de passer mes journées avec ces agents, j'ai fini par tout connaître d'eux et de leurs familles.

Au quatrième étage, Morales garde la porte de communication entre la suite louée par mon ancien comité et une autre suite inoccupée, ce qui nous laisse plus d'espace pour travailler. Les lieux grouillent de gens de l'hôtel – des vigiles, des chefs de service, des techniciens et ouvriers – qui viennent apporter des chaises, des bureaux, des ordinateurs. Tout ça est payé avec la carte Visa du « Comité pour la réélection de Matthew Keating », qui n'a pas encore été dissous. Cela va me coûter une fortune, mais je m'en fiche.

Les lumières s'allument, les téléphones sonnent, un grand écran de télévision est installé, réglé sur CNN, le son coupé. CNN, « la dix-huitième agence de renseignements des États-Unis » qui, avec son réseau de correspondants couvrant la planète, recueille des infos avant tout le monde – parfois avant même la Maison Blanche ou le département d'État.

Toutes les secondes, on m'interpelle. Les questions ne cessent de fuser. Il leur faut plus de monde, plus de pièces, où vont-ils dormir, quel genre de café et de repas sera servi… Et je suis au centre de cette tornade. Je ne peux m'empêcher de regretter le temps béni de la salle de crise de la Maison Blanche, où tout était simple et organisé.

J'aimerais trouver une minute pour savoir où est Samantha et demander à David s'il a des nouvelles de la police du New Hampshire ou du FBI. Où que j'aille, quelqu'un se plante sous mon nez avec un téléphone ou un ordinateur portable, et une question urgente à poser.

— C'est quoi ce cirque ? tonne soudain une voix de femme. Silence ! Je ne veux plus entendre une mouche voler !

Je me retourne et me sens vaciller tant je suis soulagé : c'est Madeline Perry, ma directrice de cabinet. Elle traverse la pièce, le regard noir, mettant au défi quiconque de se mettre sur son chemin.

Elle s'avance vers moi, pour me serrer brièvement dans ses bras.

— Oh, monsieur le Président…

Je me recule, les larmes me montent aux yeux.

— Merci d'être venue aussi vite, Maddie.

Elle prend mes mains dans les siennes.

— J'ai dû soudoyer quasiment tout le monde à LaGuardia pour obtenir une place dans le premier vol pour Washington-Dulles. Du nouveau ?

— Pas que je sache.

Elle me lâche, repère l'agent Stahl au téléphone.

— David ! Réunion avec Harbor et moi. Tout de suite !

Nous la suivons dans l'unique pièce inoccupée, à savoir la salle de bains. Madeline nous pousse à l'intérieur et lance à la cantonade :

— Le premier qui s'avise de venir frapper ici aura tous les doigts brisés. C'est clair ?

Une fois la porte refermée, elle se tourne vers l'agent Stahl.

— David, où en est-on ? Il y a eu une demande de rançon ?

Il secoue la tête.

— Pas à ma connaissance. Les gars de la HRT sont toujours sur zone, et tous les agents du FBI disponibles montent au Lake Marie. Un avis de recherche a été diffusé dans toute la Nouvelle-Angleterre concernant un Cadillac Escalade noir. Nous pensons qu'il a servi à transporter Mel. Les frontières alentour sont fermées.

— Et vous, monsieur le Président, reprend Madeline, des nouvelles de la Maison Blanche ? Du FBI ? De la Sécurité intérieure ?

— Rien pour l'instant. J'ai pas mal bougé ces deux dernières heures. Et si je n'ai plus à répondre à des questions techniques, comme quel type de téléphones ou de lignes on installe ici, je pourrai les appeler.

— D'accord. Faites-moi confiance, lorsque nous sortirons de cette pièce, plus personne ne viendra vous importuner. (Elle prend une grande inspiration.) Je n'ai rien vu encore dans les médias au sujet de ce… problème, mais ça ne va pas durer. Je vous prépare un communiqué de presse. (Sa voix chevrote malgré elle.) La pauvre petite…

— Agent Stahl, dis-je. On a des nouvelles de Samantha ?

— J'étais justement en train de me renseigner quand Maddie est arrivée, monsieur le Président. La police du Maine et des agents de Portland l'ont récupérée à Dulles. Elle a atterri il y a une demi-heure. Ils sont en chemin.

Une nouvelle bouffée de soulagement m'envahit.

J'ai besoin d'elle. Ici et maintenant.

Mon épouse. La mère de Mel et, plus important encore, mon équipière.

Sans elle à mon côté, je ne pourrai pas surmonter cette épreuve et ramener Mel.

— Bonne nouvelle, réponds-je. Maddie, combien de temps avant que l'affaire ne sorte ?

— C'est une question de minutes.

Je me frotte le visage.

— Après, la terre entière sera au courant, et tous les dingues de la planète vont encombrer les lignes téléphoniques et les serveurs du FBI et de la Sécurité intérieure, jusqu'au moindre poste de police.

Madeline hoche la tête.

— Exact, monsieur. On va vous protéger de tout ça, vous laisser travailler. Allez passer vos coups de fil avant que le réseau soit saturé.

Je pose la main sur la poignée, mais Maddie m'arrête.

— Non. Je vais sortir en premier.

Elle a à peine ouvert la porte qu'elle élève déjà la voix.

— Écoutez-moi tous. Et ouvrez bien vos oreilles ! Je suis Madeline Perry, la directrice de cabinet du président Keating. Toutes questions, requêtes, annonces doivent transiter par moi, et seulement moi. Compris ? En d'autres termes, laissez le président tranquille ! Nous allons nous installer dans l'autre suite. Si vous avez besoin de lui parler, venez d'abord me voir pour obtenir mon feu vert. (Elle se tourne vers moi.) Par ici, monsieur le Président.

Tandis que je suis Madeline, son plan tombe à l'eau car la porte d'entrée s'ouvre sur Samantha.

— Matt ! s'écrie-t-elle sitôt franchi le seuil.

Dans la seconde, je la serre dans mes bras. Je sens ses cheveux contre mon visage, leur odeur iodée mêlée de poussière. Tant de souvenirs resurgissent : l'annonce de sa grossesse, mon retour à la maison après ma première mission, et ce jour de cauchemar, voilà deux ans, lorsque Pamela Barnes m'a battu aux primaires de Californie… Chaque fois, je ne voulais plus la lâcher.

Comme maintenant.

Je finis par desserrer mon étreinte. Il le faut. Je l'embrasse. Les larmes brillent dans ses yeux.

— Tu as des nouvelles ? Quelque chose ?

Je tiens toujours son visage entre mes mains, me demandant quoi lui répondre, quand Madeline s'écrie :

— Montez le son ! Montez le son !

Nous nous approchons tous de l'écran. La présentatrice de CNN, la même que d'habitude, est derrière son pupitre, et dessous défile un bandeau en lettres rouges – FLASH INFO. Enfin, quelqu'un trouve la télécommande et la voix résonne dans la pièce.

— … CNN a appris de deux sources fiables au niveau fédéral que Melanie Keating, la fille de l'ancien président Matthew Keating, a été kidnappée alors qu'elle faisait une randonnée dans les White Mountains au nord-ouest du New Hampshire et que son compagnon a été sauvagement assassiné…

37

Monmouth, New Hampshire

À bord de sa vieille voiture de patrouille – une quasi-épave –, l'agent Corinne Bradford de la police de Monmouth se gare sur l'une des places réservées à la police. Elle coupe le moteur. Il y a quelques minutes, le chef Randy Grambler l'a appelée sur son portable, lui ordonnant de passer le voir.

Elle est surprise qu'il lui ait demandé de venir, plutôt que de lui donner ses instructions par radio. C'est peut-être en lien avec le kidnapping de la fille du président, Mel Keating. Elle croise les doigts.

Corinne descend de son véhicule, son calepin à la main, tandis qu'une voiture de la police d'État passe à vive allure sur la Route 3, suivie par une autre du shérif de Grafton et de deux Suburban noirs, tous gyrophares allumés. Deux hélicoptères sillonnent le ciel au sud, du côté du mont Rollins, à un quart d'heure de l'endroit où habite l'agent Bradford.

Elle a encore du mal à dire que c'est chez elle, sa maison. Il y a un an à peine, elle vivait à Brockton dans le Massachusetts et occupait un super poste dans la police d'État. Mais une série de scandales, impliquant ses collègues – pas elle, Dieu merci ! –, avait entraîné un remaniement complet de la brigade, et elle s'était retrouvée dehors, sans emploi.

Elle est redevenue simple flic municipal, dans un service de trois personnes, perdu au fond des bois, dirigé par un chef qui travaille là depuis la dernière ère glaciaire.

La jeune femme longe le bâtiment blanc de plain-pied, aux fenêtres étroites comme des meurtrières occultées par des volets noirs. L'endroit abrite tous les services de la ville en plus de la police de Monmouth – si on peut appeler ça une « police » –, dont les locaux se trouvent au sous-sol. Corinne ouvre la porte crasseuse et aperçoit le chef Grambler, assis derrière son bureau de métal, ses longues jambes en éventail. Avec son mètre quatre-vingt-quinze, il est si maigre qu'il risquerait la syncope s'il s'avisait de sauter un seul repas. Il porte le même uniforme bleu que Corinne, mais le sien brille d'usure aux genoux et aux coudes.

Il gribouille quelque chose et lui tend le bout de papier. Au plafond la tuyauterie du bâtiment vibre et grogne. Quelqu'un est allé aux toilettes. Le poste abrite deux bureaux, quelques chaises, des armoires métalliques et des cartons d'archives contenant des dossiers datant du siècle dernier. Il n'y a pas de cellules. Les rares personnes que Corinne a arrêtées ces deux derniers mois ont été directement emmenées à la prison du comté de Grafton, à Haverhill.

— Tiens ! lance Grambler. Va voir Yvonne Clarkson, en haut de Mast Road. Au numéro quatre.

Quelqu'un lui a volé un truc ce matin et elle n'est pas contente.

Corinne prend le papier.

C'est une blague !

Dès son premier jour ici à Monmouth, elle a découvert que les flics dans cette petite ville étaient appelés pour des broutilles – une boîte aux lettres cassée, un chien errant pourchassant les poules d'un voisin.

— D'accord, grommelle-t-elle. Mais pourquoi ne pas m'avoir demandé ça par radio ? Ça aurait été plus rapide.

Grambler esquisse un sourire, coince ses mains derrière la nuque et se penche en arrière. Elle entend craquer à la fois ses os et son fauteuil.

— Yvonne est une ancienne. Elle a été conseillère municipale et membre de la commission d'urbanisme de la ville. On ne l'aime pas beaucoup dans le coin. C'est pour ça que je préfère la jouer discret, pour éviter qu'un petit malin, avec un scanner de police, aille colporter des ragots.

Elle examine l'adresse, plie le papier en deux.

— Des nouvelles du kidnapping de Mel Keating ?

— Non.

— Et côté police d'État et du comté ?

— Non.

Elle froisse le papier dans sa main. Quand elle était à la police du Massachusetts, elle avait collaboré à deux reprises avec le Secret Service lors d'une visite présidentielle, et elle avait adoré cette tension. L'excitation de faire partie d'une grande opération, de quelque chose d'important…

— On pourrait chercher de notre côté, non ? déclare-t-elle. Par exemple, fouiller le secteur et…

— Corinne, fais déjà ton boulot, d'accord ? lâche Grambler en ramassant son exemplaire de l'*Union Leader*. Et ton boulot, c'est d'aller voir Yvonne Clarkson. Maintenant.

Corinne est depuis vingt minutes dans le salon étouffant d'Yvonne Clarkson, à boire un Ice tea tiède, préparé avec un sachet de poudre, à écouter la vieille femme se plaindre de sa santé et de la politique. Pour la quatrième fois, elle tente de remettre la conversation sur les rails.

— C'est promis, madame. Je me souviendrai de ce que vous avez dit sur le Dr Yahn si je dois être opérée du pied au centre médical Dartmouth-Hitchcock. Et maintenant, si vous me disiez ce qui s'est passé ce matin ?

La femme a dans les soixante-dix ans, les cheveux teints en noir, les sourcils aussi. Elle porte un haut jaune et un short de toile qui lui descend aux genoux. Ses ongles des mains et des orteils sont du même rouge vif que son rouge à lèvres.

— C'est bien triste, soupire Yvonne Clarkson. Monmouth a bien changé depuis que l'école et le centre médical se sont développés, et que les braves gens d'ici ont été obligés de partir à cause des impôts et du prix des loyers. Maintenant, il se passe de ces choses…

— Quelles choses ? insiste Corinne.

Mme Clarkson se penche vers elle et baisse la voix.

— Des vols… On vole les biens des gens. Avant, je laissais les portes ouvertes, les voitures restaient sur le parking avec la clé sur le contact. Tout ça, c'est fini.

— Qu'est-ce qui a été volé ?

— Mon journal du matin ! Voilà ce qu'on m'a volé ! Vous vous rendez compte ? Juste là, dans le tube à côté de ma boîte aux lettres.

Corinne s'efforce de garder son calme. En son for intérieur, les pensées bouillonnent… Quand elle vivait dans le Massachusetts, elle s'occupait d'accidents à cause de conduite en état d'ivresse et elle a sauvé au moins deux vies en effectuant les premiers secours. Elle a démantelé quatre réseaux de drogue, ce qui a permis de saisir au moins cent kilos d'héroïne, et une fois elle a assuré le renfort pour une affaire de prise d'otage à Melrose.

— Votre journal ? répète-t-elle.

— Oui. Mon *USA Today*. C'est tout récent qu'ils le livrent dans le secteur et ces maudits voleurs me l'ont dérobé ce matin.

— Des voleurs ?

Elle hoche la tête avec vigueur.

— Je suis une lève-tôt. Et j'ai vu ce petit salopard – excusez mon langage – sortir d'un SUV noir et me piquer le journal. Il s'est servi, comme s'il était chez lui !

Corinne prend quelques notes.

— Vous en êtes sûre ?

— Absolument. Deux vauriens. L'un était au volant, et l'autre est descendu pour me prendre mon journal. Vous pensez pouvoir les retrouver ?

Corinne essaie de cacher sa lassitude.

Un journal volé, deux dollars de butin !

— Je vais faire mon enquête. Mais n'ayez pas trop d'espoir. Un gars et un SUV noir, c'est assez vague.

Elle pince les lèvres.

— Vous n'êtes pas d'ici, ça se voit. Vous n'avez pas connu mon oncle Caleb.

— Non, madame.

Il faut encore qu'elle se justifie d'avoir vécu dans le Massachusetts.

— Il était le plus grand vendeur de voitures de Manchester. Double-C Fine Autos, ça s'appelait. J'y ai travaillé tous les étés pendant de nombreuses années, pour l'aider à la paperasse, commander les pièces détachées. Je connaissais bien les voitures, et je m'y connais toujours. Je sais exactement quel SUV s'est arrêté devant chez moi.

— Ah oui ? Et il s'agissait de quel modèle ?

Elle dodeline de la tête, toute fière.

— Un Cadillac Escalade de cette année. Noir. Avec des vitres teintées.

38

Bureau Ovale
Maison Blanche

La porte du bureau Ovale s'ouvre, et la présidente Pamela Barnes se lève de son fauteuil derrière le Resolute et s'avance vers son prédécesseur, Matthew Keating, et sa femme Samantha. Ils ont les traits creusés et semblent épuisés. Lorsqu'elle était gouverneure, Pamela avait reçu des parents qui avaient perdu leurs enfants dans une fusillade. Ces deux-là ont la même tête.

— Matt, Samantha… je suis tellement désolée. Ce qui vous arrive est terrible. Nous allons faire l'impossible pour ramener Mel ! Je vous le promets.

Samantha Keating, encore sous le choc, marche d'un pas chancelant, tandis que son mari a un regard mauvais, comme s'il était sur le point de tuer quelqu'un. Des yeux sombres, froids et durs. Pamela se souvient de la remarque du sénateur républicain Mark Hanna à propos de Roosevelt après l'assassinat de son ami, le président McKinley : « Et maintenant, un cow-boy va être le président des États-Unis ! »

Elle avait eu la même réaction en apprenant la mort soudaine de Lovering. Elle avait lancé à son mari : « Et maintenant, on va avoir un GI Joe aux manettes ! »

Elle s'efforce de chasser ces pensées parasites. Elle enlace Samantha un bref instant, serre la main de Matt, et les conduit vers les canapés crème en vis-à-vis au milieu de la pièce. Sont déjà là Lisa Blair, Paul Charles, Richard et Lydia Wang, une jeune assistante.

Matt et Samantha s'assoient en face de Pamela Barnes.

— Je suis vraiment navrée de ce qui arrive à Mel, poursuit celle-ci. Je tiens à vous assurer que toutes les autorités fédérales sont sur le pont pour la tirer de là.

Au même moment, les paroles de son mari lui reviennent en mémoire, tels des tisons ardents :

Quand les ravisseurs feront connaître leurs exigences pour libérer Mel, tu leur diras non.

Samantha hoche la tête devant les mots rassurants de la Présidente, mais Matt entre aussitôt dans le vif du sujet :

— Qu'est-ce que vous faites exactement ?

La question est directe et sans détour, sans la moindre once de courtoisie.

C'est moi la chef suprême ici, je n'ai pas de compte à vous rendre ! s'agace intérieurement Pamela Barnes.

— Lisa… on vous écoute.

Lisa Blair se penche légèrement, les mains jointes devant elle.

— Nous nous déployons sur la zone, madame la Présidente. Nous faisons même venir des agents de nos bureaux du Canada. Nos investigations s'opèrent sur deux axes. Le premier : enquêter dans l'entourage de Mel, ses camarades étudiants, ses amis, ses professeurs, ses compagnons de chambre, pour voir s'il s'est produit des événements anormaux ces dernières semaines. Des inconnus qui auraient rôdé sur le campus, posé des questions sur Mel, ou s'il y a eu des effractions et autres incidents inhabituels.

— Et l'autre axe ? demande Pamela Barnes.

— On essaie de la localiser. Nous dirigeons les recherches là-bas et nous travaillons en collaboration avec la police du New Hampshire et toutes les forces de l'ordre locales, y compris les gardes forestiers. Les routes autour du mont Rollins sont coupées – les grandes comme les plus petites –, toutes les habitations et locaux d'entreprises à trente kilomètres à la ronde sont fouillés, les occupants interrogés. Des brigades canines explorent les sites et chemins de randonnée les plus fréquentés.

— Il y a combien de postes-frontières avec le Canada ? s'enquiert Matt.

Paul Charles, secrétaire à la Sécurité intérieure, semble pris de court. Une fois de plus, Pamela Barnes regrette d'avoir été contrainte de lui donner ce poste. Tel un bon vieux flic, il sort un calepin tout écorné, tourne les pages, et annonce enfin :

— Vingt-quatre entre le Maine et le Canada, un au New Hampshire et quinze dans le Vermont. Ah oui, et nos douaniers sont en état d'alerte. D'importants bouchons se sont formés pour sortir du pays et entrer au Canada. Personne ne va se plaindre pour le moment, mais on peut avoir de gros problèmes si on n'allège pas rapidement les contrôles.

La Présidente s'empresse de réagir avant que Keating ne s'en mêle.

— Plus tard, Paul. Et le Secret Service, où en sont-ils ?

Il hausse les épaules.

— Nulle part. (Il tente un sourire.) Le mal est fait, comme on dit… M. et Mme Keating sont ici, leur résidence à Lake Marie est sous contrôle du FBI, et Mel… avant d'aller plus loin, je voudrais rappeler que le Secret Service n'avait pas pour mission d'assurer la sécurité de Mel Keating. Elle a dix-neuf ans et…

Matt l'interrompt, d'une voix glaciale :

— Personne ne reproche quoi que ce soit au Secret Service. Pamela, je peux intervenir ?

— Bien sûr, Matt. Faites donc.

— De récentes décisions de justice ont exigé un meilleur partage des informations entre le FBI et la NSA. Mais convaincre la NSA d'assister le FBI dans cette affaire va prendre du temps. Pourriez-vous donner des directives en ce sens et contacter le général Winship pour obtenir *de facto* le soutien de l'Agence ?

La directrice du FBI pivote vers Pamela Barnes en hochant la tête.

— Ça nous permettrait de gagner plusieurs heures, et c'est crucial, madame la Présidente.

— Ce sera fait, Lisa. Nous devrions aussi…

La porte s'ouvre doucement sur Felicia Taft, la sous-directrice de cabinet, qui entre avec un ordinateur portable dans les mains.

Tous les regards se tournent vers la jeune Afro-Américaine.

— Qu'est-ce qui se passe, Felicia ?

Elle se dirige rapidement vers la table basse et y dépose l'ordinateur ouvert.

— Madame la Présidente, nous venons de recevoir une alerte info d'Al Jazeera, explique-t-elle, le souffle court. Ils ont reçu une demande de rançon et vont la diffuser d'un instant à l'autre.

39

Bureau Ovale
Maison Blanche

Je tiens toujours la main de Samantha dans la mienne. Me retrouver dans cette pièce, c'est comme si je venais de remonter le temps. La dernière fois que j'étais dans ces murs, c'était il y a presque deux ans, durant la fin sinistre de mon mandat. Et me voilà de retour dans le Saint des Saints, non en président mais en père effrayé et en colère qui écoute à peine cette femme devant moi – une politicienne aguerrie qui trouve toujours de bonnes formules, lisses et consensuelles : faire de belles promesses et proférer des vœux pieux.

J'aimerais la croire, mais j'en ai trop vu et je suis bien trop méfiant.

En revanche, les hommes et femmes sur le terrain, qui font leur possible pour retrouver Mel, eux, ont toute ma confiance.

Quant à leurs supérieurs, ces directeurs et bureaucrates, avec leurs ongles manucurés et leur conscience douteuse…

Je reste, à leur égard, beaucoup plus circonspect.

Dans ces édifices gouvernementaux, il y a des ententes à conclure, des rancunes à entretenir, et j'en connais beaucoup qui verront dans cette crise l'occasion inespérée de placer leurs billes, et rien d'autre.

J'observe l'écran de l'ordinateur. Un présentateur disserte sur l'horreur de ce kidnapping, sur notre souffrance, à Samantha et moi. Je l'écoute à peine. J'attends que Doha le fasse taire en envoyant les images.

Je suis assis avec Samantha et Lydia Wang. En face de nous, il y a Pamela, Lisa Blair et Paul Charles. Richard, le mari de la Présidente, se tient debout derrière eux.

Le présentateur disparaît.

L'écran passe au bleu.

Apparaît ensuite un homme rasé de près, à la peau hâlée et aux cheveux bruns ; il est vêtu d'une chemise blanche boutonnée jusqu'au cou. Il se tient devant un mur en ciment. (Bien joué, me murmure la petite voix de l'ancien SEAL que je suis. Ne donner aucun détail en arrière-plan permettant une identification.) L'homme hoche la tête lentement, l'air déterminé, le regard étincelant. Sa première phrase me fait l'effet d'un coup de crosse dans l'estomac.

— Je suis Assim Al-Achid, combattant d'Allah, et ce message est pour toi, Matthew Keating. Je détiens ta fille.

Sam agrippe ma main.

— Oh ! Matt, c'est…

— Oui, réponds-je d'une voix monocorde. (Mes paroles sortent malgré moi :) C'est lui, dont la femme et les filles sont mortes à cause de moi.

Et j'entends l'ancien SEAL :

Peu importe ce qu'il dit ou promet, tu ne reverras jamais Mel.

J'observe fixement l'écran.

Al-Achid marque une pause. Je vois clair dans son jeu. Ce salopard prend son temps pour nous faire souffrir Sam et moi.

J'ai l'impression qu'il me regarde moi, au fond des yeux.

— Ta fille est vivante, annonce-t-il. Elle va bien.

Puis il ajoute, d'une voix sourde :

— À l'inverse de mes propres filles, tuées sur ton ordre, sous ton commandement. Imagine la douleur d'un père, qui apprend que non seulement son épouse est morte, mais aussi ses enfants, les amours de sa vie.

Il prend quelque chose sous la caméra. Quand ses bras reviennent dans le cadre, il a trois photos dans les mains, trois clichés en couleurs montrant des fillettes rieuses, avec des cheveux noirs bouclés, des habits d'enfants aux motifs colorés.

— Voilà mes amours. Amina, Zara et Fatima. Trois petites brûlées vives, écrasées, démembrées par toi, Matthew Keating. N'importe quel père voudrait se venger, n'est-ce pas ? Venger la mort de ses enfants.

Il brandit une autre photo. Une femme en tchador noir, au visage potelé et souriant.

— Et voici mon épouse, Leïla. Une compagne merveilleuse et pieuse, une mère parfaite. Et toi, Matthew Keating, tu as de la chance. Ta femme est encore en vie. Elle est assise à côté de toi en ce moment.

Il baisse la photo.

Prend une longue inspiration.

— Comme je l'ai dit, la vengeance devrait être le chemin. Ce ne serait que justice. Et pourtant ta fille est encore en vie. Et je vais te le prouver.

L'image passe au noir durant quelques secondes puis Mel apparaît à l'écran, elle regarde la caméra, apeurée, les yeux rouges derrière ses lunettes, les cheveux en bataille. Elle tient dans ses mains un exemplaire du *USA Today*. Je scrute l'image, je veux m'assurer qu'elle respire, qu'elle est vivante. Je ne vois que son regard farouche, mais en même temps chargé de défi, et le journal qu'elle tient sous son menton.

À côté de moi, j'entends Sam sangloter.

Assim Al-Achid revient à l'écran.

— Toi, Matthew Keating, tu as tué ma femme et mes filles. Et moi, je t'apporte la preuve que ta fille Melanie est vivante aujourd'hui. Alors, dis-moi : qui est le terroriste ? Qui est l'assassin ? Qui est le barbare ?

Il laisse un autre silence s'installer.

Ce salaud fait durer le plaisir.

— Matthew Keating, tu as jusqu'à demain matin pour satisfaire mes demandes que voici.

J'entends Richard Barnes murmurer :

— On y est…

— Demain midi, heure de la côte Est, commence Al-Achid. Je libérerai Mel Keating, saine et sauve, si ces trois conditions sont réunies.

» Un. La libération de trois compagnons combattants qui sont en ce moment enfermés dans des conditions inhumaines dans votre prison supermax à Florence, dans le Colorado. Voici leurs noms : Ayaan al-Amine, Nawaf al-Khattab et Arda al-Hadid.

Des combattants ? Ce sont des tueurs, des assassins qui ont massacré des dizaines d'innocents en Europe et en Afrique du Nord !

— Ces trois hommes, poursuit le terroriste, devront être libérés de Florence et laissés sur un aérodrome abandonné en Libye, aux coordonnées suivantes : vingt-huit degrés, vingt-quatre minutes et douze secondes nord, et treize degrés, dix minutes et vingt-six secondes est. Si quelqu'un tente de les suivre ou d'empêcher leur voyage, Mel Keating sera tuée. Et cela vaut aussi pour une surveillance par drone.

» Deux : une rançon de cent millions de dollars devra être versée, en bitcoins, dans les trente-six heures. Vous irez sur le navigateur Tor et entrerez l'adresse suivante (il donne une série de chiffres et de lettres) et suivrez les instructions. En cas de non-paiement, Mel Keating sera tuée.

Je sens Sam trembler à côté de moi.

— Trois : une grâce complète et officielle de la présidente Pamela Barnes concernant les crimes que j'ai commis ou aurais pu commettre contre des Américains sur le territoire national, comme à l'étranger.

À ces mots, il esquisse un sourire de satisfaction.

— Si la grâce n'est pas accordée et publiée, inutile de préciser ce qui se passera.

Il marque un nouveau silence et regarde la caméra.

— Matthew Keating… tu as maintenant un aperçu de ce que tu m'as fait subir il y a des années.

Nouveau silence. Nouveau sourire.

— En attendant que l'on se rencontre, Matthew Keating, *maa' salama*, conclut-il.

La vidéo s'arrête. Le présentateur d'Al Jazeera revient à l'antenne. Un grand silence règne dans le bureau Ovale.

C'est moi qui le romps :

— Quel abruti ! Il vient de faire une énorme erreur !

40

Bureau Ovale
Maison Blanche

Tous les regards convergent sur moi. Je perçois une pointe d'agacement chez Pamela : je suis sur son territoire et j'ai l'attention générale.

— Allez-y, Matt, lâche-t-elle. On vous écoute.

— Il nous facilite la tâche, et grandement ! Il aurait pu envoyer un simple e-mail, avec la photo de Mel en pièce jointe. On serait alors dans le flou le plus total. On ne connaîtrait ni son nom, ni qui se cache derrière cet enlèvement. Rien. Là, nous sommes servis ! Lisa et les autres agences de renseignements peuvent tirer le fil rouge, n'est-ce pas ?

— Oui, monsieur le Président, confirme la directrice du FBI.

— Soyez plus clairs ! s'impatiente Pamela.

Aussitôt, son mari et directeur de cabinet vient à son secours.

— Histoire de s'assurer qu'on parle tous de la même chose.

— Maintenant que l'on sait qui est derrière le kidnapping, explique Lisa Blair, et qu'il nous a envoyé une vidéo, nous pouvons réexaminer le trafic des communications, les flux d'images, ainsi que les passages aux frontières. On doit suivre sa trace. « Tirer le fil rouge », comme dit monsieur le Président. Chercher ses complices, les localiser, commencer à explorer des pistes. Et ça, madame la Présidente, c'est une très bonne nouvelle.

J'entends les chuchotements qui parcourent l'assistance.

— Monsieur le Président, reprend Lisa, il faut que je vous pose quelques questions. À vous comme à votre épouse.

Samantha acquiesce.

— Allez-y.

— Avez-vous reçu des lettres de menaces, ou des appels téléphoniques de ce genre ?

— Non, réponds-je.

— Non, confirme Sam.

— Pas de visites impromptues, des inconnus qui seraient passés chez vous ?

— Non, dis-je.

Lisa s'apprête à passer au point suivant.

— Et à ma femme, posez-lui aussi la question.

— Bien sûr…

D'une voix tremblante, Samantha explique :

— Ces derniers mois, je dirigeais des fouilles à Hitchcock, dans le Maine. Personne n'est venu me déranger. Pas de menaces par téléphone ou e-mail. Ni visiteurs bizarres.

Je la sens frissonner contre moi.

— Madame la Présidente, poursuit Lisa Blair, j'aimerais retourner au siège. Nous montons une cellule de crise, ici et à notre antenne de Manchester.

— Lisa, si vous avez besoin de quoi que ce soit, appelez-moi, déclare Pamela.

La directrice du FBI se lève et s'apprête à quitter la pièce. J'interviens :

— Par exemple, les détails de votre briefing du matin avec les agences de renseignements… Cela pourrait lui être utile.

Pamela me fixe d'un regard noir et glacial. Elle avait eu la même expression quand, dans cette même pièce, elle m'avait annoncé son intention de se présenter contre moi aux primaires.

— Je ne vois pas de quoi vous parlez, Matt.

Il faut être prudent. J'avance en terrain miné. Je vais mettre en porte-à-faux la « leader du monde libre » devant son équipe.

— J'ai appris que, dans le briefing de ce matin, certaines informations indiquaient un accroissement des communications dans les cercles terroristes, et que tout laissait présager qu'une attaque était en préparation. Une attaque contre moi.

Le mari de Pamela monte aussitôt au créneau.

— Qui vous a dit ça ?

— Pour le moment, Richard, peu importe. Ce qui compte, c'est que les services de renseignements ont eu vent d'une attaque me visant. À mon avis, cette donnée pourrait être utile à Lisa, vous ne trouvez pas ?

— D'accord. Je veillerai à ce qu'on lui transmette les infos.

— Je vous remercie, madame la Présidente, répond Lisa Blair.

Elle se dirige vers la porte, suivie de Paul Charles, Lydia Wang et Felicia Taft, son ordinateur sous le bras, quand une voix retentit soudain, faisant sursauter tout le monde, moi le premier.

— Bande d'idiots ! s'écrie Samantha. C'est évident comme le nez au milieu de la figure et vous ne le voyez pas ! Vous vous trompez tous ! Et toi aussi, Matt.

Je suis sidéré par la virulence de ses paroles. Et, d'expérience, je sais quand il vaut mieux que je me taise.

Mais Richard Barnes est un novice en la matière.

— Comment ça « on se trompe » ? demande-t-il, les mains posées sur le dossier, de part et d'autre de sa femme. Vous êtes extralucide, c'est ça ?

Les quelques fois où j'ai pu assister à un cours de Samantha, j'ai souvent remarqué que le changement de couleur de son visage et la crispation de sa mâchoire annonçaient une tempête.

Comme maintenant.

— Sur toute la ligne ! (Cette fois, sa voix ne tremble plus.) Vous croyez avoir affaire à un kidnapping classique et à une simple demande de rançon ? (Elle prend une grande inspiration.) Vous êtes aveugles ou quoi ? Al-Achid n'attend rien du gouvernement des États-Unis. Réécoutez le message. Il est adressé au père de Mel. Il met la pression sur mon mari, dans le but de le faire souffrir, le faire cogiter et, par-dessus tout, lui faire peur. Al-Achid l'a dit lui-même : il souhaite lui donner un aperçu de ce qu'on ressent lorsqu'on est impuissant à défendre sa famille.

Une chape de plomb s'abat sur le bureau Ovale. Les responsables du FBI et du département de la Sécurité intérieure restent plantés sur la moquette jaune.

Samantha les regarde tous, les uns après les autres, avant de reprendre :

— Oui, il veut que Matt ait peur. Pas seulement de ce que ce terroriste pourrait infliger à notre fille… (Sa voix se brise.) Non, il veut que Matt ait également peur de son propre pays, des gens auxquels il doit désormais faire confiance pour satisfaire les demandes du ravisseur, afin de libérer Mel. Matt n'est plus président, il n'a plus ni pouvoir ni autorité. Alors je vous pose la question, à vous tous, membres de cette noble assemblée : Est-ce que Matt doit avoir peur de vous aussi ?

41

Monmouth, New Hampshire

Moins d'une demi-heure après la diffusion de la vidéo, l'agent Corinne Bradford trouve son chef dans un box de son second bureau, le restaurant Karl's Diner. Il a étendu ses longues jambes sur le sol carrelé, au milieu du passage. En s'approchant, Corinne constate qu'il est en compagnie de deux femmes et d'un homme. Trois anciens de Monmouth, respectivement une conseillère municipale, une membre de la commission d'urbanisme et un journaliste free-lance qui écrit des articles pour l'*Union Leader* et deux autres hebdomadaires locaux.

Tous ricanent à l'arrivée de Corinne, qui se demande ce que le chef Grambler a bien pu leur raconter. Les gens d'ici ont tendance à se moquer de tous ceux qui ne sont pas des descendants directs des premiers colons, venus s'installer dans la vallée en 1785.

L'une des deux femmes se lève, vide bruyamment sa tasse de café et lance :

— On dirait que notre petite Corinne a vu le loup ! On va vous laisser.

Après un échange de « merci » et d'« au revoir », Corinne peut enfin s'asseoir en face de Grambler.

— Tu as faim ?

— Pas vraiment, chef.

— Café ? On a toujours de la place pour un café, pas vrai ? Mary ! Apporte-moi encore une tasse, s'il te plaît.

Corinne grimace. Elle en veut tellement à ses ex-collègues du Massachusetts. À cause de leurs conneries, elle se retrouve coincée dans ce trou paumé, à travailler beaucoup plus pour gagner beaucoup moins, à supporter un vieux flic resté bloqué en 1932.

— Chef, vous êtes au courant de la rançon qu'ils demandent pour la libération de Mel Keating ?

— Bien sûr ! lance-t-il en jetant un coup d'œil à la télévision suspendue au-dessus du comptoir, toujours branchée sur Fox News. On ne parle que de ça, de l'enlèvement de la petite bigleuse. Demain, on apprendra que c'est une blague. Un canular.

Une toute jeune serveuse, enceinte jusqu'aux yeux, lui apporte une tasse de café. Son ventre rond tire sur les boutons de son uniforme rose.

Grambler boit une gorgée et hoche la tête de satisfaction.

— Autrement dit, c'est une fake news.

En d'autres temps, Corinne aurait argumenté face à la bêtise de son supérieur, mais plus maintenant. Elle sort son iPhone, fait défiler quelques pages et le lui met sous le nez.

— Regardez ça ? C'est l'image que le ravisseur a diffusée aujourd'hui, où on voit Mel Keating tenir l'*USA Today*. Avant que la vidéo sorte, j'étais chez

Yvonne Clarkson, comme vous me l'avez demandé. Et elle m'a affirmé que, plus tôt ce matin, son exemplaire de l'*USA Today* a été dérobé dans sa boîte aux lettres. Par un type dans un Escalade.

Le chef avale une nouvelle gorgée.

— Quelle aventure ! rétorque-t-il, sarcastique.

— Chef, vous ne voyez pas le rapport ? Il y a un avis de recherche pour un Escalade noir et le type qui a volé le journal d'Yvonne était dans un Escalade noir !

— Bravo, Corinne ! Voilà un « gros indice » comme on dit chez nous ! (Puis très vite, il prend un ton sinistre.) Et maintenant ? Tu vas te lancer là-dessus, descendre au fond du terrier à lapin, faire des heures sup en négligeant ton vrai boulot ? Qu'est-ce que va dire le conseil municipal ? Tu crois que les Fédéraux mettront la main à la poche pour dédommager la ville ?

— On pourrait au moins les prévenir, non ?

Il secoue la tête en buvant son café.

— Non. Tu ne vas pas passer au-dessus de moi pour appeler le FBI ou le Secret Service. Ils nous ont toujours pris de haut, et pour des guignols, chaque fois qu'on leur a demandé un coup de main. Qu'ils aillent se faire foutre, ces connards.

Corinne sent son visage s'empourprer. Elle espère que les autres clients n'ont pas remarqué son humiliation.

— Et maintenant, poursuit Grambler, prends ta voiture et file te poster sur l'ancienne station Esso, à la sortie 16. Plein de journalistes et de fédéraux déboulent sur la I-89 pour faire partie du grand cirque. Pose ton radar et rapporte-nous un peu de fric. Ça fera plaisir à la ville et aux habitants. Vu ?

Corinne ne se donne pas la peine de discuter, elle sait qu'il ne changera pas d'avis.

— D'accord, chef.

— Parfait. Il est temps que tu fasses ton boulot de flic. Et que tu bouges ton gros cul sous ton uniforme.

Plus tard dans la journée, après avoir patrouillé autour de la maison d'Yvonne Clarkson et du parking du Huntsmen Trail, Corinne Bradford roule sur l'Upper Valley Road, l'œil aux aguets. Elle se trouve à près de trente kilomètres de la sortie 16 de la I-89, mais elle s'en contrefiche.

À l'endroit où l'Upper Valley Road rejoint la Route 113, il y a un semblant de zone commerciale : un McDonald, un Burger King, une station-service Irving et une agence de la Citizens Bank, avec un guichet automatique en drive le long de la route.

Suivant son instinct, Corinne se gare sur le parking de la banque.

Neuf minutes plus tard, elle est dans le bureau de Jackie Lynch, la directrice de l'agence. Les deux femmes étudient les images de la caméra de surveillance au-dessus du distributeur du drive.

Jackie est mince, avec un visage anguleux et des cheveux blonds coupés court. Chacune de ses oreilles arbore une demi-douzaine de petites boucles. Elle porte un tailleur gris anthracite. Elle frotte nerveusement la main sur sa table de travail.

— Tu es au courant que je risque ma place ? On devrait suivre la voie officielle, avec un mandat du juge…

— Je sais, Jackie. Et j'en prends l'entière responsabilité. Au poste, on appréciera ton coup de main. Je suis une piste concernant l'enlèvement de Mel Keating. Et le temps presse.

— Je comprends…

Corinne scrute les images en noir et blanc. Une coccinelle s'arrête devant le guichet, la vitre s'ouvre, un épagneul anglais vient chercher une caresse sur les genoux du conducteur…

Aucun intérêt.

Ce qui intéresse Corinne c'est ce qui se passe sur la route derrière.

Il n'y a pas beaucoup de circulation.

Un van blanc traverse le champ de la caméra.

Un car scolaire jaune.

Tout est tranquille.

Des pick-up… encore des pick-up… et…

— Là ! s'écrie Corinne. Mets sur pause !

Jackie appuie sur une touche de son clavier.

L'image se fige sur un Cadillac Escalade noir aux vitres teintées.

Elle regarde l'heure.

Si le journal a été volé par les hommes de ce SUV, ils étaient plus tôt sur le parking du Huntsmen Trail, pour kidnapper Mel Keating, et sur cette image ils sont en possession de Melanie Keating et du journal, et ils se dirigent vers le nord.

Le timing colle.

Corinne sent son cœur s'emballer.

— Jackie, tu peux m'imprimer cette photo ?

Jackie pianote encore sur son ordinateur.

— Tu as trouvé quelque chose ?

— Je crois bien, répond Corinne. Non, j'en suis certaine.

42

Chinatown
New York

Jiang Lijun, du ministère de la Sécurité de l'État, accrédité par son pays pour faire partie de la délégation permanente aux Nations unies, est assis sur un banc du Columbus Park, à proximité de Mulberry Street. Un maître de conférences du John Jay College of Criminal Justice est à son côté. Un gars obèse, dégoulinant de sueur. Jiang s'apprête à ruiner la vie de ce type pathétique. Et il compte bien savourer chaque seconde de ce supplice.

Zhen, la femme de Jiang, a un lointain cousin qui est funambule. Jiang Lijun a toujours été fasciné par la dextérité de cet homme et – il ne l'avouera jamais à Zhen – il trouve que ce cousin et lui-même se ressemblent, chacun dans son domaine d'expertise : progresser avec précaution au-dessus du vide, garder l'équilibre, éviter la chute et les bourrasques.

Et c'est exactement ce que Jiang fait là. Il avance sans filet. Officiellement, l'objet de sa rencontre avec ce type est une négociation. Le convaincre de lui transmettre des informations sur ses camarades de promo quand il suivra sa formation à la FBI Academy.

Mais Jiang va tenter un coup de poker, lui mettre la pression, aller au-delà de ce qu'on lui a demandé. Sa place au ministère de la Sécurité de l'État exige des prises de risques, de l'initiative, et d'avoir le sens du tempo, et cet après-midi, dans ce parc de New York, c'est le moment.

Le professeur, spécialiste en droit, sciences criminelles et administration de la justice pénale, était autrefois commissaire adjoint dans la police de New York. Il serre à nouveau ses mains en fronçant ses sourcils luisants de sueur. Son costume trop grand est tout froissé.

— C'était un accident, insiste-t-il pour la cinquième fois. Après ma fracture de la cheville, la douleur était insupportable… et c'est devenu la guerre contre les antalgiques opiacés… Alors ça a dérapé, je ne l'ai pourtant pas fait exprès…

Jiang tapote la grosse épaule de l'homme, comme s'il rassurait un bœuf inquiet.

— Bien sûr, bien sûr. Vous ne vouliez pas aller aussi loin. Sauf que vous vous êtes approvisionné chez d'autres fournisseurs. Des fournisseurs illégaux. Pour près de cent mille dollars. De l'argent détourné des subventions versées par le département de la Justice.

L'enseignant pousse un gémissement.

— Arrêtez, s'il vous plaît. C'est trop douloureux. Vous retournez le couteau dans la plaie.

C'est exactement ce que je veux, sombre crétin.

— Mais vous avez accepté ma proposition, n'est-ce pas ? Nous comblons discrètement le trou pour que vous ne soyez pas inquiété. Ensuite, il vous suffira de prétendre qu'il s'agissait d'un bug de la comptabilité et que tout est rentré dans l'ordre. En échange, quand vous serez en formation cet automne à Quantico, et que le FBI vous présentera MOGUL, vous devrez nous donner toutes les informations sur ce logiciel. C'est ce qui est convenu. Et mes supérieurs à Taipei seront satisfaits.

L'ancien du NYPD regarde Jiang, les yeux larmoyants.

— Pourquoi ne demandez-vous pas ces renseignements par les voies officielles ?

Jiang arbore un sourire patient. Ce demeuré pense que son interlocuteur est un agent du renseignement de Taiwan, cette maudite province qui réclame son indépendance ! C'est pour cette raison que Jiang donne rendez-vous à ses contacts à Chinatown. Même si aucune agence officielle ne le reconnaîtra jamais – que ce soit la CIA, le FBI, ou la section antiterroriste de la police de New York –, pour les Américains, tous les Chinois se ressemblent.

Et cet ancien flic du NYPD ne fait pas exception à la règle.

— Pékin a la mainmise sur cet État, poursuit Jiang, comme sur l'ONU et bien d'autres nations. Nous sommes un tout petit pays, à quelques kilomètres de millions de communistes. Et nous devons nous protéger. Vous comprenez notre situation, n'est-ce pas ?

L'autre hoche lentement la tête.

— Bien sûr. Mon grand-père a perdu un pied à la bataille du réservoir de Chosin pendant la guerre de

Corée, contre ces salopards de Chinois. Alors, oui, je comprends très bien !

Magnifique… Bohai, l'oncle de Jiang, est commandant au ministère de la Sécurité publique à Pékin et un adepte du taoïsme. Lorsque Jiang était jeune, Bohai lui a transmis les enseignements du *Livre de l'Éveil du Saint Empereur Guan*. Dont l'un d'eux : « C'est par la piété filiale, l'harmonie fraternelle, le dévouement, la loyauté, la bienséance, le sacrifice, l'honneur et le sens de la honte que nous devenons pleinement humains. »

Cet individu qui pleurniche sur son banc – autrefois un éminent représentant de la police d'une ville de plus de huit millions d'habitants – ne connaîtra jamais la bienséance, l'honneur, ni même la loyauté.

Voilà pourquoi Jiang a pu le manipuler si facilement.

Il n'est pas pleinement humain.

Jiang tapote à nouveau l'épaule de ce bœuf bipède tandis que son iPhone vibre dans sa poche.

— Je vous recontacterai en temps voulu, déclare-t-il en se levant. En attendant… vous êtes quelqu'un d'intelligent. Inutile que je vous explique ce qui va se passer si vous ne respectez pas notre accord.

— Mais c'était une erreur…, recommence à bredouiller l'autre. Je ne voulais pas…

Jiang abandonne cette créature pathétique et consulte le message sur son téléphone.

NE SOIS PAS EN RETARD POUR DÉJEUNER.

Il presse le pas.

D'ordinaire, le trajet en taxi entre Columbus Park et la mission permanente de la République populaire de Chine aux Nations unies, située sur East 35th Street, dure un quart d'heure. Cette fois, ça lui a pris près d'une heure, parce qu'il a été obligé de suivre un « parcours de sécurité », comme on dit dans le jargon. Durant ces soixante minutes, il a retiré sa veste, enfilé une casquette de baseball avec une grande visière et ôté le maquillage qui fonçait sa peau.

Il est désormais dans le bureau au sous-sol de son supérieur Li Baodong, un cube de ciment sans fenêtre et sans accès extérieur, pour éviter tout espionnage d'État ou privé. La pièce est bien chaude, couverte de moquette, avec de fausses plantes, des armoires métalliques fermées à clé. Li, qui dépasse le quintal, semble se plaire dans cet environnement.

Il porte une chemise blanche – ornée d'auréoles de sueur sous les bras –, une cravate rouge, un pantalon noir. Son visage poupon et replet est surmonté d'une coiffe de cheveux noirs gominés, et il arbore des lunettes à monture dorée.

Les agents de renseignement de la mission diplomatique l'ont surnommé Li *Pàng mógū* – le gros champignon –, parce qu'il n'arrête pas de grossir dans la touffeur de son sous-sol. Cependant, derrière ce visage jovial et joufflu, se cache un esprit vif, impitoyable, et nombre d'agents qui ne lui donnaient pas entière satisfaction se sont retrouvés au Tchad ou dans le Grand Nord canadien.

Assis sur un siège de cuir, devant le bureau de Li, Jiang se prépare à subir les foudres de son patron.

— Comment s'est passé votre entretien aujourd'hui, demande-t-il.

— L'homme était mûr. J'ai décidé de le presser.

— Comment ça ?

— Un coup de bluff. Je lui ai dit que nous lui donnerions de quoi cacher son détournement d'argent public, et qu'en retour il devait nous livrer des informations sur le programme MOGUL.

Li bat lentement des paupières derrière ses verres.

— Tu n'étais pas censé proposer ça.

Jiang soutient son regard. Un jour, songe-t-il, j'aurai ta place car tu es trop gros pour aller sur le terrain et faire ta part du travail pour protéger le pays du Milieu.

— L'occasion s'est présentée. Je l'ai saisie.

— Et s'il va tout raconter au FBI ?

— Ce crétin pense que je travaille pour les *tái bāzi* et s'il va trouver le FBI, ce dont je doute fort, c'est Taipei qu'on accusera. Pas nous.

— C'est risqué.

— Les probabilités sont en notre faveur.

— Peut-être. À l'évidence, tu es un expert en *bào dàtuǐ,* je le reconnais.

Bào dàtuǐ. Littéralement : s'accrocher à la cuisse de quelqu'un. En d'autres termes : faire de la lèche.

Mais Li se trompe.

Jiang ne cherche pas à s'attirer les faveurs de son chef.

L'objectif est de le piéger pour prendre sa place.

— En d'autres circonstances, camarade, poursuit Li, je t'aurais réprimandé pour avoir outrepassé ton domaine de compétence. Là, je n'ai pas le temps. Une nouvelle qui te concerne est tombée aujourd'hui. La fille de l'ex-POTUS a été kidnappée.

— Je croyais que cette salope était stérile ?

Li secoue la tête.

— Non. J'ai dit l'ex. Pas l'actuelle. Le président Keating. Sa gamine vient d'être enlevée.

Jiang est troublé, et il déteste ça.

— En quoi ça me concerne ?

— L'abruti qui revendique le kidnapping est Assim Al-Achid, explique Li en consultant une feuille, posée à côté de son ordinateur sécurisé. Il a été l'un de tes contacts en Libye, n'est-ce pas ?

Assim. Un combattant efficace, qui a accepté l'aide d'une puissance étrangère, mais en même temps incontrôlable. Un vrai électron libre, songe Jiang.

Il est fier de certains exploits, et fuir la Libye pour ne plus avoir à traiter avec ce barbare en fait partie.

Assim n'est qu'un pion, un outil. Il n'est d'ailleurs pas tout à fait humain.

— Oui. Absolument, répond Jiang. Il nous a aidés à régler des différends entre tribus pour que nous puissions installer nos pipelines et stations de forage. Là où régnaient chaos et rivalités, Assim a apporté la paix pour que nos chantiers ne soient pas interrompus.

Son supérieur plisse sa petite bouche lippue.

— Régler des différends… belle formulation. À l'évidence, il a un différend avec l'ex-président Keating, puisqu'il a kidnappé sa fille ce matin, au fin fond du New Hampshire, près de l'université de Dartmouth.

Jiang demeure silencieux. Il n'a rien à proposer, et c'est tant mieux.

Bùzuō bú huì sǐ. Si tu cherches la mort, tu finis par la trouver.

Li lâche un long soupir.

— Tu as un moyen de contacter cet Al-Achid ?

Sous le crâne de Jiang, c'est la tempête. L'option évidente serait de dire non, car il n'a aucune envie de retourner dans le pays de ce barbare où, au moindre mot maladroit concernant la religion, on se retrouve avec la gorge tranchée. Mais Jiang n'a pas gravi les échelons au ministère en choisissant la facilité.

Venger son père, frapper le pays qui l'a tué, implique une prise de risque. Il s'agit juste d'une nouvelle épreuve sur son chemin.

— Oui, répond-il donc.

Li hoche la tête, retourne la feuille de papier.

— Alors, contacte-le. Les négociations et pourparlers avec les Américains concernant le commerce, la technologie et les questions militaires sont au point mort. Pékin veut relancer tout ça, reprendre la main. Mais les pressions et contre-mesures n'ont pas produit les effets escomptés. Sauver la fille de leur ancien président pourrait décoincer la machine. Ça ferait de nous des héros aux yeux du monde entier et, plus important encore, aux yeux de ce peuple de crétins.

— C'est d'accord. Je vais prendre contact avec mes relations et voir ce que je peux faire.

Le visage de Li vire au pourpre.

— Tu n'y es pas du tout. Tu vas rencontrer ce barbare *en personne*, et lui conseiller de relâcher cette fille. Compris ? Pékin l'exige. Débrouille-toi.

Jiang parvient à rester impassible, à ne rien montrer. Certes, cet ordre l'inquiète, pourtant il ne peut s'empêcher de penser à ce jour de mai 1999, sur la piste battue par les vents, quand il tenait la main de sa mère en pleurs. Le jour où on leur a rendu l'urne contenant les cendres de son père, tué par les bombes américaines – le jour où il s'est fait le serment de combattre toute sa vie cette nation.

Même si ça l'oblige à désobéir à des ordres tels que celui-ci. Il ne bougera pas le petit doigt pour sauver la fille de l'ex-président. Car tout est bon pour faire souffrir ce peuple, pour l'humilier.

— C'est parfaitement clair, réplique Jiang d'une voix égale, en se levant de son siège. Je me mets tout de suite au travail.

43

Bureau Ovale
Maison Blanche

Une fois la porte refermée, ils se retrouvent tous les quatre. Samantha Keating se tourne vers Pamela Barnes et son mari, qui n'ont pas l'air contents.

— Alors ? L'un de vous deux peut répondre à ma question ? Est-ce que Matt et moi devons avoir peur de vous aussi ?

C'est Richard Barnes qui prend la parole, la voix vibrante de colère :

— Madame Keating, avec tout le respect que je vous dois, je n'en reviens pas que vous osiez nous demander ça !

— Richard, vous, comme tout le monde ici, avez dû un jour trahir, mentir, et survivre à bien des tempêtes, pour arriver jusqu'ici, réplique-t-elle. Nous avons davantage en commun que vous ne le pensez. Il n'y a aucun innocent ici. Ma question est parfaitement légitime. Et j'attends une réponse.

Elle prend une longue inspiration. Tous ses souvenirs remontent à la surface. Les compromis, les duperies, le double langage… Sam s'était efforcée de les enfouir au plus profond d'elle-même quand elle avait quitté ce bureau. Et aujourd'hui, elle a devant elle le couple qui a choisi de trahir son mari, de le contraindre à céder son fauteuil de président.

Tout lui revient d'un coup.

— Depuis presque deux ans, poursuit Samantha, j'ai retrouvé le monde réel. Je travaille avec mes étudiants qui s'inquiètent du remboursement de leurs prêts, de leur diplôme, de leur futur emploi après l'université. Ça m'a fait un bien fou d'être avec de vraies gens qui se fichent des électeurs, des groupes de pression, et de savoir qui va prendre la place de qui. Je peux avoir confiance en ces personnes. Mais en vous ? Est-ce possible ? Encore une fois, Matt et moi devons-nous nous méfier de vous ?

La présidente Barnes se penche vers Samantha.

— Je vous en prie, répond-elle d'une voix douce, il faut me croire quand je vous assure que toutes les forces du gouvernement fédéral vont œuvrer ensemble pour que Mel vous soit rendue saine et sauve.

Matt serre plus fort la main de sa femme, mais garde le silence.

— Entendu, réplique Samantha en tâchant de chasser tout trémolo dans sa gorge. Malgré ce détour en politique, je reste une professeure. Je ne verse pas dans les spéculations. Seuls les faits m'intéressent. Et je veux être certaine qu'en sortant d'ici, malgré tous les efforts de cette ordure d'Assim Al-Achid, votre administration est avec nous, Pamela. Pas contre nous.

— Je vous l'assure, intervient Richard. Vous et Matt ne devez avoir aucune inquiétude à ce sujet. On ne vous laissera pas tomber. Je vous en donne ma parole.

Samantha se mord la langue pour ne pas répondre, puis le regarde fixement.

— Votre parole ? Très bien, Richard. J'ai votre parole. C'est noté.

L'étincelle que Samantha voit passer dans les yeux du directeur de cabinet lui confirme qu'elle a mis dans le mille.

Et soudain un souvenir lui revient en mémoire. Un événement datant de plus de deux ans, semblable à un vieux cauchemar qui ne cesse de la hanter, même en pleine journée.

Elle se trouve dans son bureau de l'aile ouest de la Maison Blanche, quand une visite inattendue est annoncée par sa directrice de cabinet, June Walters, qui complote en secret avec la vice-présidente pour battre Matt à la prochaine convention du parti. Son visiteur patiente à la guérite du Secret Service de la porte nord-est. Après s'être informée de son nom, Samantha fait le nécessaire pour lui permettre de pénétrer dans l'enceinte.

Elle a un large sourire en voyant entrer le jeune homme qu'elle connaît bien. Il est en jean et porte un tee-shirt vert sombre et une veste en cuir. Samantha se lève de son bureau – en bazar, comme d'habitude parce qu'elle tente de concilier son propre travail avec les attentes du comité pour la réélection de Matt.

— Carl ! s'exclame-t-elle en lui serrant la main. Quelle bonne surprise !

— Plaisir partagé, professeure, répond Carl Sanchez en s'asseyant.

Lorsqu'elle enseignait à Stanford, Carl était l'un de ses plus brillants doctorants. Elle lui a d'ailleurs écrit une très belle lettre de recommandation.

Samantha proteste en agitant la main puis se rassoit.

— Non, je ne suis plus professeure. En ce moment, je ne suis que la First Lady… mais, pour ne rien vous cacher, la Californie me manque. Presque tous les jours. Et vous ? Dites-moi que vous avez un poste, que vous enseignez ou que vous pelletez de la terre quelque part sur le globe…

Carl secoue la tête.

— Ça n'a pas marché, professeure… Pardon, madame Keating.

— C'est bon, Carl. Appelez-moi Samantha.

— Vous savez ce que c'est, reprend le jeune homme, avec un haussement d'épaules fataliste. Beaucoup de prétendants et trop peu de places. Sans compter les réductions de budget à la recherche, et tout l'argent distribué aux administrateurs ou gaspillé dans des dîners mondains. J'ai enseigné quelques semestres comme vacataire. La dernière fois, je vivais dans ma voiture et prenais ma douche au gymnase. C'est là que j'ai décidé de changer de voie. Et j'ai commencé à travailler pour mon oncle. Il dirige une société qui installe des systèmes de surveillance. Ça paie bien, il y a des avantages en nature, et plein de voyages à la clé.

Samantha se souvient des grands projets de Carl et de ses publications passionnantes. Il s'intéressait à l'histoire, trop longtemps négligée, des Amérindiens, en particulier celle des tribus du comté de Siskiyou.

Quel gâchis, pense-t-elle.

— Et maintenant ?

— Je ne veux pas abuser de votre temps, profess… Samantha. Alors voilà… il y a quelques mois, j'étais à Macao pour superviser la mise à jour d'un des équipements de la société de mon oncle dans un nouvel hôtel casino. Le Golden Place. Hors de prix, et exclusivement destiné aux « baleines » – les gros joueurs.

Carl cligne nerveusement des paupières. Sam, qui comprend que son ancien étudiant est sur le point de lui révéler quelque chose d'important, reste de marbre.

— Continuez, je vous en prie.

Carl, mal à l'aise, se frotte les mains sur ses cuisses, puis il prend une grande inspiration.

— Une nuit, à 2 heures du matin, j'étais au PC de vidéosurveillance, à boire leur jus de chaussettes. Je m'évertuais à régler un bug du système tout en regardant les images des caméras dans le casino. Ces baleines, qui peuvent s'offrir des systèmes de brouillage dernier cri, ignorent que les Chinois les ont truffés de portes dérobées.

— Et qu'avez-vous vu ?

— Quelqu'un que je n'étais pas censé voir.

— Qui donc ?

Il contemple la pièce en désordre, comme pour éviter le regard de Samantha.

— Le mari de la vice-présidente. Ce cow-boy de Floride. Celui qui a vendu une partie de ses terres pour s'offrir un casino.

— Richard Barnes ?

Carl baisse la tête.

— Oui. Mais il n'était pas seul… Il… Je ne veux pas donner de détails… mais, vous voyez ce que je veux dire… Il était avec des… avec des… et ça, c'est illégal dans la plupart des pays, en tout cas chez nous.

Le ventre de Samantha se crispe. Tout le café qu'elle a ingurgité dans la journée menace de ressortir.

Puis Carl se lève.

— Il se trouve que… que je n'aime pas ce type. Je n'aime pas non plus sa femme. Et, par-dessus tout, je n'aime pas ce qu'ils font à votre mari. Ce n'est pas juste.

Il plonge la main dans sa poche et en sort un petit objet qu'il dépose sur une pile de papiers.

— C'est pour vous.

Elle a un mouvement de recul.

— Qu'est-ce que c'est ?

— Une clé USB. On y voit le mari de la vice-présidente à Macao, loin de sa femme et de son pays, se croyant à l'abri… Professeure, si vous sortez cette vidéo au bon moment, votre mari est sûr de gagner. J'ai effacé l'enregistrement original, pour empêcher les Chinois de mettre la main dessus.

Après le départ de Carl, elle reste un long moment silencieuse, les yeux rivés sur ce petit morceau de métal et de plastique.

Samantha quitte le bureau Ovale avec son mari, empruntant l'un de ces couloirs cossus et flanqués de tableaux de maîtres, qu'elle a bien connus quand cette maison était son foyer.

— Matt, je suis désolée. Je n'aurais pas dû.

Matt lui prend la main, la serre fort. Il y a partout des agents du Secret Service, des membres de l'administration Barnes. Ils accélèrent le pas.

— Oh ! Matt, souffle-t-elle. Où est notre petite ?...

Elle a appris une chose durant ces années : ne jamais montrer, à personne – pas même à son équipe –, sa peur ou ses doutes. L'info sera dans l'instant colportée et se retrouvera dans les médias et tous les blogs haineux de la planète. Pourtant, sans se cacher, elle essuie une larme qui perle à ses yeux.

Matt la serre dans ses bras. Elle enfouit la tête dans son épaule, et les pleurs se libèrent. Sa fille – son enfant ! Détenue par un monstre, qui tue sans état d'âme, par plaisir.

— Sam, à travers tout le pays, des milliers de personnes s'efforcent de retrouver Mel. Nous ne sommes pas seuls. Nous allons la sauver. Je te le promets. Nous allons ramener Mel à la maison.

Elle s'écarte de lui et lève la tête.

— Oh Matt, c'est ma faute..., bredouille-t-elle.

Matt la relâche, caresse ses cheveux, l'embrasse sur le front.

— Tu n'y es pour rien. Comment peux-tu dire ça ? Ce n'est pas ta faute.

Elle se mord la lèvre et regarde autour d'elle. Les agents et les équipes font mine de ne pas les voir.

Si, c'est ma faute, Matt. J'avais le sésame de ta réélection, cette clé USB où l'on voyait Richard Barnes et ses penchants contre nature. Et je ne m'en suis pas servie.

Je n'en ai pas trouvé la force.

Ni l'envie.

Samantha s'essuie les yeux et esquisse un sourire. Son mari, son roc, son ancre, la contemple avec émotion.

— Je sais… C'est juste que je me sens si perdue.

Dans sa tête, la petite voix continue de la tarauder :

C'est ma faute, Matt. À cette époque je n'ai pas voulu que tu gagnes. Je préférais quitter cette ville de cauchemar, recommencer une nouvelle vie avec toi. Tu as perdu cette réélection à cause de moi. Si tu avais gagné, nous serions encore ici à la Maison Blanche avec toute la protection du pays, et Mel n'aurait jamais été enlevée.

— Ça va aller ? s'inquiète Matt.

Elle acquiesce, les yeux toujours brillants.

— C'est bon. Rentrons à l'hôtel.

44

Nord-ouest du New Hampshire

Dans sa cellule, Mel Keating est assise au bord de son lit tiré au cordeau, prête à s'échapper et à humilier ses ravisseurs.

Sur une assiette en carton, avec couverts en plastique et verre d'eau, on lui a servi du poulet et du riz comme premier repas de la journée.

En buvant, elle a découvert que par inadvertance ils lui avaient donné deux gobelets, l'un emboîté dans l'autre.

Elle en a gardé un et l'a caché sous l'oreiller. Puis elle a attendu bien sagement que le plus jeune – un dénommé Faraj – vienne récupérer le plateau.

Ils ont commis une grosse erreur.

Elle se souvient des recommandations de l'agent Stahl quand toute la famille s'est installée à la Maison Blanche.

David Stahl était assis sur la chaise en bois dans sa nouvelle chambre et lui prodiguait ses conseils, d'une voix douce et ferme à la fois.

— Encore une chose, Mel. Si vous êtes kidnappée, les premières heures seront cruciales.

— Pourquoi ?

Elle avait du mal à comprendre que tout cela était réel, qu'elle n'habitait plus à l'Observatoire naval avec ses parents, et que son père était vraiment le président des États-Unis.

— Pendant les premières minutes, les premières heures, tout est encore fragile. Vos ravisseurs seront nerveux, inquiets, en train de mesurer la gravité de leur action. C'est là qu'il faudra saisir votre chance. Un jour ou deux plus tard, une routine se sera installée, les tours de garde auront été organisés, vous serez leur prisonnière. Ce sera trop tard. Les premières heures, c'est votre plus grande chance. Ne passez pas à côté.

Elle avait hoché la tête. Malgré l'angoisse que lui inspiraient ces paroles, elle s'était efforcée de les mémoriser.

Elle était désormais la fille du président.

— Vous avez des questions, Mel ?

— Non. Pas pour le moment.

L'agent Stahl avait souri.

— Ne vous inquiétez pas trop. Les risques que ça se produise sont infinitésimaux. Mais il vaut mieux être prête.

Qui irait la kidnapper ? Elle était à deux doigts de rire ou de lancer une plaisanterie, pourtant le regard inflexible de l'agent du Secret Service – comme celui de son père ! – l'en avait dissuadée.

Mel entend la porte s'ouvrir. Elle prend une grande inspiration, ôte ses lunettes, se frotte les yeux, se pince les joues jusqu'à ce que les larmes viennent.

Elle remet ses lunettes.

Être prête, se souvient-elle.

Les premières heures... c'est votre plus grande chance.

C'est encore le jeune qui entre. Il tient un plateau jaune, avec une assiette couverte et un gobelet rouge en plastique. Il est vêtu d'un jean et d'une chemise à carreaux de bûcheron. Et il a un pistolet à la ceinture.

Il marche vers elle. Mel tousse, se force à pleurer.

— Je vous en prie, bredouille-t-elle. J'ai si peur… relâchez-moi, je vous en supplie. Je veillerai à ce que mon père vous donne une récompense !

Faraj lâche un grognement plein de dédain.

Encore deux pas, songe Mel. Deux pas. Et je vais t'ôter l'envie de sourire !

Faraj Al-Achid s'approche d'elle. Oh ! la pauvre fifille à son papa ! raille-t-il en pensée. Quelle imbécile ! Elle pleurniche parce qu'on lui a pris son jouet, sa petite vie dorée. Elle a toujours été bichonnée, dorlotée. Elle a connu la sécurité, le confort, et n'a jamais eu à craindre la faim, la soif, le froid, ou que des bombes pleuvent du ciel.

Et lui ? Il y a des années, Faraj a réussi à échapper aux luttes intestines entre les tribus autour de Tripoli, puis il est allé à Paris. Avec de la chance et l'appui de relations, il a pu étudier pendant deux semestres à l'École internationale de création audiovisuelle et de réalisation, pour apprendre le cinéma, les effets spéciaux, parce qu'il voulait réaliser des films et…

— Arrête de chouiner, gamine. Ton…

Mel se lève.

— Je ne suis pas une gamine ! s'écrie-t-elle, en projetant le contenu de son gobelet au visage du type – un mélange du produit dissolvant pour les toilettes chimiques et de sa propre urine – berk !

Et ça marche. L'homme pousse un cri, lâche le plateau et recule, la main sur les yeux. Sans hésiter, Mel lui donne un coup de pied dans les parties.

Il lâche un juron en arabe, plié en deux par la douleur, et Mel en profite pour tirer l'arme de l'étui. Un pistolet 9 mm.

— Ne bougez pas ! crie-t-elle tout en essayant d'atteindre la porte.

Le salopard s'avance pour lui barrer le passage. *Je t'aurai prévenu !* Elle tire le chien et, d'une flexion rapide de l'index, elle presse sur la détente.

45

Nord-ouest du New Hampshire

Elle ne s'attend pas à entendre un *clic !* quand le chien s'abat sur le percuteur. Bien entraînée après toutes les séances au stand de tir avec son père, elle réarme rapidement et appuie à nouveau sur la détente, au cas où la première cartouche aurait été défectueuse.

Encore *clic !*

Faraj se redresse, sourire aux lèvres, et s'essuie les yeux du revers de sa chemise. Mel lance le pistolet vers le visage goguenard de l'enfoiré, le repousse et…

Percute Assim Al-Achid qui se trouve juste derrière elle.

Il la saisit à la gorge et commence à serrer.

Elle ne peut plus respirer.

Ni crier.

Elle se débat, donne des coups sur ses bras, son visage, sa poitrine puissante. Rien n'y fait. Il la ramène au fond de la cellule et la jette sur le lit.

Mel hoquette, les mains sur sa gorge endolorie.

Une quinte de toux la plie en deux. De véritables larmes remplacent les fausses.

Al-Achid se penche au-dessus d'elle et lâche d'un ton menaçant :

— Pauvre idiote ! Tu croyais vraiment que j'allais laisser mon cousin entrer ici avec une arme chargée ?

Faraj se tient à côté d'Assim, tout sourire malgré ses yeux rouges.

— Nous connaissons tout sur toi. Où tu as grandi, comment tu as été élevée ! Nous savons très bien que tu n'as pas peur des armes à feu. Tu nous as menti tout à l'heure. Faire venir mon cousin avec ce pistolet était un piège. Un leurre, pour te donner un faux espoir, te faire croire que tu avais une chance de t'enfuir. Et ça a fonctionné à merveille. Maintenant, Melanie Keating, tu sais au plus profond de toi que tu ne peux pas t'échapper. Tu ne sortiras jamais d'ici. Ta vie est désormais entre nos mains – ta vie et ta mort.

Les larmes coulent. Mel détourne la tête.

— Pour toujours, ajoute-t-il.

Al-Achid lance quelques mots en arabe et Faraj revient avec une chaise métallique. Al-Achid s'y assoit et observe Melanie Keating. Il est ravi. Son plan a fonctionné à merveille. Il était sûr qu'à un moment ou un autre elle essaierait de prendre le pistolet et de se sauver. C'est juste arrivé plus tôt que prévu.

Elle arrête de sangloter, retire ses lunettes, essuie ses yeux et soutient le regard du terroriste.

Il n'y décèle pas de peur.

Ni de tristesse.

Mais il y voit du défi.

La détermination de la jeune fille lui transperce le cœur. Il pense à Amina, son aînée. Elle a

– avait – quasiment le même âge. Elles ne se ressemblent en rien, les cheveux, le teint, tout est différent, sauf cette férocité dans les prunelles… Amina était gentille, obéissante. Elle aidait à la cuisine et à la lessive, pourtant il y avait toujours cette lueur de défi dans son regard.

Comme chez Melanie Keating – sa prisonnière.

— Pourquoi tu es ici, à ton avis ?

Elle croise les bras sur sa poitrine.

— Parce que vous aimez les blondes ?

Il se retient de la frapper, de laisser un hématome sur ses joues, de lui éclater une lèvre, pour voir le sang couler.

— Tu es une prise de guerre, voilà ce que tu es. Une guerre qui dure depuis des siècles.

Mel hausse les épaules.

— Vous allez me faire un cours sur le choc des civilisations, l'Occident versus l'Orient, l'islam versus le christianisme ? Le pour et le contre dans les thèses de Samuel Huntington ? Oh, c'est bon ! J'ai déjà entendu ça, par des experts bien plus documentés que vous.

Al-Achid serre les poings.

— Des universitaires, des intellectuels. Des faibles. Des rats de bibliothèque. Je les connaissais bien quand j'avais ton âge et que j'étais à l'université, avant que le djihad ne m'appelle. Qu'est-ce que ces gens savent de la guerre ?

— De quelle guerre vous parlez ? rétorque Mel. Décapiter des innocents ? Faire sauter des centres commerciaux ? Sortir une mitraillette dans une rue de Paris et tirer sur tout ce qui bouge ? C'est sûr que, dans des années, des poètes chanteront vos hauts faits, votre courage d'avoir tué des enfants et des gens sans défense.

— Et toi, Melanie Keating, que sais-tu de la guerre ? réplique-t-il, contenant mal sa colère.

— Beaucoup de choses. À moins que vous ayez déjà oublié qui est mon père ? Et ce qu'il faisait avant d'entrer en politique.

— Ton père ? ironise Al-Achid. Un guerrier ? Lui et ses semblables, armés jusqu'aux dents, connectés à Internet, qui peuvent voir tout un champ de bataille grâce à vos satellites et vos drones… Quelle chance a un combattant comme moi contre cette débauche de technologie et de puissance de feu ?

La jeune fille, les yeux bouffis de larmes, ne flanche pas.

— Et vous ? Mettre le feu à un dispensaire, massacrer des gamins qui savent à peine marcher et parler. Quel combattant héroïque !

— Oui. C'est un acte de guerre, si regrettable qu'il soit. Et toi, et ton père quand il était président, vous avez fait mieux ? Quand un drone a raté sa cible et anéanti des familles réunies pour un mariage, combien de temps avez-vous pleuré la mort de ces innocents ? Vous avez demandé une enquête sur ce qui s'est passé ? Avec quelle détermination ? Et si l'un de vos soldats terrifiés en poste à l'étranger mitraille un fourgon qui ne s'arrête pas assez vite, tuant père, mère et enfants à l'intérieur, es-tu terrassée par le chagrin et le remords ? Non, Melanie Keating. Toi et tes semblables, vous haussez les épaules, fatalistes, puis vous retournez à vos écrans de téléphone et n'y pensez plus.

Elle veut répondre, mais Al-Achid poursuit :

— Ton pays est opulent, fastueux, corrompu et sans dieu. Quelle serait ta réaction si les États-Unis, malgré leurs richesses, ne pouvaient empêcher des nations étrangères de venir sur leur sol, de faire et défaire à leur guise leurs gouvernements, de tuer leurs citoyens au nom de valeurs qu'elles jugent supérieures. Qu'est-ce que tu ressentirais, au fond de toi ?

Le regard de Melanie Keating, inflexible jusque-là, vacille un court instant. Al-Achid sait qu'il vient de percer une brèche dans sa cuirasse.

— Je vais te le dire. Tu te sentirais insultée, opprimée, et toi et les tiens prendriez les armes pour chasser l'envahisseur. Quel qu'en soit le coût, même si le sang devait couler.

Mel s'éclaircit la voix.

— C'est une explication simpliste.

— Toi et ton peuple auriez dû suivre les préceptes de votre sixième président. Un sage parmi les sages.

Elle reste coite.

— Tu ne vois pas de qui il s'agit ? Tu oses me faire la leçon sur mon histoire et mes croyances, et tu ignores qui est ton sixième président ? Je vais éclairer ta lanterne : c'est John Quincy Adams. Et ce saint homme a dit un jour : « Les Américains ne devraient pas aller en terre étrangère attaquer, au nom de la démocratie, des dragons dont ils ne savent rien. » Tu commences à saisir ? Vous n'avez cessé de guerroyer aux quatre coins du monde pour massacrer des dragons. Il ne faut pas s'étonner maintenant qu'ils se rebiffent !

Mel se raidit.

— Alors estime-toi heureuse, continue Al-Achid. En d'autres circonstances, une captive qui ose attaquer mon cousin aurait été sévèrement châtiée… on aurait trouvé quelque chose d'inventif et de très sanglant. Mais pour toi, Melanie Keating, la fille du président, ma punition sera juste celle-ci…

Il désigne le sol, où la nourriture est renversée.

— Voilà ton repas pour ce soir. Tu mangeras en grattant par terre, comme tous ces pauvres gens que ton pays a envoyés sur les routes.

Al-Achid tourne les talons et se dirige vers la porte.

— Excusez-moi, lance Mel. Vous avez dit quelque chose plus tôt… Que vous alliez me garder prisonnière *pour toujours*. Qu'est-ce que ça signifie exactement ? Vous n'avez pas demandé une rançon ? Vous n'allez pas me relâcher ? Même si vos exigences sont satisfaites ?

Il entre le code sur le clavier de la serrure et se retourne avec un grand sourire.

— Tu es une jeune femme instruite. Je suis sûr que tu sais ce que signifie « pour toujours ».

46

Saunders Hotel
Arlington, Virginie

Madeline Perry, ma directrice de cabinet ultra-efficace, et parfois aussi effrayante qu'un pitbull, nous a trouvé un refuge dans la seconde suite du Saunders Hotel. Nous avons à peine touché aux plateaux-repas, la TV diffuse CNN en sourdine, et Sam, pelotonnée sur l'un des lits jumeaux, regarde experts et correspondants se succéder à l'antenne, comme des millions de téléspectateurs.

J'ai coupé le son il y a une demi-heure quand un prétendu spécialiste des prises d'otages a annoncé que notre fille devait être déjà morte. Samantha a fondu en larmes et David et moi avons piqué un sprint pour faire taire cet abruti.

Je n'ai rien dit, mais j'ai noté le nom de ce chroniqueur, et un jour – je ne sais ni où ni quand – lui et moi aurons une petite conversation.

Je marche de long en large, comme un lion en cage. Être aussi impuissant me rend fou. Chez les Navy SEALs, il y avait des entraînements, la mise au point d'un plan d'attaque, encore des entraînements, puis le passage à l'action. Quand j'étais au Congrès, vice-président, et puis président, j'avais au moins l'impression de prendre des décisions, de faire des choix, et la plupart du temps ils étaient suivis d'effet, même après être passés par le tamis de la bureaucratie.

Mais maintenant ?

Je dépends des autres pour assurer la sécurité de ma fille, et je déteste ça, je maudis chaque seconde de ce supplice. En apercevant mon sac bouclé dans un coin de la chambre, je suis à deux doigts de rire – de dépit. Dedans, j'ai amassé des armes et des munitions… C'est pathétique ! Je comptais faire quoi au juste ? Sauter en parachute dans les montagnes du New Hampshire et battre les forêts à l'aveuglette ?

J'entends les téléphones sonner dans l'autre suite, des voix assourdies, là où Madeline Perry tente de garder le contrôle de la situation. Je dois lui faire confiance. Elle viendra nous trouver s'il y a du nouveau.

Je regarde mon épouse. Elle a fermé les yeux. Elle a l'air de somnoler.

L'agent Stahl s'active derrière son ordinateur portable.

Et moi ?

Rien. Je ne sers à rien.

Lève-toi et bouge ! me dis-je.

Si mes anciens compagnons me voyaient…

Aussi passif.

Les rideaux sont tirés. Je regarde l'écran. CNN montre un embouteillage sur une route de campagne à cause d'un barrage.

Il est temps de redistribuer les cartes !

Je m'installe à une table, sors mon iPhone et me mets au travail.

Mon premier appel est pour Sarah Palumbo, la vice-conseillère à la Sécurité nationale, qui m'a prévenu ce matin – il y a une éternité – que les agences de renseignement pensaient que j'allais faire l'objet d'une attaque terroriste.

Comme tous les rapports des agences, les analyses étaient correctes mais manquaient cruellement de précisions factuelles.

J'étais dans le collimateur, d'accord.

Sauf qu'ils ont kidnappé Mel.

Ça sonne longtemps, puis je tombe sur le répondeur.

— Ici Sarah Palumbo, annonce la voix familière. Vous savez ce que vous avez à faire.

Je raccroche.

Qui d'autre ?

Je pourrais essayer de contacter mes relations à Washington, dans les forces de l'ordre ou l'armée, qui s'efforcent déjà de retrouver Mel, mais je ne ferais que les déranger, en risquant de me mettre à dos la présidente Barnes et ses équipes – et ce n'est pas le moment.

Il faut viser plus loin.

Je consulte ma montre. On est déjà le matin.

Je ne devrais pourtant pas être surpris. Quand j'étais chez les SEALs, et que l'on préparait une opération ou menait une action sur le terrain, je tenais facilement en ne dormant que quatre heures par jour. Et cette fois, c'est la mission de ma vie.

J'ai deux appels à passer. Je décide de commencer par le plus délicat.

Au cours de ma carrière politique, j'ai rencontré de nombreux dirigeants étrangers, des militaires, des cadres de service de renseignements, sans compter leurs assistants et conseillers. Pour la plupart, l'échange s'est limité à un sourire, une poignée de main au Capitole ou, plus tard, dans le bureau Ovale. Mais j'ai parfois ressenti une réelle connexion, la sensation que j'allais pouvoir m'entendre avec tel ou tel responsable d'une nation étrangère, parce qu'il sait comment tourne le monde et connaît son affaire.

Naturellement, les voies de communication sont alors différentes, les négociations officieuses avec des hommes et des femmes fiables qui joueront franc jeu.

Comme la personne que j'essaie de joindre.

Ça sonne. Une seule fois. Et quelqu'un décroche.

— Oui ?

Je redoute cet appel, je dois le reconnaître. Mais je suis content d'entendre mon interlocuteur.

— Ahmed ? C'est Matt. Matt Keating.

J'entends un soupir à l'autre bout de la ligne – quelque part dans le désert d'Arabie saoudite ou en haut d'un gratte-ciel de Riyad.

— Oh ! Matt… vous avez toute ma sympathie, déclare Ahmed d'une voix distinguée avec une pointe d'accent arabe. Vous savez que je prie de tout cœur pour que vous et Samantha retrouviez Melanie saine et sauve.

— Merci.

Puis le général deux étoiles Ahmed ben Nayef, ancien sous-directeur de l'Al-Mukhabarat al-A'amah, l'agence de renseignement saoudien, me fait attendre quelques secondes. J'ai l'impression que ça dure une éternité. Lorsque je n'étais qu'un simple élu du Texas, j'ai appris que l'un des fils d'Ahmed, qui suivait une formation de pilote de chasse sur la base Sheppard dans le comté de Wichita, subissait un bizutage plus musclé que celui réservé d'ordinaire aux étrangers.

Par un coup de fil au commandant et un autre au chef de l'US Air Force, j'ai mis un terme à ces comportements indignes.

— Ahmed, dis-je dès qu'il revient en ligne, j'ai besoin de toute l'aide que vous et vos collègues pourriez nous apporter.

— Qui ça « nous » ? Vous, Matt ? ou le gouvernement des États-Unis ?

Ma main se crispe sur mon téléphone.

— Comme vous préférez. Pourvu que cela me permette de récupérer ma fille.

— Ce n'est pas sans poser problème, vous vous en doutez. La présidente Barnes et son secrétaire d'État ne sont guère appréciés chez nous. Leur insistance à vouloir changer notre monarchie et notre mode de vie, pour faire de nous une copie de votre comté de Palm Beach, n'est pas très bien perçue. Le chef de l'antenne de la CIA ici, et votre contact du FBI ont officiellement demandé notre concours, mais les gens à Riyad ont bonne mémoire et ils se sont sentis insultés. J'en suis le premier désolé. Et ça va compliquer les choses. Nous risquons de ne pas trop nous impliquer.

Je ferme les yeux, me frotte les paupières. Comme l'a dit un jour le rusé Henry Kissinger, « l'Amérique n'a pas d'amis ou d'ennemis permanents, elle n'a que des intérêts ». Et depuis que Roosevelt a accepté en 1945 de soutenir militairement l'Arabie saoudite, ce pays riche et déconcertant constitue l'un de nos principaux centres d'intérêt au Moyen-Orient.

Est-ce que moi ou mes prédécesseurs approuvons tous les faits et gestes de l'Arabie saoudite ? Bien sûr que non. En particulier quand il s'agit du respect des droits de l'homme. Le royaume a cependant un grand réseau de renseignement, et même si certains Saoudiens versent des fonds au terrorisme international, d'autres, les vrais amis de l'Occident, ont financé des opérations secrètes pour que nous puissions avoir une longueur d'avance sur ceux qui se complaisent à massacrer des innocents.

Sur Assim Al-Achid, par exemple.

Et quand il a fallu partir en guerre contre Daech, les Saoudiens se sont révélés des alliés précieux.

— Je sais, Ahmed. Et je ferai tout mon possible pour tempérer les exigences de l'administration Barnes, seulement je n'ai plus vraiment de pouvoir. Je suis l'ancien président, et Pamela Barnes et sa clique ne cessent de me montrer leur dédain. Ahmed, je vous en prie : je m'adresse au père que vous êtes.

— Alors vous pouvez compter sur moi, mon ami. J'ai déjà mené mon enquête, et pour l'instant ce n'est guère encourageant. Ce monstre… cet Assim Al-Achid fait peur à nos hommes les plus aguerris. Il aime beaucoup trop infliger de la souffrance, et se sert de la parole du Prophète comme d'un bouclier. Il a de nombreux amis et soutiens, et son réseau s'étend à toute la planète. Cependant quelque chose me trouble dans cette affaire.

— Quoi donc ?

— La CIA et le FBI ne nous mettent pas la pression. Ils nous laissent tergiverser, hésiter. C'est comme si nos réticences les arrangeaient. Et ça, Matt, c'est assez inquiétant.

47

Williams Pond
Leah, New Hampshire

Jiang Lijun bâille alors que le soleil apparaît au-dessus des White Mountains. Il attend dans sa voiture de location, une berline GMC, sur un parking poussiéreux à côté d'un étang à la pointe nord du New Hampshire.

Après son entretien avec son chef Li Baodong, organiser ce voyage a été chronophage. Il y a quasiment consacré chaque seconde de son temps. Jiang s'est rendu à l'aéroport de Newark pour prendre un vol jusqu'à Montréal, puis a loué une voiture pour rejoindre Sherbrooke. Il a ensuite changé de véhicule et rallié cette petite ville. À la frontière avec le Vermont, la voie pour entrer au Canada était à l'arrêt – des agents en uniforme, accompagnés de chiens, fouillaient tout le monde.

Durant le trajet jusqu'au New Hampshire, des Black Hawk et autres appareils sillonnaient le ciel. À deux reprises une voiture de police l'a doublé, fonçant toutes sirènes hurlantes.

Et maintenant, il attend que Al-Achid daigne se montrer.

Il a réussi à échapper à la surveillance, est entré au Canada illégalement, puis est revenu aux États-Unis de manière tout aussi illicite. Jiang a enfreint le protocole diplomatique imposé aux délégations chinoises. S'il est arrêté, il sera aussitôt expulsé. Encore une fois, il joue au funambule.

Il bâille à nouveau et songe à Zhen, sa femme. Elle n'a pas aimé le voir filer si vite. Intelligente, elle n'ignore rien de ce que fait Jiang. Elle travaille pour la mission permanente, au service administratif. Avec leur fille Li Na dans les bras, elle lui a demandé :

— Il faut vraiment que tu partes tout de suite ? Ça ne peut pas attendre ?

À une autre époque, Jiang l'aurait remise à sa place vertement, mais elle avait leur bébé contre sa poitrine, sa petite aux yeux si innocents…

Au fond, la paternité l'a peut-être changé…

Combien de temps encore va-t-il devoir assurer ce genre d'opérations sur le terrain ?

Un peu plus tôt, Jiang a contacté Assim. Avec une certaine fierté, il a constaté que cet homme méprisable lui répondait rapidement. Le moyen de communication était simple et totalement sécurisé. Des années auparavant, quand Jiang supervisait Assim en Libye, il avait créé une boîte mail anonyme, par l'intermédiaire d'une société suisse qui offrait le cryptage le plus sûr de la planète. Et il avait donné cette adresse à Assim ainsi que le mot de passe. Grâce à ce compte commun, ils pouvaient se laisser des messages dans le dossier

Brouillons sans que personne, que ce soit la NSA ou le GCHQ des Britanniques, ne soit au courant.

Tous les six mois environ, il contactait Assim, pour que ce moyen de communication reste valide, mais son dernier e-mail était important : il lui donnait rendez-vous – ici et maintenant.

Sur le tableau de bord traîne un paquet de Marlboro. Une cigarette s'impose. Au bureau, à l'ambassade de New York, il fume exclusivement des Chunghwa. Il sort de la GMC, contemple l'étang et le petit parc attenant. Des visiteurs s'activent déjà, des pêcheurs pour la plupart, et quelques familles. Deux hommes sont à une table de pique-nique, avec thermos de café et viennoiseries. Plus loin, des enfants se chamaillent avec leurs parents.

Adieu la piété filiale. Peuple dégénéré !

Vivre dans un tel endroit, au milieu de rien.

Il y a des années, sa chère mère avait pleuré quand il était parti étudier aux États-Unis. Elle pensait qu'il ne reviendrait jamais. Elle n'avait pourtant aucune inquiétude à se faire. À l'UCLA comme à Columbia, où il avait passé son master en droit international, il avait trouvé les Américains fainéants, oisifs, et pendant qu'ils devisaient à longueur de journée sur les grands principes de la liberté, Jiang et ses camarades étudiants chinois, eux, étaient contraints de les écouter leur faire la leçon.

Un jour, alors qu'il déjeunait à la cafétéria du Lerner Hall sur le campus de Columbia, une doctorante de Cambridge – du Massachusetts, pas de l'Angleterre – avait commencé à lui parler des événements de la place Tiananmen. Pour la faire taire, il lui avait rappelé les massacres lors des manifestations contre la guerre du Vietnam à la Kent State University et à la Jackson State University.

Un pick-up noir bringuebalant arrive sur le parking. Un vieil homme tout voûté avec une canne à pêche en descend laborieusement. Il porte un jean large, une veste jaune crasseuse et un bonnet de laine. Jiang remarque les autocollants à l'arrière : FICHEZ LES CRIMINELS, PAS LES ARMES. MOLÔN LABÉ ! (VIENS DONC LES PRENDRE !) J'AIME MON PAYS MAIS J'AI PEUR DE MON GOUVERNEMENT.

Jiang secoue la tête. Comment cette piétaille indisciplinée a pu réaliser quoi que ce soit. Mystère ! Son pays n'est arrivé sur la scène internationale que lorsque le parti a pris le pouvoir en 1949. Un parti, une loi, un seul chef. C'est ainsi que son grand-père, soldat illettré, était devenu un membre respecté du PCC, et était ressorti indemne de la révolution culturelle.

Jiang consulte sa montre. Assim est en retard. Évidemment. Les Arabes avec lesquels il a été en affaire peuvent tuer des enfants, faire sauter des avions de ligne, massacrer des clients dans un centre commercial, mais ils ne sont pas fichus d'arriver à l'heure.

Le vieux passe en claudiquant, pivote, lâche sa canne à pêche et se plaque contre Jiang.

Quelque chose de froid et dur s'enfonce dans les côtes de Jiang.

— Bonjour, mon vieil ami chinois.

C'est Assim Al-Achid.

Al-Achid sourit, heureux de surprendre le Chinois. Il respecte chez cet homme ses armes et son argent, cela s'arrête là. C'est juste un fonctionnaire, totalement lisse – ses manières autant que son visage. Ce n'est pas un combattant. Jamais ses vêtements n'ont été souillés par le sang de ses ennemis.

Jiang ne l'a pas reconnu quand il est arrivé dans ce pick-up misérable, celui qu'il a, avec son cousin, pris aux trafiquants de cigarettes dans les bois du Vermont. Avec des habits usés, des cailloux dans ses chaussures pour le faire claudiquer, du ruban adhésif en travers des épaules pour le voûter, et un peu de fard sur les sourcils pour les blanchir, il a dupé un espion de la République populaire de Chine !

Al-Achid rengaine son pistolet.

— On avait rendez-vous, Jiang Lijun. Ne soyez pas si surpris. Et ne me faites pas perdre mon temps. Qu'est-ce que vous voulez ?

Le Chinois reprend vite ses esprits, sourit et allume une cigarette sans en offrir une à Al-Achid – qui ignore cette petite provocation.

— Félicitations, lance Jiang. En tant que professionnel, je trouve ça très impressionnant. Vous avez dû mettre des années pour monter une opération pareille. Chapeau bas, vraiment !

— Je vous remercie. Mes contacts et mes réseaux sont bien payés, bien préparés, et en place depuis très longtemps. Ils répondent toujours présents, que ce soit pour des armes, de l'argent ou de la logistique.

— Et maintenant, Assim ?

— Vous avez entendu ce que j'exige.

— Ça ne tient pas debout, répond Jiang. Et vous le savez. Si vous obtenez ce que vous demandez et que vous libérez la fille, les Américains ne vous lâcheront pas, ils vont vous traquer jusqu'au bout du monde et vous tuer. Et s'ils ne cèdent pas et que vous exécutez la fille Keating, l'effet sera le même, ça ira juste plus vite. Les Américains sont des sentimentaux, des émotifs, et tuer la progéniture d'un président, ça va les rendre fous de rage.

Le Chinois tire une autre bouffée de sa cigarette.

— Alors ? C'est quoi l'idée au juste ? reprend-il.

— Ça me regarde. Et vous, quels sont vos plans ?

Jiang lâche son mégot et l'écrase du talon.

— Officiellement, je suis ici pour vous demander – en signe d'amitié et de reconnaissance – de me remettre cette fille. Vous serez déchargé d'un fardeau, et ça améliorera grandement les relations de mon pays avec les États-Unis. En échange, nous vous paierons une coquette somme et nous vous trouverons une retraite sûre quelque part. Pourquoi pas en Chine ?

Al-Achid sourit en secouant la tête.

— Par exemple au Xinjiang ? Pour vivre avec nos cousins ouïgours ? Pour être placés dans des camps, rééduqués et condamnés aux travaux forcés dans vos usines ?

Le Chinois, stoïque, ne répond pas.

— Vous avez dit « officiellement », poursuit Al-Achid. Parce qu'il y a une proposition officieuse ?

Jiang détourne la tête et contemple l'étendue d'eau.

— Oui, il y en a une.

— Laquellc ?

Après un long silence, sa voix s'adoucit.

— Je veux que vous réussissiez dans votre entreprise, quelle qu'elle soit en définitive. Je peux vous apporter des fonds, des moyens de transport, des armes. Du renseignement – ce que comptent faire les Américains. Tout ce qui vous sera utile pour humilier cette nation. Parce que je suis de votre côté.

Al-Achid reste un moment pensif.

— Pourquoi vous feriez ça pour moi ?

— Ça me regarde. Je mets ma carrière en jeu, et ma vie aussi. Souvenez-vous-en. Parce que, moi, j'ai une mémoire d'éléphant.

Al-Achid ramasse sa canne à pêche et s'apprête à rejoindre son pick-up.

— Je n'oublierai pas le risque que vous avez pris, et je réfléchirai à votre proposition généreuse et non officielle. Merci de votre visite, mon vieil ami. Restons en contact.

Jiang ouvre sa portière.

— C'est ça, restons en contact.

Dix minutes plus tard, Jiang roule sur la route de campagne quand, au détour d'un virage, il tombe sur un barrage : des voitures de patrouille, une barrière en bois, des agents en tenues tactiques, avec casques et mitraillettes en bandoulière.

Jiang ralentit, baisse sa vitre.

Deux hommes s'approchent. L'un se dirige vers sa portière, l'autre se tient en retrait pour couvrir son collègue.

— Papiers, s'il vous plaît, demande l'agent.

Le gars a le visage écarlate, les yeux bouffis de fatigue.

Jiang lui tend le contrat de location de la voiture et son permis de conduire.

L'agent inspecte avec minutie les documents.

— Vous êtes citoyen canadien, monsieur Yang ?

— Absolument.

— Vous avez votre passeport ?

— Bien sûr, répond Jiang. Un moment, je vous prie.

Il sort de sa poche son passeport avec le sceau du Canada et dessus, en lettres dorées, la mention PASSPORT/PASSEPORT, en anglais et en français.

— Que faites-vous dans le New Hampshire, monsieur Yang ?

— Je vais à Boston pour affaires, répond-il en pensant qu'une fois de plus il est sur la corde raide. Je travaille pour les Resolute Forest Products à Montréal et je rends visite à des clients de Manchester et Boston. Vous voulez voir ma carte professionnelle ?

L'agent secoue la tête et lui rend ses papiers.

— Inutile. Vous voulez bien ouvrir votre coffre ?

— Bien sûr.

Il le déverrouille sans quitter son siège. D'autres policiers vont l'inspecter. L'agent lui présente deux photos.

— Avez-vous vu ces personnes ? Regardez bien, s'il vous plaît.

Jiang reste impassible en observant les portraits d'Assim Al-Achid et de son cousin Faraj, l'un barbu, l'autre glabre.

Une idée lui vient.

Il pourrait prévenir cet agent qu'il a vu Al-Achid dans ce pick-up, leur donner le numéro des plaques. Dans la minute, le périmètre serait bouclé et des centaines – voire des milliers – de bataillons de policiers, d'agents et de soldats passeraient la zone au crible.

Al-Achid serait capturé, la fille libérée, et Jiang aurait accompli brillamment sa mission.

Sa mission officielle. On le féliciterait, il aurait une promotion, des décorations, et peut-être les relations se pacifieraient-elles entre son pays et cette nation décadente.

Mais sa mission officieuse lui tient plus à cœur.

C'est pour toi, père, songe-t-il. Et aussi pour toi, ma fille.

Il esquisse un sourire.

— Non, monsieur l'agent, je n'ai pas vu ces hommes.

— Parfait, répond le policier en reculant d'un pas. (Il fait signe à ses collègues de fermer le coffre et la barrière est levée.) Vous pouvez y aller. Bonne route.

— Merci, répond Jiang.

Cào nǐ mā, toi et ton pays de merde !

48

Saunders Hotel
Arlington, Virginie

Après avoir raccroché avec Ahmed en Arabie saoudite, je me prépare à passer mon second coup de fil longue distance. Samantha semble toujours endormie – tant mieux. Je m'approche de l'agent Stahl qui s'est installé à une table ronde dans un coin de la suite et s'active sur son ordinateur.

Je veux vérifier quelque chose avec lui.

Je baisse la voix.

— David.

— Monsieur ?

— Vous avez des contacts avec le Trésor ?

Stahl relève la tête. Ses cheveux sont en désordre, il a le visage pâle et les yeux cernés.

— Bien sûr, monsieur.

— Il y a ce fonds spécial au département du Trésor… le Judgment Fund. (Je fouille ma mémoire du temps où, au Congrès, je faisais partie de la Commission des services financiers.) Ce serait un moyen rapide et facile pour la Présidente de transférer des fonds, par bitcoins, pour payer la rançon de Mel.

— Absolument, répond l'agent Stahl.

— Tâchez de voir comment ça avance de ce côté-là.

Je consulte ma montre. Un poids m'oppresse la poitrine. Plus que sept heures avant la *deadline.*

Je retourne à ma table.

Samantha dort toujours.

J'espère qu'elle ne se souviendra pas de ses rêves.

Je reprends mon iPhone et compose un nouveau numéro. Je tombe sur la boîte vocale.

— Ici Sarah Palumbo. Vous savez ce que vous avez à faire…

Oui, je sais…

La vice-conseillère à la Sécurité nationale ne répond pas à mes appels.

Le coup de fil suivant se passe mieux. Mon correspondant décroche dès la deuxième sonnerie.

— Monsieur le Président ! répond une voix avec un accent hébreu mâtiné du phrasé de Brooklyn. (C'est Danny Cohen, l'ancien chef du Mossad.) J'attendais votre appel. Comment allez-vous ? Votre chère épouse tient le coup ?

— On fait de notre mieux. Nous sommes dans un hôtel, juste sur l'autre rive du Potomac. Pour être au plus près. Et vous, Danny ? Comment se passe la retraite ?

Il laisse échapper un petit rire.

— Plutôt pas mal. Mon plus grand problème actuellement se résume à trouver une nouvelle pompe pour l'irrigation de mon orangeraie. J'ai connu plus stressant. Mais vous ne m'appelez pas pour qu'on parle de ça. Que puis-je faire pour vous, monsieur le Président ?

— Primo, appelez-moi Matt. Secundo, je sais qu'il existe un accord officiel de partage d'informations entre Langley et Tel-Aviv. Peut-être avez-vous entendu des choses qui pourraient m'être utiles ? Je… je n'arrive pas à rester assis comme ça, à attendre en croisant les doigts.

— Assim Al-Achid est une tête brûlée, un dur.

— J'ai cru comprendre. Un électron libre du terrorisme, sans allégeance à aucun pays, comme les méchants dans les livres de Ian Fleming, quand le monde était beaucoup plus simple. Sauf que ce type a un réseau et des soutiens planétaires.

— L'analogie est bonne, Matt. Nos équipes sont sur le coup. On cherche à retracer ses déplacements. Lui et son cousin savent s'y prendre. Ils utilisent de fausses identités et autres subterfuges. Ce sont des monstres froids, calculateurs, et ils ont des fidèles partout. Mais, pour autant, on ne s'avoue pas vaincus. On ne lâche rien à Tel-Aviv, croyez-moi. On fait jouer nos relations, on leur met une grosse pression.

Je hoche la tête. Le Mossad est une légende dans le monde du renseignement, et ce n'est pas un hasard. Depuis le début, la survie d'Israël dépendait de sa capacité à savoir quel mauvais coup préparaient ses voisins. Puis, à mesure que des Juifs arrivaient de Russie, du Kazakhstan, du Maroc, d'Éthiopie, des États-Unis et du Canada, Israël est parvenu à développer des canaux d'information souterrains, pas seulement dans son bassin géographique, mais dans le monde entier, y compris avec ceux qui souhaitent officiellement sa mort.

Si une agence de renseignement peut retrouver la piste d'Al-Achid, c'est bien l'ancienne maison de Danny Cohen.

— Merci, Danny.

À l'autre bout de la pièce, j'entends l'agent Stahl parler avec quelqu'un au téléphone.

— J'aimerais faire plus, Matt, et j'aurais aimé que vous ayez pu en faire davantage quand vous étiez à la Maison Blanche. Vous avez hérité d'une situation difficile. Et je suis sûr qu'avec un second mandat vous auriez accompli beaucoup de choses. Si votre vice-présidente ne vous avait pas trahi.

Danny est bien généreux. Mes prédécesseurs ont essayé de régler l'épineuse question israélo-palestinienne, et les présidents futurs vont continuer. La clé du succès est « la paix contre la terre », une terre pour un État palestinien, avec des garanties de sécurité pour Israël. C'est un peu comme cette blague sur la recette du ragoût d'éléphant. D'abord : faire bouillir une grande marmite d'eau. Ensuite : trouver l'éléphant.

Même si les combats entre Israël et les Palestiniens sont moins violents, la possibilité d'une paix, qui paraissait autrefois à portée de main, s'est à nouveau éloignée. L'extension des colonies sur la rive ouest du Jourdain, grignotant chaque jour un peu plus l'État palestinien, et l'émergence de l'Iran, et son « croissant chiite » qui traverse l'Irak, la Syrie, le Yémen et Bahreïn ont poussé Israël à se rapprocher des États arabes sunnites, qui se soucient davantage de leur relation économique avec Israël que du problème palestinien. Ces facteurs, auxquels s'ajoute l'emprise du Hamas sur la bande de Gaza depuis plus d'une décennie, constituent un casse-tête pour tous les locataires de la Maison Blanche.

Danny sait cela mieux que personne.

— J'ai fait ce que j'ai pu avec le temps qui m'a été imparti, réponds-je. À savoir pas grand-chose. Si un jour une paix s'installe, je n'aurai droit qu'à une note de bas de page. Et encore.

Ce qui importe aux yeux de Danny, c'est mon engagement indéfectible pour la sécurité d'Israël. Avec l'administration Barnes, l'engagement est moins évident. Et Danny veut réellement m'aider.

— Vous êtes un homme bien, monsieur le Président. Dieu vous garde, vous, Samantha et Melanie. Je vous tiens au courant dès que j'ai quelque chose.

Au moment où je raccroche avec l'ancien chef du Mossad, j'entends un juron étouffé. Je me retourne. L'agent Stahl est penché sur son ordinateur.

— Quelle bande de salauds ! murmure-t-il. Comment osent-ils ?

Je m'approche.

— David, que se passe-t-il ?

Je vois l'émotion dans ses yeux.

— Rien ! Voilà ce qu'il y a. Rien ! Aucun mouvement, aucune opération en cours, aucune procédure de transfert. Rien, monsieur le Président !

J'entends un sanglot étouffé derrière moi.

Samantha est assise sur le lit, la main sur le visage.

— Je le savais, Matt ! J'avais raison. Ils ne vont rien tenter pour sauver notre fille.

J'essaie de garder mon calme.

— Non. Ils ne vont pas bouger le petit doigt.

Les larmes roulent sur ses joues, mais sa voix demeure implacable.

— Matt, qu'est-ce qu'on peut faire ?

Je regarde l'agent Stahl, puis mon sac contenant les armes et les munitions. Tout à coup, je suis totalement alerte, les sens en éveil, comme quand je me préparais à embarquer dans un Black Hawk au milieu de la nuit, prêt à aller frapper l'ennemi.

— Je vais aller chercher Mel.

49

Monmouth, New Hampshire

L'agent Corinne Bradford est allongée sur le ventre dans un buisson, avec vue sur une grosse maison, à une centaine de mètres en contrebas. Le sol est froid et l'humidité traverse ses vêtements alors qu'elle observe les lieux avec des jumelles.

Elle espère que sa piste, ce fil ténu, va porter ses fruits. Elle a passé ces dernières heures à sillonner la Route 113, en s'arrêtant dans chaque ferme, chaque station essence, chaque boutique, pour montrer la photo de l'Escalade noir devant le guichet automatique de la Citizens Bank. À tous, elle a expliqué qu'il s'agit d'une enquête confidentielle pour que son abruti de chef ne l'apprenne pas. Enfin, dans une quincaillerie, elle a eu une touche.

— Oui, absolument, lui a répondu Bing Torrance, le gérant. J'ai vu l'autre jour un véhicule de ce type prendre la route qui mène chez les Macomber. Je sais qu'ils mettent la maison en location de temps en temps. Ça m'a fait bizarre de voir quelqu'un s'y rendre, parce qu'elle n'a pas été louée depuis plus d'un an.

Et maintenant, elle est là.

Congelée.

Assoiffée.

Elle donnerait sa chemise pour un café au McDonald's avec un McMuffin.

Ou deux.

Corinne consulte sa montre.

Dans une heure, elle doit être au poste de police pour attaquer son service.

Que faire ? Aller raconter à Grambler ce qu'elle a découvert ?

Ben voyons…

« Un gars dans une quincaillerie pense avoir vu le Cadillac Escalade monter jusqu'à cette maison. Et j'ai passé deux heures à faire le guet. Je n'ai vu personne, ni lumière. Rien. »

C'est sûr qu'il sera impressionné. Il va lui coller un avertissement pour insubordination.

Corinne règle ses jumelles. C'est une grosse maison en bois sur deux niveaux, marron foncé, avec un garage attenant pour trois voitures. Plutôt chic. Derrière la bâtisse s'étend une pelouse bien tondue qui mène à un étang privé. Il y a même un joli ponton.

Encore une fois, elle regarde l'heure.

Tant pis ! je ne vais pas bosser. Je me ferai porter pâle ou quelque chose de ce genre. Je ne bouge pas d'ici !

Corinne baisse ses jumelles, se frotte les yeux.

Ah, un café bien chaud…

Pourquoi n'est-elle pas venue équipée ? Avec un thermos, par exemple, et peut-être…

Le bruit d'une voiture attire son attention.

Aussitôt, elle reprend ses jumelles.

Son pouls s'accélère.

Entre les buissons, elle a une bonne vue sur le garage. Un véhicule approche sur la route de terre. Le bourdonnement du moteur se fait de plus en plus fort.

— Merde !...

Ce n'est pas un Escalade.

Mais un pick-up Ford bringuebalant.

Elle peste encore.

Tous ces efforts, ce temps passé par ce froid – elle est gelée jusqu'aux os ! –, et tout ça pour cette bagnole de plouc ?

La porte du garage, celle du milieu, se lève et la camionnette s'engage dans le box.

Quoi ?

Elle retient son souffle. Ses mains se mettent à trembler.

Sur le côté gauche, elle voit un Cadillac Escalade noir !

Le gérant de la boutique avait raison.

Elle attend.

Prend de grandes inspirations pour tenter de ralentir son rythme cardiaque.

Il y a du mouvement en bas.

Un homme sort du garage, tandis que la porte redescend lentement derrière lui. Il a une veste jaune moutarde sous le bras et se frotte les sourcils avec un mouchoir. Quand il baisse la main, Corinne a un hoquet de stupeur.

C'est le kidnappeur. Le terroriste.

Assim Al-Achid.

Corinne recule avec précaution pour se mettre à couvert et sort son téléphone.

AUCUN RÉSEAU

Merde !

Elle ne s'y est toujours pas habituée ! Il y a un tas de zones blanches dans cette région. On se croirait encore dans les années 1990.

Elle se tourne vers la maison.

Son SIG Sauer 9 mm est dans son ceinturon.

Elle sent que la fille du président est ici.

Que faire ? Aller la sauver ?

Toute seule ?

Non. Ce serait du suicide.

Elle a besoin de renfort…

Mais qui appeler ?

Son chef Grambler ?

Sûrement pas !

Ce crétin va discuter, pinailler, mettre en doute ce qu'elle a vu.

Il faut alerter quelqu'un d'autre. Et prier pour avoir un peu de réseau…

Quelques minutes plus tard – Dieu soit loué ! –, une barre apparaît sur son téléphone. Elle fait défiler sa liste de contacts et trouve Clark Yates, un ancien collègue à la police d'État du Massachusetts, qui a eu la bonne idée de passer à celle du New Hampshire avant la grande purge.

Ça sonne.

Une fois.

Deux fois.

— Décroche ! Décroche !

— Allô ?

Elle lâche un soupir de soulagement.

— Clark ! c'est Corinne Bradford.

— Corinne… dis donc, il est super tôt… Je veux dire…

— Clark. J'ai besoin de toi. Je sais où est la fille du président. J'ai trouvé le kidnappeur et j'ai vu son véhicule.

— Tu es sûre ? Et pourquoi tu m'appelles, moi ? Tu devrais plutôt…

— Je sais, l'interrompt-elle en scrutant les bois et les rochers alentour. Mais mon chef est un imbécile. Je t'assure que c'est du sérieux. C'est au nord de Monmouth, un chemin de terre avec un panneau de bois indiquant *Macomber*, sur la Route 113, juste après le RJ's Hardware. Au bout, il y a une maison sur deux niveaux, type chalet, avec un étang derrière.

— Corinne…

— Je l'ai vu, je te dis ! J'ai vu ce putain de terroriste ! Et le Cadillac Escalade ! Je te le jure.

Elle entend des bruissements derrière elle, sans doute le vent dans les arbres.

— D'accord. C'est noté, répond Clark. Je vais passer des appels. J'espère que tu as raison.

— Moi aussi ! Il faut que je te laisse. Je compte sur toi.

Corinne coupe la communication. Elle entend un craquement, comme une branche qui casse. Elle se retourne. L'homme qu'elle a aperçu près du garage marche vers elle, un couteau à la main, avec un sourire tranquille.

50

Nord-ouest du New Hampshire

Mel Keating se redresse sur son lit quand la porte s'ouvre. Quelle heure est-il ? Comment savoir puisque la lumière est toujours allumée. Elle a l'esprit un peu embrumé. Bien sûr, ça fait partie du processus pour l'affaiblir. Elle a souvent entendu son père et ses amis parler du programme SERE – *survival, evasion, resistance et escape* –, un entraînement de survie, s'ils étaient faits prisonniers par l'ennemi. Une part de la formation comprenait la privation de sommeil et la perturbation des rythmes circadiens.

C'est Faraj, le plus jeune. Mel se fige. Un frisson de terreur la traverse.

Les mains du terroriste sont vides.

Ce n'est pas l'heure du petit-déjeuner.

Que vient-il faire ici alors ?

Il sourit, ses yeux sont encore rouges après son attaque de la veille. Mel se lève. Pas question de rester assise et penaude, telle la parfaite victime attendant son châtiment.

Si ce salopard compte lui sauter dessus, elle va se défendre, bec et ongles. Quitte à lui arracher un œil !

Il s'avance vers elle.

— Tu as faim ?

— C'est une question piège ?

— Un piège ? Comment ça ?

— Oui, un piège, ou une insulte déguisée. Pas une vraie question.

Il hoche la tête, tout sourire.

— Non, c'est une vraie question. Il n'y a pas de double sens. Tu as faim ou pas ?

Bien sûr que son estomac crie famine ! Elle ne sait pas combien de temps s'est écoulé depuis qu'elle a ramassé, à la cuillère, sa soupe répandue au sol.

Elle a mangé par terre, comme une misérable réfugiée !

Et c'est exactement ce que Assim voulait.

— Oui, j'ai faim.

— C'est l'heure du petit-déj. Qu'est-ce qui te ferait plaisir ?

— Aller m'empiffrer au Pope's Diner à Spencer. Vous pouvez m'accompagner tous les deux, si vous voulez.

Son sourire s'agrandit.

— Ça va être compliqué. Dis-moi juste ce dont tu as envie. Et je ferai de mon mieux pour te cuisiner ça.

Par réflexe, Mel rétorque :

— Des pancakes. Avec du beurre. Et du sirop d'érable, du vrai, pas ce machin sucré avec des colorants ! Et du bacon aussi. Bien croustillant. Avec du jus d'orange et un café.

Faraj l'écoute avec attention.

— Tu as l'air de savoir ce que tu veux dans la vie.

— C'est ce que papa… (Sa voix se brise une fraction de seconde.) Ce que papa me prépare le dimanche. Pour moi, et pour l'équipe du Secret Service chez nous. Et parfois… il va dans les églises du coin, donner un coup de main pour leurs brunchs.

— J'ignorais ce détail.

Mel croise les bras sur sa poitrine. Surtout retenir ses larmes.

— Parce qu'il ne veut pas de publicité, il n'appelle pas la presse chaque fois qu'il fait une B.A. Il la fait, c'est tout.

— Tu es une petite fille chanceuse.

— Je ne suis pas une « petite fille ». Et oui, j'ai de la chance. Allez-y, sortez-moi votre sermon, répétez-moi à quel point je suis vernie d'être née en Occident, parce que je ne connais pas la faim, le manque de médicaments, l'insécurité. Merci, je connais la chanson.

Faraj se raidit.

— Non, ce n'est pas du tout ce que j'allais dire. Tu te trompes.

— Ah oui ? Je t'écoute alors.

— Tu connais cette prison à Tripoli – Abou Salim ?

— Non.

Vas-y, crache le morceau ! Et finissons-en !

— C'est la pire prison du pays, poursuit Faraj d'une voix douce. C'est là que ce piètre colonel, ce bouffon costumé, emprisonnait tous ses opposants, par nécessité ou juste par caprice. Parce que c'était son bon plaisir. En 1996, les prisonniers se sont révoltés. Plus de mille deux cents détenus ont été massacrés. Les corps ont ensuite été sortis de l'enceinte, le sang dans les geôles nettoyé au jet d'eau, et l'activité a repris comme si de rien n'était.

Mel voit l'expression du jeune homme changer. Il n'est plus un terroriste, un tueur à sang froid, mais un fils affligé par ses souvenirs.

— Je n'ai jamais connu ma mère. Mon père, Hassan, avait une boutique de thé à Tripoli… je me souviens de lui. En rentrant le soir à la maison, il me donnait les gâteaux qu'il n'avait pas vendus. Quand j'avais cinq ou six ans, il a été emmené à Abou Salim, et il n'est jamais revenu.

Mel aimerait dire quelque chose pour rompre le silence qui s'abat soudain entre ces quatre murs de ciment, mais rien ne lui vient.

Son ravisseur secoue la tête, comme s'il revivait cet instant.

Sa voix reste douce.

— Quand je dis que tu as de la chance, c'est parce que tu as connu ton père et qu'il est toujours là.

Faraj tourne les talons et ajoute :

— Tu auras bientôt ton petit-déjeuner.

Mel est agréablement surprise. C'est exactement ce qu'elle a demandé. Elle mourait de faim après avoir raclé son reste de soupe par terre.

Une fois qu'elle a tout dévoré, elle dépose le plateau et est prise d'un grand bâillement. Elle est épuisée.

Mel se laisse aller contre l'oreiller. C'est le contrecoup. Après ce déferlement d'adrénaline, le kidnapping, avoir vu Tim mourir sous ses yeux…

Elle repense à l'agent Stahl et à ce qu'il lui avait expliqué à la Maison Blanche.

Elle tire doucement de son doigt l'anneau en or et l'examine à la lumière. L'inscription est toujours visible : De ST pour KM 10/12/1941.

Un cadeau de son arrière-grand-père maternel à sa fiancée, qui allait devenir sa femme – la grand-mère de sa maman – avant son départ dans la Navy, juste après l'attaque de Pearl Harbor.

Elle serre fort la bague dans sa paume.

Elle est si fatiguée.

51

Bureau Ovale
Maison Blanche

La présidente Pamela Barnes s'adresse à son secrétaire à la Sécurité intérieure et à sa directrice du FBI :

— Il est 8 heures. Il ne nous reste que quatre heures. Où en est-on ?

Paul Charles s'apprête à parler, mais Lisa Blair lui coupe l'herbe sous le pied.

— Plus de cent agents sont sur place, autour du mont Rollins, et il en arrive encore par la route et les airs. Ils collaborent avec les forces locales pour dresser des barrages, interroger les voyageurs, et suivre toutes les pistes possibles. Le problème c'est que cette partie du New Hampshire et du Vermont est très boisée, très rurale, avec une myriade de maisons isolées, de chalets, de cabanes pour la chasse, sans compter les chemins de randonnée et routes de terre qui ne figurent ni sur les cartes ni sur les GPS. On parcourt des kilomètres, on frappe à toutes les portes, on interroge tout le monde. Mais, pour l'instant, on n'a rien.

La seule autre personne présente est Richard, le mari de Pamela Barnes – mari et directeur de cabinet.

— Et ce véhicule qui a été repéré sur les lieux du kidnapping ? s'enquiert-il. L'Escalade noir.

Lisa Blair et Charles sont dans les fauteuils en face du Resolute, Richard est assis à gauche de son épouse, jambes croisées, penché vers eux.

La directrice du FBI pince les lèvres d'agacement.

— Nous voulions garder cette piste secrète, explique-t-elle. Mais quelqu'un a vendu la mèche à un journal local, l'Associated Press à Concord l'a reprise, et la nouvelle s'est répandue comme une traînée de poudre.

— En quoi est-ce un problème ? interroge Pamela Barnes.

— Tous les citoyens, du rageux lambda au crétin des montagnes, saturent nos lignes. Nos postes de police sont submergés d'appels, de la frontière canadienne à Long Island, pour nous certifier qu'ils ont vu passer un Escalade noir, ou entrer dans un parking ou un garage. Et nous devons suivre toutes ces pistes, madame la Présidente. Toutes.

— Je comprends. Et la coopération entre nos agences ? Comment ça se passe ?

— Comme prévu. La CIA active ses sources à l'étranger, et la NSA épluche toutes les conversations téléphoniques et les e-mails. Le hic, c'est que la CIA œuvre dans un labyrinthe d'illusions et de faux-semblants… Comment savoir si leurs informations sont valables ou si ce ne sont que des leurres, chacun voulant placer ses pions. Jusqu'à quel point pouvons-nous nous fier à leurs renseignements ? Quant à la NSA, elle a des téraoctets d'enregistrements à passer au crible. Et nous savons, malheureusement, qu'Al-Achid et son cousin Faraj, comme ses fidèles, communiquent de façon très prudente.

— Aucune bonne nouvelle, alors ? conclut Richard.

— On en est là, pour l'instant.

— Autre chose à ajouter ? demande Pamela.

— Nous avons positionné une unité de la Hostage Rescue Team dans un lycée à Spencer, à dix kilomètres du mont Rollins. Une autre unité est en route pour leur apporter du renfort. Là-bas, la HRT a des moyens aériens et terrestres, pour se projeter sans délai si on obtient un renseignement fiable. En outre, nous avons accès aux ressources du département de la Défense. Un agent de la NSA est déjà sur place, en soutien.

La Présidente observe Paul Charles, son secrétaire à la Sécurité intérieure. Encore une fois, elle regrette de l'avoir nommé à ce poste. Pourtant, quand il était chef de la police routière de Floride, il a été un appui politique majeur contre Matt Keating.

Elle aurait dû lui demander sa démission hier, mais cela aurait été un aveu de faiblesse.

— Et de votre côté, Paul ?

— On fait tout notre possible pour collaborer avec nos amis du FBI. (Son agacement est évident.) Nous envoyons deux groupes de la Counter Assault Team du Secret Service pour aider la HRT.

— Nous n'en avons pas besoin, réplique Lisa Blair.

Charles lui adresse un grand sourire.

— Vous les aurez quand même.

— Ça suffit vous deux, s'agace Pamela Barnes. Autre chose, Paul ?

— Les passages à la frontière. Il faut vraiment faire quelque chose, madame la Présidente. Les embouteillages pour entrer au Canada deviennent…

— Non.

— Sauf votre respect, madame la Présidente, les probabilités pour que les terroristes tentent de passer au Canada avec Mel Keating sont infimes.

— Mais elles ne sont pas nulles. Alors on continue les contrôles.

— Bien, madame.

— On a fait le tour ?

Paul Charles regarde Lisa Blair et hausse les épaules.

— Oui, sauf la question que tout le monde se pose : la rançon ?

— Quoi, la rançon ? intervient Richard.

— On va la payer ?

— Non, réplique-t-il d'un ton sans appel. Nous ne négocions pas avec les terroristes.

— Tout de même…, insiste Charles. Il s'agit de la fille de Matt Keating.

— Exactement, répond Pamela Barnes. C'est pour ça que je ne vous retiens pas davantage. Allez travailler. Et retrouvez-la-moi ! On n'a plus que quelques heures.

Une fois seule avec son mari, Pamela se laisse aller au fond de son siège et se frotte les tempes.

— Mon Dieu… tu crois vraiment que c'est la bonne décision ?

— Absolument.

— Mais Mel risque de mourir.

— La faute à qui ? Les vrais responsables sont : Assim Al-Achid et son cousin. Plus le FBI et la Sécurité intérieure qui n'ont pas fait leur boulot. Et un autre encore…

— Qui donc ?

— Ça ne va pas te plaire, et pourtant c'est la stricte vérité. Il s'agit de Matt Keating.

— Allons, Richard…

Il déplace sa chaise pour lui faire face.

— Je suis sérieux. C'est un ancien président, un vétéran des Navy SEALs… il a par conséquent des ennemis partout sur la planète. Et il n'a pas protégé sa fille. C'est entièrement sa faute.

— Sauf que Mel n'avait pas droit à l'escorte du Secret Service puisqu'elle avait plus de seize ans.

— Matt aurait dû trouver une autre solution. Réduire sa liberté de mouvement. S'installer dans un endroit moins reculé. Embaucher des gardes du corps. Ou te demander une exception pour sa fille. Il n'a rien fait de tout ça.

Richard se lève.

— Il faut rester ferme avec les ravisseurs. Peu importe les pressions. Ça te vaudra respect et admiration dans le monde entier. Je pense particulièrement à la Corée du Nord, l'Iran, la Russie, et à nos emmerdeurs numéro Un : la Chine. Sur le long terme, tu auras sauvé plus de vies qu'une seule fille kidnappée.

— Je comprends ton raisonnement. Ça ne signifie pas pour autant que j'aime ta façon de tourner les choses.

Il se dirige vers la porte qui mène au grand couloir.

— Dans une heure, je t'aurai préparé le communiqué de presse, pour exprimer tes regrets que la *deadline* soit passée et de ne pas avoir pu sauver Mel Keating.

— Et si on la trouve vivante dans les quatre prochaines heures ?

Pour toute réponse, son mari secoue la tête et sort du bureau Ovale.

Pamela Barnes se frotte à nouveau les tempes – elle essaie de se souvenir pourquoi elle voulait tant ce fauteuil.

En se dirigeant avec Paul Charles vers le grand hall de la Maison Blanche, Lisa Blair se rappelle la première fois qu'elle est entrée ici. Elle devait alors rencontrer le président de l'époque : Matt Keating. Il voulait soumettre son nom au Sénat pour lui confier les manettes du FBI, et cet entretien était le dernier et le plus important. Elle s'était préparée à parler de son expérience au sein de l'Army Criminal Investigative Division, de ses années à la tête du Bureau d'investigation du Kansas et de ses dernières fonctions comme vice-directrice du FBI.

Mais le rendez-vous n'avait duré que cinq minutes. Pendant qu'il lui remplissait une tasse de café sur la table basse, le président Keating lui avait dit :

— Le FBI se mêle bien trop de politique ces dernières années. Je veux que le Bureau revienne à ses fondamentaux. Gérer la merde. Qu'en pensez-vous ?

— Je suis entièrement d'accord, monsieur le Président.

— Parfait. Alors vous avez le poste.

— C'est tout ? s'était étonnée Lisa.

Keating lui avait tendu sa tasse.

— Vous voulez qu'on aille se mesurer à Hogan's Alley, voir qui s'en sort le mieux sur le parcours de tir en milieu urbain ?

Aujourd'hui, elle se souvient avec nostalgie de cette brève rencontre, si franche, si directe. Lisa Blair ne l'avouera jamais en public mais elle regrette que Keating ne soit plus à la barre.

— Dieu que je hais cette ville ! marmonne-t-elle.

— Pardon ? demande Charles. Qu'est-ce que vous avez dit ?

Elle l'ignore.

Au même moment, son téléphone vibre dans sa poche.

52

Saunders Hotel
Arlington, Virginie

Je fais les cent pas dans ma suite. Je suis tellement en colère que les cuisiniers au sous-sol doivent m'entendre arpenter la pièce. Je me dirige vers la porte de séparation entre les deux suites, l'ouvre…

— Maddie !

Elle émerge d'un groupe – des agents du Secret Service, des employés de l'hôtel et quelques survivants de mon comité de soutien. Elle vient vers moi, les cheveux en désordre, les yeux rouges de fatigue.

— Oui, monsieur ?

— Vous avez une proche au Bureau fédéral des prisons, je crois bien ? C'est qui ? Votre sœur ? Votre cousine ?

— Ma nièce, monsieur. Ma nièce Sharon.

— Contactez-la. Tâchez de savoir si ça bouge pour ces trois détenus à Florence. Ceux dont Al-Achid réclame la libération. Je veux que…

Je m'interromps.

Tu pousses le bouchon trop loin, me dis-je. Tu lui en demandes trop !

Avant que j'aie le temps de pondérer mes paroles, Maddie répond :

— Bien sûr, monsieur le Président. Je m'en occupe tout de suite.

Je retourne dans notre suite. L'agent Stahl parle à voix basse au téléphone. Samantha est assise en tailleur sur le lit, un oreiller sur les cuisses.

— Je ne lâche pas, lui promets-je. On va la ramener.

— Ils nous ont menti.

— Non. La Présidente et son mari affirmeront qu'ils nous ont dit la vérité quand on était là-bas. Mais qu'après notre départ il y a eu du nouveau, des imprévus, des éléments qu'ils n'ont pas eu le temps de nous transmettre.

— Quel genre d'éléments ?

— C'est ce que je compte bien savoir.

Je retourne à mon coin travail et tente encore de joindre Sarah Palumbo. Une fois de plus, je tombe sur sa boîte vocale.

Quel message laisser ?

— Sarah… J'ai du mal à vous joindre. J'imagine que c'est une journée compliquée pour tout le monde.

Je raccroche. On toque à la porte.

— Entrez !

C'est Maddie. Elle est très pâle.

— Monsieur… j'ai parlé à Sharon. Ma nièce.

Son expression est explicite.

— Il ne se passe rien, c'est ça ? Aucune nouvelle disposition pour les trois prisonniers à la supermax.

Elle acquiesce.

— Je… Je retourne travailler.

— Merci, Maddie.

Il est temps de joindre Pamela !

À l'inverse de ce qui est décrit dans les mauvais romans, et même dans des biopics, ex-président et président en place se passent rarement des coups de fil, car le pays n'a qu'un chef à la fois – l'actuel s'appelle Pamela Barnes et habite 1600 Pennsylvania Avenue. Et quand il y a un appel téléphonique, il est d'ordinaire du président en exercice vers son prédécesseur.

Mais je dois absolument lui parler. Et ça va être compliqué de passer tous les filtres. Il existe une ligne directe qui détourne le standard de la Maison Blanche pour que famille et amis intimes du président puissent avoir leur correspondant facilement. Évidemment, ce numéro change à chaque nouvelle administration.

Je compose donc le numéro du standard – 202-456-1414. Dès la première sonnerie une femme décroche, l'air pas commode.

— Ici la Maison Blanche, j'écoute.

— Bonjour, c'est Matt Keating. Vous pouvez me passer Felicia Taft, s'il vous plaît ?

Felicia est la sous-directrice de cabinet. Il y a un silence. La standardiste se demande sans doute si elle peut transmettre l'appel. Finalement, j'ai Felicia en ligne.

— Bonjour, monsieur le Président. Que puis-je faire pour vous ?

Samantha, assise sur le lit défait, m'observe. J'ai l'impression d'être de retour durant mon stage BUD/S, au centre de formation des SEALs, et qu'un instructeur scrute tous mes faits et gestes.

— Felicia, je dois parler à Richard. Le plus vite possible.

— Puis-je vous demander à quel sujet, monsieur le Président ?

— Vous le savez très bien, Felicia.

Je regrette aussitôt mon ton cinglant. C'est elle qui décide de passer ou non les appels, mais en bonne professionnelle elle répond :

— Ne quittez pas, monsieur le Président, je vais voir s'il peut vous prendre.

— Merci.

Je m'assois, me frotte le visage. Je pense à Mel, enfermée quelque part, épuisée, affamée, et qui se demande si son père va venir la chercher.

Puis j'entends une voix familière.

— Matt, c'est Richard.

— Richard, il faut que je parle à la Présidente.

— Ah, ça va être compliqué.

— Ce que vous nous avez dit hier, c'est du flan. Vous n'avez pas lancé le virement en bitcoins, et les trois détenus qu'Al-Achid veut faire libérer sont toujours dans leur quartier d'isolement. À quoi vous jouez ?

— Matt, vous savez comme moi que la situation peut changer et…

— Richard, je veux parler à Pamela. Maintenant.

Je consulte ma montre. Il est près de 9 heures. Déjà !

— Je vais voir. Mais elle est très occupée.

— La *deadline* est dans trois heures. Qu'est-ce que vous fichez ?

— Nous faisons notre travail. Comme le FBI, la Sécurité intérieure, le Secret Service et toutes les…

— Arrêtez vos salades. J'irai libérer ma fille, avec ou sans vous.

Il y a un silence à l'autre bout du fil.

— Qu'est-ce que vous insinuez au juste ?

— J'ai encore des amis dans les médias. Comment vont-ils réagir, à votre avis, quand je vais leur apprendre que vous mettez sciemment la vie de ma fille en danger ? Et que, pour je ne sais quel calcul politique, vous jouez la montre, que vous n'avez aucune intention de verser la rançon ?

— Vous ne pouvez…

— Alors, passez-moi Pamela. Je suis on ne peut plus sérieux. (J'élève la voix.) Et si la *deadline* expire et que Mel n'est pas libérée, vous aurez son sang sur les mains, vous et votre bonne femme ! Je vous mettrai tout sur le dos.

Je perds toute mesure.

C'est une erreur.

— Je vous répète que la Présidente est vraiment très occupée, répond Richard d'une voix glaciale. Votre fille n'est qu'un de nos nombreux problèmes. Le monde est une jungle dangereuse, impitoyable. Vous le savez aussi bien que moi. Nous laissons aux professionnels le soin de la retrouver. Et si vous faites fuiter ce mensonge éhonté comme quoi nous ne tentons rien pour votre fille, tout le gouvernement, et moi le premier, vous réduira en bouillie. C'est bien clair ?

— Trouvez ma fille, Richard.

— Nous sommes sur le coup. Et si la Présidente a deux minutes, elle vous rappellera. Enfin, ne comptez pas trop là-dessus.

Je coupe la communication et pousse un long soupir. Je me lève, recommence à marcher de long en large. L'agent Stahl me regarde. Samantha aussi. Il est temps de passer en état d'alerte maximale.

Je parcours ma liste de contacts, conscient d'être sur le point d'enfreindre une demi-douzaine de lois fédérales et de traditions ayant cours dans le microcosme de Washington. Mais je m'en fiche.

Mel.

C'est tout ce qui compte.

Voilà le numéro que je cherche !

Un numéro privé. J'appuie sans hésitation. Ça sonne. Encore et encore. Finalement, une voix féminine me répond, le souffle court.

— Lisa Blair. C'est à quel sujet ?

Son téléphone doit afficher NUMÉRO INCONNU. Je m'empresse de lui répondre :

— Lisa, c'est Matt Keating.

— Oh… Monsieur le Président, je…

— Laissez tomber, Lisa. On n'a pas le temps pour les politesses. Qu'est-ce qui se passe ?

— Il se trouve que…

— Lisa, assurez-moi qu'ils jouent le jeu ! Que le transfert d'argent est en cours. Que les prisonniers vont être emmenés en Libye. Dites-moi ce qui se passe réellement !

— Monsieur le Président…

— Lisa, est-ce que…

— Laissez-moi en placer une !

C'est comme si, à distance, elle me donnait une tape sur la tête.

— Pardon. Je vous écoute.

Tout l’univers semble soudain se réduire à mon téléphone et à la voix de la directrice du FBI.

— Ce que j’essaie de vous expliquer, c’est que nous avons eu un bon renseignement en provenance du New Hampshire. Nous pensons savoir où se trouve votre fille.

53

Lycée de Eastfield
Eastfield, New Hampshire

Dans le gymnase du lycée, sous les bannières suspendues à la charpente vantant les victoires des Eastfield Explorers en basket et en lacrosse, l'agent spécial Ross Faulkner, le chef de la Hostage Rescue Team du FBI, s'efforce de garder son calme et de ne pas envoyer son poing dans la figure de ce major de la police d'État du New Hampshire planté devant lui. Ross a dix ans d'expérience dans cette unité d'élite et, avant de rejoindre le FBI, il était sergent-artilleur chez les Marines, envoyé trois fois en Irak. Il a appris à négocier là-bas avec les diverses tribus et les milices du Nord, mais ce flic est vraiment une tête à claques.

Le major Harry Croteau est en tenue tactique noire, comme tout le monde dans ce gymnase, et son visage joufflu est rouge de colère.

Je vous le répète, agent Faulkner, vous n'avez aucune autorité ici.

— Au contraire ! Il s'agit d'un kidnapping.

— Ça ne tombe sous la juridiction des Fédéraux que dans des conditions très particulières : si la victime est mineure, si la frontière entre deux États a été franchie, ou si le kidnapping a eu lieu dans un avion. Là, nous ne sommes dans aucune de ces trois situations. Ça relève donc de la police d'État, et c'est à nous de diriger les opérations.

— Sauf votre respect, major, je n'ai pas de temps à perdre avec ces conneries. La fille du président est quelque part, aux mains d'un terroriste bien connu de nos services. C'est tout ce que je dois savoir pour prendre la main. Fin de la discussion.

— C'est ce que vous croyez !

Les téléphones sonnent. Les vingt-quatre hommes de l'unité de Faulkner ont investi le gymnase. Ils ont disposé armes et matériel sur de grandes tables pliantes, leurs véhicules sont garés sur les places réservées aux enseignants. Ils sont là depuis près d'une journée après avoir quitté la base aérienne de Quantico dans un C-17 de l'US Air Force, pour atterrir à Lebanon. La HRT s'enorgueillit de pouvoir intervenir en moins de quatre heures, n'importe où dans le pays. Et cette opération ne fait pas exception à la règle.

— L'évidence est sous votre nez. Ordre de la directrice du FBI et du procureur général des États-Unis. Cette affaire est la nôtre et vous…

— Ross ! (On l'appelle à l'autre bout du gymnase.) Viens voir !

Faulkner reporte son attention sur le policier.

— Maintenant, foutez-moi le camp ! Avant que je ne vous fasse arrêter et vous colle le fisc ou les stups au cul !

Faulkner se dirige vers un membre de son équipe. Gus Donaldson, assis derrière une console de communication et une batterie de téléphones, brandit un papier griffonné de notes.

— Ross ! On a une ouverture ! Et une bonne !

Toute l'unité se rassemble.

— Vas-y. On t'écoute.

— Tôt ce matin, une flic du coin a repéré le Cadillac Escalade noir dans le garage d'une baraque vide au bout d'une route de terre, près d'un étang. Une maison isolée. Le début du chemin se trouve sur la Route 113, un panneau indique *Macomber*. C'est après une quincaillerie RJ's Hardware. Elle a vu le chauffeur sortir du garage. Et elle est formelle. C'était Assim Al-Achid.

— C'est elle qui nous a prévenus ?

— Non. Elle a joint un sergent qu'elle connaît à la police du New Hampshire. Il a passé le message à son supérieur, et l'info est remontée. Il se porte garant pour elle. Elle n'est pas du genre à raconter des conneries.

— Où est cet agent ?

— On n'arrive pas à la joindre. La couverture réseau est très mauvaise là-bas.

— Tyler ! lance Faulkner à un autre membre de son équipe. Tu as localisé l'endroit ?

— Je suis sur le coup, précise l'agent de recherche, installé devant deux écrans d'ordinateur.

Il pianote sur son clavier. Le temps que Faulkner arrive à sa table, Tyler s'écrie :

— Ça y est ! Je l'ai ! C'est à Monmouth, près de Spencer. La propriété appartient à un dénommé Dan Macomber, de Salem dans le Massachusetts. J'ai une carte du cadastre.

L'unité se regroupe, tout le monde regarde l'écran. Un plan des lieux apparaît et également une photo.

Une maison sur deux niveaux. À l'étage, deux grandes chambres et une salle de bains. Au rez-de-chaussée, une autre salle de bains. Un grand salon et une petite chambre à droite de la porte d'entrée, plus une cuisine et une salle à manger.

Rompu à cet exercice, Ross Faulkner organise aussitôt le déploiement de ses hommes et décide de l'endroit où poster son avant-garde.

— Une équipe de reconnaissance avec tireurs. Dispersez-vous une fois sur zone. Je veux un groupe à l'est, et un autre à l'ouest. Il me faut une surveillance au plus vite. Prévenez-moi quand vous serez en position. Et soyez discrets en partant, comme si vous alliez chercher à manger au Dunkin' Donuts. Il y a des journalistes partout en ville, et je ne veux pas avoir ces guignols au cul.

Comme un seul homme, l'équipe rassemble son matériel et se dirige en courant vers les portes arrière du gymnase. L'écho de leurs rangers résonne dans la grande salle de sport. Faulkner est tendu et inquiet. Sur une prise d'otages classique, il aurait le temps de construire une maquette de la maison pour préparer l'attaque dans les moindres détails.

Hélas, du temps ils n'en ont pas. Il va falloir improviser, travailler sans filet.

Il longe l'enfilade de tables et s'arrête à la dernière où travaille une jeune femme rousse avec des lunettes à monture noire. Elle porte un tee-shirt à l'effigie d'un groupe de rock parfaitement inconnu de Faulkner. Elle est assise devant un ensemble de claviers et scrute des séries de lettres et de chiffres qui défilent à l'écran.

— Madame ? (Il ne se souvient plus de son nom. Juste qu'elle est de la NSA et qu'elle s'est portée volontaire pour cette mission.) Vous êtes au courant de la nouvelle ?

— Oui, j'ai entendu ça, répond-elle en se mordillant la lèvre. Je suis en train de compiler les données.

À côté d'elle se tient un jeune homme noir en treillis de l'US Air Force. À en croire ses galons, c'est un premier lieutenant et son badge indique COLLINS. Il marmonne tout seul en manipulant un joystick. Sur le moniteur devant lui, s'affiche la vue aérienne d'une zone forestière. Des successions de chiffres figurent en bandeau sur le côté et le bas de l'image. Un étang apparaît, puis une maison.

C'est donc là que vous êtes, Mel Keating ? songe Faulkner.

— Ceux qui sont à l'intérieur pourraient nous repérer ?

— Pour ça, il leur faudrait des systèmes de détection acoustique et thermique dernière génération, répond Collins. Même les Russes et les Chinois ne les ont pas encore. Kestrel, c'est le nec plus ultra. Un vrai petit bijou. Nous sommes à plus de dix mille pieds d'altitude. Quasi invisibles. C'est parti…

Faulkner a l'habitude que le département de la Défense prête au FBI ses équipements, mais les images qu'envoie ce drone sont incroyablement claires et nettes. La technologie embarquée est tenue secrète et, avec toute la HRT, ils ont dû signer des contrats de confidentialité pour être autorisés à regarder cet écran. La définition est telle que l'on distingue même les plaques de mousse et de lichen sur le pourtour des bardeaux du toit.

La caméra zoome davantage. La maison paraît inhabitée. Personne sur la pelouse, devant ou derrière. Une petite plage de terre, déserte. Aucun bateau arrimé au ponton.

— Il y a des traces de pneus dans l'allée.

Ross Faulkner consulte sa montre. Combien de temps avant que la première équipe arrive sur place ?

— Hé, monsieur FBI !

Il se tourne vers Claire – c'est ça, elle s'appelle Claire, Claire Boone. Une jeune femme qui n'a pas l'air commode, malgré son tee-shirt rock et son jean déchiré.

— La compagnie d'électricité du coin s'appelle Liberty Utilities. Je suis entrée dans leur système et j'ai les données du compteur électrique en temps réel. Ces trois derniers mois, il n'y avait aucune consommation, mais là il y a de l'activité. 50 pour cent d'utilisation du forfait de kilowattheure. Et ce, depuis ces trois derniers jours.

Un gars de la HRT approche.

— Apparemment, il y a des squatters.

— Très bien, annonce Collins. Essayons de jeter un coup d'œil à l'intérieur.

L'officier de l'US Air Force pianote sur son clavier et, dans la seconde, la vue en couleur de la maison passe en noir et blanc : une image thermique.

Trois formes blanches apparaissent.

Deux semblent se trouver dans la cuisine.

La troisième est plus faible.

— Lieutenant, demande Faulkner. Des précisions sur ce qu'on voit ?

— Kestrel indique la présence de deux personnes dans la cuisine. À en juger par leur position, ils sont assis à une table. Une table ronde, sans doute. Ils prennent peut-être le petit-déjeuner. Je repère aussi une autre signature thermique. Peut-être celle de la cuisinière.

Faulkner ne laisse rien paraître, pourtant son cœur s'emballe.

— Et la troisième forme ?

— C'est ténu. Comme si la personne était à la cave, sous les deux autres.

Faulkner se tourne vers son agent de transmission.

— Gus ! Passe la nouvelle à Blair. On a une touche ! Et on y va.

Ross Faulkner hausse la voix pour se faire entendre de tous :

— Unité d'assaut, en piste ! On va délivrer la fille du président !

54

Saunders Hotel
Arlington, Virginie

J'ouvre la porte reliant les deux suites et aperçois Lisa Blair qui débarque, accompagnée de quatre agents. Deux d'entre eux transportent de grosses mallettes. Ils passent devant Madeline Perry, un détachement du Secret Service et les rescapés de mon comité de soutien.

Lisa marche droit vers moi.

— Monsieur le Président, désolée pour tout à l'heure.

J'ouvre la porte en grand.

— C'était justifié. Vous avez du nouveau ?

L'agent Stahl se lève de son bureau. Ma femme descend du lit, son visage s'éclaire. Les agents de Lisa, deux hommes et deux femmes, se mettent aussitôt au travail. Ils ouvrent les mallettes, sortent des claviers, des ordinateurs, des écrans. Madeline arrive elle aussi, les mains jointes, comme pour une prière silencieuse.

— Une policière locale a repéré un Cadillac Escalade dans une maison, à côté d'un étang, au bout d'une route de terre. Un endroit totalement isolé. Et elle a vu

Al-Achid sortir du garage et se diriger vers l'entrée. Il y a quelques heures.

Sans m'en rendre compte, je serre les poings.

On te tient, salopard !

— L'info a été vérifiée ?

Sam me rejoint et passe son bras autour de ma taille.

— Notre unité HRT a établi son camp de base dans un lycée, près de Monmouth. Ils ont avec eux des gens de la NSA et de l'Air Force. La NSA a récupéré les données de la consommation électrique. Aucune activité, sauf ces trois derniers jours. Or la maison devrait être vide.

— Et du côté de l'Air Force ? Ils ont quoi ?

Sur ma table de travail, les agents ont installé un écran, des boîtiers, des claviers.

— Encore une petite seconde de patience. Cynthia, montrez-nous les dernières images.

— Oui, madame.

— Lisa, dis-je, ne vous méprenez pas. J'apprécie grandement que vous soyez ici. Bien plus que vous ne l'imaginez… mais pourquoi n'êtes-vous pas à la Maison Blanche, ou au bâtiment Hoover ?

Elle me lance un regard de tueuse.

— C'est ici que je dois être. Ma place est ici, monsieur le Président.

— Madame, nous sommes prêts, l'informe Cynthia. Voici les images de Monmouth.

Je reconnais aussitôt ce qui s'affiche en noir et blanc sur l'écran. Une maison vue du dessus, une bâtisse de bonne taille. Les chiffres, en bas et sur les côtés, indiquent l'altitude, l'heure, la date, la longitude et la latitude. Mais ce qui attire mon attention, ce sont les trois formes blanches. Deux lumineuses, et une autre plus pâle. Je crois savoir de quoi il s'agit.

— C'est une image thermique, me confirme Lisa. L'officier de liaison de l'Air Force pense que les deux formes les plus brillantes sont des individus dans la cuisine. La troisième plus faible correspond à quelqu'un qui se trouve au sous-sol.

Samantha ne peut réprimer un hoquet. Sa main se glisse dans la mienne et la serre.

Un agent du FBI, avec un casque sur les oreilles, annonce :

— Madame, j'ai l'agent Faulkner en ligne.

Le type est si gros que je me demande comment il a fait pour passer les tests d'aptitude physique pour entrer au FBI.

— Passez-le-nous, répond-elle avant d'ajouter à mon intention : C'est le chef de notre unité de la HRT au New Hampshire.

On entend des craquements dans les haut-parleurs.

— Agent Faulkner, ici Lisa Blair. Vous me recevez ?

— Cinq sur cinq, madame.

Je connais bien ce genre de voix. Celle d'un homme aux commandes, avec de l'expérience, et prêt à passer à l'action.

Comme j'aimerais être avec eux !

— Le président et sa femme sont à mes côtés. Nous avons la zone en visuel. Où en êtes-vous ?

— Quatre observateurs-tireurs sont sur place. Nous attendons leur rapport d'un moment à l'autre. Nous envoyons une équipe d'assaut ainsi que d'autres unités.

Doucement, je suggère à la directrice du FBI :

— Est-ce que le drone peut faire un zoom arrière ? Je voudrais voir les abords de la propriété.

— Agent Faulkner, vous pouvez demander au pilote de l'Air Force d'élargir la vue ?

— Tout de suite, madame.

Lentement, la caméra dézoome. J'aperçois un ponton, un étang et une sorte de route forestière, et enfin je vois ce qui m'intéresse.

Quatre formes blanches, deux de chaque côté de la propriété, s'approchant dans les bois.

Comme Faulkner l'a annoncé, quatre tireurs du FBI prennent position pour couvrir la zone.

Je cherche la main de ma femme. Elle se blottit contre moi. Maddie est de l'autre côté, serrée contre Sam.

— Nous allons récupérer notre fille, lui dis-je tout bas.

55

Maison des Macomber
Monmouth, New Hampshire

Chris Whitney est dans la HRT depuis trois ans. Malgré des centaines d'entraînements et une demi-douzaine d'opérations de terrain, il reste très concentré. Il veut que le travail soit mené à bien, et ne pas merder comme un bleu.

Pas question.

Faire le boulot.

Sauver la fille du président Keating.

Il a installé sa Remington 700 customisée derrière une rangée de buissons, à environ vingt mètres de l'allée, ce qui lui offre une bonne vue sur le garage à trois box et sur la maison. Il porte une tenue de camouflage en Nomex, un casque tactique, un gilet pare-balles, un pistolet Springfield .45 ACP, et des munitions pour ses deux armes.

Les trois autres observateurs-tireurs ont le même équipement, et avant d'arriver sur zone ils ont passé un accord officieux. Le règlement autorise à ouvrir le feu uniquement si l'adversaire, en l'occurrence Assim Al-Achid et son cousin, est armé.

Mais au diable les règles ! Chris et ses compagnons de la HRT savent ce qui est arrivé à Boyd Tanner – cloué à un arbre en Afghanistan par ce salopard. Alors si Chris ou l'un de ses équipiers a une possibilité de tir sur Al-Achid, même s'il tient dans les bras un petit chat, une balle full-metal-jacket de .308 lui arrachera le tronc cérébral de sa moelle épinière, et tant pis s'ils se font remonter les bretelles par le commandement !

Chris approche avec précaution, pour avoir un meilleur angle sur la façade de la maison. Son collègue, Javier Delgado, est au niveau du garage, quant à Henry Fong et Tom Plunkett, ils sont de l'autre côté.

Dans son oreillette, il entend les rapports de ses coéquipiers.

— Delgado, OK.

— Fong, OK.

— Plunkett, OK.

Autrefois, ce genre de communications était codé, par exemple : Sierra Un ou Hôtel Quatre. Mais à l'usage, parler en clair réduit les risques d'erreur d'interprétation.

Chris appuie sur un autre bouton de sa radio.

— Faulkner, ici Whitney. Tout le monde est en position, avec vue sur la cible.

— Message reçu. Le groupe d'assaut est en place au bout de la route. Je les envoie.

Chris garde la maison en ligne de mire dans sa lunette Leupold Mark 6. Toutes les semaines, à l'entraînement, lui et ses compagnons de la HRT tirent plus de mille cartouches sur diverses cibles.

Il espère pouvoir en tirer une ou deux de plus aujourd'hui.

— Whitney, ici Delgado.

— J'écoute.

— J'ai observé le garage. Apparemment, il n'y a personne. Mais il y a bien un Cadillac Escalade noir à l'intérieur.

— Bien reçu, répond Chris. Faulkner, tu as entendu ?

— Affirmatif. Le groupe d'assaut arrive dans soixante secondes.

Chris consulte sa montre. Presque midi.

Surprise, Assim ! songe-t-il. Voici la réponse à tes exigences !

Ça bouge en bas… Deux groupes de trois hommes en tenue noire sortent des sous-bois.

En quelques secondes, ils ont atteint les baies vitrées et la porte sur le côté.

Chris suit la scène dans sa lunette, le doigt sur la détente. Il suffit d'une infime pression et le coup part.

Allez, Assim ! Montre-toi…

56

Salle de crise de la Maison Blanche

La présidente Pamela Barnes est installée en bout de table, son mari Richard à sa gauche et Gary Reynolds, le directeur adjoint du FBI, à sa droite. Il est accompagné de deux agents. En temps normal, le vice-président – Coleman Pelletier, l'ex-sénateur de l'Oregon – est lui aussi présent. Dieu merci, il est parti en visite officielle pour dix jours en Amérique du Sud, loin de la Maison Blanche et de Richard, qui le déteste cordialement. Récemment encore, Richard a lancé : « Ce crétin t'a aidée à avoir la Maison Blanche, mais prétendre que ce type est con comme un balai, c'est faire insulte au balai ! »

Au mur, trois grands écrans font face à la table. L'un d'eux est éteint. Celui de gauche montre une allée de terre qui donne sur une route bitumée. La petite intersection est encombrée de voitures de patrouille, de Humvee et de Suburban noirs de la HRT. Un cordon de police, renforcé par une barrière de bois, a été installé pour barrer le passage. Les médias de toute la Nouvelle-Angleterre sont là. Un peu plus tôt, Pamela Barnes a été informée que la FAA a interdit le survol de la zone pour éviter que les hélicoptères des chaînes d'info ne viennent parasiter l'opération.

Le troisième écran affiche une vue de la maison, en vision infrarouge. On y distingue les deux silhouettes blanches des hommes dans la cuisine, et une autre forme, plus faible, provenant du sous-sol.

Reynolds, un type maigrelet, paraît très tendu dans son costume gris anthracite. Grâce à son oreillette, il décrit ce qui se passe et ce qui va se produire. Si Dieu est avec nous ! songe Pamela Barnes.

— Le commandant de la HRT informe que les observateurs-tireurs sont en place. L'un d'eux confirme la présence d'un Escalade noir dans le garage.

Elle hoche la tête de satisfaction.

— Dans moins d'une minute, poursuit Reynolds, l'équipe d'assaut va pénétrer dans la maison.

En fin de compte, Richard avait raison, songe-t-elle. Refuser de payer la rançon. Laisser faire les pros.

Elle adresse un sourire à son mari et directeur de cabinet, mais celui-ci, muré dans ses pensées, n'y répond pas.

— C'est quoi ces conneries avec Lisa Blair ! lui murmure-t-il. Qu'est-ce qu'elle fiche avec Keating ? Elle devrait être ici, au lieu de nous envoyer son adjoint ! C'est carrément une faute professionnelle !

Pamela lui répond à voix basse :

— On en reparlera plus tard. Terminons déjà cette journée en un seul morceau.

Le visage de Richard s'éclaire.

— Je t'avais dit que ça fonctionnerait. La semaine prochaine, tu auras gagné vingt points dans les sondages.

Tu pourras virer Blair et ton bouseux de la Sécurité intérieure.

Pamela reporte son attention sur la vue aérienne de la route. L'image est si nette ! C'est impressionnant. Elle comprend mieux tout l'argent englouti dans les gadgets high-tech du département de la Défense. Il est grand temps de leur serrer la vis, et tant pis si les sous-traitants s'énervent.

— L'équipe d'assaut est en position, prévient Reynolds.

Un mélange d'impatience et d'excitation gagne la Présidente. Richard sort une feuille de papier d'un protège-documents en cuir et déclare :

— Madame la Présidente, nous avons une fenêtre pour un passage TV à 12 h 30, dans la Roseraie. Voilà un mémo. Quand vous pourrez y jeter un coup d'œil, vous…

Pamela l'arrête d'un geste.

Plus tard, Richard ! Plus tard !

— Dix secondes, avertit Reynolds.

Elle scrute l'écran avec intensité. Derrière elle, Reynolds commente :

— C'est parti…

Par le passé, elle a assisté à de nombreuses démonstrations militaires, organisées par tous les corps d'armée du pays, des Bérets verts aux Marines, chaque force faisant étalage de ses armes et accessoires hors de prix, dans le seul but d'arracher des rallonges de budget. Et pourtant, Pamela Barnes ne peut s'empêcher d'être impressionnée par la rapidité et l'efficacité de ces agents du FBI.

Richard lui chuchote à l'oreille :

— On va passer ça en boucle sur toutes les chaînes pour ta réélection. Il n'y aura pas de meilleure pub !

Elle sourit.

Finalement, tout est pour le mieux.

57

Saunders Hotel
Arlington, Virginie

Les souvenirs me reviennent alors que je regarde, grâce aux images du drone, la HRT qui va donner l'assaut sur cette maison où ma fille est prisonnière.

Je tiens toujours la main gauche de ma femme. Madeline Perry étreint celle de droite. Je me revois en opération, en Irak, en Afghanistan, je me rappelle le froid, le calme absolu qui m'envahissait, la détermination… Faire le boulot, mener à bien ce pour quoi on a été formé, entraîné, avoir confiance en ses compétences et en ses coéquipiers. C'est difficile à croire, mais il n'y avait pas de place pour la peur, juste un tunnel à traverser avec, en ligne de mire, la lumière au bout, le succès de la mission.

Intérieurement, je scande « *Go ! Go ! Go !* » au moment où l'équipe sort des bois – deux groupes de trois hommes qui savent que leurs camarades tireurs les couvrent et qu'une armada de véhicules arrive derrière eux.

Les messages radio crépitent dans les haut-parleurs, urgents, implacables. Même Lisa Blair ne pipe mot.

Le premier groupe atteint la baie vitrée. Les trois agents œuvrent en parfaite coordination. Avec leur tenue de combat, leur casque, leurs jumelles de vision nocturne, leurs armes et équipement sanglés à leur torse, ils ressemblent à une même créature.

L'homme de tête abat sa barre Halligan pour briser la vitre, dégage les éclats et s'écarte pour laisser passer son équipier avec l'échelle qu'il place sous la fenêtre.

Maintenant, balancez les M84 ! dis-je intérieurement. Les grenades assourdissantes.

L'opérateur sur l'échelle en jette une par l'ouverture, produisant un grand flash de lumière et une épaisse fumée. Une déflagration identique a lieu de l'autre côté de la maison.

Le troisième agent gravit l'échelle, suivi par ses deux collègues. Tout cela en quelques secondes. Les trois hommes investissent déjà les lieux. J'imagine le chaos qui règne dans la maison, les hommes armés sécurisant l'espace en hurlant : « À terre ! À terre ! À terre ! »

Le modus operandi de la HRT c'est : vitesse, surprise et violence de l'action.

Quand j'étais chez les SEALs, on s'entraînait de temps en temps avec la HRT et on collaborait parfois pour certaines opérations. L'étau qui m'oppresse se desserre un peu. Hormis nos commandos et les Delta Force, ces gars sont les meilleurs.

Dans les haut-parleurs, j'entends la voix du commandant.

— Le groupe d'assaut a neutralisé deux hommes. Aucun coup de feu n'a été tiré.

— Oh, merci… merci…, souffle Samantha.

Émue, Maddie s'essuie les yeux.

— Le groupe d'assaut passe au sous-sol, annonce le chef de l'unité.

Je pense à Mel.

La pauvre petite doit être terrorisée. Après ce vacarme, l'explosion des grenades, les pas précipités au-dessus de sa tête, les cris…

Je souris. Dans une poignée de secondes, elle sera libérée.

Je pense déjà à mon retour dans le New Hampshire, nos retrouvailles. Ça sera si joyeux, si émouvant. Je suis sûr qu'on ne parviendra pas à dormir pendant vingt-quatre heures !

Mais après ça, comment oserai-je encore la laisser sortir seule ?

— Équipe dans l'escalier.

La joie me gagne.

— Équipe au sous-sol.

Samantha se presse contre moi. Nous sommes si heureux, si soulagés.

Tout à coup, la voix du commandant résonne, moins sereine.

— Quoi ? Répétez ? demande-t-il à quelqu'un à côté de lui. Je veux une confirmation.

— Matt ? Que se passe-t-il ? bredouille Samantha.

Je n'en sais rien. Ce que j'entends me fait vaciller, comme si j'avais reçu un coup de poing dans le ventre, un coup jailli du néant.

La voix revient dans le haut-parleur :

— L'équipe d'assaut est formelle. Il y a un troisième homme au sous-sol. Je répète : un troisième homme.

— Commandant, intervient Lisa Blair, je veux une autre confirmation. Vous dites qu'à la cave ils ont trouvé un homme ? Pas une femme ? Pas Mel Keating ?

Un court silence s'ensuit, ponctué d'électricité statique.

— C'est confirmé, madame, répond la voix avec lassitude. Trois hommes sont arrêtés. Apparemment, ce sont des locaux. Pas de femme. Non, Mel Keating n'est pas sur les lieux. Je vous tiens au courant dès que j'en sais davantage.

Lisa pâlit. Je n'ose imaginer la tête que nous avons Samantha et moi.

Des parents terrifiés, qui pensaient deux secondes plus tôt apprendre la plus belle des nouvelles, la plus joyeuse, qui étaient prêts à sabrer le champagne et à pleurer de bonheur.

Et maintenant, le précipice s'ouvre devant eux.

— Matt, Sam…, articule Lisa. Nous allons découvrir ce qui s'est passé. Je vous le promets. Nous allons comprendre. C'est une affaire de quelques minutes.

Je consulte ma montre.

12 h 15. Un quart d'heure après la *deadline* pour la rançon.

Qui ne sera pas versée.

Sam surprend mon coup d'œil à mon poignet gauche. Elle a compris.

En larmes, elle me crie :

— Matt, ils ont tué Mel !

58

Maison des Macomber
Monmouth, New Hampshire

Ross Faulkner, commandant de l'unité HRT, entre dans la cuisine, retire son casque et examine les lieux. Sous ses rangers, les débris de verre crissent. La table en bois est renversée, deux chaises sont cassées. L'air sent la poudre, à cause des grenades assourdissantes. Quatre de ses agents sont là. Les autres se sont dispersés dans la maison. L'équipe d'investigation viendra dans quelques minutes relever preuves et indices. Ils passeront toutes les pièces au crible, ainsi que les débarras, et aussi le garage.

Trois jeunes hommes pieds nus sont assis par terre contre le mur, apeurés, les yeux rouges, les mains attachées dans le dos. Le type à droite est torse nu, en caleçon à carreaux, les deux autres portent des joggings et des débardeurs. Celui du gars au milieu est rouge et arbore le sigle de l'université du Massachusetts à Lowell.

Les trois présentent de grandes auréoles humides à l'entrejambe.

D'ordinaire, la procédure est de séparer les suspects et de les interroger séparément, mais Faulkner et son équipe n'ont pas le temps de suivre les règles, et cette opération n'a rien d'habituel. À des centaines de kilomètres, la directrice du FBI et l'ancien président ainsi que sa femme attendent des réponses.

— Qui êtes-vous ? les interroge Faulkner. Qu'est-ce que vous fichez ici ?

Un blond plus costaud que les deux autres, avec une coupe militaire, répond :

— Je m'appelle Bruce Hardy. Eux, c'est Gus Millet et Lenny Atkins. On est étudiants à Lowell.

— C'est chez vous, ici ?

— Non, non. On n'est pas des squatters, ni rien ! On vous le jure ! On n'a rien fait d'illégal.

— Quand êtes-vous arrivés ?

— Il y a une heure en gros. Peut-être une heure et demie.

— Vous connaissez les propriétaires de cette maison ?

Le garçon du milieu – un roux maigrichon, avec des taches de rousseur – explique :

— On a gagné un séjour ici.

— Comment ça « gagné » ?

Le rouquin, Gus Millet, est pris d'une quinte de toux. Alors Bruce poursuit :

— C'est la vérité. J'ai reçu un e-mail d'une boîte disant que le prix du tirage au sort était une semaine ici, gratos. Ils ont eu mon nom sur Facebook. C'est l'un de ces jeux où on répond à des questions toutes simples, genre : quelle est votre star préférée. Il y en a plein comme ça. Et mon nom est sorti. Vous connaissez ces jeux-concours ?

— Non, mais peu importe. Continue. Et fais-la courte.

— La société m'a envoyé un mandat de mille dollars, explique Gus. Ils affirmaient qu'il y avait encore mille dollars en liquide qui nous attendaient sur place, moi et mes potes. La baraque serait ouverte. Pas besoin de clé, ni rien. Et c'était vrai ! Il y avait bien mille dollars en liquide. Une liasse de dix billets de cent, dans le tiroir à couverts.

Pour Ross Faulkner, tout devient clair – d'une clarté cauchemardesque. Il sait qu'Al-Achid n'a pas son pareil pour s'immiscer dans les réseaux sociaux.

— Et si vous vous rameniez ici à trois, avant une certaine heure, il y aurait encore un versement de mille dollars à la fin de la semaine. C'est bien ça ?

— Non, réplique Bruce. Pas mille. Deux mille ! Quoi, c'est légal, non ? De toute façon, je ne rendrai pas l'argent. De la merde ! Le fric est à moi. Je l'ai gagné !

Faulkner s'adresse au garçon de droite, Lenny Atkins, qui est en caleçon.

— Et toi ? Qu'est-ce que tu foutais à la cave ?

Le visage de Lenny est tout pâle. Il déglutit avec peine, comme s'il était sur le point de vomir.

— Quand on est arrivés ici, j'avais la tête dans le cul. À cause de la cuite de la nuit dernière. Il fallait que je pionce un peu pour que ça passe. Les deux autres n'arrêtaient pas de parler, de roter et péter. J'en pouvais plus. J'ai vu un lit en bas, alors je suis allé piquer un roupillon.

Neil Spooner, un membre de l'équipe, remonte du sous-sol.

— J'ai trouvé une cellule, contre les fondations en béton de la maison. Un lit, des toilettes chimiques, une lampe. Rien d'autre. Même le lit a été fait.

Faulkner hoche la tête et se rend dans le salon, avec dans la bouche le goût amer de la défaite. Lui et ses hommes ont exécuté les ordres. Ils ont mené un assaut parfait, malgré le peu de temps de préparation. Dans un autre univers, ç'aurait été une prouesse.

Bien sûr !

La vieille blague des médecins lui revient en mémoire : l'opération a été un succès, mais le patient est mort.

Où sont passés Al-Achid et son cousin ? Et Mel Keating ?

Derrière lui, l'un des garçons s'impatiente.

— Hé ! Quand est-ce qu'on va sortir ? Il faut que j'appelle mon père.

Ross Faulkner l'ignore.

Une voix survient dans son oreillette :

— Faulkner, c'est Martinez.

— J'écoute.

— On a un mort sur la propriété, une femme, trente mètres à l'est de la maison.

Un nœud glacé lui serre la gorge. Il regarde sa montre. 12 h 35. La *deadline* est passée depuis longtemps.

— C'est la fille du président ?

— Non. Elle a dans les trente ans. Elle est en tenue camo et porte un SIG Sauer. À en croire son badge, c'est une flic de la police de Monmouth. C'est certainement elle qui a donné le signalement. Et c'est pour ça qu'on ne pouvait plus la joindre.

Faulkner pousse un soupir.

— Bien reçu. Cause du décès ?

— Gorge tranchée. C'est pas beau à voir. Je dirais que ça date d'une heure ou deux. Pas plus.

Une voix féminine retentit dans son oreillette.

— Faulkner, ici Lisa Blair. Vous pouvez confirmer ce que je viens d'entendre ? Un agent de police a été trouvé mort sur les lieux ?

— Oui, madame. Nos équipes fouillent la maison, à la recherche d'indices exploitables. Enfin, d'après ce qu'a rapporté cette policière, et le fait qu'elle ait été tuée, Al-Achid était bien ici, c'est sûr.

La directrice du FBI reste silencieuse. Tout est dit.

Faulkner sait qu'elle pense la même chose que lui.

Al-Achid était là. D'accord.

Et Mel Keating ?

Où est la fille du président ?

59

Saunders Hotel
Arlington, Virginie

Assis sur une chaise dans la suite des Keating, l'agent David Stahl est abattu. Sa carrière est finie, et sa vie aussi. Quasiment. Son tourment n'est rien comparé à celui qu'endurent le président et sa femme. Mais c'est le sien qui l'accable. Avec ses collègues, lors de soirées arrosées, ils ont souvent évoqué les faits marquants de l'histoire du Secret Service – par exemple, la tentative d'assassinat de « Rawhide » à Washington, le 30 mars 1981, ou leur plus grand échec : la mort de « Lancer » à Dallas, le 22 novembre 1963.

Et maintenant, les historiens vont ajouter « Hope » à cette liste funeste, et son nom – David Stahl – sera définitivement attaché à ce fiasco.

Il songe à l'agent Clint Hill, qui suivait la limousine du président le jour du drame à Dallas. Même s'il a sauté à l'arrière de la limousine pour protéger de son propre corps la First Lady et Lancer, mortellement touché, il s'est senti coupable pendant des années. Il n'a cessé de ruminer, de se répéter que s'il avait réagi une seconde ou deux plus vite, il aurait reçu la troisième balle et aurait sauvé la vie du président.

À présent, cette même culpabilité s'est emparée de David Stahl. Quand il regarde Matt et Samantha Keating, livides, il détourne la tête pour contempler la reproduction d'un tableau de Winslow Homer. Même après cette journée de cauchemar, l'agent Hill est resté au Secret Service, accomplissant son devoir. Il est devenu responsable de la protection présidentielle, puis directeur adjoint du Secret Service jusqu'à sa retraite.

Stahl sait que ce n'est pas ce qui se profile pour lui. Il en a terminé. Il va démissionner. Ce mois-ci ou le mois prochain. Il aurait dû désobéir aux ordres, continuer à protéger discrètement Mel avec son subterfuge « des entraînements *in situ* ». Ou convaincre Harbor de payer une protection privée pour Hope.

Harbor voulait aller chercher lui-même sa fille, sans suivre la procédure. Il aurait dû l'écouter. Prendre le risque. Accompagner Harbor avec un ou deux hommes. Faire le boulot. Au diable les règlements et protocoles de sécurité !

Prendre de court Al-Achid.

À l'autre bout de la pièce, la conversation entre la directrice du FBI, les Keating et Madeline Perry attire son attention.

— D'accord, le meurtre de cet agent de police confirme qu'Al-Achid était là, résume l'ancien président. C'est la meilleure explication. Mais ça ne signifie pas que Mel était dans cette maison.

— Il y a pourtant une cellule de fortune installée au sous-sol, commente Madeline Perry.

Keating secoue la tête.

— Ça ne prouve rien. Ce salopard sait brouiller les pistes, lancer des leurres. Mel pouvait être ailleurs, avec son cousin Faraj.

Stahl retrouve la force d'intervenir.

— Il faut fouiller la cellule.

Lisa Blair lui lance un regard agacé, celui que l'on réserve à ceux qui ont échoué.

— C'est déjà fait.

Stahl se redresse sur son siège.

— Non. Envoyez une équipe de techniciens. Qu'ils passent cette pièce au peigne fin. Le moindre recoin, le moindre centimètre.

— Et qu'est-ce qu'ils doivent chercher ? s'enquiert Lisa.

Son mépris est évident.

— Ils sauront quand ils trouveront.

La directrice du FBI le fusille du regard.

— Lisa, s'il vous plaît, intervient le président.

— D'accord, lâche-t-elle.

Elle contacte Faulkner.

Stahl attend, assis au bord de sa chaise. Il se souvient.

Dans la chambre de la jeune fille, au premier étage de la Maison Blanche, durant les jours mouvementés qui ont suivi l'investiture de Matthew Keating, Stahl s'est inquiété :

— Mel, j'espère que je ne vous ai pas effrayée.

Elle a secoué la tête.

Non, s'est dit l'agent du Secret Service, elle est la fille de ses parents, des gens intelligents et solides. Elle va gérer.

— Tout va bien. Quand papa était chez les SEALs, nous étions sur le qui-vive. On s'attendait à voir des gens bizarres rôder autour de la maison, ou à recevoir des appels anonymes.

— C'est un bon entraînement. Mais si vous êtes kidnappée, vos ravisseurs pourraient décider de vous déplacer après un jour ou deux. Tâchez de repérer l'endroit où vous êtes, de noter des détails de votre environnement, et de laisser quelque chose derrière vous pour nous faire savoir que vous étiez bien là. Un mot. Un graffiti. Ou un objet personnel que seuls vos parents pourraient reconnaître. Vous vous en souviendrez ?

Mel l'avait regardé avec fierté.

— Promis, agent Stahl.

L'attente dure six minutes.

— Madame la directrice, reprend la voix dans les haut-parleurs. Ici Faulkner.

— Je vous écoute, répond Lisa Blair.

— On a trouvé quelque chose.

David Stahl se lève. Les Keating et Madeline Perry s'approchent.

— Continuez, ordonne Lisa.

— C'était sous le lit, derrière l'un des pieds. Un anneau en or. Avec une inscription à l'intérieur qui dit…

— De ST à KM, 10 décembre 1941, cite Samantha d'une voix tremblante. C'est mon grand-père qui a donné cette bague à ma grand-mère, en partant pour la Navy, après l'attaque de Pearl Harbor. J'ai offert cette bague à Mel pour ses seize ans.

Tous les regards se tournent vers Stahl.

— Comment vous saviez ? s'enquiert Lisa Blair.

— Quelques jours après la prestation de serment du président, quand toute la famille a quitté la maison de l'Observatoire naval, j'ai eu une discussion avec Mel. Je lui ai expliqué ce qu'allait être sa vie à la Maison Blanche, avec ses contraintes, et la présence envahissante du Secret Service, parce qu'elle était désormais la fille du président des États-Unis. Entre autres sujets, nous avons évoqué le fait qu'elle pouvait être kidnappée. Même avec une protection rapprochée, cette éventualité était toujours possible.

— Une éventualité qui n'en est plus une, marmonne Madeline Perry.

L'agent ne relève pas et poursuit :

— Je lui ai dit que ses ravisseurs la changeraient sûrement de lieu et qu'il fallait qu'elle laisse derrière elle quelque chose, un indice pour nous, un bout de tissu, un bijou…

— Elle a bien retenu la leçon, déclare Lisa.

Samantha se tourne vers son mari.

— Donc, Mel était bien là-bas.

La question qui se pose à présent est évidente.

Où est-elle maintenant ?

Le remords vrille l'estomac de David Stahl.

Il n'a pas la réponse. Tout est ma faute, songe-t-il une nouvelle fois.

60

Appartements privés de la Présidente
Maison Blanche

Pamela Barnes est assise dans un fauteuil au deuxième étage de la Maison Blanche, avec son Glenlivet quotidien. Mais cette fois elle le boit avec trois heures d'avance. Son mari est installé à côté d'elle avec un verre d'eau, affalé jambes tendues, avec ses bottes de cow-boy dont il ne se sépare jamais – des Lucchese Romia hors de prix.

Alors qu'il s'apprête à parler. Pamela l'arrête d'un geste.

Il se tait aussitôt.

C'est l'un des avantages quand on est la patronne de son mari !

— Tu n'as toujours pas de nouvelles du Trésor ?

Richard secoue la tête.

— Non. Ils ont cherché à retrouver le compte, mais il a totalement disparu.

Elle se souvient des quelques minutes de panique dans la salle de crise, quand le raid du FBI a mal tourné. Elle a regardé Richard.

— Paie la rançon. Maintenant ! Débrouille-toi. Et fais sortir ces détenus de la supermax de Florence. Essayons de sauver quelque chose de ce désastre !

Sauf qu'il n'y a rien à sauver. Le compte qui devait recevoir le transfert de bitcoins, via Tor sur le darknet, s'est volatilisé.

Apparemment, la fenêtre pour payer la rançon a été refermée par Al-Achid.

Elle avale une longue gorgée. L'alcool lui donne un coup de fouet. Elle songe à ce qui l'attend.

— De vraies montagnes russes aujourd'hui.

— Oui. Une journée éprouvante.

— L'après-midi s'annonçait festif, avec des jours de liesse devant nous, poursuit-elle en s'enfonçant dans son siège. La fille du président sauvée ! Deux terroristes neutralisés – dont un parmi les plus recherchés de la planète ! Et de superbes images du FBI en action, sans qu'ils merdent pour une fois ! Et tous les médias montrant la famille Keating réunie, joyeuse et pleine de reconnaissance. J'aurais même pu les faire venir au bureau Ovale et remettre des décorations aux agents, sous leurs yeux ravis. Sourires, poignées de main, accolades ! Ça aurait été parfait.

Son mari garde le silence.

Tant mieux !

— On aurait atteint des scores stratosphériques dans les sondages. Sans parler des effets de ce happy end, un effet secondaire inespéré ! L'aile droite du parti, ce ramassis de machos va-t-en-guerre, qui vénère encore cet ancien SEAL, l'aurait enfin fermée et aurait rallié le comité pour ma réélection. Tout ça n'arrivera pas.

— Non, Pamela.

Elle plaque son verre froid contre son front et contemple les photos sous cadres, les plaques et autres souvenirs commémoratifs du temps où elle était la gouverneure de Floride. En hauteur est accroché un vieux drapeau de cet État, datant de la fin des années 1800, avec son sceau sur fond blanc, avant qu'on y ajoute en 1900 cette maudite croix de Saint-André qui, pour les historiens, est un hommage patent aux confédérés.

Le vœu pieux de Pamela durant son mandat en Floride était de débarrasser le drapeau de cette croix infamante, mais la majorité des électeurs et leurs représentants au capitole de Tallahassee s'y sont toujours opposés.

Les joies et déboires de la politique. Œuvrer pour le bien, tout en connaissant les limites à ne pas franchir.

Elle boit une autre lampée.

— Tu vas laisser fuiter quelque chose, à un journaliste de confiance, un type connu, précise-t-elle. Je dis bien « de confiance ». Je ne veux pas de retour de bâton cette fois, que l'on découvre que ça vient de toi ou de moi – et surtout pas de moi !

— Bien entendu.

— Je suis très sérieuse, Richard, insiste-t-elle d'une voix glaciale.

Il lève ses mains, qui portent encore les stigmates de son ancien métier d'éleveur de bétail, et lui décoche un grand sourire.

— Un conseiller de l'un de tes prédécesseurs disait que la moyenne d'âge des journalistes à Washington était de vingt-sept ans. Et que, hormis couvrir les campagnes présidentielles, ce sont de parfaits incapables.

C'est toujours le cas aujourd'hui. Pour notre plus grande chance.

— Parfait. Voilà ce que je veux voir fuiter sur Internet : L'administration Barnes a été trompée par de mauvais renseignements au plus haut niveau du FBI et de la Sécurité intérieure. Elle voulait payer la rançon en secret pour faire libérer Melanie Keating mais en a été dissuadée par ces hauts conseillers. Le FBI et la Sécurité intérieure ont soutenu à la présidente Barnes qu'ils avaient des informations fiables sur l'endroit où se trouvait Mel Keating. Se fiant à leur professionnalisme, la Présidente s'en est remise à leur expertise. C'est la raison pour laquelle la rançon n'a pas été versée.

Richard reste silencieux.

Revigorée, Pamela Barnes continue :

— L'histoire doit aussi laisser entendre que la Présidente a le cœur brisé par l'échec de la mission d'aujourd'hui et qu'elle veille à ce que toutes les instances fédérales et locales redoublent d'effort pour retrouver Melanie Keating. Compris ?

Richard hoche la tête.

— C'est très… culotté.

— C'est quoi le vieux dicton : la chance sourit aux téméraires ? Aux audacieux ? Comme tu l'as dit il y a deux jours, nous sommes au fond du trou. Il faut remonter la pente, coûte que coûte.

— Ils vont aller trouver Lisa Blair et Paul Charles. Et les deux nieront tout en bloc.

— Tant mieux. Il n'y avait personne en salle de crise pour prendre des notes. Lisa peut nier tout ce qu'elle veut, et Paul tombera dans le piège, des deux pieds. À tous les coups, il va affirmer à ses journaleux qu'il était d'accord avec moi pour payer la rançon, et que c'est la faute du FBI. Et ce crétin ne se rendra pas compte qu'en tentant de sauver ses miches, il confirmera l'authenticité de notre version.

— Impressionnant. Tu veux que ça sorte quand ?

— Maintenant. (Richard se lève. Avant qu'il ne quitte la pièce, elle le rappelle :) Une chose encore.

— Oui ?

Pamela lui tend son verre vide.

— C'était l'enfer, cette journée. Sers-m'en un autre.

— Tout de suite, madame la Présidente.

61

Saunders Hotel
Arlington, Virginie

Dans la suite de l'hôtel, Samantha Keating contemple la fenêtre. Même si le son a été coupé, elle ne supporte plus de voir la télévision : toutes ces images qui tournent en boucle montrant l'échec de la mission de sauvetage, ces hommes troncs qui débattent en studio, commentent, font mine de n'être pas d'accord, et qui s'interrogent pour savoir si sa fille est encore en vie ou non.

Qu'ils aillent au diable !

Matt parle avec Lisa Blair et l'agent Stahl. À côté d'elle, la fidèle Maddie est silencieuse. Elle tient une bible des Gédéons dans les mains et, en silence, elle lit et prie pour Mel.

Samantha ferme les yeux. Elle revoit cette maudite maison avec son étang. Sans savoir pourquoi, elle a une impression de déjà-vu. Alors que c'est inconcevable. Elle n'a jamais mis les pieds là-bas.

Impossible.

Elle est professeure, elle a un doctorat. Elle croit aux faits – c'est même primordial en archéologie. Rien d'autre que les faits, les preuves. Jamais elle ne lancerait des recherches ou des fouilles en se fondant sur des légendes de druides ou de moines irlandais ayant posé les pieds en Amérique du Nord. C'est pour ça qu'elle s'est intéressée aux marins basques. Leurs voyages jusqu'aux rivages du nord étaient avérés. On espérait trouver la trace de leur présence plus au sud, dans le Maine, et cela justifiait le lancement de ces fouilles. Puis il y avait eu cette découverte historique, sans précédent : la preuve de l'existence d'une colonie basque sur la côte américaine.

Elle était loin la joie innocente que cette trouvaille à proximité de la ville de Hitchcock avait suscitée, juste avant que deux policiers viennent la trouver pour lui dire que sa vie était brisée.

Son mari s'entretient toujours avec le FBI et le Secret Service. Chacun y va de son hypothèse. Que faire ? Où chercher ? Sans parler de la grande question : comment un terroriste et son cousin, traqués dans le monde entier, ont pu faire passer Mel à travers les mailles du filet ? Les forces de l'ordre étaient sur le pied de guerre, il y avait des barrages partout.

Mel était dans cette maison. Comme tous les autres, Samantha en est persuadée.

Cette bague, qu'ils ont retrouvée, en est la preuve incontestable.

Maddie poursuit sa lecture silencieuse.

Les trois autres parlent encore et encore.

Et des souvenirs lui reviennent… une résidence semblable, au bord d'un lac…

Deux ans plus tôt, une amie de l'université du Maine l'a appelée. Un vieil oncle pensait avoir trouvé une poterie d'origine basque, alors qu'il relevait le filet d'un chalutier. Sa nièce l'avait convaincu de remettre cette pièce archéologique à Samantha. Seul problème : l'oncle avait abandonné le métier et était parti vivre en solitaire au bord d'un lac aux confins du Maine, dans les Great North Woods.

Se rendre là-haut prenait des heures en voiture, sur des routes de terre défoncées.

— Matt !

Elle se lève et s'approche du groupe.

— Oui ?

— Cet étang… celui à côté de la maison. Est-ce qu'il est grand ?

— Comment ça ?

— Quelle longueur il fait ?

— Je ne vois pas en quoi…, commence Lisa Blair.

Matt l'interrompt :

— David, vous qui savez parler à Google. Dites-nous ça.

— Tout de suite, monsieur le Président.

L'agent retourne à son clavier. Lisa le regarde, perplexe. Mais Samantha sait que son mari a compris ce qu'elle cherche.

— Je l'ai, annonce Stahl. Il s'appelle le Long Pea Pond. Et dans sa plus grande longueur, il mesure… un peu plus d'un kilomètre.

— Un hydravion ! Voilà comment ils sont partis ! Un hydravion les a emportés tous les trois.

— D'où vous sortez ça ? s'étonne Lisa Blair.

Les larmes lui montent aux yeux au souvenir de cette belle journée ensoleillée, si paisible, si douce. Pas d'angoisses. Elle avait survolé des forêts, des monts, des lacs, impatiente de découvrir ce que le vieux pêcheur avait trouvé dans ses filets.

En fin de compte, ce n'était qu'un simple bol de chez Sears & Roebuck des années 1930.

— Un petit Cessna avec quatre passagers peut amerrir sur un plan d'eau de neuf cents mètres de long. Je le sais parce que je suis déjà allée à bord d'un appareil comme ça. C'est ce qu'ils ont fait. Ils ont décollé, volé au ras des arbres, et se sont enfuis.

— C'est jouable, effectivement. Si le pilote est bon, confirme Matt. Et comme ça, ils ont pu passer sous les radars.

Lisa Blair s'écarte et sort son téléphone. Elle donne aussitôt de nouvelles instructions à ses équipes.

L'agent Stahl l'imite.

Matt observe Samantha. Malgré la fatigue et l'inquiétude, elle voit dans ses yeux un grand respect. En d'autres circonstances, ce regard l'aurait fait fondre.

— Bien joué.

— Je sais comment ils se sont enfuis, mais je ne sais pas où ils sont partis. Alors non, ce n'est pas bien joué. On est loin du compte.

62

Saunders Hotel
Arlington, Virginie

Après la remarque de Samantha, le groupe s'affaire au téléphone. Puis Lisa Blair se tourne vers moi.

— Monsieur le Président, madame Keating, je suis désolée mais je dois…

J'acquiesce avec lassitude.

— Bien sûr. Retournez à votre bureau. Je comprends. Et vous allez sûrement avoir un appel du directeur de cabinet. Il ne va pas être content.

Elle désigne l'agent obèse.

— Burke va rester ici. Il sera notre agent de liaison. Je vous tiendrai au courant s'il y a du nouveau. Et me faire passer un savon par Richard Barnes relève des joies du boulot.

— Merci, Lisa.

La directrice du FBI étreint Samantha et me prend un instant dans ses bras. Ce n'est pas très professionnel, ni très utile, mais c'est réconfortant.

— Nous allons vous la ramener, promis.

— Je le sais.

Samantha garde les yeux baissés et ne répond pas, tandis que Lisa Blair s'en va avec les trois autres agents.

— Je repars travailler dans l'autre suite, m'avertit Madeline. Je vais commander à manger. Qu'est-ce que vous voulez ?

— N'importe quoi, dis-je. Je n'ai pas faim.

La pièce est plongée dans un grand silence où se mêlent l'odeur de la sueur, du désespoir, et celle des sandwichs et des cheeseburgers à peine entamés. Sam est allongée en chien de fusil, les yeux fermés. L'agent Burke est assis sur sa chaise, bras croisés sur sa bedaine. À l'autre bout, David Stahl somnole sur son siège.

La dernière info date de plusieurs heures : trois témoins aux alentours de Long Pea Pond assurent avoir vu un petit hydravion gris passer ce matin au-dessus des arbres.

Pour l'un, il volait plein ouest.

Pour l'autre, vers l'est.

Et le troisième, n'ayant aucun sens de l'orientation, s'était contenté de répondre qu'il allait : « Quelque part. Pour sûr. »

J'ouvre la porte pour rejoindre l'autre suite. Tout est tranquille là aussi. La plupart des membres de l'équipe dorment sur leur chaise ou par terre. Madeline Perry est toujours derrière son écran d'ordinateur.

— Maddie ?

Elle sursaute et se tourne vers moi.

— Oh, pardon ! C'est vous, monsieur ? Qu'est-ce qui se passe ?

— Comme c'est le calme plat pour l'instant, je dois m'attaquer à quelque chose. Une chose que j'aurais déjà dû faire depuis plusieurs heures.

— Quoi donc ?

— Parler aux parents de Tim Kenyon. Vous pouvez m'organiser ça ?

— Bien sûr.

Moins d'un quart d'heure plus tard, Madeline vient me trouver dans notre suite et me tend son portable.

— Bill Kenyon, annonce-t-elle. Et sa femme, Laura.

Je saisis le téléphone et prends une grande inspiration. Quand j'étais président, je devais passer des appels similaires à des pères et mères, maris et épouses, pour parler de leur proche, tombé dans l'exercice de ses fonctions. Ces moments n'étaient jamais faciles, mais c'était le protocole. Le chef des armées exprimait le regret de toute la nation à ces familles qui avaient payé un lourd tribut au service de leur pays.

Cette fois, il faut que j'exprime ma compassion à des parents qui ont perdu leur fils parce qu'il a eu la mauvaise idée de sortir avec ma fille.

— Monsieur Kenyon ? Madame Kenyon ? C'est Matt Keating.

— Bonjour, monsieur le Président. (C'est la voix du père. Une voix épuisée. Puis celle de sa femme, plus fluette :) Bonjour.

— Je peux vous appeler Bill et Laura ?

— Si vous voulez, répond Bill.

Son épouse garde le silence.

Je ferme les yeux. Nous traversons tous une période terrible, mais leur douleur à eux est irrévocable, définitive. La mienne est liée à l'inconnu, à l'attente et l'inquiétude.

— Bill, Laura, je suis tellement désolé de ce qui s'est passé pour Tim. Je l'ai rencontré quelques fois ces derniers mois. C'était un gentil garçon, intelligent et très sympathique. Je sais que Mel l'aimait beaucoup et je…

Je suis à court de mots. Que dire ? *Désolé que votre fils ait eu le malheur de s'amouracher de la fille d'un président qui s'est fait tant d'ennemis. Votre Tim est une victime collatérale.*

Finalement, j'ajoute :

— Le FBI, le département de la Sécurité intérieure et des centaines de policiers et d'enquêteurs traquent les assassins de votre fils. Je sais que c'est un piètre réconfort pour vous, mais ces tueurs ne s'en sortiront pas. Je vous le promets.

Un long silence s'ensuit. Je me demande même si la communication n'a pas été coupée. Puis j'entends le père soupirer.

— Ce sont de gentilles paroles, monsieur le Président. Et je vous en remercie. Mais pour l'instant ce ne sont que des mots. À la télé, dans les journaux, on ne parle que de votre fille, et quasiment pas de mon garçon. Et le peu qu'ils racontent, ce sont des conneries ! Ils ne sont même pas fichus de bien orthographier son nom, ou de ne pas se tromper sur son âge.

J'entends des sanglots étouffés. Puis un clic. Je pense que la mère a raccroché.

Pourtant Bill est toujours en ligne.

— Votre fille a tout. Une vie confortable, les meilleures écoles. Tout était à sa disposition. Elle n'avait qu'à choisir. Mon Tim, lui… (sa voix se brise) a dû courir derrière les bourses, travailler après les cours, pendant les vacances, pour pouvoir aller à Dartmouth. Il avait de grands espoirs, monsieur le Président, et Laura et moi en avions aussi de grands pour lui. Sauf que maintenant il n'est plus de ce monde. Parce qu'il a visé trop haut. Il a fréquenté votre fille, et c'est pour ça qu'il est mort.

J'attends. Je ne veux pas interrompre cet homme dévasté par le chagrin. Il ravale ses larmes et reprend :

— Ma femme et moi, nous allons prier ce soir encore pour notre fils. Et pour vous et votre épouse. Pour que vous n'ayez pas à connaître l'horreur que nous connaissons aujourd'hui, monsieur le Président.

Il raccroche.

Je rends le téléphone à Maddie, m'étire et contemple le plafond au-dessus de moi. J'espère que Dieu ne sera pas sourd ce soir et qu'il répondra à leurs prières.

Mel, où es-tu ?

J'ai grandi dans le Texas rural, à des heures de route à l'ouest d'Austin, et j'étais déjà fasciné par la Navy, même s'il n'y avait ni fleuves ni lacs aux alentours de notre petite ville poussiéreuse. Mais nous étions près de Fredericksburg, où est né le grand amiral Nimitz, héros de la Seconde Guerre mondiale. Et j'ai bien dû visiter une dizaine de fois le musée qui lui est consacré.

Parmi les innombrables livres sur la marine que j'ai lus à l'époque, je me souviens surtout de *The Terrible Hours,* qui retrace le sauvetage de l'équipage du

USS *Squalus*, qui a sombré au large des côtes du New Hampshire au cours d'un exercice.

Un grand livre, un grand titre. Et sans vouloir manquer de respect à la mémoire de ces trente-trois sous-mariniers, j'échangerais bien leurs terribles moments d'angoisse contre ceux que je vis depuis l'échec du raid qui devait sauver Mel.

Les heures s'écoulent avec une lenteur extrême, émaillées de repas à peine entamés, d'appels téléphoniques, de visites de représentants de la Sécurité intérieure et du Secret Service, et même de réunions secrètes avec des agents de la CIA. Nous échangeons quelques mots avec Samantha, chacun tentant de réconforter l'autre, alors que les horloges murales égrènent les minutes de leurs diodes rouges, nous conduisant inexorablement vers le jour suivant.

Maddie Perry, qui s'active dans l'autre pièce, jongle entre les appels d'un nombre incalculable de voyants prétendant savoir où se trouve Mel – parfois ce sont des visions précises, donnant le nom d'une rue et le numéro, parfois des prémonitions plus floues : Mel serait à côté d'une voie ferrée, à proximité d'une étendue d'eau.

En revanche, j'attends toujours un appel. Celui de Pamela Barnes. La Présidente.

Au milieu de la nuit, je finis par m'endormir d'un sommeil agité, sur le lit défait, avec Samantha pelotonnée contre moi.

Quelqu'un me touche l'épaule. J'ouvre aussitôt les yeux. Un gros bonhomme se tient au-dessus de moi. Il me faut un moment pour le reconnaître dans la lumière tamisée de la chambre.

— Monsieur, excusez-moi.

C'est l'agent Burke. Il a toujours son costume gris, sa chemise blanche est fripée et il a tombé sa cravate bleu marine.

Je me lève en veillant à ne pas réveiller Samantha, mais elle a le sommeil aussi léger que moi.

— Qu'est-ce qui se passe ? demande-t-elle aussitôt.

— Mme Blair arrive. Elle sera ici dans dix minutes.

— Quelle heure est-il ?

Je jette un coup d'œil au réveil sur la table de nuit.

— Il est 2 heures du matin. Pourquoi vient-elle en pleine nuit ?

L'agent Burke paraît fatigué, et troublé aussi.

— Monsieur, nous avons appris qu'Al-Achid va faire une déclaration dans une heure.

63

Appartements privés de la Présidente
Maison Blanche

Pamela sait que son temps ne lui appartient plus, et c'est l'une des choses pénibles dans ce boulot. À toute heure du jour ou de la nuit, il y a toujours des demandes, des urgences à régler, et elle doit y répondre.

Pendant des années, ses prédécesseurs assuraient lors des campagnes électorales qu'ils seraient 24/24 entièrement dévoués à leur pays et qu'ils décrocheraient leur téléphone à 3 heures du matin pour gérer la moindre crise. En vérité, jamais un coup de fil n'a tiré Pamela du sommeil. Mais chaque fois – comme maintenant –, un petit toc-toc sur la porte de sa chambre, suivi d'un plus fort jusqu'à ce qu'elle allume la lampe de chevet.

— Entrez ! lance-t-elle.

Après son investiture, Pamela Barnes a expliqué à son mari que son équipe n'hésiterait pas à la déranger en pleine nuit si un problème d'ampleur nationale survenait. Elle se souvenait d'un article du *New York Times* rapportant les propos d'un membre du cabinet de la Maison Blanche : on ne se fait pas virer parce qu'on a réveillé le président, plutôt parce qu'on ne l'a pas fait.

Et cette assertion est également valable pour elle.

Une silhouette familière se glisse dans la pièce sur la pointe des pieds. Dans le couloir, Pamela aperçoit l'agent du Secret Service qui a accompagné Felicia Taft jusqu'à sa porte.

— Je suis désolée de vous déranger, madame, annonce la directrice adjointe de son cabinet.

Son directeur de cabinet dort à côté d'elle, un oreiller sur la figure. Souvent, elle se moque de Richard : « Tu as le sommeil si lourd qu'un tremblement de terre ne te réveillerait pas ! » Ce sur quoi, il réplique : « Il n'y a pas eu de séisme en Floride quand j'y étais, alors tu n'en sais rien. »

Elle sort du lit, enfile son peignoir fétiche bleu qui la suit depuis des années.

— C'est à propos de Mel Keating ?

— Oui, madame la Présidente.

— Du nouveau ?

— L'équipe de veille en salle de crise a appris qu'Al Jazeera va diffuser un communiqué d'Al-Achid dans l'heure qui vient. La vice-conseillère à la Sécurité nationale a été prévenue. Elle est en chemin.

— J'arrive.

Felicia Taft quitte la chambre et referme doucement la porte. Pamela se penche sur son mari et le secoue.

Il tousse, grogne, puis se redresse. Il est torse nu et ne porte qu'un bas de pyjama.

— Qu'est-ce qu'il y a ?

— Habille-toi. Il est l'heure de mériter ton salaire ! Al-Achid va faire une annonce. On descend en salle de crise.

Richard bâille, se gratte l'arrière du crâne.

— On sait ce qu'il va dire ?

— À tous les coups, ça va être horrible et sanglant.

Il sort du lit.

— Pas sûr.

— C'est juste une supputation. Tu crois qu'il va relâcher Melanie Keating parce qu'il s'est pris d'affection pour elle ? Et tout pardonner ? Allez, Richard. Dépêche-toi.

64

Saunders Hotel
Arlington, Virginie

La suite est à nouveau pleine de monde. Lisa Blair est revenue avec son trio d'agents. Ils ont installé un autre poste de télévision, réglé sur Al Jazeera à Doha, au Qatar. L'autre diffuse CNN. Même à cette heure indue, Lisa porte son uniforme de power-woman de Washington – tailleur-pantalon anthracite, chemisier blanc, coiffure stricte et impeccable.

Samantha est assise au bord du lit, le regard fixe, les mains serrées entre ses cuisses. Ses yeux me voient mais ils sont absents. Je connais ce regard. Je l'ai vu tant de fois chez mes compagnons des SEALs, nos boys ou nos Marines, lorsqu'ils sont sur le terrain depuis trop longtemps, qu'ils en ont trop vu.

Chez un soldat, quand ce vide apparaît dans ses prunelles, tel un puits sans fond, c'est qu'il est au bord de la rupture.

En la serrant dans mes bras, j'ai l'impression d'enlacer un mannequin de plastique.

Je m'écarte. Lisa consulte sa montre.

— Notre agent de liaison à Doha assure qu'il s'agit d'un message vidéo, apporté par coursier. Une clé USB ou une carte mémoire. On a essayé de retrouver le livreur mais…

Elle s'interrompt.

Je sais évidemment ce qu'elle allait ajouter : la marge de manœuvre des forces de l'ordre américaines dans un pays étranger est drastiquement limitée par la surveillance des services secrets du pays hôte. Elles ne peuvent enquêter sans l'accord et le soutien des autorités locales, ce qui les empêche de réagir vite et efficacement.

C'est comme vouloir se battre en ayant les jambes attachées.

Les images sur les deux écrans sont identiques. Celles de CNN arrivent avec quelques secondes de retard par rapport à celles d'Al Jazeera.

Je m'assois à côté de Samantha, lui enserre la taille. Elle se laisse un peu aller contre moi. Nous attendons.

Le présentateur de la chaîne qatarie est élégant, avec des cheveux bruns et une moustache bien taillée. Il parle vite, le regard clair. Visiblement, il est fier d'annoncer cette alerte info.

— On peut monter le son ? demandé-je. Celui d'Al Jazeera.

Aussitôt, l'un des agents du FBI s'exécute.

Dans la pièce, sont également présents l'agent Stahl et Maddie Perry, qui tient sa bible contre elle, la mine défaite par le manque de sommeil. Malgré l'angoisse et la tension, une bouffée d'affection pour cette femme de poigne m'envahit. Elle aurait pu trouver une place de choix dans l'administration Barnes ou dans le privé, mais elle a décidé de rester avec moi, en exil.

À l'antenne, l'homme déclare d'une voix solennelle :

— Voici à présent l'enregistrement vidéo que nous a fait parvenir Assim Al-Achid. Nous diffusons ces images telles quelles, sans coupe ni montage, pour préserver leur valeur informative et coller au plus près de l'actualité. Nos téléspectateurs en auront ici la primeur.

Un écran bleu traversé de parasites et de scratchs s'affiche. Puis l'image apparaît.

Une paroi rocheuse nue, quelques plaques de mousse, de minuscules plantes à sa base, donnant sur un surplomb.

Al-Achid entre dans le cadre. Il est filmé en plan taille. Il porte un tee-shirt noir. Il arbore un grand sourire. Sans barbe, il semble plus tranchant, plus dur et impitoyable.

Il hoche la tête.

— *As-salam alaykoum*, Matthew Keating, Samantha Keating, présidente Pamela Barnes, et à tous ceux qui regardent ces images. Je regrette qu'il s'agisse de salutations en différé. Cet enregistrement remonte à plusieurs heures, après notre départ de chez M. Macomber, dans les White Mountains. Et nous voilà ailleurs dans ces montagnes. Tous mes remerciements à M. Macomber pour son hospitalité, quoique involontaire. Et mes excuses pour ce qui s'est passé dans sa maison. Je suis sûr que les autorités compétentes veilleront à le dédommager des dégâts causés par le FBI.

Le silence règne dans la pièce. Samantha se presse contre moi. Je la tiens toujours par la taille.

Al-Achid poursuit :

— Comment en sommes-nous arrivés là, Matthew Keating ? La réponse est simple : à cause de ce que vous avez fait il y a quelques années. Quand vous avez tué ma femme, Leïla, et mes chères filles, Amina, Zara et Fatima. Je suis un djihadiste, un combattant d'Allah, et je sais que la mort est au bout du chemin. Mais ma femme ? Mes enfants ? Elles étaient innocentes. Et vous les avez tuées. Vous avez leur sang sur les mains. Il y restera jusqu'à votre mort.

Un long silence s'ensuit. J'ai l'impression qu'il me voit, que c'est moi qu'il regarde fixement.

— Alors voilà, d'après le code du grand Hammourabi, les lois du prophète Moïse et celles de l'Islam, j'ai droit à une compensation. Une juste réparation du préjudice. Et je réclame… la justice. Telle a été ma requête que personne n'a voulu entendre. On m'a ignoré, on s'est moqué de moi.

L'espace d'une seconde, il jette un coup d'œil sur le côté, comme si quelque chose le dérangeait.

Il reprend :

— La somme que je demandais n'avait rien de déraisonnable – elle était bien moindre que le coût d'un seul de vos F-22. Votre fille ne vaut-elle pas le prix d'un de vos avions de chasse qui bombardent et mitraillent des innocents ?

Son sourire s'élargit davantage. Ce salopard a conscience qu'il marque des points aux yeux de nombreuses personnes, ici et ailleurs dans le monde.

— J'ai également réclamé la libération de trois de mes camarades, poursuit-il. Je sais pourquoi vous ne voulez pas les relâcher. « Ce gouvernement ne négocie pas avec les terroristes. » Allons ! Les États-Unis traitent avec les terroristes chaque fois que ça arrange leurs affaires. L'Amérique a parmi ses alliés bon nombre de nations qui font la même chose que moi, et même à grande échelle. Alors posez-vous la question, Matthew Keating : pour quelle raison votre gouvernement ne veut pas que votre fille soit libérée ?

Samantha tremble contre moi, comme si nous étions en pleine tempête.

— Quant à ma dernière demande : un simple bout de papier, l'engagement de la présidente Barnes à garantir ma sécurité. Encore une requête raisonnable, en échange de la vie de votre fille. Et quelle a été sa réponse ? Hier matin, elle a envoyé des hommes en armes pour me tuer, moi et mon cousin Faraj.

Al-Achid secoue la tête.

— Au regard des lois et traditions, je n'ai fait que réclamer mon dû. Et on ne m'a rien accordé. Alors, Matthew Keating, je dois me faire justice moi-même.

Soudain, je suis brutalement ramené dans le passé, lors de mon premier saut en parachute de nuit avec les SEALs. Je m'étais déjà lancé une dizaine de fois en plein jour, quand je pouvais voir le paysage, mes compagnons autour de moi, l'horizon au loin, le ciel et les nuages au-dessus de ma tête. Mais par cette nuit venteuse, en sautant du C-130 Hercules, je plongeais dans les ténèbres, dans l'inconnu, en croisant les doigts pour que mon entraînement et mon équipement me sauvent la mise.

Aujourd'hui, je n'ai rien à quoi me raccrocher.

Absolument rien.

C'est juste un saut à l'aveugle, dans le vide implacable.

La caméra recule lentement pour montrer Mel, à genoux à côté de lui, les mains attachées dans le dos, les yeux écarquillés de terreur derrière ses lunettes.

65

East 33rd Street
New York

Dans son appartement des Great Bay Condominiums, Jiang Lijun, du ministère chinois de la Sécurité de l'État, fume une Chunghwa en regardant sur une petite télévision la vidéo enregistrée quelque part dans les White Mountains. Il a installé son bureau dans une pièce minuscule dépourvue de fenêtres, car Jiang se méfie des caméras de surveillance et des fouineurs. Une lumière allumée en pleine nuit enverrait un message trop clair à la CIA : ça s'agite chez les Chinois !

Ce qui est vrai.

Il y a quelques minutes, sa montre a vibré dans l'obscurité. Il est sorti de son lit sans réveiller Zhen, sa femme, et leur fille Li Na. Une fois dans son bureau, il a décroché son téléphone sécurisé pour joindre la mission diplomatique, qui a ses quartiers à deux rues de là, et l'agent de garde lui a annoncé :

— Tu devrais allumer une chaîne d'info, camarade Jiang.

Jiang tire une autre bouffée de sa cigarette. Il contemple les rayonnages qui abritent pour la plupart des ouvrages historiques et politiques sur les États-Unis et la Chine. Il n'y a ici ni ordinateurs ni armoires qui pourraient être fouillés. La moitié du bâtiment est la propriété de la mission permanente, pour y loger diplomates et personnels. Cette pièce lui sert de salon de lecture, de réflexion, voire de méditation.

À l'écran, Assim Al-Achid s'adresse à la caméra, d'une voix claire et tranquille.

— « … La somme que je demandais n'avait rien de déraisonnable – elle était bien moindre que le coût d'un seul de vos F-22. Votre fille ne vaut-elle pas le prix d'un de vos avions de chasse qui bombardent et mitraillent des innocents ? »

La question se pose en effet…, songe Jiang bien au chaud dans la robe de chambre en soie rouge qui appartenait à son père.

Jiang ne peut s'empêcher d'admirer cet homme. Ses paroles sont fortes, en d'autres lieux, et d'autres temps, Assim Al-Achid aurait pu devenir un grand dirigeant politique, ou un grand chirurgien – Jiang sait que c'était là son rêve premier.

Il a pourtant choisi la voie sanglante du terrorisme, et même si des millions de *bèn dàn* – des imbéciles – sur la planète le prennent pour un chic type, Jiang n'a pas oublié.

Quatre ans plus tôt.

Jiang a été envoyé dans un village du Sud libyen – juste quelques cahutes au milieu du désert – pour superviser la construction d'un pipeline. Le matériel de la China State Construction Engineering Corporation a été saboté, et les ouvriers du chantier, originaires de la république de Géorgie, ont été chassés.

La tribu qui vivait là et d'autres alentour s'opposaient à la construction de l'oléoduc. On avait beau leur promettre de l'argent et des emplois pour les hommes, ils n'en démordaient pas.

Le chantier avait déjà un mois de retard.

Et Jiang était chargé de régler le problème. Sans indication sur la marche à suivre, ni aucun modus operandi.

Le chantier devait simplement reprendre.

Jiang se tenait près d'un vieux pick-up Toyota avec deux gardes du corps pakistanais qui l'accompagnaient depuis Tripoli. Tous regardaient Al-Achid, cherchant à obtenir la coopération de la tribu. Cinq ou six autres pick-up étaient garés en demi-cercle.

Des coups de feu. Des cris. Al-Achid et ses combattants ont traîné huit hommes et femmes du village devant les véhicules. Il les a fait s'agenouiller dans la poussière. Le reste des villageois – une cinquantaine de personnes – a été rassemblé par les hommes d'Al-Achid. Ils ont placé les enfants au premier rang. Puis Assim est passé derrière les prisonniers et leur a, tour à tour, tiré une balle dans la tête.

Les femmes du village se sont mises à hurler et à se lamenter en arabe – Jiang se rappelle encore leurs plaintes déchirantes. Et Al-Achid, satisfait, est venu lui déclarer :

— Vous n'aurez plus de problème avec ce village.

— Pourquoi avez-vous forcé les petits à voir ça ?

Assim l'a regardé, surpris par cette question saugrenue.

— Ils s'en souviendront toute leur vie et ils raconteront à leurs enfants, et aux enfants de leurs enfants, ce qui arrive à ceux qui s'opposent à Assim Al-Achid et à la grande Chine.

Sur son bureau, s'entassent les dernières éditions du *Cankao Xiaoxi*, du *Quotidien du peuple* et du *Global Times*, qui arrivent chaque jour de Pékin par avion. Il vaut toujours mieux se tenir au courant des nouvelles du pays et ne pas se fier aux articles sur Internet, qui peuvent être révisés ou disparaître dans la seconde. À côté des journaux, le téléphone de Jiang s'allume. Il décroche.

— Allô ?

C'est son patron, Li Baodong, qui souffle comme un bœuf dans le combiné.

— Dis donc, ton gars parle bien à la télé, pas vrai ?

Jiang se raidit en percevant le mépris dans la voix de son supérieur.

Un jour, tu auras ce que tu mérites, gras-double ! s'énerve Jiang intérieurement. Et je prendrai ta place – ta place mais pas *ton fauteuil*, j'en commanderai un neuf. Pas question de m'asseoir là où ton gros cul s'est posé toutes ces années !

— Il peut faire preuve d'un certain talent, concède Jiang.

— Comme de bêtise et d'entêtement ! réplique Li. Quel dommage que tu n'aies pu le convaincre de relâcher la fille… Ah ! La voilà justement !

Non, ce n'est pas dommage ! Tant s'en faut !

— Qu'est-ce que ce *hún dàn* va décider maintenant ?

Avec jubilation, Jiang regarde l'écran.

— Nous allons le savoir bientôt, camarade Li.

66

Salle de crise de la Maison Blanche

La présidente Pamela Barnes bâille. Elle a très envie d'un café. C'est pourtant une mauvaise idée. Un shoot de caféine l'empêcherait de se rendormir. Elle a enfilé un pantalon de survêtement et un sweat-shirt des Florida Gators. Richard est assis à côté d'elle, avec la vice-conseillère à la Sécurité nationale, Sarah Palumbo.

Sur l'écran principal, le présentateur d'Al Jazeera, au Qatar, s'apprête à lancer la vidéo. Pamela songe à ses prédécesseurs qui ont coulé des mois tranquilles sans avoir à mettre les pieds dans cette pièce. C'est la deuxième nuit qu'elle y passe. Elle est maudite !

— Ça y est ! Voilà ce salopard ! lance Richard.

Pamela observe le visage arrogant du terroriste, qui se tient devant une paroi rocheuse quelque part dans les White Mountains. Dans un anglais parfait, Al-Achid parle d'argent, de justice, et du prix de vente d'un F-22.

— Sarah, demande Pamela Barnes, il y a moyen de savoir où il est, et comment cette vidéo est arrivée à Al Jazeera ?

— On ne peut pas tirer grand-chose de ces images, madame, répond la vice-conseillère. Al-Achid sait brouiller les pistes. Si ce message a été enregistré il y a quelques heures, Al-Achid peut être n'importe où maintenant. Je suppose qu'il a mis cette vidéo sur une clé USB ou quelque chose de ce genre. Il l'a donnée à une personne de confiance, qui, à son tour, l'a envoyée par e-mail à un autre contact au Qatar. Et celui-ci est allé la déposer aux studios d'Al Jazeera.

— Saloperie de chaîne TV. On aurait dû la faire sauter il y a des années. Ces gars sont les porte-parole des terroristes. Une vraie plaie ! marmonne Richard.

Pamela reporte son attention sur Sarah Palumbo.

— C'est quoi le profil de ce fou d'Allah ? Il a l'air tellement sûr de lui.

Tandis qu'Al-Achid évoque ses propres actions, elle regrette que les militaires n'aient pas ses coordonnées GPS – pour une fois qu'ils auraient pu être utiles ! Même si elle est farouchement opposée aux frappes sauvages de drones, cette fois elle aurait bien aimé voir un missile Hellfire lui exploser la tête.

— Les dernières analyses psychologiques de la CIA décrivent Al-Achid comme un sociopathe narcissique qui, après une enfance compliquée et douloureuse, cherche à attirer l'attention, à réaffirmer constamment sa propre valeur.

— Autrement dit ? s'impatiente Pamela Barnes.

— Il aime être au centre. Il aime la lumière. Il ne veut pas que ça s'arrête. Selon les analystes, si

Al-Achid fait une autre apparition après la date limite pour le versement de la rançon, ce sera pour imposer de nouvelles conditions, pour montrer au monde entier son importance, sa nature exceptionnelle, au-dessus du commun des mortels. Ce qui compte à ses yeux, c'est de continuer à faire la une des journaux.

— Mais ce type est un tueur. Il a massacré des femmes, des enfants, des familles entières… il les a tous tués, de ses propres mains.

— Ça, c'est son côté sociopathe. Plus les meurtres sont violents et choquants, plus il attire l'attention. Comme en ce moment. Il est dans son élément. Le monde entier le regarde, boit ses paroles et se demande quelles vont être ses nouvelles exigences. Voilà ce qu'on peut dire de lui, en l'état actuel des choses.

La caméra recule. Pamela sursaute. Elle est parfaitement réveillée à présent. La fille de Matthew et Samantha Keating est là. Agenouillée au sol, les bras attachés dans le dos. Elle porte un short de toile, un sweat-shirt de Dartmouth crasseux et déchiré.

Mel Keating regarde droit devant elle, dodelinant de la tête, le regard terrifié derrière ses lunettes, les cheveux en bataille. Pamela se souvient de leur dernière rencontre, le jour de son investiture. Elle était alors une jeune adolescente, un peu dépassée par les événements, par toute cette pompe.

Al-Achid lâche quelque chose en arabe. Pamela ne peut réprimer un hoquet de stupeur quand elle découvre ce qu'il tient dans la main. Durant ces quelques secondes abominables, Richard articule d'une voix tremblante :

— Sauf votre respect, Sarah, vos experts de la CIA racontent vraiment des conneries.

67

Saunders Hotel
Arlington, Virginie

À l'écran, je vois notre fille, notre Mel, qui nous regarde derrière ses lunettes, de ses yeux immenses. Tout à coup, et ça me brise le cœur, je m'aperçois qu'elle porte le même sweat que la dernière fois où je l'ai vue, par ce beau matin, quand elle partait pour cette randonnée avec son petit ami et qu'elle avait proposé de me rapporter des gâteaux.

Oh, Mel…

Assim Al-Achid sort du cadre un instant, revient et montre ce qu'il brandit.

Un gros sabre.

Des gémissements, des plaintes résonnent autour de moi et les souvenirs fusent…

Cette nuit bénie, il y a dix-neuf ans dans une chambre du Naval Medical Center de San Diego, avec ma Samantha dans le lit, épuisée, mais souriante, tenant notre bébé tout rose : « Oh Matt, elle est si belle, elle est si parfaite… »

Le visage d'Al-Achid se durcit. Il aboie une phrase en arabe.

Notre petite Mel à cinq ans, avec son visage déjà si sérieux, ses lunettes attachées par une cordelette qui fait le tour de la tête, et ses jambes potelées, tout égratignées, avec son tee-shirt rose, son petit short blanc, quand elle ramasse son vélo et me dit : « Papa, je vais y arriver. Je sais que je peux le faire ! »

La lame se lève plus haut, toujours plus haut. La lumière fait briller l'acier. Mel, toujours agenouillée, ferme les yeux, serre les lèvres.

Contre moi, Samantha hurle.

Mel qui remporte sa première course à douze ans, qui franchit la ligne d'arrivée, se retourne pour voir sa poursuivante plusieurs mètres derrière elle. Mel, radieuse, un sourire jusqu'aux oreilles, qui lève ses bras tout fins en signe de victoire. Elle est si contente ! Et Samantha et moi, derrière les barrières, qui l'applaudissons à tout rompre.

Le sabre monte encore.

Le monde s'arrête de tourner.

Je suis à la porte béante de cet avion, cette nuit-là, prêt à sauter dans le néant.

Dans sa chambre au premier étage de la Maison Blanche, Mel est recroquevillée dans son lit, la couverture sur la tête, le visage écarlate, les yeux bouffis à force d'avoir pleuré. « Papa, pourquoi ils me détestent à ce point ? Tout le monde se moque de moi ! Même à la télé ! Des millions de gens !... Qu'est-ce que j'ai fait de mal ? »

Je lui caresse les cheveux. Bien sûr, je n'ai pas la réponse.

L'arme se précipite sur ma fille.

L'écran devient noir sur le poste de gauche. Visiblement, la régie à Atlanta a anticipé. L'image revient au studio, où le présentateur de CNN est sous le choc.

Mais Al Jazeera continue la retransmission, même si on entend le journaliste en off crier quelque chose, sûrement pour demander de couper…

Les ténèbres m'engloutissent.

Il y a trois jours – juste trois jours ! – Mel, heureuse, rayonnante, les cheveux encore mouillés en sortant de la douche, pleine de vie, qui me demande si j'ai besoin de quelque chose. Et puis son rire encore, qui résonne tandis qu'elle s'éloigne. Et moi qui lui demande de m'appeler demain, dès qu'elle aura du réseau.

Et sa réponse :

— Promis papa. Ne t'inquiète pas. Il ne va rien m'arriver !

L'éclair de l'acier qui s'abat. C'est ici que tout s'arrête, à cette seconde. Et Mel ouvre les yeux et crie d'une voix ferme : « Maman ! Ne regarde pas ! »

J'enfouis la tête de Samantha dans mon épaule, la serre contre moi.

Le sabre tombe.

Une gerbe de sang éclabousse la caméra.

Quelqu'un dans la pièce pousse un cri étouffé.

Je serre Sam plus fort encore.

Je veux détourner les yeux.

Je me l'interdis.

Un doigt passe sur l'objectif pour nettoyer le sang, c'est pire, mais on voit toujours.

Par terre, une forme étendue sur le flanc, le mot Dartmouth visible sur le sweat déchiré, le short en toile, les jambes nues, fines, musclées, les semelles de chaussures pleines de poussière.

Et, à un mètre de là, une…

Je ne peux pas le dire.

Une forme ovale, des cheveux blonds, du sang.

Et, à côté, une paire de lunettes.

Je sombre dans les ténèbres. À jamais.

III

68

Deux semaines plus tard
Lake Marie, New Hampshire

Assis dans un fauteuil en rotin, sous l'auvent de ma maison, je regarde des rideaux de pluie s'abattre sur le lac et les collines. Deux Boston Whaler sont posés sur l'eau. À leur bord des agents du Secret Service, le double des effectifs habituels. Des membres de la Counter Assault Team patrouillent dans les bois autour de la maison, et la police d'État du New Hampshire a installé des barrages pour dévier la circulation aux abords de la propriété.

C'est barricader la bergerie une fois que le loup est passé.

Il pleut sans cesse depuis deux semaines.

Hormis ma garde rapprochée, dont les effectifs ont aussi été doublés, je suis seul. La semaine dernière, Samantha est repartie dans le Maine pour se replonger corps et âme dans ses fouilles archéologiques. Nos rares coups de téléphone ont été polis mais tendus. Avant son départ, il y a eu des larmes, des étreintes, de la colère, des reproches, des portes qui claquent et d'autres larmes. De longues conversations nocturnes aussi, des évocations de nos souvenirs communs.

Madeline Perry m'a rendu visite à deux reprises, en apportant chaque fois une sélection de lettres de condoléances provenant du monde entier – dont une, une erreur malencontreuse, qui s'est glissée dans le lot et où il est écrit : « S'est bien fais pour ta bigleuze de fille ! Toi et ta salope de bonne femme vous aites des traite. Se sera bientôt a vote tour ! »

La semaine dernière, Yvette Cloutier, une Québécoise qui a été notre femme de ménage pendant six mois, a fondu en larmes quand elle m'a vu dans le salon. Elle a pris mes mains dans les siennes et a prié en français. Elle ne s'est arrêtée que lorsqu'un agent du Secret Service est venu la raccompagner.

Je suis prisonnier dans un funérarium, sans dépouille à pleurer, avec plein de gens en deuil qui vont et viennent en parlant à voix basse, et n'osent rire en ma présence.

J'ai tenté d'éviter de regarder les infos et le peu que j'ai vu est à la fois touchant et désespérant. Dans tout le pays ont lieu des veillées de prières en mémoire de Mel. Des descentes de police et des raids militaires se multiplient contre des cellules terroristes alliées à Al-Achid, ici comme au Canada, en Grande-Bretagne, en France. Des centaines de personnes se sont rassemblées sur les routes qui mènent à ma maison, avec des bouquets de fleurs, des petits messages de sympathie.

Et certains tirent avantage de la mort de ma fille pour avancer leurs pions, des dirigeants politiques accusant le laxisme de l'administration Barnes. D'autres critiquent le gouverneur du New Hampshire de n'avoir pas envoyé suffisamment d'hommes en armes pour participer aux recherches dès la première heure.

On laisse entendre que la Présidente prépare une opération militaire d'envergure. Mais contre qui ? Où ça ? Al-Achid peut être n'importe où. Il nous a échappé tant de fois déjà. Est-il au Canada, aux États-Unis, ou caché par ses adeptes qui sont partout sur la planète ?

Le seul imprévu que j'ai eu à gérer ici c'est lorsque trois agents du FBI sont arrivés, peu après le départ de Samantha, avec l'intention de fouiller la chambre de Mel et d'emporter son ordinateur à des fins d'analyse.

Je me suis planté devant la porte.

— Il n'en est pas question !

L'idée que des étrangers tripotent les affaires de Mel, ses papiers, ses lettres, et épluchent le contenu de son PC m'était insupportable.

— Monsieur, je vous en prie…

— Si vous voulez entrer, il faudra me passer sur le corps ! Et je ne suis pas sûr que le Secret Service va apprécier.

Le FBI est parti, et cette nuit-là j'ai dormi par terre au pied de la porte de Mel, pelotonné sous une couverture, à pleurer ma fille, à me souvenir, à pleurer encore.

Je passe la main sur mes joues – je ne me suis pas rasé depuis longtemps. Mes premiers jours à Lake Marie ont été noyés dans l'alcool et la culpabilité. Puis je me suis secoué. J'ai marché longtemps sur la route d'accès, ou dans les bois, jamais seul bien sûr, et fait de l'exercice dans la petite remise à côté du garage. Mais pas seulement de l'exercice physique… Autre chose, que j'ai préféré cacher à mon service de protection.

Je consulte ma montre.

17 heures.

Je sors mon iPhone, le tiens à bout de bras et commence à enregistrer un message vidéo pour ma femme.

— Salut, c'est moi. Voilà la météo du jour à Lake Marie. (Je pivote l'appareil pour lui montrer une vue du ponton et de la plage détrempée.) Il pleut. Ça n'arrête pas. Au moins cela tient à distance les touristes et les curieux. J'espère que le temps est moins pourri dans le Maine, que tu trouves de beaux spécimens, que ton nom va entrer dans l'Histoire…

Je m'interromps.

Crétin ! Bien sûr que l'Histoire se souviendra d'elle. La First Lady en deuil qui part loin de son mari. La première à avoir eu son enfant assassiné.

— Bref, s'il fait beau demain, je vais sortir les outils et retourner débroussailler. À part ça, il ne se passe pas grand-chose…

Autrement dit : Non, Sam, le corps de notre fille n'a toujours pas été retrouvé.

— Voilà les nouvelles de Lake Marie. Je t'aime. Tu me manques… passe-moi un coup de fil si tu as un moment. Je te laisse.

J'envoie le message. Est-ce qu'elle va me rappeler ?

Je regarde à nouveau la pluie, les canoës sous l'abri. Le souvenir de ma petite course avec l'agent Stahl me revient. Le moment où j'ai vu Mel pour la dernière fois. Je m'essuie les yeux.

La porte moustiquaire s'ouvre sur David Stahl qui sort de la maison. Il me salue d'un signe de tête puis contemple les eaux froides et grises du lac. Il a perdu du poids, il a les traits tirés, le visage creusé. Ça paraît si loin, ce sprint en canoë sous un soleil radieux.

— Posez-vous donc, David.

— Merci, monsieur.

Il tire un fauteuil en osier et s'assoit. Il a des chaussures bateau aux pieds, un pantalon de toile marron et un polo bleu marine tout froissé.

Quelques secondes s'écoulent.

— Monsieur, comme vous savez, il y a beaucoup de nouveaux agents. C'est peut-être le moment de les plumer au poker ?

À une autre époque, cette proposition m'aurait fait rire et j'aurais aussitôt accepté car jouer au poker est l'un des rares plaisirs que j'ai ici. Parfois les parties durent toute la nuit avec mon service de sécurité, et il est vrai que je gagne souvent.

Mais ces temps sont loin.

— Un autre soir peut-être. Ou jamais, si l'agent Peyton est dans le coup.

David grimace. Peyton est l'un des nouveaux, un type imbu de lui-même qui la ramène bien trop, et doit tout rapporter à Faith Murray, la sous-directrice adjointe du Secret Service, responsable de la protection présidentielle. Elle prévoit une grande purge et des actions disciplinaires contre les agents qui m'escortent depuis le début.

— Quelles sont les nouvelles ? dis-je.

— Ils étendent les recherches au Maine, à l'État de New York, et aussi au sud du Vermont, de l'Ontario, et au Québec. On a reçu plein de témoignages sur un hydravion… Malheureusement, personne n'a noté son numéro d'identification. Impossible de le repérer. Et avec le nombre de lacs, d'étangs et de rivières de la région…

Il se tait. Bien sûr, inutile d'en dire davantage.

Les chances de retrouver le corps de Mel sont plus que minces.

Je croise les bras, observe les canoës. Ferai-je à nouveau la course avec lui sur le lac ?

Mes prochaines paroles, je souhaite les prononcer d'une voix ferme, comme si je présentais mon programme devant le Congrès, mais dès les premiers mots, ma voix flanche.

— Lorsqu'on la retrouvera, peu importe quand, David… lorsque ce sera l'heure de la rapatrier… je veux que vous y alliez, vous et les cinq autres agents de l'équipe initiale… Je veux que ce soit vous qui me la rameniez. Promis ?

Les larmes roulent sur ses joues.

— Monsieur le Président. Nous ne pouvons pas faire ça.

— Pourquoi ?

— Parce que nous avons échoué. Nous l'avons abandonnée, elle, vous et votre épouse. Nous ne le méritons pas.

Je secoue la tête.

— Nous avons tous échoué. Faites ça pour moi, David. Ramenez ma fille à la maison.

Il hoche la tête en silence.

Au bout d'un long moment, je reprends :

— Je vous admire, David, vous et vos collègues. Vous restez sur le qui-vive malgré toutes ces heures d'ennui, à m'accompagner partout, à écouter les mêmes sempiternels discours. Et vous nous supportez, à longueur de temps, nous, vos protégés. C'est un travail difficile. Personne ne peut imaginer combien c'est compliqué. Ils savent juste ce qu'on raconte à la télé ou dans les films. À savoir, rien.

Il reste silencieux. Et c'est tant mieux.

— Et je veux vous présenter mes excuses, David, car je vais vous rendre la vie encore plus compliquée, la vôtre et celle de vos compagnons. Beaucoup plus compliquée.

— Comment ça ?

Je contemple la plage boueuse. Je pense au filet de volley que l'on dressait, quand Mel et ses amis riaient en faisant une partie, profitant du meilleur de leur vie. Chaque jour ici était une fête, avec plein de soleil, jamais de pluie et de nuages. Jamais.

— Je vais disparaître pendant quelques semaines. Je vais bouger, aller voir des gens. Pas forcément tous recommandables. Un jour viendra où je trouverai Al-Achid. Et au moment où il vivra ses derniers instants, je le regarderai au fond des yeux, bien en face, pour qu'il sache que c'est moi.

Je marque une pause avant de conclure :

— Puis je lui ferai exploser la tête.

69

Lake Marie, New Hampshire

L'agent Stahl reste de marbre. Pas un frémissement de sourcils, pas de protestation. Tant mieux.

— Peut-être qu'en chemin je trouverai le pilote de l'avion qui a aidé Al-Achid à s'échapper avec ma fille. Et le gars qui lui a vendu la corde pour l'attacher et celui qui lui a donné le sabre pour la décapiter. Si je croise ces gens sur ma route, je les tuerai un à un.

Je me tais à nouveau.

Pas un mot de l'agent Stahl.

Je reprends :

— Bref, je vais bientôt partir, David, sans votre accord, et sans en informer le Secret Service ni la Sécurité intérieure. Vous comprenez ?

— Oui, monsieur.

— Rien sur cette terre ne m'en empêchera. (Cette fois, ma voix ne tremble plus.) Si vous voulez m'en dissuader, allez-y. Vous perdrez votre temps, mais je serai poli et je vous écouterai jusqu'au bout. Vous et vos hommes ne pourrez rien faire, sauf à m'attacher à un poteau.

— Très bien, monsieur, répond finalement David. À moi de parler maintenant. Et soyez attentif.

— Je vous l'ai promis.

Il m'observe fixement. Ses yeux sont las. Ses traits tirés.

— Je viens avec vous.

Passé le moment de surprise, je réponds :

— Doucement, David, ça va être rude, compliqué, et surtout illégal. Alors, si vous venez…

Il secoue la tête.

— Quoi ? Ma carrière sera finie, c'est ça ? Elle l'est déjà ! Mon avenir, ce sont des auditions devant une commission du Congrès et des mesures disciplinaires. Si je ne perds pas mes droits à la retraite, je pourrai m'estimer heureux. Et pour l'instant, c'est le cadet de mes soucis. Je veux vous aider.

— David…

Il se penche vers moi.

— Monsieur le Président, que ce soit bien clair : je dois venir. Ce n'est pas pour vous que je le fais, c'est pour moi.

Son regard est à la fois fatigué et implorant.

— Qu'est-ce que vous cherchez au juste ? La rédemption ?

— Non. La justice. Comme vous.

Je sais que c'est une obligation pour lui.

Comme pour nous tous.

— Entendu, dis-je en joignant les mains. Il va me falloir des téléphones et des cartes de débit prépayées via de faux comptes e-mail. Et j'aurai sans doute besoin de quelques hommes de confiance en soutien.

Je vais fouiner partout, en souterrain et hors cadre. J'ai du liquide dans le coffre de la chambre à coucher. Si vous voulez m'aider, allez faire des courses pour moi – en veillant à porter un chapeau ou quelque chose qui vous dissimule. Et dans plusieurs boutiques de la région. Ça va bien vous prendre un jour ou deux. Trouvez-moi un chromebook, ou un ordinateur équivalent chez Best Buy. Des téléphones dans des magasins différents. Il faudra aussi créer un compte e-mail crypté pour activer les portables et acheter les cartes de débit. Ensuite…

Je m'interromps.

L'agent Stahl a un petit sourire.

— Pardon, David. Vous savez tout ça, bien sûr. C'est votre boulot. Inutile d'entrer dans les détails. Je vous laisse attaquer les préparatifs.

— Alors c'est parfait, monsieur le Président ! lance-t-il en se levant. Je vais faire un tour sur la propriété. Si vous avez l'argent quand je reviens, je me mettrai tout de suite au travail.

— Merci, David.

— Sauf votre respect, monsieur, sachez que je me doutais de ce que vous aviez en tête.

— Ah bon ?

— Vous avez passé beaucoup trop de temps dans la remise ces deux dernières semaines. Je savais que vous y aviez vos armes et que vous vous entraîniez, tir à sec et tout le tralala, pour retrouver vos sensations avec un fusil d'assaut, ou un pistolet. C'était évident. Il suffisait de s'approcher et de tendre l'oreille.

Je devrais être agacé, mais en vérité je suis plutôt impressionné.

— Beau travail, David. Merci.

Au moment de s'en aller, il me tape sur l'épaule. Un geste parfaitement hors du protocole et des codes du Secret Service.

— Non, monsieur. C'est moi qui dois vous remercier.

L'agent Stahl rentre dans la maison. Je reste encore un peu dehors. Je regarde le ciel bas. La pluie s'est enfin arrêtée. Au moins, ça va améliorer le sort des pauvres agents trempés dans les deux Boston Whaler.

Je me frotte le visage.

Il est temps de me raser. Une douche. Des vêtements propres.

Et de me mettre au boulot.

70

Lake Marie, New Hampshire

Après avoir fait son tour d'inspection et découvert que deux agents de la CAT venaient d'arrêter un photographe de la presse people qui s'était faufilé dans la propriété dans l'espoir de prendre des clichés de l'ancien président en deuil, l'agent Stahl se rend dans la cuisine pour se servir un verre d'eau. Quelques minutes plus tôt, il est passé dans son petit bureau, au fond de la grange, où une enveloppe l'attendait sur sa chaise, contenant une liasse de vingt billets de cent dollars tout neufs.

Madeline Perry, la directrice de cabinet du président, lui bloque le passage vers le réfrigérateur. Elle porte un pantalon noir et un pull-over rouge, les manches remontées jusqu'aux coudes, et a l'air furieuse.

— David, il faut qu'on parle !

— D'accord, répond-il, ne sachant pas trop où est le problème.

Rien de grave, espère-t-il. Stahl côtoie les équipes de la Maison Blanche depuis des années et ces gens ont tendance à prendre les agents pour des domestiques d'un genre particulier – des anges de la mort, sinistres, toujours présents, dont il vaut mieux ne pas s'approcher. Et c'est très bien ainsi. David Stahl aime être dans l'ombre.

Pourtant Madeline Perry est d'une autre trempe. Pas commode, mais sensée. Elle comprend l'utilité du Secret Service dans cette maison, même si elle n'hésite pas à ruer dans les brancards dès qu'un agent fait un peu trop de zèle.

La majeure partie du temps, David apprécie leur collaboration. Cette fois, son jugement tombe en piqué, tel un bombardier de la Seconde Guerre mondiale descendu par un Zero.

D'une voix glaciale, elle l'apostrophe :

— Qu'est-ce qui te prend ? Aider Harbor à tuer Al-Achid ? C'est du grand n'importe quoi !

Comment est-elle au courant ?

— J'imagine ce que tu penses, poursuit-elle. Je n'y suis pour rien et n'en tire aucune gloriole. Je passais juste sur le perron quand je vous ai entendus avec Harbor. C'est de la folie, David !

Les pensées se bousculent dans sa tête. Il savait qu'il allait emprunter une voie dangereuse, pour lui comme pour le président, sauf qu'il ne s'attendait pas à être découvert avant même d'avoir sauté le pas.

— Non, ce n'est pas de la folie.

— À d'autres ! Il va mal et il veut se venger – comme nous tous ! Mais il faut laisser faire les pros. Un ancien président submergé par le chagrin et le remords, avec une hanche en charpie, qui part au front ?

— Quels pros ? L'administration Barnes n'a pas brillé par ses hauts faits ! En particulier depuis qu'ils ont sorti cette histoire pathétique ! Les pauvres chéris, ils allaient payer la rançon, mais le FBI et les autres n'ont pas voulu ! Ça pue le mensonge et la manipulation à plein nez !

— C'est peut-être vrai. Va savoir ? C'est une version comme une autre. Typique de Washington, d'accord. Mais, au fond de toi, tu le sais… cette expédition punitive est une très mauvaise idée.

— Les pros, ils cherchent Al-Achid depuis des années, et ils sont chaque fois revenus bredouilles. Pourquoi ce serait différent aujourd'hui ?

— Tu crois vraiment que Harbor va faire mieux ?

Stahl pousse un soupir, tente de garder son calme.

— Maddie… qu'est-ce que tu as ? Tu travailles avec lui, sa femme et sa fille, depuis des années. Pourquoi ce revirement ?

Elle détourne la tête. David a tapé dans le mille. Quelque chose se cache derrière cette crise d'autorité. Le problème, ce n'est pas seulement le projet de Harbor.

Lorsque Madeline le regarde à nouveau, ses yeux sont brillants.

— Je crois en lui, David. J'étais folle de rage quand on lui a volé son second mandat. Et je me suis dit que je devais le suivre, pour affronter cette post-présidence. Ça m'a paru la bonne option. Surtout parce qu'il voulait créer cette fondation pour les vétérans.

Des larmes coulent sur ses joues.

— Harbor l'ignore, alors garde ça pour toi, s'il te plaît, mais j'ai un cousin qui a servi dans les Rangers. À la fin du mandat de Harbor, le pauvre gars est mort de froid dans les rues de Detroit, comme tant de SDF dans le pays. Harbor espérait changer ça. Avec une fondation qui prendrait soin de tous ces anciens combattants… qui serait là pour veiller sur eux.

Voilà l'explication…, songe Stahl.

— Et la fondation n'est toujours pas créée…, commente-t-il.

Madeline Perry secoue la tête.

— Si, sur le papier. Mais côté finances, rien. Quasiment. C'est pour ça qu'il devait écrire ses mémoires, raconter son ascension des bas-fonds du Texas aux Navy SEALs, sa carrière dans la politique, puis la consécration – le grand choc – devenir président des États-Unis ! Ce livre devait rapporter des millions à lui et à la fondation. L'aide pour les vétérans aurait ensuite pu démarrer, pour qu'ils ne soient plus jamais à la rue.

Elle prend une longue inspiration.

— Mais il n'a pas écrit une ligne ! Avec lui, c'est toujours « demain, ou la semaine prochaine », et pendant ce temps, j'essaie d'aider Robert Barnett, son agent littéraire, à négocier un bon contrat d'édition alors que nous n'avons même pas une ébauche ! Et là, il veut partir en croisade pour se venger. Au final, ce sera une grande humiliation.

— Peut-être. Mais ça n'a pas d'importance.

— Bien sûr que si ! S'il échoue, et tu sais que c'est inéluctable, les éditeurs ne vont plus répondre à nos appels, et les vétérans n'auront plus que leurs yeux pour pleurer.

— Maddie, tes arguments se tiennent. Seulement je ne peux rien y faire. Il veut y aller et personne ne pourra l'arrêter.

— David, je t'en prie. Laisse nos agences traquer Al-Achid. Elles ont des moyens qu'Harbor n'aura jamais.

Stahl s'apprête à tourner les talons – son verre d'eau attendra ! Pourtant, il se ravise.

— Il leur manque toutefois l'arme fatale, Maddie.

— Ah oui ? Laquelle ?

— Un père prêt à tout.

71

Lake Marie, New Hampshire

Seul dans mon bureau – ce qui pourrait être un bon titre pour mes mémoires –, je me laisse tomber dans le vieux fauteuil qui était déjà là avant mon arrivée. Les lumières sont tamisées. L'ordinateur est éteint. La petite fenêtre n'a pas de vue sur le lac. Et c'est tant mieux. Je n'ai aucune envie de distinguer les lumières des maisons au loin, tous ces voisins qui vivent leur vie, insouciants, heureux.

La bibliothèque croule sous les ouvrages d'histoire, les autobiographies et les manuels militaires. D'autres sont empilés par terre. Lorsque Samantha se moque de moi, je lui réponds : « Le problème, ce n'est pas le nombre de livres, c'est le manque d'étagères. »

Sur le peu d'espace libre au mur, j'ai accroché des photos de famille, des images aux couleurs passées de mon enfance au Texas, avec ma mère, Lucille, morte il y a dix ans d'un cancer du poumon. Mon père, Gus Keating, travaillait sur une plateforme pétrolière dans le golfe du Mexique. Un jour, complètement ivre, il est tombé à l'eau et s'est noyé. J'avais cinq ans. Dans beaucoup d'études sur les SEALs, il ressort que la plupart des soldats qui s'y engagent, comme moi, viennent d'un foyer brisé ou d'une famille monoparentale.

Au fil des années, je résiste à l'envie d'installer « mon *wall of fame* », avec mes médailles, mes trophées, mes badges et insignes. Ce serait regarder en arrière. Or, c'est le chemin devant moi qui m'intéresse.

Les portraits les plus chers à mon cœur sont sur ma table de travail, près de mon ordinateur : des photos de Mel à divers âges, de moi, posant fièrement à côté de Samantha le jour de l'obtention de son doctorat, et une, prise ici, il y a près de deux ans, sur la pelouse enneigée devant la maison. Nous sourions tous les trois, au milieu de ce paysage virginal, prêts pour une nouvelle vie après notre passage à la Maison Blanche.

Je ramasse le petit cahier flambant neuf que Maddie m'a donné voilà plusieurs mois pour m'inciter à écrire mon autobiographie. Je prends un stylo et me mets au travail.

Mais pas pour me remémorer le passé.

Dans un sac plastique Walmart se trouve une dizaine de TOC, des téléphones occultes – des GSM bas de gamme à cartes prépayées, chargés et prêts à l'emploi, achetés dans diverses boutiques de la région. J'en sors un et passe mon premier coup de fil longue distance. Après plusieurs sonneries, quelqu'un décroche enfin. Une voix agacée avec une pointe d'accent de Brooklyn.

— Qui êtes-vous ? Qu'est-ce que vous voulez ? demande Danny Cohen, l'ancien directeur du Mossad. Comment avez-vous eu mon numéro ?

— Danny, ne raccrochez pas. C'est moi. Matt Keating.

Aussitôt, son ton se radoucit.

— Oh, Matt… désolé. C'était indiqué numéro inconnu et…

— Oui, je sais. Je me sers d'un TOC. Votre téléphone est sûr ?

— Absolument. Matt, encore une fois, Dora et moi, nous vous présentons nos sincères condoléances. Nous avons tellement de peine pour vous.

— Merci, Danny, dis-je en serrant mon stylo. Votre gentille carte nous a beaucoup touchés. En fait, j'ai quelque chose d'important à vous demander…

— J'imagine ! Si vous m'appelez d'un téléphone intraçable, ce n'est pas pour me parler de la pluie et du beau temps. Qu'est-ce que je peux faire pour vous ?

— J'aimerais avoir des renseignements sur Assim Al-Achid, ses amis, ses associés. Tout ce qui pourra m'aider à retrouver sa trace.

— Entendu. Combien de temps vous comptez garder ce TOC ?

— Une journée, réponds-je, ravi d'entendre Danny m'apporter son soutien sans une once d'hésitation. J'en utiliserai un nouveau demain.

— Alors, rappelez-moi, quand vous voudrez, à n'importe quelle heure. Je vous ferai un topo. Je vais m'y coller immédiatement. Toutes vos agences cherchent aussi Al-Achid, et vous savez comme moi ce qui arrive lorsque des services différents traquent les mêmes infos.

Inutile de me rappeler le fiasco du 11-Septembre. L'attentat aurait pu être évité si la CIA, le FBI, le service de protection des frontières, entre autres, avaient mis de côté leur rivalité et si le Congrès avait autorisé le partage de leurs informations.

La collaboration entre agences s'est améliorée depuis ce funeste mardi, mais la route est encore longue.

— Merci, Danny… C'est très gentil de votre part. Je m'attendais à un refus. Ou tout au moins à quelques questions.

— Je n'en ai aucune à vous poser. J'imagine aisément ce que vous voulez faire. Et ce n'est pas moi qui vais tenter de vous en dissuader. Vous connaissez notre histoire, l'importance que nous accordons à la famille, à la justice, au fait de punir tous les coupables, quel que soit le temps que ça prend, quel qu'en soit le prix. Je vous le répète, appelez-moi quand vous voudrez. C'est un honneur de vous aider. *Shalom 'alékha*, mon ami.

Danny Cohen coupe la communication. Je m'essuie les yeux du revers de la main et poursuis ma tâche.

Le deuxième appel est presque identique au premier, hormis que, cette fois, l'accent est arabe.

— Qui est à l'appareil ? demande avec brusquerie Ahmed ben Nayef, ancien vice-directeur des services de renseignements saoudiens. D'où appelez-vous ?

— Du New Hampshire, Ahmed. C'est Matt Keating.

Comme avec Danny, son ton se radoucit aussitôt.

— Ah, Matt… cela me fait tellement plaisir de vous entendre. Je vous présente une nouvelle fois toutes mes condoléances. Comment va Samantha ? Elle tient le coup ?

— Elle est repartie à ses fouilles. Elle essaie de tenir, jour après jour. Comme moi… Ahmed, personne ne peut entendre notre conversation ? Vous en êtes sûr ? C'est pour ça que, de mon côté, j'appelle avec un téléphone à cartes prépayées.

— Oui, oui. Aucun problème. C'est totalement sécurisé. Ou alors mon neveu va entendre parler du pays ! Dites-moi, Matt, qu'est-ce que je peux faire pour vous ?

— Vous renseigner sur Al-Achid, sur ses déplacements et autres. Même si l'info n'est pas fiable à cent pour cent, je prends tout ce qui peut me mettre sur sa piste. Ce que vous pourrez me révéler.

Silence.

— Vous êtes sûr, mon ami ?

— Oui, absolument sûr.

— Vous vous engagez sur un terrain dangereux.

— Alors ? C'est oui ou non ?

— Bien sûr, Matt. Deux fois oui. C'est juste que… et s'il vous plaît ne le prenez pas mal – c'est une marque d'affection et de respect pour vous –, mais c'est un travail pour des jeunes. Des hommes plus en forme que vous, plus vifs. Je vous rappelle que vous avez une hanche en miettes.

— Je dois le faire.

— Évidemment. Sauf qu'il y a une alternative. Si j'ai la chance d'obtenir des informations sur l'endroit où se cache Al-Achid, je vous propose de m'en occuper personnellement. Certes, je pourrais passer l'info aux responsables ici, le renseignement serait analysé, traité en profondeur, mais en aucun cas partagé avec vos agences. Beaucoup de gens à Riyad admirent Assim Al-Achid. J'en suis le premier désolé.

C'est dur à entendre, pourtant Ahmed a raison.

— Alors que moi, poursuit-il, si, par la grâce d'Allah, j'apprends où se trouve ce chien, j'envoie une équipe, des hommes solides, compétents, entraînés par vos Navy SEALs et les SAS britanniques. Ils feront le travail pour vous.

La proposition est tentante. Je ne peux cependant l'accepter. Je veux pouvoir me regarder en face durant les années qui me restent à vivre.

— Ahmed, je suis vraiment touché et honoré, mais je dois le faire moi-même. Pour ma famille.

— Je comprends, répond-il aussitôt. Vous savez comment me joindre. Je vous promets de ne pas aboyer la prochaine fois que je vois « numéro inconnu ». Et, n'oubliez pas, mon offre reste valable. C'est la moindre des choses que nous puissions faire pour vous.

— Merci encore, Ahmed. Mais c'est à moi de suivre ce chemin.

— Très bien. *Wadaan*, Matt.

Avant de passer mon troisième coup de fil, je prends le temps de mesurer l'incongruité de la situation. Voilà des années, le grand-père de Danny et celui d'Ahmed se vouaient une haine sans limite, comme leurs pays respectifs, comme leurs peuples, et chacun aurait été ravi de voir l'autre réduit en cendres.

Et aujourd'hui…

Non seulement leurs petits-fils œuvrent ensemble, dans le plus grand secret, pour apporter une forme de paix et de stabilité dans cette région troublée du globe, mais l'un comme l'autre sont prêts à aider un ancien président américain qui se lance dans une mission personnelle.

Il reste sans doute de l'espoir en ce monde, envers et contre tout.

72

Lake Marie, New Hampshire

Il est 2 heures du matin dans le Montana quand je passe mon troisième appel. Encore une fois, la sonnerie s'éternise. Je me demande qui va décrocher dans ce ranch près des monts Beartooth dont le propriétaire est Trask Floyd – réalisateur, vedette de films d'action et ancien compagnon des SEALs qui m'a fourni un avion pour rejoindre Washington il y a deux semaines. Une éternité ! Au bout d'un long moment, une voix ensommeillée répond :

— Si tu es une starlette qui croit pouvoir jouer dans mon prochain film parce que tu sais glousser sur commande, rentre chez papa maman. Et si tu es un vétéran qui veut se faire un peu de fric, envoie-moi ton CV. Que ce soit l'un ou l'autre, ne t'avise plus de rappeler chez moi sinon ça va chauffer pour ton matricule !

— Et si c'est l'ancien leader du monde libre ?

D'un coup, mon interlocuteur est parfaitement réveillé.

— Mister Président ! Nom de Dieu, je suis désolé. Je n'ai pas reconnu le numéro.

— C'était volontaire, Trask. J'utilise un TOC. Et je t'appelle sur ta ligne fixe.

Il pousse un bâillement.

— Encore désolé. C'était une réaction à vif. Et merde, Matt, c'est vraiment moche pour Mel.

— Oui. Merci, Trask.

— Comment tu savais que je serais chez moi ?

— J'ai vu, sur Google, que tu étais à un festival de cinéma à Boise. Je me suis dit que tu irais sans doute dormir au ranch après la sauterie.

Il commence à me raconter puis s'interrompt brusquement.

— Un TOC ? C'est grave alors ?

— Oui.

— Qu'est-ce qu'il te faut ?

Ce cher Trask. L'art d'aller droit au but.

— Deux gars de confiance. Des bons. Soit juste à la retraite, soit en perm prolongée. Ils doivent être disponibles, et prêts à disparaître des radars sans que ça soulève trop de questions.

— Fais le premier, moi je me charge du second.

— C'est gentil, Trask, mais…

— Matt, je suis en pleine forme, comme quand j'ai quitté les SEALs ! Je tire tous les jours, et avec moi tu as des fonds et des contacts.

— Et j'aurais aussi Trask Floyd, l'acteur et le cinéaste. Tu as bien trop de fans qui épient le moindre de tes mouvements.

— Et pas toi peut-être, Mister Président ?

— Je vais porter de vieux vêtements, des lunettes de soleil, la barbe et une casquette de baseball. Je serai juste un type dans une voiture ou un avion. On reconnaît les ex-présidents s'ils s'habillent bien, se baladent avec un service de sécurité, font des discours ou passent à la télé. Et ce n'est pas du tout prévu.

— Matt, je veux en être.

— Trouve-moi deux gars, des fonds et des soutiens, et tu feras officiellement partie de l'équipe. Ne me complique pas la tâche.

— D'accord, d'accord. Deux hommes. Et je les envoie où ?

— Je te précise ça après-demain, à midi, heure de chez toi. Ça marche ?

— Puisque j'ai pas le choix…

— Merci, vieux.

— OK, Matt, je ne serai pas sur la route à côté de toi, mais je reste en renfort au cas où ! Et si tu reviens avec la tête de ce salopard dans une glacière, on organise une nouba à tout casser ! Fais gaffe à toi, Mister Président.

— Promis.

Je raccroche. À l'arrière du téléphone, je retire la carte SIM que je casse en deux. Je me lève. Quelques minutes plus tard, je suis sur le ponton. La nuit est tranquille sur le lac.

Les nuages se sont dissipés. Je contemple les étoiles, ces millions de galaxies tout là-haut. Certains soirs, cette vue m'emplit d'admiration et de respect, à l'idée qu'un Créateur a assemblé ces merveilles. À d'autres moments, le désespoir m'envahit. L'infini est là, devant nous, si parfait, mais sur notre planète minuscule il y a tant de haine, tant de pulsions de mort.

Je jette la carte SIM et le téléphone dans l'eau noire et cesse de regarder les étoiles. J'enfouis la main dans la poche de mon pantalon et touche la bague de Mel, celle qu'elle a laissée dans sa cellule. Le FBI nous l'a finalement rendue.

— J'arrive, Assim. J'arrive.

73

Lake Marie, New Hampshire

L'agent Stahl se tient devant le garage, à proximité de la remise où le président fait sa gym. Il s'apprête à partir en ville en cette fin d'après-midi lorsqu'une voix aiguë et déplaisante l'appelle :

— Hé, David ! Avant que tu t'en ailles, tu as une seconde ?

L'agent Brett Peyton s'avance vers lui avec son sourire hypocrite et sa fausse bonhomie. Peyton est le cliché de l'agent du Secret Service, le rêve de tout recruteur à la Sécurité intérieure : grand, musclé, bronzé à souhait, des cheveux bruns toujours impeccables, et un charme évident.

Et c'est le chouchou de Faith Murray, la patronne de Stahl, qui, quelques mois plus tôt, lui a ordonné d'arrêter de protéger en catimini Mel Keating. Depuis des semaines, Stahl réclamait un agent pour le seconder, et voilà qu'on lui envoie Peyton.

— Bien sûr, Brett. Qu'est-ce qui se passe ?

— Tu vas à Monmouth ?

Non, espèce d'abruti, je pars me promener à Cape Cod !

— Tu veux que je te rapporte quelque chose ? Du café ? Un beignet ? Une bouteille de Moxie ?

— Non, non, proteste gentiment Peyton. Je trouve ça juste bizarre. Tu es le chef de cette unité, et pourtant c'est toi qui fais les courses. C'est plutôt le travail d'un bleu.

— J'aime bien sortir de temps en temps, pour prendre le pouls des gens en ville, sentir l'ambiance.

— C'est une procédure recommandée ?

David se raidit. Si Peyton est là, ce n'est pas pour être son adjoint, mais pour collecter des informations sur lui et ses hommes. Ils s'en serviront plus tard, quand viendra le temps de l'humiliation publique, et qu'on leur reprochera officiellement d'être responsables du kidnapping de Mel Keating. Et donc de sa mort.

— Non, Brett, répond Stahl en se tapotant la tempe. C'est l'expérience du terrain qui t'apprend ça. Tu devrais essayer.

Peyton continue de sourire. David grimpe dans l'un des Suburban et file à Monmouth.

La route d'accès en terre est bien entretenue. Tout en roulant, il repense aux demandes de Harbor. C'est fou comme cette mission improbable a amélioré son moral.

Ils n'ont aucune chance de succès, il le sait, pas avec toute cette attention, tous ces gens autour qui les épient. Mais Harbor, lui et ceux que le président va embaucher feront leur maximum.

Au bout de la route, il y a une nouvelle barrière, gardée par deux agents de la brigade. Ils lui font signe de passer. À l'intersection, il prend à droite en direction de la petite bourgade. Peu après, il tombe sur un barrage, surveillé par des hommes en armes de la police d'État. Eux aussi le laissent circuler. Il repère les rubans noirs qui barrent leurs insignes, en mémoire de Corinne Bradford, leur collègue de Monmouth, qui était parvenue à trouver l'endroit où Mel était retenue captive.

De part et d'autre de la route, les badauds sont moins nombreux. Tant mieux. Tous ces voyeurs abjects espérant apercevoir l'ex-président abattu de chagrin ! Depuis plus de deux semaines, Monmouth est envahi par les journalistes, et leur lot de paumés et de parasites. Stahl aimerait bien que le blizzard survienne plus tôt que prévu et pousse tous ces gens à rentrer chez eux.

Rodney Pace marche de long en marge sur le parking du Cook's General Store. Il attend, sachant que s'il ne voit pas Matt Keating aujourd'hui il devra encore passer une nuit dans sa vieille Chevrolet Monte Carlo. Et cela est au-dessus de ses forces.

Trois jours plus tôt, il a décidé de quitter son appartement crasseux de Baltimore pour rencontrer l'ancien président et lui rapporter ce qu'il a découvert, mais toutes ses tentatives pour approcher la maison du lac ont été un échec cuisant.

Trop de barrages, trop de flics, et surtout trop de monde.

En faisant des recherches sur cette localité rurale, il a appris que Monmouth ne compte que six cents âmes. Et vu ce parking bondé, sa population doit avoir plus que doublé. Il repère beaucoup de véhicules des chaînes télé, des voitures, des vans de location, et des gens partout avec des gobelets de café à la main qui discutent, qui rient. Eux aussi, ils attendent.

Mais pas la fin des recherches. Le vocabulaire a changé.

On parle désormais de « récupération ».

La récupération du corps de Mel Keating.

Du moins ses morceaux.

La boutique se trouve dans une maison jaune de style victorien, avec un auvent de bois sur toute la façade. Un panneau écrit à la main annonce un petit-déjeuner caritatif organisé ce dimanche par l'Église, des balles de foin à vendre, une tombola pour aider à une greffe de rein. On trouve de tout dans les allées du magasin dont le vieux plancher grince sous les pieds : des boîtes de céréales, de l'huile de moteur, des boîtes de clous et même des brosses et étrilles pour panser les chevaux.

Son estomac crie famine.

Son plan était de rencontrer le président, d'être récompensé de ses efforts, seulement il est à court d'argent. Il a moins de un dollar en poche.

Que faire ?

Un Suburban noir se gare de l'autre côté de la rue. Un homme musclé en sort. Surpris, Rodney cesse d'arpenter le trottoir.

Un membre du Secret Service !

Juste devant lui !

Il doit convaincre cet agent de l'emmener auprès du président Keating.

Rodney se dirige vers l'homme, glisse sa main dans la poche droite de sa veste et attrape la crosse de son revolver calibre .38, un Smith & Wesson qui appartenait à son père du temps où il était flic à Baltimore.

D'une façon ou d'une autre, il va voir le président Keating.

74

Monmouth, New Hampshire

L'agent Stahl sort du Suburban et traverse la rue pour rejoindre le Cook's General Store, en secouant la tête de dépit. Quel cirque ! Il y a trois semaines encore, le parking était presque vide. Juste quelques voitures, un ou deux pick-up crottés. Aujourd'hui, c'est bondé. Et c'est pareil à l'intérieur. Avant, il prenait le temps de bavarder avec Mme Grissom, la propriétaire, et ses deux fils, Clay et Todd, mais aujourd'hui David entre tête baissée, fait ses courses et s'empresse de partir.

Son panier du jour : du café pour l'équipe de nuit et quelques broutilles. David espère quitter les lieux sans qu'un journaliste ne le reconnaisse et ne vienne lui poser les questions : « Comment Mel Keating a pu être kidnappée ? Comment cela a-t-il pu arriver sous la garde du Secret Service ? »

Tous ces badauds, ces amateurs de sensation, qui espèrent apercevoir Harbor – le Graal ! – ou le fourgon vert de la morgue du New Hampshire, escorté par des voitures de patrouille emportant les restes de Mel Keating – morte si jeune.

Qu'ils aillent tous au diable !

Finalement l'option « blizzard » ne lui paraît pas suffisante pour punir ces idiots. Quand il remarque un de ces types qui s'approche de lui, c'est une pluie de soufre et de feu biblique qu'il voudrait voir déferler. D'autant que le gars en question ressemble à un prophète de l'Ancien Testament : un type maigrelet, avec un jean trop large, une veste déchirée, une barbe hirsute, des cheveux gras et épais, un œil enflé, l'autre brillant d'une lueur de folie.

Encore un de ces tarés.

Le Secret Service connaît bien ces illuminés, ces obsédés du complot qui veulent découvrir ce qu'on leur cache – où sont les sites d'atterrissage des ovnis, combien d'aliens dirigent le monde –, mais celui-ci…

Il a quelque chose dans la poche droite, quelque chose de lourd.

Une arme.

Sa main commence à en sortir, tenant…

Et Stahl réagit aussitôt.

Mon Dieu comme cet agent est rapide ! Et brutal ! D'un même mouvement, il tire une matraque télescopique de sa ceinture, la déploie d'un coup de poignet et l'abat sur la main de Rodney. Un éclair fulgurant de douleur lui remonte jusqu'à l'épaule.

Rodney pousse un cri et lâche le revolver. La matraque le frappe déjà à l'arrière des genoux, et il se retrouve par terre. Des mains puissantes le fouillent sans ménagement, puis il entend un cliquetis – des menottes se referment sur ses poignets. Malgré lui, Rodney commence à gémir et à sangloter. *Encore raté !*

L'agent parle dans sa radio…

— … demande voiture au Cook's General Store. Un individu appréhendé…

Puis on le roule sur le dos.

L'agent du Secret Service le fusille du regard. Cela lui rappelle son audition l'an passé devant le conseil disciplinaire – un souvenir terrible… Le doyen de l'université avait dans les yeux ce même mélange de dégoût et de mépris.

— Qui êtes-vous ? Vous cherchez quoi ?

Rodney recrache la terre qu'il a dans la bouche et bredouille :

— Agent Stahl ! C'est moi ! Vous ne me reconnaissez pas ?

David se tient au-dessus de lui. Il se penche.

— Non. Je ne crois pas.

— C'est moi, Rodney Pace. Le prof de l'université de Baltimore. Quand j'étais là-bas, j'animais des stages chez vous, à Rowley. Vous en avez suivi deux. J'en suis sûr.

Stahl s'accroupit et l'observe attentivement. Des gens commencent à s'attrouper.

— Professeur Pace ?… L'expert en sciences médico-légales ?

Une bouffée de soulagement envahit Rodney. Peut-être que ça va marcher, finalement ?

— Oui, oui… c'est moi !

— Qu'est-ce que vous faites ici ?

— Il faut que je voie le président. C'est très important. J'ai une information vitale à lui révéler.

— Laquelle ?

À peine Rodney lui a-t-il expliqué que le visage de David Stahl se métamorphose. Toute trace de colère s'évanouit. Il attrape le bras du professeur, le relève et l'entraîne vers le Suburban.

Juste avant de monter à bord, l'agent du Secret Service s'arrête.

— Attendez…

Rodney lâche un soupir d'aise quand les menottes lui sont retirées. L'agent passe un nouvel appel radio.

— Ici Stahl, annulez la voiture.

Il installe Rodney à l'arrière. Celui-ci n'a pas le temps de boucler sa ceinture que le Suburban démarre en trombe, fait demi-tour et s'éloigne dans un hurlement de gomme.

75

Lake Marie, New Hampshire

Je suis sur le perron, mon cahier sur les genoux. J'y ai consigné un tas de notes. C'est maintenant le soir. Sans doute l'heure du dîner, pourtant je n'ai pas faim. J'ai perdu l'appétit depuis trois semaines. Les lampes sont allumées, les insectes bataillent contre les moustiquaires.

Ces dernières heures, j'ai préparé la mission. Même si je n'ai aucun soutien officiel, pas d'hommes, pas de moyen de transport, ni équipements tactiques ni vivres, et bien sûr aucun renseignement, l'après-midi a été plutôt productif.

La porte du perron s'ouvre dans un grincement. C'est l'agent Stahl. Je le regarde avec intensité. Il secoue la tête.

J'ai ma réponse. Le corps de Mel n'a toujours pas été retrouvé.

Il a toutefois quelque chose à me dire.

— Monsieur, vous voulez bien venir avec moi une minute ?

— Ça ne peut pas attendre ?

— Non, monsieur le Président. Ça ne peut pas attendre. Il faut que je vous montre quelque chose dans la chaufferie.

Je me lève et garde mon carnet contre moi. D'ordinaire, j'ai toute confiance en mon équipe, mais là, il y a beaucoup de nouveaux agents. Je traverse avec Stahl le grand salon noyé d'ombre, longe le couloir menant à la salle de bains et à l'office. Puis nous descendons l'escalier de bois. Le sous-sol est déjà éclairé. Comme beaucoup de vieilles maisons, celle-ci a encore une cave en terre battue. Un jour, pour plaisanter, j'ai dit à Samantha que si elle en avait assez de creuser des trous dehors en plein vent, elle pouvait venir fouiller ici, bien à l'abri. Qui sait ? Peut-être trouverait-elle un trésor ?

— Une tombe amérindienne, par exemple ? Ça expliquerait ces craquements bizarres qu'on entend la nuit.

À quoi elle a répliqué avec un sourire taquin :

— Mais pas ceux du lit. Ceux-là, on sait à quoi c'est dû.

Des temps heureux… une autre vie.

Devant moi, un entrelacs de tuyaux, de câbles, de conduits, et la chaudière avec son gros réservoir de fioul. Il y a longtemps, les occupants ont jeté quelques pelletées de ciment sur la terre. Au fond de la cave, adossé aux fondations, se trouve un établi avec des outils et, sur un tabouret, un homme à l'aspect étrange.

J'aperçois un gros ordinateur portable, écran éteint.

— Monsieur le Président, annonce David. Je vous présente le professeur Rodney Pace. Il était chef du département de sciences médico-légales à l'université de Baltimore.

L'homme sourit et acquiesce. Il porte des vêtements vieux et crasseux, sa veste est rapiécée avec du ruban adhésif. Il se lève, me tend la main que je serre par automatisme. Sa peau est froide et rêche.

— Monsieur le Président, c'est un véritable honneur. Eh oui, je suis l'ancien chef de ce département et aussi, hélas, un ex-professeur. (Il se rassoit.) Suite à un regrettable incident. Un événement malheureux impliquant une sortie en camping avec mes étudiants et la consommation concomitante de substances illicites… Je vous passe les détails quant aux répercussions fâcheuses que cet épisode a eues sur ma carrière.

Je me tourne vers David, incrédule.

— Monsieur le Président, c'est la vérité. Le professeur Pace était un expert dans son domaine. Il donnait même des cours à notre centre de formation de Rowley, dans le Maryland. C'est le meilleur dans son domaine. Il connaît son affaire et il a quelque chose à vous montrer.

Je regarde l'écran de l'ordinateur. Je sais ce qu'il y a de l'autre côté, dans une longue suite de codes informatiques, une succession implacable de 1 et de 0 : les derniers instants de ma fille, qui demeureront à jamais.

— Je ne veux pas voir ça.

— Je le sais, monsieur. Mais, je vous en prie, écoutez le professeur Pace.

— Ah oui ? Et pourquoi ?

— Faites-moi confiance, insiste David. Essayez de regarder ça avec un œil neuf. Sans idées préconçues.

Mon carnet me paraît soudain vain et inutile entre mes mains. Je suis un ancien président des États-Unis, un ancien Navy SEAL, un ancien père. Autrement dit, je ne suis plus rien.

— Allez-y.

Mon visiteur saute de son siège et se dirige vers le portable.

— Ce serait mieux avec la vidéo originale. Ça aurait réduit la pixélisation et la dégradation du signal. Ce qui aurait facilité l'examen. Mais il faut faire avec ce qu'on a. Regardez bien.

Il tape sur le clavier.

Une voix angoissée se fait entendre : « Maman, ne… » Pace coupe aussitôt le son. Et à l'écran, en couleurs, avec du sang partout comme dans un film d'horreur, je revois les derniers instants de ma fille. Je ne détourne pas la tête. Encore une fois, cela m'est impossible. Durant mes années chez les SEALs, et quand j'étais président, j'ai vu un grand nombre de ces vidéos de mort, de quoi occuper plusieurs vies, mais celle-ci est la seule qui me réveille au milieu de la nuit, me fait hurler de désespoir et serrer les poings.

— Vous avez vu ? demande le professeur. N'est-ce pas ?

J'articule lentement :

— Oui, j'ai vu.

Pace lâche un soupir, comme s'il avait affaire à un étudiant décevant qui ne mérite même pas un D.

— Non, je ne crois pas. C'est dans les toutes dernières secondes. Regardez mieux.

Les dernières secondes… un jet de sang qui éclabousse la caméra, un doigt ganté qui essuie l'objectif, la paroi rocheuse derrière, les cheveux blonds, les lunettes à côté.

— Là ! s'exclame Pace, satisfait. Vous avez vu, cette fois ?

— Vu quoi ? (La colère, la tristesse, l'agacement, tout se mélange en moi.) Qu'est-ce que je suis censé voir ?

Il relance la vidéo, avec un grognement de dépit. De plus en plus au ralenti, à partir du moment où le sabre commence à descendre.

Oh, Mel...

L'image qui tremblote, le flot rouge qui asperge l'objectif...

— Là ! répète-t-il, avec impatience comme une Cassandre s'agaçant de ne pas être crue par le commun des mortels. Vous ne voyez toujours pas ?

L'agent Stahl intervient :

— Professeur, s'il vous plaît. Les dernières semaines ont été éprouvantes. Le président a vécu dans un état de stress permanent. Vous voulez bien lui expliquer, en termes clairs, ce que nous devrions voir ?

— Bien sûr, bien sûr. Toutes mes excuses. Voilà, quand du sang jaillit d'une blessure et frappe un objet, comme la lentille frontale d'une caméra, on obtient un modèle de projection parfaitement documenté et identifiable. Mais quand le sang provient d'une autre source, le motif est entièrement différent. Et c'est précisément ce qu'on a ici. C'est pour cette raison que je vous ai demandé de bien regarder, monsieur le Président.

Au fond de moi, tout au fond, une petite lueur s'allume.

Oh Seigneur ! Faites que ce soit vrai.
Je vous en prie !

— Professeur, vous êtes en train de me dire que…

Pace hoche la tête avec vigueur.

— Cette vidéo de décapitation est un fake.

76

Lake Marie, New Hampshire

Je me tiens si près du professeur en disgrâce que je peux sentir l'odeur âcre de ses vêtements mais je m'en fiche.

— Expliquez-moi tout. Lentement. En des termes que je peux comprendre, s'il vous plaît.

Et, intérieurement, je pense : si tu es fou, ou que tu me racontes n'importe quoi, je serais ravi de t'enterrer dans cette cave !

— Certainement. C'est une étude que j'ai publiée il y a quelques années déjà, avec l'aide de deux étudiants, des doctorants très brillants. Autrefois, mes confrères en médecine légale se contentaient d'examiner les traces de sang, ce qu'on appelle aujourd'hui des « projections ». Selon l'aspect de ces projections, on arrive, dans la plupart des cas, à déduire où se trouvait la victime, si elle était debout ou assise, si elle s'est défendue, et si elle a été transportée. Tout est écrit là, il suffit de savoir décrypter le message laissé par les traces.

Il esquisse un sourire.

— Et j'ai apporté une nouvelle dimension à cette morpho-analyse, en y introduisant la prise en compte de la viscosité dynamique. Le sang éjecté se comporte de façon radicalement différente s'il est frais ou non. C'est carrément deux fluides distincts. Nombre de composantes entrent en jeu : la consistance, le degré d'oxygénation… On peut donc déterminer si les projections sont apparues au moment même du meurtre ou ont été réalisées après, pour maquiller la scène de crime, créer une fausse piste. J'ai écrit deux articles sur le sujet pour le *Forensic Science International* qui ont reçu un accueil très positif de mes confrères légistes.

Il esquisse un nouveau sourire, en regardant l'écran cette fois.

— Ce n'est pas du sang frais sur cette vidéo. Et si j'avais une version de meilleure qualité, je pourrais sans doute établir qu'il ne s'agit même pas de sang humain.

Une petite flamme d'espoir grandit en moi, faisant fondre mon bon sens cartésien et mon scepticisme.

— Pourtant au début de la vidéo…, dis-je. Le sabre… la décapitation… ça paraît réel, non ?

Pace secoue la tête, se rassoit sur le tabouret et croise les bras.

— Pourquoi ? Dans quel but ? Une vraie décapitation et du faux sang ? À quoi bon ? En outre, avant que je ne sois contraint de quitter l'université, plusieurs études étaient déjà en cours sur le problème que posent les vidéos « deepfake » comme on les nomme. À partir d'une vidéo de Pamela Barnes, c'est facile de remplacer son tailleur par un body en latex orné de plumes d'autruche comme une danseuse de revue à Las Vegas. N'importe qui, avec un peu d'expérience dans les effets spéciaux, pourrait prendre des images du visage de votre fille et les intégrer à une scène de décapitation.

David veut ajouter quelque chose mais je l'arrête.

— Attendez… attendez. Silence tout le monde.

Je ferme les yeux.

Je fouille ma mémoire.

Quand j'étais président, chaque minute, chaque demi-heure de ma vie était planifiée, à la seconde près, tous les jours, même les week-ends. Entre les rendez-vous, les réunions, les rapports. On me demandait de prendre des décisions, de faire des choix, dans tous les domaines – l'économie, les droits de l'homme, la diplomatie étrangère, la politique intérieure. Au bout d'une semaine à la Maison Blanche, peu après les funérailles de mon prédécesseur, je me suis souvenu d'un livre que j'avais lu enfant. Un livre de poche avec une couverture toute déchirée, l'une des rares possessions de mon père qui nous avaient été rendues après sa noyade.

Ce livre, publié en 1976, s'appelait *The Multiple Man*. L'histoire se passe dans un futur où le monde est si complexe et dangereux que le président a six clones de lui-même, tous experts dans un domaine. En œuvrant ensemble, chacun avait apporté son savoir personnel au profit de la collectivité pour résoudre une crise particulièrement grave.

À l'époque, cela m'avait paru être de la pure science-fiction, mais plus tard, alors que je m'évertuais, parfois sans succès, à me souvenir de chaque détail, chaque subtilité, évoqué durant ces réunions successives au bureau Ovale, ce livre trouvait en moi une étrange résonance. C'était peut-être le futur qui nous attendait, dans la vie comme à l'écran…

Je rouvre les yeux.

— Faraj Al-Achid ! Le cousin d'Assim. J'ai vu passer, à son sujet, les rapports des agences de renseignements pendant la préparation du raid. Avant de rejoindre le djihad et son cousin, il était à Paris. Il faisait des études de cinéma. Avec un goût prononcé pour l'heroic fantasy, la science-fiction et les trucages.

Je tends la main vers le clavier, mais suspends mon geste.

Je ne voudrais pas faire une mauvaise manip, effacer quelque chose.

— Professeur, s'il vous plaît, repassez la vidéo depuis le début.

— Tout de suite.

Pace descend de son tabouret, appuie sur quelques touches. La vidéo redéfile à l'envers. *Un faux !* J'ai envie de le hurler sur tous les toits. *La vidéo de la mort de Mel est un fake !* Et la lecture recommence.

Assim Al-Achid réapparaît, le visage grave. Et dans les haut-parleurs de l'ordinateur, sa voix. Après les salutations formelles, il poursuit :

— Cet enregistrement remonte à plusieurs heures, après notre départ de chez M. Macomber, dans les White Mountains. Et nous voilà ailleurs dans ces montagnes.

— Là ! Repassez la vidéo depuis le début, avant qu'il n'apparaisse à l'écran.

La lecture reprend au bout de quelques secondes.

— Stop ! Juste ici. Stop !

Le professeur est à ma gauche, Stahl à ma droite.

J'effleure l'écran et désigne la paroi rocheuse et son petit surplomb.

À voix basse, je déclare :

— Il affirme que la vidéo a été enregistrée dans les White Mountains. Mais regardez la roche. J'ai fait beaucoup de randonnées dans le coin avec Sam ou Mel, et il y avait toujours de la végétation, des broussailles, des arbustes, entre chaque rocher. Ici, il n'y a rien de tout ça. Rien n'indique que ça a été filmé ici, au New Hampshire. Ça peut être n'importe où ailleurs.

— Bien vu, monsieur le Président, lâche David.

Je touche l'écran, un peu trop fort.

— Il faut trouver où ça a été filmé ! Toute affaire cessante !

Je pense à la nuit dernière, quand j'étais sur le ponton, dans les ténèbres. J'avais lancé : *J'arrive, Assim. J'arrive.*

Et maintenant je brûle d'ajouter :

J'arrive, Mel. Je viens te chercher !

77

Enfield, New Hampshire

Trent Youngblood, maître de conférences en sciences de la terre à Dartmouth, termine la vaisselle après son dîner, quand il entend frapper à la porte, puis des coups de sonnette impatients.

Il jette un regard vers le coucou bavarois accroché au mur de sa cuisine – un souvenir que sa femme, Carol, a acheté au cours d'une croisière sur le Rhin l'année précédente. L'horloge paraît ancienne et artisanale, mais ce n'est qu'une copie fabriquée au Cambodge et actionnée grâce à des piles dissimulées à l'arrière.

Aux yeux de Youngblood, cette pendule ridicule est à l'image de son travail : une chose qui, en creusant, se révèle bien différente de son aspect extérieur.

Le coucou indique 21 heures.

Qui peut bien sonner chez lui à cette heure ?

Carol est sortie. Elle est à son cours de taï-chi. Leur fils Greg est en Californie ; il étudie à la célèbre Stanford Graduate School of Business. Et leur plus proche voisin se trouve à un kilomètre de chez eux. Au lieu d'aller ouvrir, Trent Youngblood réveille son ordinateur portable sur le comptoir de la cuisine, à côté de sa pile de courrier, et regarde les images de la caméra installée au-dessus de la porte d'entrée.

Trois personnes vêtues de blousons et coiffées de casquettes de baseball. La plus proche cogne contre le battant. Youngblood s'aperçoit qu'il s'agit d'une femme noire.

Il n'est pas raciste, pas du tout, mais que fabrique une femme noire dehors, à une heure pareille ? Et dans ce coin rural du New Hampshire. Que faire ? Appeler la police ?

C'est ça ! Et si cela se savait ? Un professeur blanc d'une université prestigieuse de la Ivy League qui appelle les flics parce qu'une Noire frappe à sa porte le soir. Peut-être que ces gens cherchent simplement leur chemin ?

Quand bien même, il y a un GPS sur tous les téléphones portables. Plus personne ne se perd aujourd'hui !

Ça sonne à nouveau !

C'est bon, il va aller ouvrir !

Alors qu'il se dirige vers l'entrée, Trent Youngblood s'arrête et prend dans un placard, sur l'étagère du haut, son Colt Python chargé. Il a prospecté dans des coins chauds de la planète, et, ces vingt dernières années, deux collègues de Dartmouth ont été assassinés dans leur maison par de jeunes délinquants. Lui ne se fera pas tuer ce soir.

Il allume la lumière du perron, son revolver partiellement caché contre sa hanche, et ouvre la porte.

— Oui ? Je peux vous aider ?

La femme noire crie aussitôt :

— Il est armé ! Il est armé !

Dans la seconde, Trent est plaqué au sol dans sa propre maison.

Après l'avoir désarmé, il est remis sur pieds. Encadré par la femme noire et un autre homme, il tremble comme une feuille. Le troisième du groupe entre et s'excuse d'une voix qui lui paraît familière.

— Professeur Youngblood, je suis désolé de cette arrivée quelque peu musclée. Mais l'agent Washington et l'agent Stahl sont de grands professionnels. J'espère que vous n'êtes pas blessé.

L'homme retire sa casquette bleue. Youngblood reconnaît aussitôt l'ancien président Keating. Il sait qu'il habite dans le coin – il l'a même croisé deux fois au supermarché bio. Pourquoi est-il chez lui ?

— Monsieur le… qu'est-ce que je peux faire pour vous ?

Il a les traits tirés, des cernes, et il semble très fatigué. Youngblood ne peut s'empêcher d'éprouver de la compassion pour cet homme qui a perdu sa fille, tuée devant les caméras il y a deux semaines.

— J'ai besoin de vos lumières, professeur. Nous avons effectué quelques recherches et il se trouve que vous êtes l'un des meilleurs spécialistes en géologie à Dartmouth. Je voudrais que vous examiniez, sur une vidéo, une formation rocheuse. Que vous nous disiez ce que vous en pensez. Vous voulez bien faire ça pour nous ?

Ça alors ! songe Youngblood. Avec Carol, il a passé de longues heures à œuvrer pour la campagne de la vice-présidente de cet homme – à passer des coups de fil, à faire du porte-à-porte, à brandir des panneaux lors de chaque meeting des primaires dans le New Hampshire. Il accueillait des réunions politiques chez lui, sortait du vin et de la bière pour les convives jusque tard le soir – tout pour chasser ce barbare de la Maison Blanche. On se moquait de son accent texan, de son épouse si intelligente et raffinée – que faisait-elle avec cette brute épaisse ? Youngblood distribuait même des autocollants pour voiture sur lesquels on pouvait lire : DÉGAGEZ KEATING, L'ERREUR DU SIÈCLE !

Et maintenant l'erreur du siècle se tient devant lui et lui demande de l'aide.

Que va en penser Carol ? Et leurs amis ?

Youngblood hoche la tête.

— Bien sûr, monsieur le Président. À votre service.

Quelques minutes plus tard, ils sont tous à l'étage, dans le bureau du professeur, une petite pièce encombrée par un établi, des étagères croulant sous les livres et les classeurs, un ordinateur, des armoires métalliques, et des rayonnages abritant toutes sortes d'échantillons de roches provenant de partout dans le monde. Sans attendre, l'agent Washington installe son ordinateur portable. Youngblood reste un peu fâché qu'elle ne se soit pas excusée de l'avoir plaqué si rudement au sol. En quelques secondes, l'image apparaît sur l'écran.

Une paroi rocheuse. Un surplomb.

Cette vue lui est familière.

Mon Dieu ! C'est là où la fille de ce pauvre homme a été décapitée !

D'une voix vibrante, Keating lui demande :

— Professeur, observez bien ces rochers, s'il vous plaît. Je sais que la vidéo n'est pas de bonne qualité, mais est-ce que vous pensez que ça a pu être filmé dans les White Mountains ?

Trent Youngblood se penche vers l'écran et examine longuement la formation.

— En aucun cas. Impossible.

La main de Keating se pose sur son épaule.

— Vous en êtes certain ? Qu'est-ce qui vous laisse penser ça ?

Trent sent sa poitrine se gonfler de fierté – c'est une réaction un peu puérile… seulement jamais il n'avait imaginé qu'un jour il parlerait de son travail à un ancien président des États-Unis.

— Si c'était dans le New Hampshire – ou dans le Maine ou le Vermont –, cette roche en surface serait leucocrate, avec des veines transversales de quartz, et elle présenterait de multiples fractures, dues à l'alternance de gel et dégel. C'est un aspect que l'on retrouve dans tous les massifs granitiques de la région. Or ce qu'on voit là, c'est une roche brune, à l'aspect typiquement sédimentaire et non pas magmatique. Et, à en juger par l'absence de grains clastiques, il s'agit de calcaire ou de dolomie.

La main sur son épaule se resserre.

— Vous pourriez nous dire où la vidéo a été tournée ?

— Non, je ne peux pas.

Voyant la déception des trois visiteurs, Youngblood s'empresse d'ajouter :

— Moi pas. Mais mon grand-père, oui. Donnez-moi deux minutes, s'il vous plaît.

Trent Youngblood se dirige vers un rayonnage de classeurs, trouve celui qu'il cherche et le rapporte sur la table de travail. L'ex-président et son équipe de sécurité se rapprochent du professeur alors qu'il ouvre le gros album, révélant une collection de photos en noir et blanc et de notes manuscrites. L'écriture est toujours aussi lisible malgré les décennies.

— Mon grand-père Enoch était un grand géologue, mais au lieu d'enseigner, il a travaillé pour des sociétés pétrolières. Et il m'a transmis sa passion pour ce métier. Lors de chaque prospection, il me rapportait des dizaines d'échantillons. Il a voyagé partout sur la planète, des jungles tropicales aux déserts… et en voyant cette formation rocheuse, cela m'a rappelé quelque chose qu'il m'a montré, il y a des dizaines d'années. Ah ! les voilà.

Il désigne deux photos dans leur enveloppe de papier cristal, côte à côte.

— Regardez, c'est la copie conforme de ce qu'on voit à l'écran. On distingue bien le caractère sédimentaire de la roche, typique du calcaire ou de la dolomie. Mais à voir la présence des lits de chailles, ça réduit drastiquement la zone géographique.

— Quelle zone, au juste ?

— La Libye, à tous les coups. Le djebel Nefoussa.

78

Hitchcock, Maine

Samantha Keating se réveille. Quelqu'un a frappé à la porte de sa chambre d'hôtel. Elle regarde l'heure.

Tout juste 5 heures du matin.

Elle sort du lit, pieds nus sur la moquette rêche, vêtue d'un short ample et d'un tee-shirt de l'université de Boston, et allume la lampe de chevet. Elle doit s'y reprendre à trois fois. Ses mains tremblent, et elle sait pourquoi.

Si quelqu'un vient la réveiller à cette heure-ci, il n'y a qu'une explication.

Elle ôte la chaîne de sécurité, déverrouille la porte, prend une grande inspiration, pour garder son calme malgré le frisson d'horreur qui la parcourt. Les restes de Mel abandonnés aux quatre vents, dévorés par les oiseaux, les coyotes et…

Elle ouvre la porte.

Il fait encore nuit dehors.

Dans la lumière des réverbères du parking, Matt se tient devant elle. Dans l'instant, une bouffée d'amour l'envahit. Bien sûr, la peur et le remords s'en mêlent, ce sentiment de culpabilité qui ne la lâche pas. Il y a quelques années, elle aurait pu assurer la réélection de Matt… et sa fille aurait été protégée… Mais elle avait choisi de ne pas le faire. Et puis elle a sciemment ignoré les messages faussement enjoués que son mari s'est donné la peine de lui envoyer du New Hampshire.

Ses jambes vacillent. Elle s'agrippe au chambranle.

— Oh, Matt. Où ça ? Où est son…, bredouille-t-elle.

Il lui prend les mains.

— Sam, je crois qu'elle est toujours en vie.

Et elle tombe dans ses bras.

Une minute plus tard, elle est assise sur le lit encore chaud. Matt est à côté d'elle, le bras passé autour de ses épaules, sa main serrée dans la sienne.

— Un expert légiste est passé me voir hier, de sa propre initiative. Il est très respecté dans son domaine, il connaît son affaire, et David répond de lui. Il est convaincu que la vidéo de Mel est un fake.

— Mais tu l'as vue comme moi…

— Selon le professeur, le sang qui gicle sur la caméra n'est pas le sien. Vu la façon dont il coule sur l'objectif, il n'a pas la consistance du sang frais. Il pense même qu'il ne s'agit pas de sang humain.

Sam a l'impression de se trouver sur ces manèges de fête foraine où elle allait petite, quand on est bringuebalé dans toutes les directions, et qu'au final on perd ses repères – on ne sait plus où est le haut ou le bas. Cette visite surprise de Matt, cela paraît trop beau pour être vrai. C'est un rêve éveillé, un rêve dans lequel sa fille est toujours vivante.

— Matt, tu en es sûr ? Ça semblait si réel !

— Faraj, le cousin d'Al-Achid, a passé plusieurs mois à Paris, pour étudier le cinéma et les effets spéciaux. C'est comme ça qu'ils ont truqué la vidéo. Et ce n'est pas tout.

Elle n'ose parler de peur d'éclater en sanglots. Elle se contente de hocher la tête.

— Si la décapitation est un faux, pourquoi pas le lieu ? Assim prétendait que Mel et lui étaient encore dans le New Hampshire. Je suis allé voir un professeur de géologie hier soir. Il pense que les rochers qu'on voit sur la vidéo ne se trouvent pas là-bas, ni même en Nouvelle-Angleterre. La vidéo a été tournée en Libye, dans le djebel Nefoussa, la terre natale d'Assim Al-Achid, là où il aime se cacher.

— Alors l'hydravion…, articule Samantha, retrouvant l'usage de la parole. Il a emmené Mel au nord. Vers un aéroport. C'est pour ça qu'il s'est passé autant de temps avant la diffusion de la vidéo. À cause du trajet jusqu'en Libye.

— Exactement !

Samantha se sent tout à coup étonnamment légère.

— Ce légiste ? Il est avec toi ? Et ce professeur ?

— Non. Juste les agents Stahl et Washington.

— Mais…

Elle s'interrompt. Elle sait ce qui la tracasse et cela a un nom. Une théorie aussi folle, une théorie miraculeuse…

Je veux y croire, pense-t-elle, mais il me faut des faits. Des faits tangibles. Je veux une preuve.

— Sam ? Tu allais dire quelque chose…

Elle étreint sa main.

Fais-lui confiance, songe-t-elle, fébrile.

— Oui. Cette information… tu penses que quelqu'un d'autre est au courant ? Le FBI ? La Sécurité intérieure ?

— Non. Pas encore.

— Tant mieux.

Matt s'écarte pour mieux la regarder.

— Répète ça ?

— Tu as très bien entendu. (Elle se sent plus forte, plus heureuse.) Si quelqu'un l'apprend dans l'équipe de Pamela, ça ne restera pas secret longtemps. Ça fuitera, pour impressionner le mari ou l'épouse, pour se mettre un journaliste dans la poche. Ils se ficheront des conséquences. Tout pour un gros titre, un petit versement sur un compte en banque. Ou alors, pire, l'administration temporisera, exigera une confirmation, et une autre encore, avant de bouger le petit doigt.

Matt se lève et se penche pour l'embrasser.

— Sam, je vais ramener notre fille.

— Oui, Matt, je le sais. Va chercher Mel, ramène-la à la maison. Mais cela ne suffit pas. Je veux une chose de plus.

— Quoi donc ?

Elle lui embrasse la main.

— Quand tu auras mis Mel à l'abri, tue ce fils de pute.

79

Lake Marie, New Hampshire

Debout sur le ponton, David Stahl regarde l'un des deux Boston Whaler s'éloigner sur les eaux lisses du lac. Il réprime un bâillement. Il a bu trois tasses de café de plus que sa ration habituelle, mais il tombe de sommeil. S'il fermait les yeux, il pourrait dormir vingt-quatre heures d'affilée.

La nuit a été longue, et la matinée aussi – aller-retour en voiture jusqu'à Hitchcock dans le Maine, en passant par les petites routes – des élans qui ont surgi à deux reprises devant le Suburban. Pendant le voyage, Harbor a mis l'agent Washington dans la confidence et maintenant elle fait partie de la mission de sauvetage. David sait qu'elle veillera sur Harbor.

C'est bon de pouvoir compter sur son équipe.

Tandis qu'il commence à dresser mentalement la liste des préparatifs pour cette opération, il entend des pas résonner derrière lui. C'est l'agent Peyton, son soi-disant adjoint. Si ce gars avait passé une nuit aussi agitée que la sienne, il n'aurait pas une mèche de travers et serait frais comme un gardon !

— Comment ça va, Dave ?

— On fait aller.

David s'apprête à retourner à la grange, mais Peyton se plante devant lui, son éternel sourire aux lèvres.

— Ça ne fait pas longtemps que je suis là, mais je crois savoir pourquoi ce détachement a échoué. L'équipe prend trop ses aises. Elle perd sa rigueur, sa concentration. Ta balade cette nuit, par exemple. Pas de préparation, pas de logistique. Juste, en voiture tout le monde, et hop !

— Harbor tournait en rond, il n'en peut plus d'être coincé ici. Avec Washington, on l'a emmené faire un tour. Ça lui a changé les idées. Ensuite il a souhaité voir Harp. Ils sont loin l'un de l'autre depuis longtemps.

Peyton affiche son même air plein de sous-entendus.

— N'empêche que ça n'a pas été fait dans les règles de l'art.

— Tu sais comment ça se passe, Brett. Il faut trouver le juste milieu entre protéger le président et ne pas l'étouffer. Sinon, on le garde enfermé dans une pièce, enveloppé dans du papier bulle. Il faut veiller à sa sécurité mais aussi à son bien-être. Et ce n'est pas simple. Si tu avais passé plus de temps sur le terrain, et pas derrière un ordi à traquer des hackers, tu le saurais.

Le sourire de Peyton faiblit.

— Ce que je fais est important.

— Certes. Mais moins que d'assurer la protection du POTUS, ou d'autres membres du gouvernement, ou des dignitaires étrangers. C'est notre rôle à l'origine, ça, et lutter contre la fausse monnaie. Il y a quelques années, des idiots ont jugé bon de tout chambouler, de mettre le Service sur des domaines où il n'a rien à faire, comme la chasse au cybercrime. Enfin, apparemment, tu adores ça.

Peyton se rapproche de l'agent Stahl. Cette fois-ci, il ne sourit plus du tout.

— Ce serait mieux pour toi, et pour le Secret Service, que toi et tous tes hommes démissionniez. Pas plus tard que maintenant. Je sais que la direction et le secrétaire à la Sécurité intérieure y seraient favorables.

— Ils ne l'ont pas mis par écrit, j'en suis certain.

— Évidemment.

— J'y réfléchirai en temps voulu, Brett. En attendant, j'ai du travail.

— Encore d'autres équipées sauvages avec Harbor ?

À ces mots, Stahl se raidit, comme si ses pieds étaient soudain cloués au ponton.

Qu'est-ce que Peyton sait au juste ?

Il s'efforce de garder un ton détaché.

— Peut-être, s'il a de bonnes raisons. Harbor n'est pas en état d'arrestation, ni assigné à résidence, que je sache. S'il veut quitter la maison, mon boulot c'est de rendre la chose possible.

— Et si c'est à nouveau un long voyage ? Comme la nuit dernière ?

— Comme je viens de te le dire, c'est qu'il aura une bonne raison.

— C'est bien le souci, non ? Tu as quelqu'un en plein deuil, qui s'en veut de ce qui est arrivé à sa fille, qui se reproche ses choix et ses actes quand il était président, parce que ça a conduit à la mort de son enfant. Il doit avoir envie de faire quelque chose de totalement irresponsable. Et notre travail est de veiller à sa sécurité, de l'aider à garder la tête froide. Tu es d'accord ?

Dans trente secondes, David va le balancer dans le lac.

Peyton baisse la voix.

— Démissionne donc. Tu es bien trop proche de Harbor. S'il se lance dans un truc stupide, tu risques de ne pas l'en empêcher. David, pour son bien, comme pour celui du Service, jette l'éponge. Le plus tôt sera le mieux.

Stahl hoche lentement la tête.

— De ton point de vue, ça paraît logique. Partir. S'en laver les mains. Fermer les yeux et *ciao* la compagnie ! Mais d'ici, là où est ma place, tant qu'on ne me demande pas officiellement de partir, démissionner c'est un abandon de poste.

Il se dirige vers la grange, bousculant sciemment Peyton sur son passage.

— Si tu avais été dans les Marines comme moi, tu saurais que je ne suis pas un lâcheur ! lance David. Et au cas où ça t'aurait échappé, Harbor non plus n'abandonnera pas.

80

Première église congrégationaliste de Spencer
Spencer, New Hampshire

Il est 11 heures passées ce dimanche à l'église de Spencer, un vieil édifice blanc érigé quand l'Amérique se limitait aux treize colonies. Et je suis heureux d'être ici. J'en savoure chaque instant. J'ai grandi dans une bourgade au milieu des plaines du Texas, et toute son histoire – les natifs, les pionniers, les fermes de coton, les conflits, la liesse le 19 juin, pour le Jour de l'émancipation de 1865, et les périodes de sécheresse et de disette – pourrait tenir sur une vingtaine de pages.

Pour cette ville datant de 1758, l'histoire locale remplit déjà trois gros volumes, et un professeur de lycée à la retraite travaille activement au quatrième. Parmi mes nombreux hobbies, il y a la découverte du passé de notre nouvelle maison et de la région, avec ses anecdotes et bizarreries. Par exemple, dans ce seul comté, le fameux Underground Railroad qui a permis aux esclaves de passer au Canada compte cinq fausses gares pour une seule authentique !

Pourquoi ?

Parce que cela apporte de la valeur aux vieilles maisons du coin.

Plus tôt dans la matinée, les bancs de l'église ont été empilés dans un angle, pendant que je travaillais avec les autres membres de la paroisse dans la petite cuisine au fond. Ma spécialité : les *flapjacks*, que les gens du Nord s'obstinent à appeler *pancakes*. Et c'est bien agréable de s'activer aux fourneaux, au milieu des rires, des blagues et de la bonne humeur, tandis que flapjacks, bacon grillé, saucisses, œufs brouillés et pains perdus disparaissent par la petite ouverture rectangulaire à mesure que les bénévoles viennent récupérer les plats pour les distribuer aux convives.

L'église ne demande pas d'argent pour ces festins dominicaux – la plupart des victuailles proviennent de dons. Il y a toutefois un grand pot à l'entrée où l'on peut laisser son obole. C'est l'occasion de bavarder avec les voisins, d'entendre les nouvelles et les derniers potins, ou d'entretenir simplement les liens de la communauté. Tandis que j'aide à la plonge, je me souviens que cette tradition date de plus de deux siècles, et cela me fait chaud au cœur.

Après que je me suis servi une assiette de flapjacks et bacon – parce que les bénévoles mangent en dernier –, David vient me chercher en cuisine.

— On dirait que ça vous a ouvert l'appétit, monsieur.

— Et je parie que votre assiette est déjà vide !

— Tout juste. Par ici.

Je le suis dans la grande salle, le vieux plancher craque sous nos pieds, mais les convives ne nous accordent pas un regard, tant ils sont occupés à finir leur petit-déjeuner en savourant thé ou café. C'est là une autre raison qui m'a incité à choisir cette région : chacun ici se mêle de ses affaires, comme tout habitant de la Nouvelle-Angleterre digne de ce nom.

Je m'approche d'une table pliante installée contre un mur, sous la photo en noir et blanc d'un pasteur austère de 1901. Deux hommes d'une petite trentaine d'années y sont attablés. L'un a une moustache, l'autre une barbe bien taillée. Ils sont en jean et polo – rouge pour le barbu, noir pour le moustachu.

Tous deux me saluent d'un signe de tête.

— C'est bon ?

— Mieux que ça ! répond le barbu à ma gauche.

Son compagnon opine du chef.

Une vieille dame s'approche et me sert du café dans une tasse ébréchée. Je bois une longue gorgée. Exactement, comme je l'aime : noir et bien sucré.

— Monsieur le Président…, commence celui à la barbe.

J'attaque mes flapjacks.

— Pas de ça. À partir de maintenant, c'est Matt. D'accord ?

Il acquiesce.

— D'accord, monsieur.

— Et pas de monsieur non plus !

— Pardon… c'est un réflexe.

— Aucun problème. Oubliez celui-là, mais gardez tous les autres !

— Entendu. Nous sommes prêts à aller où vous voudrez.

— Quelle est votre situation ?

— On est tous les deux au vert pour deux semaines. Si ça ne suffit pas, on trouvera autre chose. Et nous avons aussi le matos.

Je hoche la tête. Mes flapjacks sont délicieux, et même si les gens d'ici vantent un peu trop les trésors de leur région, ils ont mille fois raison pour le sirop d'érable. Il faut prendre du vrai. J'y ai goûté pour la première fois il y a dix-huit mois. Et aujourd'hui, tout retour en arrière est impossible.

— Dans quelle team SEAL êtes-vous ?

— La six, répond le gars à ma gauche. Nous sommes dans la six, tous les deux.

— Vous savez dans quoi vous vous lancez, n'est-ce pas ? Je veux être sûr qu'il n'y ait aucun malentendu. C'est une opé totalement clandestine, et même en cas de succès, vous risquez la prison.

Le SEAL de gauche répond :

— On marche.

Son compagnon enfonce le clou :

— Obligé, après ce qu'il a fait à votre fille…

J'esquisse un sourire et leur annonce :

— Depuis que j'ai parlé à Trask Floyd, l'opération a pris une nouvelle dimension, les gars. Ce n'est plus un raid de représailles, mais une mission de secours ! La vidéo de décapitation est un fake. Mel est vivante et se trouve prisonnière dans le djebel Nefoussa.

J'aime voir leur mine interloquée. Le cliché veut que les SEALs soient des montagnes de muscles. Mais le muscle le plus précieux, c'est celui qu'ils ont entre les oreilles. Durant le stage de sélection BUD/S, c'est souvent les plus costauds et les plus entraînés qui abandonnent les premiers. Ceux qui s'accrochent, et qui réfléchissent, obtiennent le fameux trident.

Je plonge la main dans ma poche et en sors un bout de papier.

— Une chambre est louée dans ce motel à Contoocook. Je vous y retrouverai demain midi.

— Ça risque d'être chaud pour vous, commente le SEAL à ma droite.

— Chaud, ça va l'être pour nous tous, ces prochains jours ! Avant de continuer, j'aimerais connaître vos noms.

Celui à la moustache répond :

— Moi, c'est Alejandro Lopez, maître de première classe. On m'appelle plutôt Al ou Alejandro.

— D'accord.

L'autre SEAL me sourit, comme s'il allait me faire une révélation.

— Et moi, je suis le chef Nick Zeppos. Vous pouvez m'appeler Nick.

Son nom m'est familier. Sa voix aussi.

Je lui ai parlé, il y a plusieurs années.

Quand j'étais dans la salle de crise.

Mettez-moi ce salopard dans un sac ! Pour le pays, pour les Navy SEALs, et surtout pour Boyd Tanner !

— Chef Zeppos… c'est vous qui dirigiez le raid contre Al-Achid.

Il a toujours son sourire – mais ce n'est plus un sourire amical.

Mais celui d'un loup en chasse.

— C'est pour ça que je suis ici, Matt. Pour finir le boulot.

81

Le Mary's Diner
Leah, New Hampshire

L'agent Brett Peyton est dans le Suburban de tête car Harbor a décidé d'aller petit-déjeuner au *diner* du coin, à vingt minutes de la maison du lac. Encore une sortie hors norme pour un président tout aussi hors norme. Pourquoi ce gars ne reste-t-il pas tranquille chez lui, à faire son deuil, à tuer le temps en jouant au poker ? Le jeu favori de Peyton, c'est le crib, qui demande plus de réflexion que de chance. Mais non, Keating a la bougeotte aiguë ! Ce type pathétique semble aimer la compagnie des gens ordinaires de ce coin perdu.

L'agent Kelly Ferguson, une jeune femme noire et fluette, est au volant. Derrière, dans l'autre Suburban, se trouvent Stahl et Washington. Harbor est à l'arrière. Au barrage de police, une petite foule s'est rassemblée pour regarder passer le convoi des deux gros SUV noirs. Peyton se demande si Harbor les salue derrière les vitres teintées.

Curieusement, Kelly Ferguson semble avoir lu dans ses pensées.

— Tu crois qu'Harbor leur fait coucou ?

— Va savoir ?

— C'est sûr que c'est pas le genre de Tarpon, réplique-t-elle en désignant Pamela Barnes par son nom de code. Elle est bien trop occupée à lire ses dossiers, à comploter contre ses rivaux, ou à écouter son mari. Harbor, lui, je suis certaine qu'il les salue. Il est comme ça.

Brett Peyton lâche un petit ricanement.

— Tu es là depuis moins d'un mois, et tu es déjà prête à boire le Kool-Aid de la mort avec lui ! Ce n'est que l'ancien POTUS. Rien de plus.

— C'est ton opinion. Pas la mienne. Et les gens qui se sont suicidés au Temple du Peuple ont bu du Flavor Aid, pas du Kool-Aid trafiqué. Vérifie tes sources.

— Tais-toi et conduis !

Peyton est surpris par son mouvement d'humeur. En vérité, Stahl et les autres de l'équipe d'origine lui sortent par les yeux. Quand on l'a muté ici, il s'attendait à tomber sur un groupe en état de choc, angoissé à l'idée des sanctions qui allaient leur tomber dessus.

Mais les agents agissent comme si de rien n'était. Ils font leur boulot, rient aux plaisanteries de Harbor, se taquinent gentiment. Peyton a été envoyé ici pour collecter des informations, en prévision de mesures disciplinaires à leur encontre. Ce n'est un secret pour personne. Et pourtant, tous, ou presque, l'ignorent avec superbe.

Et la remarque désobligeante de Stahl, sur le ponton, a fait mouche. Effectivement, il ne connaît pas le terrain. Il a passé quasiment toute sa carrière au sein de la Criminal Investigative Division du Secret

Service, à lutter contre la cybercriminalité et les escroqueries financières. Il a intégré le service de protection présidentielle depuis seulement quelques années – un choix purement tactique, pour grimper plus vite les échelons. Même s'il ne le reconnaîtra jamais, il a hâte de retourner à ses ordinateurs.

Le Mary's Diner se profile sur la Route 115. L'agent Ferguson actionne son clignotant. Peyton examine les véhicules garés sur le parking. Des pick-up cabossés, de vieilles Volvo ou Toyota. Ce n'est pas ici qu'on trouvera un pirate informatique ! Peyton en a assez de jouer les gardes du corps. Toutes ces heures à faire le planton. Quelle perte de temps ! Il regrette l'air climatisé et le confort des open spaces, un emploi du temps normal où il est bien plus productif qu'ici, planté devant un restaurant dans ce trou perdu, pendant que leur protégé va manger des œufs au bacon et serrer la main des péquenauds du coin.

Le Suburban s'arrête. Il descend avec Ferguson, aussitôt rejoint par Stahl et Washington, tandis que Harbor sort du second SUV. Il a l'air détendu et sa tenue est moins stricte que d'habitude. Il porte un vieux blouson de cuir, une casquette de Dartmouth, un jean et des baskets noirs. Visiblement, il ne s'est pas rasé depuis quelques jours.

Stahl passe devant et se dirige vers le restaurant – une construction de plain-pied, de brique et de bois, avec un toit à double pente, bâtie à proximité d'une rivière. Harbor le suit et Washington ferme la marche.

Peyton fait un signe de tête à l'agent Ferguson et ordonne :

— OK, va derrière.

Kelly Ferguson contourne le restaurant tandis que Peyton se plante devant la porte d'entrée.

C'est plus fort que lui. Il bâille déjà !

La brume du matin s'attarde sur les crêtes boisées qui entourent la ville de Leah. De l'autre côté de la rue se trouvent une station essence et une épicerie, quelques habitations, ainsi qu'une grosse maison jaune croulant sous le poids des années et surnommée « la Coloniale ». Brett Peyton a grandi à Phoenix, a travaillé au service de la sécurité publique de l'Arizona avant de rejoindre le Secret Service. Il n'en revient toujours pas que les choses puissent être si « vieilles » dans cette région. Phoenix n'est devenue officiellement une ville qu'en 1881. Alors qu'ici une maison datant des années 1700 est monnaie courante.

Il bâille de nouveau.

Un jour, il écrira un livre qui s'appellera *L'ennui : les mémoires d'un agent du Secret Service.*

Dans son oreillette, il reçoit des informations de l'intérieur du restaurant.

— Stahl en place avec Harbor.

Peyton approche la bouche de son microbracelet et réplique :

— Bien reçu.

Ferguson répond, ainsi qu'un agent de faction à la maison du lac. Une voix féminine.

— Ici Lake Marie, bien reçu.

Une bonne heure plus tard, Peyton fait toujours les cent pas. L'ennui a cédé la place à l'agacement.

Qu'est-ce que fiche Harbor ? Pourquoi c'est si long ?

Durant le repas, il a eu de brèves nouvelles de Stahl, qui se contentait de répéter :

— Tout va bien. Harbor est en sécurité.

Qu'est-ce qu'il fabrique ? Il en est à son troisième petit-déjeuner ?

Peyton approche son poignet de sa bouche et chuchote :

— Ferguson, où est Harbor ? Il sort les poubelles ou quoi ?

— Négatif. RAS dehors, à part la guéguerre entre écureuils et chipmunks, répond-elle dans son oreillette.

Il insiste :

— Stahl, c'est Peyton. Où en êtes-vous ?

Un couple de petits vieux quitte le restaurant, en se chamaillant.

— Comme d'habitude, tu as laissé trop de pourboire, Jenny. Pourquoi tu fais ça ? Ça me dépasse !

Silence radio en provenance du restaurant.

— Stahl, ici Peyton. Réponds, s'il te plaît.

Le couple monte dans une vieille Volvo bleue. La femme s'installe au volant et démarre. La voiture s'éloigne.

— Ferguson, ici Peyton. Je vais voir ce qui se passe. Ce n'est pas normal.

— Je te retrouve à l'intérieur.

Il écarte le pan de son blouson, pose la main sur son SIG Sauer P229 et entre dans l'établissement.

Il fait irruption dans la salle, observe les lieux.

Des tables et des box sur la gauche.

Un comptoir flanqué de tabourets. La moitié est occupée.

Tout le monde tourne la tête vers lui. Ferguson le rejoint, en traversant les cuisines.

Aucune trace du président Keating.

Ni de l'agent Stahl.

Ni de l'agent Washington.

Une femme maigrelette aux cheveux blancs, affublée d'un tablier rose, arrive à proximité de lui, un plateau juché en équilibre sur l'épaule.

Peyton lui bloque le passage :

— Le président ? Où est-il ?

Elle hausse son épaule libre et désigne un coin de la salle, en direction d'une porte et d'une pile de cartons.

Quand Peyton ouvre le battant, il découvre un escalier menant à la cave.

La lumière est allumée.

Des marches vermoulues.

— Monsieur le Président ? appelle-t-il une fois en bas. Stahl ? Washington ?

Il aperçoit deux réfrigérateurs, des rayonnages de conserves. Ferguson le précède pour inspecter les lieux. Quelques secondes plus tard, elle pousse un cri de stupeur. Par réflexe, il referme la main sur la crosse de son SIG Sauer.

Qu'est-ce que c'est ? Une embuscade ? Un autre kidnapping ? Mais aucun coup de feu ? Pourquoi ?

— Peyton ! Par ici !

Il contourne d'autres étagères et découvre le mur de fondation – un assemblage antédiluvien de briques et de pierres – percé d'une porte. Ferguson l'ouvre et fouille les ténèbres avec sa lampe torche.

Un conduit voûté qui se perd dans l'obscurité.

Peyton la rejoint.

— Merde ! lâche-t-il.

Une voix se fait entendre derrière eux.

— C'est pas très engageant, n'est-ce pas !

Un rire fuse.

Peyton se retourne et découvre la vieille serveuse, son visage fripé tout souriant.

— C'est quoi, ça ? Une réserve ? Un cellier ?

Elle secoue la tête.

— Pas du tout ! C'est un accès de contrebande. Ça date de la prohibition.

— Ça va loin ? s'enquiert Ferguson.

— Pas trop. Une trentaine de mètres, jusqu'à la maison des Trainor. À l'époque, les bateaux descendaient la Trinity River depuis l'Ontario, les cales pleines de bière et de whisky canadiens. Leur cargaison était déchargée dans la maison, puis la marchandise était acheminée par ce tunnel, du temps où la maison était un relais routier. Sacrée époque !

— Peyton, il faut prévenir les autres, lance Ferguson.

Avant qu'il ait le temps de réagir, la vieille femme plonge la main dans sa poche et sort une enveloppe.

— C'est vous l'agent Peyton, du Secret Service ?

Il acquiesce.

— C'est pour vous…, ajoute-t-elle en lui tendant le pli.

L'enveloppe est beige, de belle facture. Dans le coin supérieur gauche, il remarque le sceau des États-Unis, et dessous l'inscription : CABINET DE MATTHEW KEATING.

Son nom est écrit à la main.

Il déchire l'enveloppe et lit rapidement l'unique feuille. Immédiatement, avec la clarté implacable d'un éclair dans le ciel, il comprend que sa carrière est finie. Le président a disparu.

82

Autumn Leaves Motel
Contoocook, New Hampshire

Ce matin, la plus grande chambre du motel est bondée. Je suis avec David Stahl et les deux Navy SEALs – Alejandro Lopez et Nick Zeppos – qui ont démonté le cadre du deuxième lit pour le plaquer contre le mur, avec le matelas et le sommier.

Dans un coin, des sacs de toile contenant notre matériel sont empilés, et nous avons étalé une carte de la Libye sur la moquette bleue. Nous buvons des cafés du Dunkin local tout en élaborant notre plan d'attaque.

C'est difficile à expliquer, mais je ressens de la fierté, de l'espoir, de la joie aussi, d'être en compagnie de ces soldats, à peaufiner notre opération. Le discours de Henry V, dans la pièce de Shakespeare, me revient en mémoire. Celui qu'il adresse à ses hommes juste avant la bataille d'Azincourt.

Et d'aujourd'hui à la fin des siècles,
ce jour solennel ne passera jamais,
qu'il n'y soit fait mention de nous ;

de notre petite bande, de notre heureuse petite bande de frères !
Car celui qui aujourd'hui versera son sang avec moi sera mon frère.

Un cliché, bien sûr. Pourtant c'est la pure vérité.

Ces hommes seront toujours mes frères, quelle que soit l'issue de cette expédition.

Je me tourne vers le chef de mon service de protection.

— David, combien de temps avant que le Secret Service passe à l'action et commence à fouiller la forêt ?

— Ils ne bougeront pas.

Même les deux SEALs sont surpris. Je les vois se redresser sur leurs sièges.

— Pourquoi donc ?

— Une fois que vous leur avez échappé, le FBI prend le relais. C'est exactement la même chose avec Mel. L'affaire est passée entre les mains du FBI.

Alejandro ne peut réprimer un sourire.

— Mais il n'a pas vraiment échappé à la vigilance du Secret Service. Vous êtes ici avec nous, David !

Cela ne le fait pas rire du tout.

— Je parle de protection officielle. Et dès que vous avez quitté Lake Marie, ça devient *de facto* la responsabilité du FBI. La nouvelle est déjà remontée tout en haut, j'en suis certain. Jusqu'à Lisa Blair. Ils vont sortir les grands moyens.

— J'ai laissé un mot à Peyton. Cela peut nous faire gagner un peu de temps, non ?

— J'en doute, répond David. Votre lettre, le FBI risque de ne pas y croire. Ils vont penser que ça fait partie du plan des ravisseurs. Que c'est la suite du kidnapping de Mel.

— Tant mieux.

Mes compagnons, ma petite bande de frères, me regardent.

— Comment ça ? s'étonne Nick.

— Oui, tant mieux. Si Lisa Blair est au courant, elle a prévenu la présidente Barnes. Je doute que la Présidente ait très envie que la nouvelle fuite. Après les articles dénonçant sa gestion catastrophique du kidnapping de ma fille ? Ils ne voudront pas risquer une nouvelle humiliation. C'est la raison des secrets d'État. Les gouvernements cachent des informations non pas parce qu'elles sont sensibles, plutôt parce qu'elles sont embarrassantes.

— Ça finira par sortir quand même, ajoute Alejandro.

— C'est sûr. Dans un jour ou deux. Mais nous serons loin. En Afrique du Nord, si Dieu le veut. Et si l'agent Washington parvient à les faire courir suffisamment longtemps avant d'être arrêtée.

Nicole Washington, agent du Secret Service, entièrement dévouée à son travail et à ma protection. Une Afro-Américaine, originaire d'Anacostia, mais pas dans la zone branchée avec cafés et trottoirs de briquettes. Quand je lui ai donné cette mission qui allait ruiner sa carrière – à savoir se promener sur les petites routes du Maine avec mon iPhone, l'Android de David et sa radio, pour tromper d'éventuels « renifleurs de signaux » –, elle n'a pas hésité une seconde. Elle a hoché la tête et répondu : « C'est un honneur, monsieur le Président. »

Qu'avons-nous fait, moi et mon pays, pour mériter de telles personnes ?

Je bois une longue gorgée de café.

— Revenons à la question première. Comment entrer en Libye ? Je peux passer quelques coups de fil, pour nous dénicher un jet privé par l'intermédiaire de mes généreux donateurs… sauf que ça risque de prendre du temps. Et il faut trouver un avion capable de traverser l'Atlantique.

— Les douanes en Libye, réplique David, risquent de ne pas aimer nous voir entrer chez eux armés jusqu'aux dents.

— Alors il vaut mieux qu'on atterrisse sur un terrain privé. On sortira les billets et les douaniers regarderont ailleurs. Mais ensuite ? Voler ou louer un véhicule ? Et foncer vers le djebel Nefoussa en croisant les doigts pour qu'on obtienne d'ici là des renseignements exploitables ?

Alejandro secoue la tête.

— Monsieur le Président – Matt, pardon –, je n'aime pas ça. J'étais là-bas il y a six mois. La Libye est vraiment un terrain miné, surtout si on quitte les villes côtières comme Tripoli ou Misrata. En gros, deux grandes routes s'enfoncent à l'intérieur du pays à partir de l'ouest, et on a de fortes chances de tomber sur des barrages avec des types pas commodes. En fonction de qui les paie et du jour qu'on est, les gardes seront des soldats de l'armée régulière, ou des miliciens, ou encore des représentants des tribus en plein racket. C'est la jungle, là-bas.

— Vous avez raison. Et c'est sans compter sur nos amis chinois qui sont omniprésents, et arrosent tout le monde pour assurer leur nouvelle Route de la soie. S'ils voient quatre Américains débarquer dans un aéroport lambda, on aura une armée de fileurs aux fesses, ou une escadre de drones au-dessus de la tête dès qu'on aura quitté le tarmac.

Nick se penche sur la carte et tapote une zone du doigt.

— La Tunisie ! Il faut aller en Tunisie. Passer par leur base à Sfax-Thyna, sur la côte. Une unité de leurs Forces spéciales y stationne. Avec ma section, j'y ai passé cinq mois l'année dernière, pour faire de la formation.

J'aime ce que j'entends.

— Continuez, Nick.

— Grâce à quelques arguments… incitatifs, je pense qu'on peut les convaincre d'organiser un exercice d'entraînement. Et si, par hasard, ils franchissent la frontière avec la Libye, ce ne sera pas la première fois. Des erreurs de navigation, ça arrive. Et la base est fermée au public. Aucun avion civil n'est autorisé à se poser.

— Alors, on a besoin d'un transport militaire, conclus-je en observant la carte de la Libye tandis qu'en pensée je sonde celle de la Nouvelle-Angleterre. Le Vermont a une unité de la garde nationale de l'US Air Force à Burlington. Mais il n'y a que des chasseurs F-35. Ça ne nous sert à rien. L'escadron aérien du Maine, à Bangor, est assez loin – à plus de quatre heures de route. Et nous n'avons pas quatre heures devant nous. Il ne reste plus que Pease, sur la côte du

New Hampshire. C'est à Newington, à moins d'une heure d'ici.

— Et il y a quoi là-bas ? s'enquiert David.

— Des avions ravitailleurs KC-135 et les nouveaux KC-46. Ils ont suffisamment de rayon d'action pour nous emmener là-bas. Mais embarquer à bord est une autre paire de manches…

Je me tais. Si je passe les bons coups de fil, je pourrai avoir des informations : *Vous avez des avions qui décollent dans les prochaines heures ? Et au fait, il n'y en aurait pas un qui partirait pour la Méditerranée ? Ça poserait un problème si vous preniez quatre passagers ? Des passagers armés qui vont lancer une attaque contre un groupe terroriste de Daech ?*

Mais passer des appels téléphoniques laisse des traces, des petites miettes numériques que le FBI et la Maison Blanche ne tarderont pas à repérer.

Que faire ?

On toque à la porte.

Nous tournons tous la tête.

On frappe encore, plus fort cette fois.

— Si c'est le FBI, c'est impressionnant.

— C'est peu probable, monsieur. On a payé la chambre en liquide. Sous de fausses identités.

Ça continue de frapper.

— David, allez ouvrir. Ce n'est pas le moment que quelqu'un se plaigne du bruit.

— Vous devriez vous planquer dans la salle de bains, suggère Alejandro.

Cette proposition m'irrite. Je vais m'asseoir dans un coin et m'enfonce une casquette sur la tête.

— Je ne vais pas me cacher. David va nous débarrasser de cet importun.

Nick replie la carte tandis qu'Alejandro tire un drap du lit démonté pour couvrir notre matériel. David se dirige vers la porte.

Une jeune femme fluette se tient sur le seuil. Elle a une vingtaine d'années, porte un jean et un tee-shirt noir estampillé du logo rouge de l'anarchie. Ses cheveux roux sont coupés court et elle arbore des lunettes à grosse monture noire.

— Ah, tant mieux ! Vous n'êtes pas encore partis !

— Comment ça « partis » ? réplique l'agent Stahl. Qui êtes-vous ?

Elle se baisse, prend un ordinateur portable dans son sac et pénètre dans la pièce sans la moindre hésitation. Elle me repère aussitôt, lâche ses affaires et me salue.

— Monsieur le Président, je suis Claire Boone de la NSA. J'étais avec le groupe d'intervention, il y a deux semaines, pour aider à retrouver votre fille. Et c'est sûr, ç'a été la bérézina. Cette fois, il faut faire ça bien.

Je retire ma casquette et me lève.

— Faire ça bien ?

Elle pose son ordinateur sur le lit encore entier, l'extrait de son étui et s'assoit.

— Nous devons atteindre la Méditerranée au plus vite. Et je crois savoir comment.

La jeune femme allume son appareil, déroule ses menus et nous regarde tour à tour.

— Quoi ? Vous avez perdu votre langue ? Vous voulez que je m'en aille ?

— Non, dis-je en m'approchant de l'écran. Restez.

83

Autumn Leaves Motel
Contoocook, New Hampshire

Tandis que Claire s'active sur son ordinateur, je lui demande :

— Comment vous nous avez trouvés ?

— Excellente question, lance Nick.

— Absolument, renchérit son collègue.

— Je la connais, annonce David. Elle est de la NSA. Elle était au débriefing après le fiasco à la maison de Monmouth. Là où on pensait que Mel était enfermée.

Claire jette un coup d'œil à David.

— Comme c'est gentil de ta part de répéter exactement ce que je viens de dire il y a deux secondes. Oh, merci à toi, grand mâle ! Ton ego va mieux ?

L'agent Stahl la regarde, déconcerté.

Elle reporte son attention sur l'ordinateur.

— Et comment j'ai fait pour vous retrouver ? Simple question de chiffres. Même si on ne s'en rend pas compte, les mathématiques sont partout – pour prévoir le temps, concevoir des logiciels, gagner de l'argent. Elles sont logiques et rationnelles. Elles ne mentent jamais. D'abord, j'ai découvert une augmentation soudaine de locations de voitures dans un petit aéroport local. Quoique minime, ça m'a mis la puce à l'oreille. Puis qu'un motel de campagne au bord de la faillite venait de faire un gros dépôt en liquide à la banque. Et enfin que, dans la liste des passagers dudit aéroport, figuraient deux voyageurs avec un historique un peu trop immaculé à mon goût. Une simple recherche m'a révélé qui ils étaient vraiment.

Claire lâche un soupir de satisfaction.

— Et vous voilà, monsieur le Président. Vous imaginez le nombre de têtes qui vont sauter à Washington à cause de votre disparition ? Et les livres qui vont sortir, les articles, les numéros hors-série, si vous atteignez la Méditerranée et que vous ramenez Mel ?

Soudain, j'ai la bouche sèche.

— Ils… ils savent que ma fille est en vie ?

Elle pianote sur son clavier.

— Rien de concret. Juste des suppositions, pour l'instant. Des traces numériques laissent penser que la vidéo de décapitation – berk, quelle horreur ! j'ai pas pu regarder ! – pourrait être un deepfake, et qu'elle n'a sans doute pas été tournée dans les White Mountains. Mais rien d'exploitable. Pour l'heure, des réunions sont organisées, des discussions, des commissions, des contre-commissions – vous connaissez Washington ! Ils vont mettre deux semaines avant de se décider. Et, à tous les coups, ils vont choisir la mauvaise option… Ah, voilà !

La pièce est silencieuse, hormis le cliquetis du clavier sous les doigts de Claire Boone.

— À Newington, la base Pease de la Garde nationale de l'Air Force. Poste de la 157e escadre de ravitaillement en vol. Ils participent en ce moment aux grandes manœuvres en Méditerranée orientale, pilotées par la station navale de Rota, en Espagne. L'un de leurs avions est resté cloué au sol, un retard de douze heures dû à un problème technique. Un KC-135. Nom de code Granite Four. Il part dans quatre-vingt-dix minutes. Voilà, j'ai fait mon taf. Maintenant, à vous de jouer, monsieur le Président.

J'ai l'impression d'être sur le plateau de tournage d'un film. Tout le monde connaît son rôle et son texte, sauf moi.

— Claire… pourquoi faites-vous ça pour nous ?

Elle esquisse un sourire.

— Vous ne me reconnaissez pas ?

Je me sens rougir.

— Non, je suis désolé.

Claire pianote à nouveau sur son ordinateur et le tourne vers moi. Une photo apparaît sur l'écran. Je sursaute en reconnaissant Mel, une autre jeune fille et Claire Boone, en beaucoup plus ronde, avec des cheveux bruns et non roux. Elles sont toutes les trois assises sur le lit de Mel dans sa chambre à la Maison Blanche.

— J'étais amie avec Mel à Sidwell Friends. Un joli nom, enfin l'ambiance n'était pas si *friendly*. J'étais en terminale, elle était en troisième et, je ne sais pas pourquoi, elle s'est prise d'affection pour moi. Sans doute parce que tout le monde se moquait de moi et que j'étais la tête de Turc. J'étais grosse, et Asperger, comme vous vous en êtes sans doute aperçu. Je parle trop vite, et j'aime trop les chiffres pour le commun des mortels. Puis Mel est intervenue et le harcèlement a cessé. Quand j'ai appris que la NSA allait envoyer une équipe ici pour lancer les recherches, je me suis arrangée pour être sur la liste. Et je suis restée dans le coin.

Claire reprend son ordinateur.

— Après Sidwell, j'ai rejoint l'armée – surtout pour énerver mes parents. Je suis une super snipeuse. J'ai réussi d'autres examens, la NSA a aimé ce qu'elle a vu et j'ai rejoint leur service secret puis je suis devenue agent de terrain. Un bon boulot, même si on traîne beaucoup trop dans des cybercafés enfumés, à traquer hackers et autres cybercriminels. Ça vous suffit ? Vous en voulez encore ? Ou vous passez ces quelques coups de fil pour que nous puissions monter dans l'avion ?

— Comment ça « nous » ? Vous comptez être du voyage ?

Elle sourit encore.

— Que cela vous plaise ou non, vous avez besoin de moi, monsieur le Président. Vous pensez discuter longtemps comme ça ou vous bougez ? J'ai fait mon boulot, à vous de faire le vôtre.

— D'accord. Mais il faut d'abord que vous me trouviez un numéro de téléphone.

Son sourire s'élargit.

— A priori, c'est dans mes cordes !

84

Le Pentagone
Arlington, Virginie

Kimberly Bouchard, la secrétaire de l'Air Force, est assise à son bureau du Pentagone, avec un sandwich à peine entamé. Elle travaille sur le dossier du problème d'approvisionnement en pièces pour la maintenance de la vieille flotte de bombardiers B-2 quand son téléphone sonne. Ouf ! Un moment de distraction.

— Madame la Secrétaire ? commence Martin Hernandez, son assistant.

— Oui ?

— Madame... j'ai quelqu'un en ligne qui veut vous parler. Un homme. Il prétend qu'il est Matt Keating. L'ancien...

— Le président Keating ? (Elle se frotte les yeux. Elle en oublie aussitôt les colonnes de chiffres et de références de pièces.) Vous en êtes certain ?

— Il assure que vous en serez convaincue si je vous dis cette phrase. Je cite : « Je serais inquiet si on vous avait vue jouer au loto dans une petite église de campagne. » Ça vous rappelle quelque chose, madame ?

C'est bien Matt !

— Passez-le-moi.

Et elle se souvient.

Il y a plus de trois ans, seule avec le président Keating dans le bureau Ovale, chacun est assis sur les canapés en vis-à-vis. Il porte un pantalon noir, une chemise Oxford bleue, sa cravate rouge est défaite. Une minute plus tôt, Jack Lyon, le directeur de cabinet, l'a fait entrer, avec un regard chargé de mépris. Elle n'a pas respecté la loi cardinale à Washington : ne jamais, au grand jamais, mettre le patron en porte-à-faux.

— Vous voulez boire quelque chose ? propose Keating. De l'eau ? Un Coca ? Ou plus fort ?

Elle secoue la tête. C'est la première fois qu'elle connaît une telle humiliation. Elle souhaite en finir au plus vite.

— Monsieur le Président, je suis réellement désolée que cette information soit sortie. Je pensais que le processus de vérification était confidentiel, mais visiblement tout le monde est au courant de mon addiction…

Elle soupire et tire de sa poche une feuille de papier.

— Quand on aura terminé, j'irai annoncer que je retire ma candidature au département de l'Air Force.

Keating se laisse aller au fond du canapé, les mains derrière la tête.

— Arrêtez-moi si je me trompe, Kimberly : la commission de vérification a aussi noté que vous avez grandi dans une ferme en Pennsylvanie, que vous êtes allée à l'université de Pittsburgh grâce à une bourse dans le cadre de la formation des officiers de réserve de l'US Air Force. Vous avez gravi un à un tous les échelons, pour devenir une experte en maintenance et approvisionnement de pièces détachées, tout en suivant, sur votre temps libre, une formation de pilote à la base Laughlin au Texas. C'est exact ?

Elle acquiesce, sans trop savoir où il veut en venir.

— Finalement, poursuit le Président, vous devenez pilote sur Lockheed EC-130, spécialisée dans les contre-mesures électroniques. Vous avez effectué des missions dans les zones les plus dangereuses de la planète, participé à de nombreux *think tanks* et été consultante chez Lockheed. Et en chemin, vous vous êtes découvert une passion pour le jeu ? Votre mari, d'ailleurs, vous a quittée à cause de ce problème ? Toujours exact ?

Elle hoche la tête, les lèvres pincées de contrition.

Implacable, Keating continue :

— Puis vous avez rejoint les Joueurs Anonymes. Vous avez remboursé vos dettes, jusqu'au dernier cent, auprès des banques comme des gens à qui vous aviez emprunté de l'argent, avec les intérêts. Vous êtes clean depuis quatre ans. C'est bien ça ?

— Oui, monsieur, mais…

— Vous avez payé votre dû. Vous avez effacé votre ardoise. La page est vierge maintenant.

Il lui sourit. Soudain, elle respire enfin normalement.

— Je serais inquiet si on vous avait vue jouer au loto dans une petite église de campagne. Mais ce n'est pas arrivé. Un vieil aigri au Congrès a voulu me porter préjudice en faisant fuiter cette information confidentielle du FBI, pour que je vous lâche dans la fosse aux lions. Le petit baroud vengeur d'un sénateur ou d'un quelconque employé du Capitole, et tant pis si vous êtes une victime collatérale. C'est la règle du jeu à Washington. Donnez-moi donc votre déclaration à la presse.

Elle lui tend la feuille pliée et, sans même lui accorder un regard, il la déchire en deux, puis encore en deux, et jette les morceaux sur la table basse.

Il se lève, resserre sa cravate.

— Vous savez quoi ? Si vous avez le temps, madame la future secrétaire de l'Air Force, allons dans la Roseraie expliquer à ces journalistes que je vous soutiens à cent pour cent.

Kimberly ne sait que répondre.

— C'est comme ça que je mène mes combats ici, Kimberly. Mes règles, mes troupes. Allons-y. Il ne faut pas rater le créneau pour la retransmission télévisée.

À court de mots, elle le suit, les yeux brillants, sourire aux lèvres.

— Kimberly, je suis content de vous avoir en ligne, s'exclame l'ex-président dans le téléphone.

— Monsieur le Président, je suis tellement triste de ce qui vous…

— Pardon de vous interrompre, Kimberly, mais j'ai besoin de votre aide. Et c'est très urgent.

— Que se passe-t-il ?

Elle est surprise par le ton de sa voix. Un ton sec, efficace, sans appel.

— Un KC-35 doit décoller de Pease dans moins de deux heures. Granite Four. Il doit se rendre sur la station navale de Rota. Kimberly, il faut que je monte dans cet avion, avec quatre autres personnes. Et avant d'atterrir à Rota, l'avion devra faire un crochet par la Tunisie pour nous déposer sur la base militaire de Sfax-Thyna. J'aimerais que vous nous arrangiez ça.

S'ensuit un silence tendu.

— Kimberly, j'ai vraiment besoin d'aller là-bas, avec mon équipe. Je sais que je vous en demande beaucoup, mais…

À son tour, elle l'interrompt :

— Inutile de m'en dire plus, monsieur le Président. Je m'en occupe. Vous pouvez compter sur moi.

— Je ne sais comment vous…

— Visiblement, vous êtes pressé. Je crois savoir pourquoi, et je ne vous poserai pas de questions. Que Dieu vous garde, monsieur le Président. Et faites ce qu'il y a à faire.

Elle raccroche et appelle aussitôt son assistant.

— Martin.

— Oui, madame ?

— Mettez-moi en ligne avec le commandant de l'escadre de la Garde nationale de la base Pease.

— Tout de suite, madame. Ne quittez pas, je vous le passe.

En patientant, elle contemple les relevés comptables, les colonnes de chiffres et de références. Elle ramasse toutes les feuilles et les jette en l'air.

Enfin, quelque chose qui compte !

85

Autumn Leaves Motel
Contoocook, New Hampshire

Je range mon téléphone à cartes prépayées et regarde mes compagnons – ma petite bande de frères, plus une sœur.

— C’est bon. On plie bagage.

— Bravo, monsieur, me félicite David.

Je réfléchis un moment, ressors le TOC et me dirige vers la petite salle de bains qui sent le moisi.

— Je dois passer un autre coup de fil. En privé, celui-ci.

— Bien sûr, répond David. Faites donc.

Avant de m’enfermer dans la pièce, je lance :

— Alejandro, Nick, remontez le lit. Je ne veux pas qu’on laisse le bazar derrière nous.

Je referme la porte et me pince le nez.

Je compose le numéro.

Ça sonne. Longtemps.

Où est-elle ?

Sam décroche enfin. Elle est hors d’haleine.

— Qui est à l’appareil ?

— C’est moi. Je voulais juste te tenir au courant. J’ai trouvé un moyen de transport. Un avion ravitailleur à Pease. On décolle dans deux heures. David est avec moi, deux autres Navy SEALs et une agente de la NSA.

— Oh, Matt… tu crois que vous serez assez ?

— On n’a pas le choix. Il faut une équipe légère, capable d’être rapide et de réagir vite.

Pour la première fois de ma vie, je détaille ma mission à ma femme ! Autrefois, quand je me rendais en opération, je me contentais de lui dire : « Je vais m’entraîner quelques mois » ou « Je dois m’absenter pour le travail. Je t’envoie un e-mail dès que je peux ».

Pas cette fois.

Sam sait tout.

— Vas-y, Matt. Tu peux le faire, m’encourage-t-elle d’une voix à la fois vibrante d’angoisse et féroce.

J’entends de l’agitation en arrière-plan.

— Sam ? Tout va bien ? C’est quoi ce bruit derrière toi ?

Elle laisse échapper un petit rire.

— Nous partons tous les deux en voyage improvisé. On m’a demandé de remettre un prix à la cérémonie annuelle de la Society for American Archaeology. Ça se passe à Georgetown. Le gars a la grippe et je le remplace au pied levé. Deux promenades de santé, pour toi comme pour moi, pas vrai ? Je suis à Washington-Dulles. J’attends un Uber.

— Je t’aime, Sam. Et, promis, je ne reviendrai pas sans elle. Je te tiens au courant dès qu’il y a du nouveau.

— Je t'aime aussi. Je sais que tu vas y arriver. Ah ! voilà la voiture ! À plus tard.

— Salut, Sam.

Je coupe la communication et prends une grande inspiration. J'entends du bruit dans la chambre. L'équipe charge le matériel dans nos voitures de location.

Je regarde mon téléphone.

Encore un appel.

Par respect et honnêteté.

86

À bord de Granite Four
Base aérienne Pease, New Hampshire

Le capitaine Ray Josephs, de la 157e escadre de ravitaillement, est assis à sa place de pilote dans le vieux KC-135. Il se prépare à décoller pour son vol transatlantique, qui devait avoir lieu hier. Une pompe dans le circuit hydraulique bâbord a lâché et il a fallu la remplacer. De tels incidents n'ont rien d'exceptionnel. Cet avion ravitailleur, comme une centaine d'autres toujours en service, date de 1957 – une évolution du Boeing 707 conçu dans les années 1950. Le dernier a été livré à l'Air Force en 1965.

On raconte que certains pilotes de KC-135 volent, aujourd'hui encore, sur les avions que leurs grands-pères ont pilotés. Et ce doit être vrai. Le cockpit est équipé de boutons, d'interrupteurs et de cadrans antédiluviens, et bien sûr il est dépourvu de tout écran tactile. À la droite du capitaine, à moins d'un mètre, est assise sa copilote, la lieutenante Ginny Zimmerman. Elle consulte la liasse de documents pour leur vol jusqu'à Rota. Comme Josephs, elle porte la combinaison verte réglementaire et un gros casque de communication sur ses cheveux blonds.

— Ginny, c'est vrai ce qu'on raconte ? Vous allez vous mettre en grève à Delta Air Lines ?

Elle hoche la tête, en feuilletant son dossier.

— Il faut bien que quelqu'un cède, et aucune chance que ce soit nous.

Il rit en feuilletant son dossier. Ray est pilote pour United Air Lines, et Gina pour Delta. Travailler dans cette escadre fait partie de leurs obligations car ils sont membres de la Garde nationale de l'Air Force au New Hampshire.

Sur la couverture cartonnée de sa check-list, un vieil autocollant représente un Pégase cerclé de l'acronyme NKAWTG – la célèbre devise des ravitailleurs en vol : *Nobody Kick Ass Without Tanker Gas !*

Quand il s'agit d'opérations militaires, les amateurs discutent tactique, les pros de logistique. Josephs a appris ça très vite en entrant à l'armée. Et dans les airs, rien n'est possible sans ces vieilles stations-service ambulantes, qui ravitaillent tous types d'avions, des chasseurs aux bombardiers, aux quatre coins du monde.

Et faire le plein, c'est le travail de l'ORV, l'officier de ravitaillement en vol, qui manipule la perche à la queue de l'avion. Sur ce KC-135, l'ORV, le troisième membre d'équipage, est le sergent Frank Palmer. Pour l'instant, il est occupé à stocker la nourriture dans la petite cuisine, pour leur vol d'une demi-journée au-dessus de l'océan.

Josephs s'apprête à demander à sa copilote si elle peut commencer la check-list avant le décollage, quand une voix résonne dans la radio. Une voix féminine.

— Tour de contrôle à Granite Four.

— Granite Four, j'écoute.

— Un appel pour vous, annonce la femme.

Ginny questionne Ray du regard. Celui-ci hausse les épaules.

— Capitaine Josephs, ici le colonel Tighe.

Le pilote se raidit.

Le commandant de l'escadre ? Maintenant ?

— À vos ordres, colonel.

— Un groupe de cinq personnes va monter à bord dans quelques minutes. Faites-leur bon accueil et assurez-vous qu'ils ne manquent de rien.

— Ce sont des passagers Space A ?

À l'US Air Force, s'il y a de la place dans des avions militaires, certaines personnes – des membres de l'armée en activité ou retraités, leurs familles, et même les récipiendaires de la Medal of Honor – peuvent voler gratuitement dans le cadre du Space A. Mais l'embarquement n'a jamais lieu aussi tard. Juste avant le décollage. C'est du jamais vu.

— Si on veut, répond le colonel Tighe d'un ton crispé. Ils voyagent à la demande expresse de la secrétaire de l'Air Force. Je sais que c'est à la dernière minute et que c'est hors des procédures régulières, mais je compte sur vous, capitaine, pour que tout se passe bien.

— Et le manifeste passagers ?

— Je m'en occupe. Je me porte garant de leurs bagages et de leur identification. En outre, et je sais que je vous prends de court encore une fois, leur destination est la base aérienne de Sfax-Thyna. Des dispositions ont été prises pour que vous puissiez vous poser là-bas sans encombre. Des questions ?

Oui, Josephs en a des centaines. Il a cependant la sagesse de recevoir les ordres sans piper mot.

— Non, colonel. C'est parfaitement clair.

— Très bien, répond le colonel Tighe. Terminé.

Ginny Zimmerman, qui a entendu la conversation, regarde Josephs avec de grands yeux.

— C'est quoi ce bordel ?

Il retire ses écouteurs et se lève de son siège.

— Je ne sais pas. Je crois qu'on va le savoir bientôt. En attendant, regarde combien il nous faut de carburant pour aller en Tunisie.

Ray Josephs s'extirpe de l'étroit cockpit et se dirige vers la queue de l'avion. Un espace vide recouvert de métal, avec des anneaux pour arrimer les palettes de marchandises et des sièges de sangles de part et d'autre du fuselage. Tout au bout, se trouvent les réservoirs de carburant, territoire exclusif de l'ORV. Sous le pont, il y a près de cent mille litres de JP-8. La porte côté bâbord est ouverte. Grâce au halo des bâtiments à l'arrière-plan et aux projecteurs de la piste, il aperçoit le pick-up bleu transportant l'escalier mobile. Cinq personnes suivent le véhicule, chacune chargée de deux gros sacs de toile. Josephs attend, un peu nerveux, se demandant pourquoi ce vol de routine se transforme soudain en mission clandestine.

Le sergent Palmer s'approche. Il a des cheveux bruns coupés court, à l'ancienne, avec une petite bedaine qui tend sa combinaison.

— Qu'est-ce qui se passe, capitaine ?

— Des invités de dernière minute. Tu veux bien t'occuper de la passerelle ?

L'escalier mobile se relève jusqu'à la porte de l'avion. Palmer l'arrime au fuselage.

Les trois premiers passagers montent, saluent Josephs d'un petit signe de tête et vont s'installer en queue. Ils baissent les strapontins et sanglent aussitôt leurs sacs, comme s'ils avaient fait ça des centaines de fois. Même si Josephs n'a guère d'expérience en la matière, il pressent que ces gars-là sont des Forces spéciales. Ou tout au moins des militaires. Ils se déplacent sans bruit, avec des mouvements fluides et rapides, sans gestes inutiles.

La quatrième personne est plus incongrue : une petite rouquine à lunettes noires. En arrivant à bord, elle demande :

— Faut pas espérer avoir un film pendant le vol, j'imagine ?

Josephs s'apprête à répliquer quand le cinquième passager débouche en haut de l'escalier. Il se fige.

Le président Keating !

— Je suis désolé pour le dérangement que l'on vous cause, capitaine, déclare Keating. Mais vous ne pouvez savoir à quel point je vous suis reconnaissant de nous accueillir à bord.

Ray Josephs finit par retrouver l'usage de la parole.

— C'est un honneur pour nous, monsieur.

L'ex-président va rejoindre ses compagnons. Palmer croise le regard de Josephs, secoue la tête et marmonne :

— J'ai passé près de quinze ans à l'Air Force, mais ça, j'ai jamais vu !

Encore sous le choc, Ray Josephs retourne dans le cockpit. Il chausse ses écouteurs, se sangle à son siège.

— Alors ? demande sa copilote. Qui est là ? Qu'est-ce qui se passe ?

— Ginny, il vaut mieux que tu ne saches rien. Maintenant décollons et tirons-nous d'ici.

87

Bureau Ovale
Maison Blanche

Lisa Blair termine son rapport à Pamela Barnes en concluant :

— Une multitude d'agents patrouillent le secteur. Nous travaillons de concert avec les autorités locales en évitant la presse. Mais Keating a fait du bon boulot. Il a bien couvert ses arrières, madame la Présidente.

Pamela observe la note manuscrite que Matt Keating a laissée après avoir pris son petit-déjeuner au fin fond du New Hampshire.

— C'est quoi cette dernière phrase ? Qu'est-ce que ça veut dire ?

Lisa regarde l'agent à côté d'elle – ils sont tous les deux assis devant le Resolute – et déclare :

— Je préfère que le Dr Abrams vous explique ça. C'est notre meilleur expert en psychologie légale.

Pamela Barnes lève la main.

— Une seconde. Je veux relire encore une fois ce truc.

Elle étudie l'écriture claire et volontaire de son prédécesseur, un mot destiné au chef de la Sécurité intérieure, qui, par le truchement de la voie hiérarchique, est également celui du Secret Service.

Cher Paul Charles,

J'écris ces lignes de ma propre volonté, sans contrainte aucune, ni sur ordre de qui que ce soit. J'ai quitté ma résidence de Lake Marie suite à une décision purement personnelle, et contre l'avis et les recommandations de mes agents de protection du Secret Service.

Aucun de ces agents n'est à blâmer et ne doit être réprimandé. À l'inverse, c'est tout à l'honneur du responsable de ce détachement, l'agent David Stahl, d'avoir décidé de m'accompagner, sachant que par cet acte il met sa carrière en péril.

Quant aux raisons pour lesquelles je pars, disons que…

Je vais juste dehors et cela peut prendre un certain temps.

Bien à vous,

Matt Keating

Pamela Barnes secoue la tête. Cette écriture ! Cette arrogance ! La même que dans sa missive, laissée sur le Resolute à son intention.

La tradition veut que le Président rédige une lettre à son successeur pour honorer une passation sereine du pouvoir. Mais ce salopard était allé plus loin le 20 janvier.

Pamela reporte son attention sur le Dr Clint Abrams.

— Alors ? Il dit la vérité ? Personne ne le contraint à faire ça ?

Le Dr Abrams, un type maigre, au costume gris élégant, complètement chauve à l'exception de ses gros sourcils blancs, confirme :

— Oui, absolument. La graphie est ferme, le tracé sûr, sans le moindre tremblement. Le ton est solide, confiant. Ça m'étonnerait qu'il ait écrit ça avec un pistolet sur la tempe ou un couteau sous la gorge.

Pamela Barnes tapote la feuille.

— Et cette dernière phrase. C'est une citation, n'est-ce pas ? Ça vient d'où ? Qu'est-ce que ça signifie ?

— C'est une référence historique. Ce sont les mots de Lawrence Oates, un capitaine de l'armée britannique. Il faisait partie de l'expédition au pôle Sud, en 1912, avec Robert Scott. Ils devaient l'atteindre les premiers, mais ils ont été coiffés au poteau par le Norvégien Roald Amundsen. Six semaines avant eux.

— Fascinant… et quel est le rapport avec Matt ?

— Sur le chemin de retour vers le camp de base, le mauvais temps les a ralentis et certains membres de l'expédition sont très mal en point. Notamment Oates. Ses pieds sont rongés par la gangrène. Et en retardant tout le monde, il sait qu'il met ses compagnons en danger. Alors que le blizzard s'abat sur eux, il sort de la tente et prononce ces mots : « Je vais juste dehors et cela peut prendre un certain temps. » C'est considéré comme l'un des plus grands actes de bravoure et de sacrifice, un exemple du célèbre flegme britannique même dans les pires conditions.

— Sauf que Matt n'est pas anglais. Il n'a pas la gangrène, et je suis sûre qu'il n'y avait pas de blizzard dehors !

— À mon avis, intervient Blair, c'est de l'esbroufe. Ou un testament. Matt nous prévient qu'il va peut-être se sacrifier pour le bien d'autrui. Enfin qu'il est prêt à le faire.

— À savoir ramener sa fille. Mais on ne sait même pas si elle est vivante. Ni où elle se trouve.

— C'est vrai, madame la Présidente, et…

On frappe à la porte. Le mari de Pamela Barnes entre, le visage rouge, engoncé dans son smoking. Il est habillé pour la soirée caritative.

— On le tient ! annonce Richard. Il tente de quitter le pays à bord d'un avion de ravitaillement de l'Air Force, qui va décoller d'une base dans le New Hampshire. Il semble qu'il y ait deux militaires avec lui. Bref, il n'est plus porté disparu.

— Où va cet avion ?

— À Rota, en Espagne.

— Dans le sud-ouest de la péninsule, c'est bien ça ? Autrement dit à un jet de pierre de l'Afrique du Nord.

Richard hoche la tête.

— Exact. Il s'est embarqué avec ses hommes armés dans une expédition de secours pour récupérer sa fille.

Merde ! pense Pamela.

Si ça se sait, les médias vont lui tomber dessus. Matt Keating se lançant seul pour sauver sa fille ! Cela va être dévastateur pour elle.

Qui est aux commandes du pays ? Elle ou l'ancien président ?

Pamela se tourne vers la directrice du FBI.

— Lisa, il est hors de question qu'il planifie une expédition militaire de son propre chef. Il faut envoyer des agents pour l'en empêcher et l'arrêter.

— L'arrêter ? répète Lisa Blair, sceptique. Madame, c'est un ancien SEAL et l'ancien président. Je suis certaine qu'il a fait jouer ses contacts pour embarquer dans cet avion. Et ce n'est pas un délit au regard des lois fédérales.

Pamela Barnes lui jette un regard noir – une joute silencieuse s'opère entre les deux femmes. Le moment venu, Pamela fera payer le prix fort à cette âme damnée de Keating.

— Très bien, marmonne la Présidente.

Inutile de discuter avec cette femme butée. Elle décroche son téléphone. Le protocole voudrait qu'elle passe par le secrétaire à la Défense, mais il est en déplacement en Corée du Sud et au Japon. Et elle n'a pas le temps de faire des ronds de jambe aux bureaucrates du département de la Défense.

— Oui, madame la Présidente ? répond Paul McQuire, son assistant.

— Paul, passez-moi le centre de commande militaire du Pentagone.

— Tout de suite, madame la Présidente.

Elle attend. Son mari, la directrice du FBI et l'expert l'observent. Malgré son aversion pour les militaires, parfois cela a du bon d'être la chef des armées.

Son assistant revient vers elle.

— Madame, j'ai la colonelle Susan Sinclair en ligne.

— Colonelle Sinclair ? commence Pamela Barnes.

— Oui, madame la Présidente.

— Un avion ravitailleur de l'Air Force doit décoller de la base Pease dans le New Hampshire. Un vol à destination de Rota, en Espagne. Je veux que cet avion reste au sol. Il ne doit pas quitter la base sans mon autorisation expresse. C'est bien clair, colonelle ?

Elle perçoit un moment de flottement à l'autre bout du fil. Pamela imagine cette militaire coincée dans les entrailles du Pentagone, au milieu d'une batterie d'écrans et d'ordinateurs, de piles de dossiers, de rapports et de plans tactiques, recevant un appel comme celui-ci, contraire à toutes les procédures.

C'est bon, chérie ! Fais ton boulot ! s'impatiente Pamela.

— Oui, madame la Présidente. C'est très clair.

— Tant mieux. Je me fiche de savoir si vous devez appeler le chef d'état-major, le commandant de la base, ou le pilote. Débrouillez-vous. Cet avion ne doit pas décoller.

— Compris, madame la Présidente.

— Très bien. Prévenez le bureau de la Maison Blanche dès que vous en aurez la confirmation. On me tiendra au courant.

— Entendu, madame la Présidente.

Pamela Barnes raccroche et se tourne vers Lisa Blair.

— Quant à vous, je ne veux pas savoir comment vous allez vous y prendre, si vous contournez ou non la loi, mais j'exige que le FBI se rende à Pease et récupère Keating. Racontez-lui ce que vous voulez… que c'est pour sa propre sécurité, que vous craignez qu'il n'ait plus toute sa tête, que vous devez l'interroger pour une affaire criminelle… je m'en contrefiche ! Faites-le-moi juste descendre de cet avion !

— Ça va prendre un peu de temps. Il faut qu'on se coordonne avec la sécurité de la base et son commandement pour qu'ils laissent entrer nos agents. C'est leur territoire.

— Cet avion est cloué au sol. Alors peu importe le temps.

Du coin de l'œil, elle voit la mimique d'approbation de Richard. Et ça la rassure. Elle gère bien.

— Exécution ! ajoute-t-elle.

La directrice du FBI se lève. Le Dr Abrams l'imite.

— Ce sera fait, madame la Présidente.

88

À bord de Granite Four
Base aérienne Pease, New Hampshire

Je m'assois sur le strapontin du KC-135 et attache ma ceinture. David Stahl me sourit.

— Ça doit vous faire un choc ! La dernière fois que vous avez décollé de Pease, c'était bien différent.

Il a raison. L'intérieur de Air Force One est un hôtel volant grand luxe, avec un système de communication high-tech, des repas gastronomiques et une suite digne d'un cinq-étoiles, même si de temps en temps on est un peu secoué.

Et j'étais à son bord, sur cette même base, durant les primaires, lorsque ma vice-présidente a lancé les hostilités contre moi. Après m'être fait battre au caucus de l'Iowa, je suis venu ici pour un baroud de la dernière chance. Je l'ai emporté d'une courte tête et ça m'a redonné espoir.

Hélas, la joie a été de courte durée. J'espère cette fois, dans cet autre avion de l'Air Force, que la chance sera de mon côté jusqu'au bout. Même si cet appareil n'est qu'une carlingue nue et froide, et que je n'ai, pour me rasséréner, qu'une bouteille d'eau, des barres vitaminées, un siège sommaire, et aucun hublot pour voir l'extérieur.

J'appelle Danny Cohen et le général Ahmed ben Nayef pour leur expliquer mon plan.

Tous deux me souhaitent bonne chance et m'assurent qu'ils recherchent activement Al-Achid.

Nick Zeppos, Alejandro Lopez et Claire Boone sont en face de moi. Alejandro est affalé sur son siège inconfortable, les bras croisés sur la poitrine, les yeux clos.

Claire joue à un jeu sur son iPhone.

Nick est en grande conversation sur un téléphone satellite. Il m'adresse un sourire, raccroche et vient me voir.

Il s'accroupit devant moi et élève la voix pour couvrir le bruit des réacteurs qui font avancer l'avion vers l'unique piste de la base.

— J'ai une super nouvelle, monsieur le… pardon, Matt. Vraiment une bonne nouvelle.

— Je vous écoute.

— J'avais en ligne un de mes amis des SEALs. Le chef de section de la Team Six. Ils sont en mission d'entraînement en Tunisie. Et devinez où ils sont stationnés ? À Sfax-Thyna !

Ça paraît trop beau pour être vrai.

Il me donne une tape amicale sur le genou et se relève.

— C'est la vérité, Matt. On va avoir seize hommes de plus avec nous. Il suffit de les briefer à notre arrivée. Transport, communications, armes lourdes… Tout à coup, la force change de camp !

On se tape dans les mains et il retourne à son siège.

— C'est effectivement une belle opportunité, commente David.

— Je prendrai toutes celles qui se présentent.

Les moteurs hurlent. Le décollage est imminent.

Je ferme les yeux, comme mon frère Alejandro en face de moi.

Je me suis si souvent trouvé dans un avion militaire, les yeux clos, à écouter le sifflement des moteurs – à hélice ou à réaction –, me préparant pour la mission. J'étais formé, surentraîné, équipé de pied en cap, et je partais à l'autre bout de la planète, pour Dieu et la patrie – pourtant, c'est faux.

En vérité, nous décollions pour nos compagnons, nos amis, nos frères d'armes.

Et c'est encore le cas ce soir.

Pour ma famille.

Les moteurs rugissent. On sent une légère secousse.

On arrive, Mel ! Tiens bon !

Ça devient réel.

Mais la seconde suivante tout s'écroule.

Le vrombissement des turbines diminue et le KC-135 s'arrête.

— Qu'est-ce qui se passe ? s'inquiète David.

Même Alejandro, le dormeur, soulève une paupière.

Nous attendons.

Claire joue toujours avec son iPhone.

La porte du cockpit s'ouvre, et le capitaine Josephs en sort. La mine abattue, il se dirige vers moi en secouant la tête.

— Je suis désolé, monsieur. On nous a ordonné de couper les moteurs. On ne va nulle part ce soir.

89

Mission permanente de la République populaire de Chine
New York

Jiang Lijun, du ministère de la Sécurité de l'État, descend la East 35th Street, en se demandant pourquoi son patron, Li Baodong, l'a convoqué. Jiang veille à ne pas accélérer le pas. Il ne veut pas éveiller les soupçons.

Il ne se dépêcherait pas, même s'il était furieux. Quelques minutes plus tôt, il était avec Zhen et leur fille, Li Na. L'un de ses rares moments de liberté, pour profiter de sa famille et regarder son enfant faire ses premiers pas pendant que Zhen tapait des mains pour l'encourager.

Mais sa montre avait vibré. Il était allé dans son petit bureau pour passer un appel. Au moment de partir, il avait expliqué à Zhen :

— Le travail.

Juste ces deux mots. Il avait vu le regret dans ses yeux. Li Na l'avait senti et s'était mise à pleurer. Ses sanglots, c'est la dernière chose qu'il ait entendue en quittant l'appartement.

Alors qu'il se dirige vers le siège de la représentation permanente de la Chine, il songe une fois encore qu'il est trop vieux – et père de famille – pour continuer ce travail, partir aux quatre coins du monde, être envoyé en mission à toute heure du jour ou de la nuit. Comment son propre père a-t-il géré de telles situations quand il était au service de son pays ?

Jiang se renfrogne par réflexe. Il aurait pu lui poser la question si ces maudits Américains ne l'avaient pas tué.

Onze minutes plus tard, il entre dans le bureau de son chef, au sous-sol du bâtiment. Une fois Jiang assis, le gros Li Baodong le regarde avec insistance derrière ses lunettes à monture dorée.

— Alors, Lijun, tu as pris du bon temps ? Je l'espère pour toi, car tu vas quitter New York.

— C'est vrai, camarade ?

Une bouffée d'angoisse l'envahit. Il va être réaffecté ? Renvoyé au pays en disgrâce ? Rétrogradé, humilié devant ses pairs ?

— Oui, tu pars pour la Libye. Très bientôt.

— La Libye ? Mais pourquoi ? Je n'y ai pas mis les pieds depuis deux ans.

Une étincelle de colère traverse les yeux du gros champignon.

— Parce que ton contact Assim Al-Achid est de retour au pays et que nous savons de source sûre que Melanie Keating est en vie et toujours sa prisonnière.

— Mais les images de son exécution…

— Les Américains pensent qu'il s'agit d'un trucage, répond Li en tapotant son bureau de ses doigts boudinés. Nos experts sont du même avis. Et selon notre ambassade à Tripoli, Assim Al-Achid et son cousin sont là-bas. Tu vas partir en Libye et récupérer la fille du président. Quel qu'en soit le prix.

Jiang est sous le choc.

— Vu de notre dernier entretien, ça m'étonnerait qu'il change d'avis.

Li fronce ses gros sourcils noirs.

— Ah oui… ton fameux entretien, dans le New Hampshire. Tu as dit qu'Al-Achid n'a pas voulu te remettre la fille, malgré tes efforts, et toutes les contreparties que tu lui as proposées.

— Exact, camarade.

Li le regarde fixement et Jiang se sent soudain très mal. Il connaît ce regard du *pàng mógu*, le gros champignon, et il sait ce que ça signifie : un piège est tendu et, cette fois, il lui est destiné.

— Voyons ça, reprend Li en tapant quelques touches de son ordinateur.

Puis il tourne l'écran vers Jiang.

Une image apparaît, vue de haut. Un petit lac, des arbres, un parking de terre et…

Une voiture de location originaire du Canada.

À proximité, deux personnes se tiennent côte à côte. En pleine conversation.

Bien qu'il soit assis, Jiang se sent chanceler.

— Ça te rappelle quelque chose, Lijun ?

Le mépris dans sa voix est évident.

— Oui, c'est Williams Pond, répond Jiang, tentant de garder un ton détaché. Là où j'ai rencontré Al-Achid.

— Exact. Et ça ? Tu peux l'expliquer ?

Li appuie sur une autre touche et les enceintes crachotent. Jiang sent son ventre se serrer. Une boule aigre remonte jusqu'à sa gorge.

— *Félicitations... En tant que professionnel, je trouve ça très impressionnant. Vous avez dû mettre des années pour...*

Des parasites brouillent ensuite la conversation – une aubaine ! Mais la vidéo continue. Li se laisse aller au fond de son siège, les mains croisées sur son gros ventre. Et le son revient :

— *Je vous remercie...*

[...]

Encore des parasites.

— *Et maintenant, Assim ?*

— *Vous avez entendu ce que j'ex...*

[...]

Li Baodong reprend d'une voix tranquille :

— Tu n'imaginais tout de même pas que j'allais t'envoyer sur cette mission de la plus haute importance sans te surveiller ? Manque de chance, notre drone a encore des problèmes avec l'audio.

L'enregistrement se poursuit. Jiang a des sueurs froides.

Reste calme ! Ne montre rien, se sermonne-t-il.

Un défi plus grand encore quand la vidéo arrive à la fin. Aux dernières secondes, il s'entend proposer :

— *... Je peux vous apporter des fonds, des moyens de transport, des armes. Du renseignement...*

[...]

— *Pourquoi vous feriez ça pour moi ?*

— *Ça me regarde. Je mets ma carrière en jeu, et ma vie aussi...*

[...]

— *... je réfléchirai à votre proposition généreuse et non officielle...*

Les parasites brouillent l'écoute et la vidéo s'arrête. Le chef de Jiang pousse un long soupir et retourne l'ordinateur vers lui.

— Tu n'as pas tellement l'air de vouloir le convaincre de te rendre Melanie Keating, non ?

Jiang s'efforce de faire bonne figure.

— Cet enregistrement est plein de trous. L'essentiel a été tronqué.

— Ben voyons. Comme par hasard, les parties manquantes sont les moments où tu lui disais de libérer la fille !

Jiang tente un petit haussement d'épaules.

Te fatigue pas, se dit-il. Laisse-le parler.

Li Baodong secoue la tête, ses joues de hamster se mettent à trembloter.

— Tu pars pour la Libye, maintenant. Renoue avec tes anciens contacts, tes indics, et récupère-moi cette fille. C'est clair ? À n'importe quel prix. Trouve-la.

Jiang reste silencieux, les pensées se bousculent dans son crâne. Il est passé à deux doigts de l'exécution pour désobéissance.

— Ça te pose un problème ? insiste Li.

— Je sais que les ordres viennent de Pékin, mais je n'aime pas aider les Américains.

— À cause de ce qu'ils ont fait à ta famille en 1999 ?

— Entre autres… Oui, je les hais parce qu'ils ont tué mon père.

— Tu changerais d'avis si tu apprenais que ce ne sont pas eux les véritables coupables ?

Jiang a du mal à garder son calme.

— Ils l'ont tué, en bombardant notre ambassade. L'attaque était totalement gratuite et les Américains ont tenté d'étouffer l'affaire en prétextant une erreur de tir.

Li sourit et se gratte l'oreille.

— Effectivement, l'excuse était parfaitement ridicule. Beaucoup de gens aiment croire que les Américains sont des brutes épaisses, qu'ils lâchent leurs bombes au petit bonheur la chance, alors cette version est passée comme une lettre à la poste. En réalité, ils avaient une bonne raison de bombarder l'ambassade.

— Pardon, camarade ?

Li secoue la tête, d'un air las.

— Quand l'OTAN bombardait les Serbes pour les convaincre d'arrêter de massacrer leurs voisins musulmans, les Serbes ont abattu un avion américain, un F-117 Nighthawk. Ils ont récupéré l'épave et passé un marché avec nous.

— Un marché ?

— Absolument. L'OTAN pilonnait à tout va. Les Serbes avaient perdu tous leurs moyens de communication. Alors ils ont proposé de nous donner l'épave du F-117 – et par là même, une technologie de pointe en matière de furtivité qui nous ferait gagner cinq ans de recherche et développement – en échange de l'accès, pour leur usage militaire, à notre centre de communication situé au sous-sol de notre ambassade. On n'a jamais su si l'OTAN avait repéré la source de leurs transmissions, mais les Américains ont détruit cette installation militaire. Ils ont affirmé que c'était une erreur, et on a fait semblant d'y croire. Nous avons perdu trois de nos chers camarades, dont ton père, mais nous y avons énormément gagné en récupérant cet échantillon de technologie américaine.

Jiang a soudain la bouche sèche.

Li se penche vers lui et déclare d'une voix solennelle :

— Oublie cette haine irrationnelle contre les Américains et accomplis ton devoir. Mets la main sur la fille du président. Pékin a besoin de détendre les relations avec Washington et cette gamine est notre meilleur atout. Maintenant va-t'en.

En se levant, Jiang cogne sa chaise. Tout tourne autour de lui. Il se dirige vers la porte, étourdi, en pensant aux offrandes, aux billets funéraires qu'il a fait brûler en la mémoire de son père – sans compter ces magnifiques maisons de papier –, pour honorer son esprit dans l'au-delà et réclamer justice.

Et aujourd'hui, Jiang a l'impression que toute son existence, sa raison de vivre, est une construction savante de papier, qui vient d'être réduite en cendre d'une seule étincelle.

Il est temps d'accomplir ce qui est juste.

Et de le faire bien.

Sauver la fille du président, pour la famille de Jiang, pour son pays.

90

Georgetown University
Washington, District of Columbia

Samantha Keating est dans sa chambre du Georgetown University Hotel and Conference Center. Dans dix minutes, elle doit assister au cocktail d'ouverture du colloque annuel de la Society for American Archaeology. Elle est à la fois épuisée et excitée – Mel est en vie et Matt et son équipe sont en route pour aller la sauver.

Matt va réussir.

Samantha s'interdit de penser le contraire.

Sa seule présence ici est une surprise. Elle déborde d'énergie, telle une pile électrique. Elle ne tient pas en place. Elle lit un journal, le pose, regarde la télévision quelques secondes, puis change de chaîne.

Au moins, ici, à Georgetown, elle pensera à autre chose. C'est mieux que d'être coincée dans le Maine, à surveiller le téléphone, à regarder les minutes s'écouler, à se demander quand Matt arrivera en Libye.

Attendre. Encore attendre.

Non.

Mieux vaut s'occuper l'esprit, même si pour cela elle est de retour dans cette ville qu'elle a détestée toutes ces années. Lors de la soirée d'ouverture, elle doit remettre le Gene S. Stuart Award du meilleur article d'archéologie paru ces douze derniers mois, et ça lui donne le vertige. Elle espère que lorsqu'elle aura remis cette récompense, elle en aura une autre en retour, cadeau de Matt, en provenance de l'autre côté du monde.

Le retour de sa fille saine et sauve !

La sonnerie du téléphone interrompt le cours de ses rêveries.

C'est certainement Matt.

Elle regarde sa montre.

À cette heure, il devrait être au-dessus de l'océan, non ?

Ce n'est pas normal.

Elle décroche.

— Matt ?

— … au sol…

La liaison est très mauvaise.

Elle s'approche de la fenêtre, se bouche une oreille.

— Matt, je ne t'entends pas ! Qu'est-ce que tu dis ?

— … vol annulé. On est toujours à Pease.

— Mais pourquoi ?

Le signal revient.

— L'ordre est venu du Pentagone, explique son mari, d'une voix sourde et furieuse. Autrement dit, c'est passé au-dessus de la secrétaire de l'Air Force. Donc ça vient de la Maison Blanche.

Sam ferme les yeux.

— Qu'est-ce qu'on va faire ?

— Je cherche d'autres options. Mais ça s'annonce compliqué.

La ligne est interrompue quelques secondes.

— … je ne vais pas baisser les bras. Crois-moi. Je n'abandonne pas. Attends, le pilote revient… faut que je te laisse.

La communication est terminée.

Elle baisse lentement son téléphone.

Je n'abandonne pas…

— Moi non plus, s'exclame-t-elle.

Sam fouille dans sa valise, récupère un petit sac à main et quitte la chambre.

Elle trépigne devant l'ascenseur qui met un temps fou à arriver.

Ding !

Un couple de personnes âgées, habillé apparemment pour sortir dîner, se joint à elle au dernier moment. Elle enfonce le bouton « Réception » et regarde les portes se refermer.

Vite ! Vite ! Vite !

L'ascenseur s'ébranle.

— Excusez-moi… ? demande le vieux monsieur.

Samantha l'ignore et scrute les boutons des étages qui s'éclairent un à un pendant la descente.

La Maison Blanche a bloqué Matt…

— Excusez-moi, madame, insiste le vieil homme, vous êtes bien la…

Ding !

— Non, pas du tout ! réplique Samantha en s'engouffrant dans le hall.

Elle marche droit devant elle, sans écouter les gens qui l'appellent : « Docteur Keating ! Docteur Keating ! »

Enfin dehors !

Le portier se précipite.

— Madame ?

— Un taxi, s'il vous plaît.

Il lève le bras vers un Diamond Cab vert qui approche. Elle fouille dans son sac, donne deux dollars à l'employé.

Une fois dans la voiture, le chauffeur lui demande :

— On va où, madame ?

— À la Maison Blanche.

L'homme se tourne vers elle avec un sourire goguenard, celui du natif de Washington qui en sait bien plus que les gens de passage.

— Il est tard, ma petite dame. Les visites sont fermées.

— Je ne viens pas jouer les touristes. Conduisez-moi à la porte d'entrée sur la 15th Street Northwest. Et dépêchez-vous !

Le Diamond Cab s'engage sur West Road. Samantha se laisse aller au fond de la banquette, se frotte le visage. Pourvu qu'elle ait le courage d'aller jusqu'au bout.

91

Bureau Ovale
Maison Blanche

La présidente Pamela Barnes écarte son fauteuil du Resolute, attrape sa sacoche en cuir contenant ses lectures du soir, mémos, copies d'e-mails, rapports, et se lève. Le temps est bien loin où elle passait ses soirées à boire son whisky en feuilletant le *Washington Post* ou le *New York Times*.

Richard, en passionné de chevaux de course, participe à une soirée caritative à Georgetown organisée par la Equus Foundation. Pamela, qui a toujours été allergique aux équidés, désire surtout rester tranquille.

Après avoir découvert la folie dans laquelle Matt Keating voulait se lancer – aux dernières nouvelles, les agents du FBI sont en route pour Pease –, Pamela a grand besoin d'une soirée seule.

À la simple idée que Keating ait pu parvenir à destination, elle a des sueurs froides. Et s'il avait été tué ? Ou capturé ?

Elle s'efforce d'oublier ce que lui a dit Richard juste avant de partir : « Et imagine qu'il réussisse…

ce serait encore plus dévastateur que s'il y reste ou est fait prisonnier. »

C'est vrai, même si elle répugne à l'admettre.

La porte du bureau s'ouvre et Lydia Wang, l'une de ses assistantes, apparaît sur le seuil. Elle porte un tailleur-pantalon noir et semble soucieuse.

— Madame la Présidente…

— Qu'est-ce qu'il y a ?

— D'après le Secret Service, il y a un souci à la porte nord-ouest.

— De quoi s'agit-il ? Un intrus ? Quelqu'un qui profère des menaces ?

— Non, madame. C'est Samantha Keating. Elle veut vous parler, tout de suite. Et elle assure que si vous refusez, elle fera un scandale.

Quelques minutes plus tard, Pamela Barnes est de retour dans son fauteuil, les mains jointes sur le bureau, la sacoche à ses pieds.

Une colère froide déferle en elle, comme un torrent dévastant tout sur son passage.

La porte s'ouvre sur Samantha Keating. Elle est habillée de façon élégante, mais ses cheveux sont en désordre. Ses traits sont tendus, son visage creusé, et son nez paraît plus proéminent que d'habitude.

— Bonsoir, madame la Présidente. Merci de me recevoir à l'improviste.

— Tout le plaisir est pour moi, répond Pamela.

Comment oses-tu me menacer ! Débarquer ici, comme si c'était encore chez toi !

Elle sait très exactement pourquoi Samantha est là, mais il est hors de question qu'elle fasse le premier pas.

Elle préfère la laisser mariner.

Pamela désigne l'un des deux fauteuils devant le bureau. Elle ne se lève pas pour l'accueillir, ne lui tend pas la main, ni ne l'embrasse.

— Asseyez-vous, lâche-t-elle sans lui proposer à boire. S'il vous plaît, soyez brève. J'ai une montagne de documents à étudier et à signer avant de pouvoir dîner.

Samantha s'installe.

— Je le serai. Un avion de l'Air Force est sur le point de décoller sur une base aérienne au New Hampshire. Mon mari et son équipe sont à bord. Je vous demande de les laisser partir.

Pamela Barnes lui adresse un sourire glacial.

— Et pourquoi accepterais-je ?

— C'est la meilleure option, madame la Présidente. Matt est en mission. Je vous en prie, il doit l'accomplir.

Elle secoue la tête.

— Il n'en est pas question.

— S'il vous plaît.

— Non. Ce pays a une présidente, une politique étrangère, un département de la Défense. Je ne peux tolérer que votre mari se lance dans une opération clandestine, même s'il est rongé par le chagrin. Soyez-en certaine, Samantha, nous faisons tout ce qui est en notre pouvoir pour que les assassins de votre fille soient punis.

— Justement, Matt pense que Mel est en vie.

Comment est-elle au courant ?

Pamela Barnes n'en revient pas.

— C'est une possibilité, concède-t-elle. Nos services de renseignements et les experts militaires explorent cette piste. Ça ne signifie pas pour autant que je vais autoriser un ancien président des États-Unis à partir, armé jusqu'aux dents, à bord d'un avion de l'armée mener une guérilla personnelle.

— Pamela…

— Madame la Présidente, si vous n'y voyez pas d'inconvénient, corrige-t-elle. Et par-dessus tout, je ne peux prendre le risque qu'un ex-président soit blessé, capturé ou tué.

Pamela Barnes consulte ostensiblement sa montre.

— Bien, comme je vous l'ai dit, Samantha, j'ai encore beaucoup de travail. Je suis désolée, je n'autoriserai pas Matt à traverser l'Atlantique. Je vous demande d'accorder votre confiance à nos professionnels. Si l'on a la preuve que Mel est vivante, nous la retrouverons. Envers et contre tout.

Samantha réplique d'une voix si basse que Pamela doit tendre l'oreille :

— Comme lorsque vous avez refusé de payer la rançon ? C'est ça qu'il faut comprendre par « envers et contre tout » ?

La Présidente se lève et ramasse sa sacoche.

— Ne croyez pas tout ce qu'on raconte dans les journaux, ou sur Internet. Je pensais que vous aviez retenu la leçon du temps où vous étiez dans ces murs.

Samantha reste assise.

— Et rien ne vous fera changer d'avis ?

Pamela reste plantée derrière le Resolute. Comment va-t-elle parvenir à se débarrasser de cette femme sans demander aux agents de sécurité de la mettre dehors ?

— Non, rien.

Samantha plonge la main dans son sac à main et en sort un petit objet qu'elle pose sur le bureau.

— Même si cette chose vous faisait tomber dans les quarante-huit heures ?

92

Bureau Ovale
Maison Blanche

La Présidente contemple la clé USB posée devant elle et se rassoit lentement derrière le vénérable bureau – qui fut un temps celui de Matt. Samantha a du mal à cacher sa satisfaction.

Elle a vu tant de fois Matt tromper son équipe du Secret Service durant leurs longues parties de poker. Il gagnait même quand les cartes étaient contre lui. Un jour, il lui avait confié : « Sam, toute l'astuce est dans ton comportement. Si tu restes calme et concentrée, tu peux l'emporter avec une paire de deux. Si ton adversaire surprend une lueur dans tes yeux, un petit tremblement de tes mains, ou ton regard qui fuit… tu te feras laminer. »

Et ce soir, on mise gros, songe Samantha.

— Qu'est-ce que c'est ? s'enquiert Pamela.

— Une clé USB. Il y a une vidéo dessus.

Samantha se tait aussitôt.

Celui qui en dit trop a perdu.

Les deux femmes se regardent fixement.

— Très bien, se résigne la Présidente. Qu'y a-t-il sur cette vidéo ? Et en quoi ça me concerne ?

Samantha poursuit calmement :

— Ça fera exactement trois ans, la semaine prochaine… (Elle sort le texte qu'elle s'est répété en boucle pendant le trajet en taxi.) Votre mari est allé à Macao, pour les quatre-vingts ans de l'un des investisseurs du casino. Vous étiez alors vice-présidente. Et Richard est parti seul là-bas.

Pamela Barnes secoue la tête.

— Ça ne me dit rien. Désolée.

— Oh, il était présent, c'est une certitude ! Il y a eu des reportages, des photos, et une foule d'articles dans des blogs, critiquant votre mari parti faire la fête dans un territoire contrôlé par la Chine.

Pamela tente un trait d'humour.

— Et donc ? Sur cette vidéo, il chante « joyeux anniversaire » en mandarin ? Devant deux ou trois vieux apparatchiks chinois ?

— Non, réplique Samantha. On voit votre mari avoir des rapports sexuels avec trois garçons dans sa chambre d'hôtel. Et aucun n'a atteint l'âge de la puberté.

Le visage de la Présidente vire au blanc.

— Je ne vous crois pas. Et comme par hasard, cette clé USB est arrivée dans votre boîte aux lettres à l'université de Boston ! Encore un faux fabriqué par des cybergénies à Moscou ou à Pékin. Des conneries absolues ! Vous devriez avoir honte.

Samantha s'attendait à cette réaction.

— Quand Richard était au Golden Palace de Macao, un de mes anciens étudiants se trouvait dans le même bâtiment. Il travaillait pour une grande société informatique tout à fait respectable et il mettait à jour les logiciels de télésurveillance du casino. Il a vu ces images de ses propres yeux – malgré le brouilleur d'ondes que Richard avait sur lui. Les Chinois savent très bien parer ce genre de dispositifs. Il a été tellement choqué et révolté par ce qu'il voyait qu'il a tout enregistré. Et il ne demande qu'à venir témoigner pour raconter ce qu'il a vu.

— Et il vous a donné ça, là, maintenant ?

Surtout rester calme et concentrée, se répète Sam. Ne pas perdre de vue sa cible.

— Non, il me l'a remise juste après que vous vous êtes présentée aux primaires contre Matt.

Pamela regarde la clé USB, exactement comme s'il s'agissait d'un serpent venimeux prêt à sauter et mordre.

— Et pourquoi vous…

— Pourquoi je ne m'en suis pas servie à l'époque ? Je ne suis pas comme vous, Pamela. Ni comme votre Richard. Je n'ai pas voulu abattre cette carte pour gagner l'élection. C'était… indécent. Indigne.

Un lourd silence tombe sur le bureau Ovale.

Samantha tapote la clé.

— En revanche, je l'utiliserai aujourd'hui pour sauver ma fille. Décrochez votre téléphone, et autorisez cet avion à décoller avec Matt et ses coéquipiers à son bord. Et je ne publierai pas ces scènes.

— Allez-y ! Diffusez cette vidéo. Personne n'y croira. Personne ne voudra se salir les mains. C'est bien trop…

— Dégueulasse. Absolument répugnant. Bien sûr, les grands médias passeront leur tour. Mais, sur Internet, les sites d'info s'en donneront à cœur joie. Dans les vingt-quatre heures, toute la planète sera au courant. Et les médias « officiels », comme on dit, seront obligés de suivre le mouvement. On verra ces images partout.

Nouveau silence. À l'évidence, Pamela Barnes lutte contre ses émotions. Samantha porte l'estocade.

— C'est le marché. Passez ce coup de fil et je ne sors pas cette vidéo.

D'une voix tendue, la Présidente insiste :

— Ça ne suffit pas. Je veux cette clé. Et la promesse qu'il n'y a pas de copies ailleurs.

— Il n'y en a pas d'autres. Et cette clé restera en ma possession.

Joignant le geste à la parole, Sam la récupère et la glisse dans sa poche.

— Passez cet appel, Pamela.

Surtout ne rien montrer. *Poker face.*

Un autre silence.

Le tic-tac de l'horloge ancienne du bureau Ovale.

Une sirène qui mugit au loin.

Pamela décroche le téléphone.

— Paul, passez-moi le Pentagone. Le centre de commande militaire.

Elle attend.

— Colonelle Sinclair ? C'est la Présidente à l'appareil. Je retire mon ordre concernant l'immobilisation de l'avion à Pease. Prévenez le commandant de l'escadre. Qu'ils le laissent décoller. Immédiatement.

Elle raccroche.

— C'est bon ? Ça vous suffit ?

Samantha se lève.

— Bonsoir, madame la Présidente. Je suis ravie que nous ayons pu trouver un terrain d'entente.

Dix minutes plus tard, Samantha se retrouve sur la 15th Street NW, la Maison Blanche est derrière elle, ses jambes tremblent, son estomac est en vrac et elle se demande si elle ne va pas vomir.

Elle retrouve son calme, plonge la main dans son sac et effleure la clé USB – qui contient uniquement ses notes pour sa présentation du soir.

Merci, Matt, pour la leçon de poker !

Maintenant, ramène-nous notre fille.

93

À bord de Granite Four
Base aérienne Pease, New Hampshire

Le cockpit du vieux KC-135 est plein à craquer, avec mon équipe plus l'ORV Palmer, le pilote et la copilote. Serrés comme des sardines, on attend d'avoir des infos. Cela me rappelle cette vieille photo parue dans un *Life* des années 1950, où des jeunes gens étaient entassés dans une cabine téléphonique.

Sur le tarmac, en contrebas, trois hommes discutent. L'un en combinaison de l'Air Force, les deux autres en costume de ville. Les gars en civil font de grands gestes alors que l'officier – qui porte un calot bleu foncé avec les insignes de colonel – reste impassible, bras croisés.

— Qui c'est en bas ?

— Tighe. Le colonel Tighe, notre commandant, répond Josephs.

— Et les deux autres ?

— Des agents du FBI. De Portsmouth. Ils veulent monter à bord pour s'assurer que vous êtes ici de votre plein gré et que personne ne vous retient prisonnier. Le colonel soutient que c'est impossible.

— Pourquoi ?

— Vous vous souvenez du pick-up qui transportait la passerelle avec laquelle vous avez embarqué. On appelle ça l'escabeau. Il est HS. Les pneus sont à plat, le moteur refuse de démarrer… un truc comme ça.

— Mais il y a bien une échelle dans l'avion que l'équipage peut utiliser au besoin.

— Bien sûr, la « goulotte », précise Josephs avec un petit sourire. C'est réservé à l'équipage. Le FBI veut l'emprunter pour vous interroger. Et le colonel Tighe assure qu'aucun civil n'a le droit d'emprunter la goulotte sans avoir suivi une formation de quatre heures.

— Ils ont une discussion de fond sur les conditions d'accès à un avion en toute sécurité, plaisante sa copilote.

Les négociations se poursuivent en bas.

— Quand j'étais chez les SEALs, on vous prenait pour des bureaucrates et on vous surnommait la « *Chair Force* ».

Je lui donne une tape sur l'épaule et m'apprête à sortir du cockpit.

— Voyez, c'est injuste, parfois la bureaucratie a du bon !

— C'est gentil, monsieur. Toutefois ça ne fait que repousser l'inéluctable. Tôt ou tard, le FBI va monter ici.

— J'ai bien compris, capitaine, dis-je en quittant le cockpit.

L'équipe m'attend au fond de l'avion.

— Les Fédéraux sont ici. Ils veulent s'assurer que je suis en vie et en bonne santé.

— Et nous empêcher de décoller, précise David Stahl.

— Il n'y a aucun autre moyen de filer ? s'enquiert Claire.

Nick Zeppos secoue la tête.

— À part la porte par laquelle nous sommes entrés, et l'échelle de l'équipage, non.

— On pourrait prendre la hache d'incendie et faire un trou dans le fuselage, lance Alejandro. Mais nos hôtes risquent de ne pas apprécier. Et le FBI va s'en apercevoir.

Nick se tourne vers moi.

— On tente une sortie et on se met à courir ?

— Si on n'a pas d'autre solution… Mais oublions la hache. On va passer par la goulotte et…

À son tour, le sergent Palmer sort du cockpit et vient vers nous à grands pas.

— Hé ! Pourquoi vous êtes debout ? Tous les passagers doivent être assis ! Regagnez vos places et attachez vos ceintures. On y va !

Je le regarde avec étonnement.

— Qu'est-ce qui s'est passé ?

— Aucune idée. La tour de contrôle a donné au capitaine le feu vert pour décoller. L'ordre vient direct du Pentagone. C'est tout ce qu'on sait.

Un moteur s'allume. Puis un autre. Et un autre encore.

— C'est bizarre, non ? Qu'est-ce que vous en pensez ? me demande David.

— Qu'on va juste écouter le sergent.

Je retourne à mon siège, boucle ma ceinture. David me rejoint. En face de nous, Nick et Alejandro s'installent. Claire Boone attache la sienne d'une seule main en continuant à jouer sur son téléphone.

Palmer vérifie que nous sommes bien sanglés, hoche la tête et déclare :

— Apparemment, monsieur le Président, vous avez le chic pour régler les problèmes.

— Dommage qu'une majorité d'Américains ne l'ait pas cru il y a deux ans.

— Oui, c'est bien dommage, acquiesce-t-il en s'asseyant à son tour. Pour nous tous.

L'avion commence à bouger, roule un peu, pivote et marque une pause.

J'imagine la discussion dans le cockpit entre le pilote et sa copilote. Ils font leur boulot, en bons professionnels. Ils doivent pourtant se poser mille questions : c'est pour ça qu'on a signé ? Pour suivre les instructions de Washington qui ne sait pas ce qu'il veut ?

Les réacteurs vrombissent.

Le décollage est imminent.

Mais…

Un contre-ordre pourrait tomber et nous coincer à nouveau.

L'un de ces vieux moteurs pourrait perdre une pale de turbine et exploser.

Les deux agents du FBI pourraient la jouer à la J. Edgar Hoover et placer leur véhicule en travers de la piste, pour forcer le pilote à s'arrêter.

On roule de plus en plus vite.

L'accélération me pousse en travers de mon siège sommaire.

L'avion se cabre.

Nous quittons le sol.

Des grincements métalliques parcourent le fuselage. Les trains d'atterrissage sont rentrés. J'en ai les larmes aux yeux.

Cette fois, on est partis.

Mel, nous arrivons !

Je consulte ma montre.

Plus de douze heures de vol pour rejoindre la Tunisie.

Durant ce voyage au-dessus de l'Atlantique, il ne va pas se passer grand-chose. Mais mes amis en Israël et en Arabie saoudite vont continuer à traquer Al-Achid, qui est de retour dans leur secteur.

Nous avons eu beaucoup de chance de pouvoir quitter les États-Unis.

J'espère qu'on en aura autant en atterrissant en Afrique du Nord, grâce au travail de renseignement des Israéliens et des Saoudiens.

Je regarde à nouveau ma montre.

Dix minutes de vol, cap à l'est.

Ma petite Mel, où es-tu ?

IV

94

Quelque part dans le nord-ouest de la Libye

Mel Keating se trouve à l'arrière d'un van blanc, garé dans un petit village.

Elle a encore la nuque douloureuse d'avoir reçu, une semaine plus tôt, le coup de sabre à la lame émoussée. Ses parents doivent la croire morte. À l'idée de ce que ce salaud leur fait subir, son ventre se noue. Elle plaint plus leur sort que le sien.

Toute honteuse, elle a découvert que sa vessie a lâché quand elle a cru qu'on allait lui trancher la tête. Elle a heureusement pu nettoyer ses vêtements dans un ruisseau boueux, et les faire sécher sur un rocher. Juste un rinçage sommaire.

Elle se sent sale, ses cheveux sont poisseux, ses poignets et ses chevilles la font souffrir, là où les liens de plastique mordent les chairs. Mais il y a eu une petite victoire aujourd'hui, un rayon de soleil.

Elle a demandé à l'un de ses geôliers de lui attacher les mains devant, et plus dans le dos. Elle ne connaissait pas le nom du gars. Elle l'avait baptisé Alpha, puisque c'était la première personne qu'elle avait vue à la suite de sa fausse décapitation. Il parlait un peu anglais et, après une belle démonstration de pleurs et de lamentations, il a accepté de négocier : « D'accord, en échange d'un baiser. Tu m'embrasses, et je t'attache les mains devant. »

Mel est horrifiée à l'idée de devoir embrasser cet homme sur la bouche – elle serait trop tentée de le mordre et de lui arracher les lèvres ! – mais le barbu lui a tendu la joue. Pour se donner du courage, elle s'est dit qu'elle embrassait un coyote. L'autre a tenu parole, il a détaché les mains dans son dos et, avec un nouveau lien, les lui a rattachées devant.

— Bienvenue en Libye ! lui a-t-il lancé en riant, amusé de lui accorder cette petite faveur.

Idiot ! Il allait s'en mordre les doigts.

Elle examine l'intérieur du fourgon. Ici, à l'arrière, du métal rouillé, de vieilles couvertures, des oreillers. Devant elle, une rangée de sièges vides, et tout à l'avant les places du conducteur et du passager.

C'est la nuit et, derrière le volant, Bêta monte la garde. Il est armé d'une kalachnikov – l'arme de prédilection des crétins, lui avait dit son père. Et, à cet égard, Bêta porte bien son nom.

Il dort.

Une vingtaine de minutes plus tôt, Alpha, se trouvait à côté de lui quand une femme est venue lui parler à la fenêtre. Mel n'a pas aperçu son visage, elle a juste entendu sa voix et vu le résultat : Alpha a murmuré quelque chose à Bêta. Il a ouvert la portière et est sorti.

Maintenant, ils ne sont plus que tous les deux.

Un réverbère quelque part éclaire l'intérieur du van. En se déplaçant sur le côté, Mel constate que Bêta dort toujours. Elle l'entend même ronfler.

C'est sa chance.

Mel se met en position. Elle se souvient de l'époque où son père faisait des barbecues avec ses amis militaires. Il n'était pas encore au Congrès. Entre les rires, les anecdotes et les bières, ils organisaient souvent une sorte de joute.

Il s'agissait d'attraper quelqu'un et de le ficeler. Celui qui se libérait le plus vite gagnait une caisse de Lone Star.

Mel était toute jeune à l'époque. Elle se cachait au fond du jardin pour les regarder.

Et apprendre.

Elle se dresse sur ses genoux, devant la roue de secours fixée à la paroi par un gros écrou papillon. Elle observe ses poignets et s'aperçoit que le système d'attache du lien est sur le côté. Avec ses dents, elle attrape la languette et tire de toutes ses forces pour placer le système au milieu, entre ses deux poignets.

Elle lève les bras, le plus haut possible, et abat ses poignets sur l'ailette de métal qui dépasse de la roue.

La douleur est fulgurante. Elle remonte jusqu'aux épaules, et sous le choc elle tombe en arrière, en essayant de faire le moins de bruit possible.

Aïe !

Elle tire sur le lien.

Toujours là.

Encore une fois !

À nouveau, elle lève les bras, si haut que ses doigts touchent le plafond, et…

La douleur est encore plus forte !

Elle se mord la lèvre pour ne pas crier. Les larmes lui montent aux yeux.

Pourquoi ça ne marche pas ?

Ça devrait céder.

Il le faut !

Des ondes pulsent dans ses poignets, comme des vagues de feu.

À trois mètres d'elle, Bêta est toujours endormi et, dehors, le bourdonnement d'un poste de radio s'intensifie.

Par-dessus la musique, Mel entend rire une femme et un homme. Sans doute Alpha, qui passe du bon temps. Quand elle pense qu'elle a embrassé ce visage poilu et puant ! Mel se souvient de sa peur, de son humiliation. Elle prend une longue inspiration pour chasser cette image, lève une nouvelle fois ses bras endoloris et…

Bam !

Mel tombe à la renverse, haletante, les mains libres !

Elle se frotte les poignets et retire le lien.

Et manque de pousser un cri de joie.

Elle s'assied aussitôt, repère un morceau de métal rouillé à côté du hayon. Elle tend les jambes et se met à frotter ses pieds sur l'arête du lien.

Clac !

Elle s'autorise à perdre quelques secondes pour masser ses chevilles. C'est si bon.

Et maintenant ?

Une bouffée de colère l'envahit. Ils ont tué Tim pour la kidnapper, ils l'ont rudoyée, malmenée, droguée – oui, droguée, elle en est certaine. Pourquoi se serait-elle endormie comme ça après son petit-déjeuner dans le New Hampshire ? Ils l'ont ensuite réveillée avec des gifles. Elle était dans un bâtiment de brique, près de l'océan. Elle se souvient de l'odeur iodée.

Puis il y a eu le voyage dans le coffre d'une voiture. Les cahots, les secousses.

Et ce coup de sabre sur sa nuque, la douleur…

L'AK-47 de Bêta est tout près. Il suffirait d'escalader la première rangée de sièges, d'attraper l'arme, de vérifier que le cran de sûreté n'est pas engagé, et elle enverrait son geôlier dans un monde meilleur.

Resterait à trouver Alpha et faire pareil…

Et ensuite ?

Une fille armée ? Seule ? Combien de combattants il y a ici ? Et où sont Assim et son cousin Faraj ? Quelle serait leur réaction si elle sautait du fourgon en tirant à tout va ? Et d'abord, combien de balles a-t-elle ? Un chargeur classique d'AK-47 contient trente cartouches. Y en a-t-il d'autres de rechange ?

Arrête, Mel !

Tu perds du temps !

Elle s'approche du hayon, trouve le verrou, le soulève.

Le coffre s'ouvre !

L'air est froid dehors. Elle attrape une couverture, la glisse sur ses épaules et descend du véhicule.

Comment peut-on appeler ça une route ? C'est juste un amas de cailloux ! Et elle vient de se tordre la cheville. Salement ! La douleur fuse dans toute sa jambe.

Une vraie partie de plaisir ! peste-t-elle en silence.

Elle avance le plus silencieusement possible en claudiquant. Elle distingue les silhouettes des maisons dans la nuit. Des constructions de pierre sur un ou deux niveaux. Des routes et des ruelles de terre. Deux réverbères, qui donnent une lumière tremblotante. Le fourgon où elle se trouvait, et deux gros SUV, peut-être des Suburban. Les fenêtres de la première maison sont éclairées. Un chien aboie.

Que faire ? Frapper à la porte pour demander de l'aide ?

Non ! Pas ici !

Et si c'est Al-Achid qui ouvre ?

Elle plaque la couverture contre elle et s'éloigne en traînant la jambe. Malgré la douleur, elle s'efforce de marcher vite. Bêta va forcément se réveiller, ou Alpha revenir au van.

Alors Mel continue d'avancer, et finit par trébucher et tomber.

Elle ferme les yeux, roule sur le bas-côté de la route, et se met à pleurer. Tout ce qu'elle a c'est son short et son sweat-shirt de son pays, des chaussettes, et cette couverture crasseuse sur les épaules.

Papa, je t'en prie. Viens me chercher !

Elle garde les yeux clos. Et peu à peu ses larmes cessent de couler.

Elle attend.

Les minutes s'écoulent.

Mel rouvre les paupières.

Elle s'est habituée à l'obscurité.

Au-dessus d'elle, le spectacle est à couper le souffle. Le ciel étoilé du désert ! Une myriade de galaxies qui scintillent. Sa mère lui a raconté l'histoire des constellations, et pourquoi les anciens leur avaient donné des noms. Là, une vieille connaissance : la Grande

Casserole – la Grande Ourse. Elle suit les deux étoiles et repère la Petite Ourse.

Et Alpha Ursae Minoris.

L'étoile Polaire.

Mel se relève, sans chercher à voir dans quoi elle était couchée.

Elle ne regarde que le nord.

C'est là que se trouve la mer Méditerranée et donc les villes et les villages. Et malgré sa cheville droite et ses poignets douloureux, elle sourit derrière ses larmes.

Parce qu'elle est libre.

95

Quelque part dans le nord-ouest de la Libye

Assim Al-Achid est assis confortablement sur un canapé couvert de coussins, devant un verre de thé à la menthe et un plateau de dattes, de raisins et de petits gâteaux. Il sourit avec bonhomie à son hôte, Omar El-Mountassir.

Gros, barbu, et vêtu d'un pantalon et d'une chemise de coton blanc, El-Mountassir tripote un chapelet de perles de ses doigts boudinés. En d'autres circonstances, Al-Achid se serait tranquillement levé, serait passé derrière Omar et lui aurait tranché la gorge.

Omar El-Mountassir sourit, ses mots sont doux comme du miel, pourtant il reste inflexible.

— Mon cher ami Assim, je m'excuse encore, mais il m'est impossible de vous loger, toi et tes amis, ce soir. Je vais te nourrir, te donner de l'essence, à boire et à manger pour ton voyage, où qu'il te mène. Je ne peux toutefois pas vous garder dans ma maison.

Le salon est couvert de tapis, de tentures, de photos sous cadre d'Omar Al-Mokhtar – le chef de la résistance libyenne contre les Italiens, qu'Al-Achid idolâtre – et d'Ahmed El Trbi, le plus grand footballeur du pays.

Les trois fils d'Omar se tiennent contre le mur, armés de pistolets. Ils lancent des regards noirs à Al-Achid – sa présence met en danger leur père et leurs familles. Plus tôt, Omar a « proposé » à Faraj d'aller vérifier combien d'essence il fallait pour les deux Suburban et le van GMC. Assim n'est pas dupe. C'est une ruse pour qu'il se retrouve seul avec le chef de tribu, qui était autrefois un allié.

— Mon fidèle ami Omar, je suis honoré d'être sous ton toit, avec tes forts et vaillants garçons. Cependant je me pose une question : est-ce un bon exemple que tu leur donnes en refusant l'hospitalité à un vieil ami ?

L'obèse agite la main.

— Comme tu le sais, les temps sont difficiles, bien plus compliqués que lorsque tu as commencé ton djihad. À l'époque nous pouvions vivre ici, nous serrer les coudes, sans trop d'inquiétude, et nos voisins étaient là pour aider. Mais aujourd'hui… Les Russes, les Turcs, les Chinois sont partout, avec leur argent, leur pouvoir, leurs armes. Et maintenant les Américains rappliquent.

— Les Américains finissent toujours par rappliquer à un moment ou à un autre. Jusqu'à ce qu'ils soient saignés, comme en Somalie, en Irak, en Afghanistan, et qu'ils s'en aillent la queue entre les jambes.

El-Mountassir sourit de nouveau, puis secoue la tête.

— Cette fois, c'est différent. Tu as tué la fille de leur ancien président. Les Américains sont des tendres, mais si tu t'en prends à leur progéniture, en particulier à celle d'une personnalité aussi importante, ils ne vont pas te lâcher. Jusqu'à avoir ta peau.

— Je ne crains pas la mort, réplique Assim, sentant la colère monter en lui.

— Ton courage est admirable, mon ami. Seulement ta présence ici expose ma famille à un grand péril, ainsi que mon peuple. (El-Mountassir pointe son doigt vers le plafond.) En ce moment même, un drone américain tourne peut-être au-dessus de nous, des agents de la CIA pourraient regarder les images et te voir dans ma maison… leurs missiles pourraient s'abattre d'un instant à l'autre. Il y aurait beaucoup de morts, des femmes, des enfants, et tu crois que ça les arrêterait ? Non. La seule chose qui leur importe c'est de te tuer. Et nous, moi et ma famille, serons juste des victimes collatérales.

— Omar, mon ami…

— Non, l'interrompt le gros homme en se levant difficilement de son siège. C'est trop demander. Nous avons rempli les réservoirs de tes véhicules, nous vous avons donné de l'eau et de la nourriture. Maintenant, il faut partir.

Al-Achid se lève à son tour, avec une lenteur calculée, et lui fait un signe de tête.

— Je te suis reconnaissant de m'avoir offert un toit, même pour une courte durée. Je m'en souviendrai. Un jour, les Chinois, les Russes, les Turcs et même les Américains s'en iront. Et toi, tu seras toujours là. Comme moi. Et nous nous retrouverons, mon ami.

— Si tu es encore en vie. Alors ce sera avec un grand plaisir.

La porte d'entrée s'ouvre. Al-Achid passe devant les fils toujours aussi revêches et s'approche de l'escalier de ciment qui donne sur une petite cour pavée. Une ampoule électrique éclaire le chemin. Il aperçoit Faraj en compagnie des deux hommes censés garder Mel Keating.

À voir la tête qu'ils font, Al-Achid comprend aussitôt.

— Comment ?

Faraj s'apprête à répondre, mais Assim se ravise.

— Plus tard.

Il sait que les fils d'Omar l'observent. Tout ce qui pourrait être dit sera rapporté à leur père, puis aux autres chefs de tribu dans la plaine, puis à ceux des montagnes.

En quelques minutes, les trois véhicules ont quitté le village. Au bout d'un moment, Al-Achid, assis dans le Suburban de tête, demande à Tarak, le chauffeur, de s'arrêter et rassemble tout le monde dans la lumière des phares.

Une discussion confuse s'ensuit – les deux gardes se rejettent la faute mutuellement. Lorsqu'ils arrêtent leurs lamentations et récriminations, Al-Achid sort son Beretta 9 mm et tire dans la tête du premier. L'homme s'écroule et son compagnon prend ses jambes à son cou. Al-Achid fait feu deux fois, le touchant dans le dos, puis il s'approche et l'achève d'une balle dans le crâne.

Il pousse un long soupir.

Toujours aussi furieux, il se tourne vers son cousin Faraj.

— Emporte leurs cadavres dans le désert. Qu'ils soient mangés par les rats et les vautours.

Faraj aboie ses ordres au groupe et demande à Assim :

— Et maintenant ?

Al-Achid range son arme encore chaude dans son étui.

— Il faut retrouver Mel Keating. Et en finir.

96

Appartements privés de la Présidente
Maison Blanche

Pamela Barnes est seule dans le salon de ses appartements privés, un verre de Glenlivet à la main. Elle boit une nouvelle gorgée, l'alcool lui fait du bien et elle s'efforce de résister à l'envie de le vider d'un trait et de s'en resservir un autre.

Un seul verre ! se sermonne-t-elle. Pas plus. Même aujourd'hui !

Devant elle, la grande télévision est réglée sur History Channel. Ce soir, c'est un documentaire sur l'édifice qu'elle occupe en ce moment. Son histoire, sa construction…

Une autre gorgée. Une petite. Il faut se rationner. Elle songe à ce qu'avait écrit John Adams, son lointain prédécesseur, après sa première nuit à la Maison Blanche. Des mots gravés en 1945, à la demande de Roosevelt, sur le manteau de la cheminée dans la grande salle à manger :

Je prie le ciel d'accorder sa bénédiction à cette maison et à tous ceux qui l'habiteront. Que seuls des hommes honnêtes et sages règnent sous ce toit.

Elle baisse son verre et murmure :

— Des *hommes* honnêtes… visiblement tu n'imaginais pas qu'il y aurait une femme dans ce fauteuil. N'est-ce pas, mon vieux Johnny ?

La porte s'ouvre. Son mari et directeur de cabinet entre. Il est en smoking. Sa cravate défaite pend sur sa chemise blanche amidonnée. Il se frotte le visage et s'exclame :

— Quelle soirée ! Je prendrais bien un verre !

— Assieds-toi.

— D'accord. Mais donne-moi une seconde. Le temps que je me rafraîchisse le gosier.

— Je t'ai dit de t'asseoir !

Elle attend que Richard s'installe sur le canapé à côté de son fauteuil, comme un bon garçon obéissant. La télévision est toujours réglée sur History Channel, en sourdine.

Le silence tombe dans la pièce.

Finalement, Richard le rompt.

— C'est bon ? Matt Keating est sous bonne garde ?

— Si on veut, réplique-t-elle.

Le documentaire détaille les changements de décoration effectués par Jacqueline Kennedy, les couleurs et les plaies de l'Histoire encore si présentes.

— Il est sous celle de l'équipage d'un KC-135 qui traverse l'Atlantique en ce moment même. Exactement comme il le voulait.

Richard se redresse sur son siège, rouge de colère.

— Comment est-ce possible ? Quel officier a osé désobéir à tes ordres ? Qui est le coupable ?

— Toi ! C'est toi le coupable, Richard !

Il la dévisage, surpris.

— Je ne comprends pas, Pamela. Sois plus claire.

Elle se baisse et ramasse sa sacoche.

— Tu vois cette pile de dossiers et de rapports. J'ai ici, en détail, tous les problèmes de la planète. Et pourtant, il n'y a rien sur ton petit voyage à Macao. Quand j'étais vice-présidente. Quand tu as vendu ton bétail pour te lancer dans les casinos. Tu es parti là-bas fêter l'anniversaire d'un investisseur, n'est-ce pas ?

Il commence à se frotter les mains nerveusement.

— Ça fait longtemps… Pamela… Trois ans.

— Exact. Et pendant que tu faisais la fête ce soir avec tes fans de canassons, on m'a raconté tes hauts faits à Macao. Au Golden Palace. Visiblement, tu as pris du bon temps. Vers 2 heures du matin, trois visiteurs sont venus dans ta chambre. Trois très jeunes visiteurs.

Le visage de Richard s'assombrit. Son menton se met à trembler.

— Bien sûr, tu pensais que tu ne risquais rien, poursuit Pamela. Tu avais apporté l'un de ces gadgets high-tech que tu m'avais montrés, un bidule militaire qui sert à empêcher tout enregistrement audio ou vidéo. Sauf que ça n'a pas marché. Ils ont enregistré tes… activités nocturnes.

Richard frotte ses mains l'une contre l'autre de plus en plus vite.

— Mais quel… quel rapport avec Matt Keating ?

— Une fois de plus, tu me déçois, Richard. Tu ne vois pas le rapport ? Il est pourtant évident. Pour que cette vidéo ne soit pas rendue publique, j'ai été obligée de laisser partir Matt.

Sa voix grave tremble lorsqu'il demande :

— Qui a cette vidéo ?

— Samantha Keating. Elle a débarqué ici il y a trois heures, en m'expliquant qu'elle avait cette vidéo sur une clé USB. Un ancien étudiant qui travaillait à Macao la lui a remise. On t'a vu, Richard ! Il était là derrière les caméras, il mettait à jour le système de surveillance de l'hôtel. Samantha m'a proposé un marché. Laisser partir son mari et la vidéo ne sortira jamais.

— Tu aurais dû bluffer, Pamela. Jouer la montre, demander à voir les images et…

Pamela manque de lâcher son verre.

— Voir ces images ? Pour l'amour du ciel, Richard, tu crois que j'ai envie de voir la moindre seconde de cette horreur ?

Il ne répond rien. Baisse les yeux.

Pamela lâche un soupir.

— Demain après-midi, tu vas annoncer ta démission de directeur de mon cabinet, pour raisons médicales. Et moi, bien sûr, je vais l'accepter les larmes aux yeux, pleine de regrets, en soulignant que ta santé est primordiale. Nous ferons une petite conférence de presse dans la Roseraie, tu prononceras quelques mots gentils, et moi de plus gentils encore. Ce sera un moment émouvant et poignant, Richard. Mais je veux que tu vides ton bureau toute affaire cessante, et que tu quittes la Maison Blanche.

Il manque de s'étrangler.

— Mais… je ne suis pas malade, Pamela !

— Si, tu es malade. Et c'est grave.

Elle agite ses glaçons dans son verre.

— Tu resteras le « First Gentleman ». Tu souriras et tu te tairas. Tu ne parleras plus à la presse ni à personne. Tu vas souvent être en déplacement dans les mois à venir, pour préparer ma réélection. Mais en ce qui concerne la politique ici, c'est terminé, Richard.

— Pamela… je t'en prie.

À l'écran, apparaît Pat Nixon. La pauvre Pat Nixon… une First Lady qui ne s'est jamais plu dans cette prétendue « maison du peuple ».

— Richard, je ne te veux plus comme directeur de cabinet. C'est trop dangereux. Tu risques d'être grillé un jour ou l'autre si les Chinois ont cette vidéo.

Il se lève lentement, s'essuie les yeux avec sa grosse main de fermier.

— Tu as fini, Pamela ?

La Présidente boit l'eau des glaçons au goût de whisky.

— Presque. Ce soir, tu n'es pas le bienvenu dans mes appartements.

— Mais je vais dormir où ?

— Il y a seize chambres dans cette maison. Va t'en trouver une !

97

Quelque part dans le nord-ouest de la Libye

Le ciel pâlit à l'horizon. Le soleil va bientôt se lever, les étoiles vont s'éteindre. Mel Keating a mal aux pieds, sa cheville droite la lance, et elle a très soif. Avec le jour, il va faire chaud, mais au moins elle pourra voir où elle marche. Depuis son évasion, il y a quelques heures (combien au juste, elle n'en sait rien !), elle a suivi la route qui, par chance, file droit au nord, à en croire l'étoile Polaire. Pendant ses courtes pauses, elle a quitté la piste et s'est éloignée dans le désert. À un moment, quelque chose a rampé sur ses jambes. Elle a poussé un hurlement qui a dû s'entendre à des kilomètres à la ronde.

À deux reprises pendant la nuit, elle a entendu un véhicule rouler dans sa direction, tous phares allumés. Les deux fois, elle s'est enfuie dans le désert et s'est allongée dans le sable, en se cachant sous sa couverture. Et elle a prié pour qu'aucun serpent ou scorpion ne vienne lui rendre visite.

Un véhicule s'est même arrêté à proximité. Il était si près qu'elle a entendu les voix et le bourdonnement du moteur au ralenti. Une lampe torche a fouillé les alentours. Mel a fermé les yeux, se souvenant que lorsqu'elle était enfant et avait peur des fantômes dans sa chambre elle se répétait :

Si je ferme les yeux, je ne peux pas les voir, et eux ne peuvent pas me voir.

Elle a gardé les paupières closes jusqu'à ce qu'elle entende un cri de rage et de frustration et que la voiture reparte dans un rugissement de moteur.

Heureusement, elle a eu la bonne idée de ne pas bouger, car le véhicule – peut-être un pick-up ? – s'est arrêté brusquement et les lampes ont à nouveau fouillé le désert, comme s'ils espéraient la surprendre au moment où elle quittait sa cachette.

Et maintenant c'est l'aube. Déjà.

Elle mâchonne sa langue et l'intérieur de ses joues dans l'espoir d'apaiser sa soif.

En vain.

Elle ramasse un caillou, le met dans sa bouche. Un peu de salive vient, mais ça ne la soulage pas.

Pour survivre dans le désert, il faut se déplacer la nuit et rester à l'abri le jour, afin de conserver son eau et son énergie. Un endroit à l'ombre ! Un trou, une dépression dans le sable, là où des plantes peuvent pousser. Et creuser, trouver de l'eau. Ou un morceau de métal brillant, de quoi lancer un SOS à un avion ?

De belles idées ! Uniquement si on est seule et perdue dans le désert. Pas quand on a des tueurs à ses trousses. Des tueurs aussi impitoyables qu'Al-Achid et ses hommes. Être invisible au milieu de ces pierres et ce sable implique de ne pas bouger, or elle doit continuer à avancer, trouver de l'eau, un abri, et peut-être des gens.

Des gens qui pourraient l'aider.

Qui parleraient anglais.

Et qui auraient un camion, une voiture ou une moto pour l'emmener loin de ses ravisseurs.

Le paysage apparaît soudain. Des dunes, des rochers nus, quelques broussailles, la route de terre sur laquelle elle avance, creusée d'ornières. Des petites montagnes, des plateaux, tout autour. Le parfait endroit où se cacher. Pas étonnant qu'Al-Achid l'ait emmenée ici.

Où que ce soit.

Il fait de plus en plus jour.

Avec précaution, elle regarde de part et d'autre de la route – des canettes vides, des cartons écrasés, des sacs d'ordures, qui resteront sans doute là mille ans.

Mel tombe sur une caisse en morceaux. Il reste de belles lattes de bois. Elle s'agenouille, arrache la plus longue planche et la plante dans le sable. Puis elle s'assoit et examine ses pieds.

Ce n'est pas beau à voir !

Depuis son kidnapping, elle n'a plus ni ses baskets, ni ses chaussures de randonnée. Juste ses chaussettes de marche. Elles sont à présent usées et déchirées. Ses pieds sont constellés d'ampoules et de coupures, mais pas question de les ôter tant qu'elle n'a pas d'eau et de savon pour les laver, et des pansements pour les soigner.

Mel récupère deux sacs plastique, glisse ses jambes à l'intérieur. Et à l'aide de brins de laine arrachés à la couverture, elle les attache solidement à ses mollets.

Elle transpire dedans, elle a l'air d'une clocharde, mais au moins ça la protège un peu.

Mel observe la latte qu'elle a plantée dans le sol. L'ombre s'étend vers l'ouest – elle a ainsi le nord !

Elle repère un rocher à la forme étrange, saillant d'un mont au loin.

Par là. Si tu avances dans cette direction, tu iras vers la mer et la civilisation.

Mel se remet en marche, claudiquant à cause de sa cheville douloureuse, la couverture sur sa tête et ses épaules. Au bout d'un moment, la route se scinde en deux.

Que faire ?

Une voie, celle de gauche, semble se diriger plutôt vers le nord.

Alors ce sera celle-là ! Et elle poursuit son périple. Son estomac grogne de faim, sa bouche est affreusement sèche.

Papa… S'il était encore président, tous les agents du FBI et de la CIA seraient en train de la chercher. Et les drones et satellites…

Inutile de rêver…

Avec sa fausse exécution, Al-Achid a fait croire à son père et à tout le monde qu'elle était morte.

Ses parents sont sans doute à Lake Marie, à la pleurer. Peut-être même qu'ils préparent une cérémonie ?

Brrr ! Une messe funéraire alors qu'elle est encore en vie.

Elle continue d'avancer, le plus vite possible. Le seul signc dc vic qu'cllc apcrçoit, c'cst un oiscau ou deux au loin.

Le son porte sur cette terre dénudée, et quand elle entend derrière elle un bruit de moteur, elle quitte la route pour aller se cacher derrière des rochers. Un nuage de poussière apparaît à l'horizon qui s'étend sur au moins cinquante mètres, puis un vieux pick-up Toyota apparaît. Quatre personnes sont entassées à l'avant, et à l'arrière des cartons, des baluchons, ficelés avec des cordes.

Le pick-up passe dans un vrombissement. Le hayon arrière étant abaissé, deux femmes et deux enfants sont assis au bord, jambes pendantes. Tout le monde rit à chaque cahot.

Mel suit son instinct.

Elle sort de sa cachette et se met à hurler en agitant les bras.

Puis elle fait claquer sa couverture au vent comme un drapeau.

— À l'aide !

Le véhicule poursuit son chemin et disparaît dans un nuage de poussière.

Le bruit du moteur diminue. Le silence revient.

De rage, Mel donne un coup de pied dans une pierre, et commence à pleurer. Que va-t-elle devenir ? Comment survivre ? Combien de temps va-t-elle tenir comme ça en plein désert ?

Elle remet la couverture sur ses épaules.

Soudain, elle entend à nouveau le moteur, plus aigu. Le pick-up réapparaît, en marche arrière. Les deux femmes et les enfants, enveloppés dans leurs tuniques poussiéreuses, l'observent avec de grands yeux étonnés.

Mel pense à ce que lui a dit son père : *Toujours observer les détails.* Ainsi au mont Rollins, quand elle se baignait dans ce petit lac avec Tim, elle a immédiatement su que les deux hommes allaient leur causer des problèmes. Ils détonnaient dans cet environnement.

Mais ce groupe… ces hommes, ces femmes, ces enfants, dans ce vieux pick-up croulant sous un chargement hétéroclite… ils ne peuvent être des djihadistes.

Elle s'approche en boitant, la bouche pâteuse, et articule, d'une voix cassée :

— Aidez-moi… je vous en prie… Aidez-moi.

Les femmes se mettent à parler entre elles, dans une langue qu'elle ne reconnaît pas – ça ne sonne pas comme de l'arabe. L'une prend un enfant sur ses genoux, l'autre l'imite, et elles lui font signe de monter.

Mel s'assoit entre les deux femmes, puis celle à sa droite crie quelque chose au chauffeur, et le Toyota démarre.

Sous la secousse, Mel manque de tomber. Les mains solides des femmes la retiennent. Elles se mettent à rire. Mel aussi. Et tout à coup elle se sent beaucoup mieux.

98

Al Cheiab, Libye

Assim Al-Achid est assis à l'ombre dans la petite cour d'un chef de tribu qui, à l'inverse du traître Omar El-Mountassir, a accepté de les recevoir, lui et ses hommes, pour leur éviter la fournaise de la journée. Ses véhicules sont garés à proximité, cachés sous des bâches, et d'autres vont leur être apportés, en provenance de Badr, un village plus important, pour qu'ils puissent poursuivre leur voyage.

Al-Achid prend un petit-déjeuner tardif – café, œufs et *sfenj* – quand son cousin Faraj arrive, en tirant une jeune femme par le poignet. Assim la regarde, s'essuie les doigts sur une serviette.

— Montre-moi ça, dit-il.

Faraj pousse la femme devant la table. Elle a les yeux écarquillés de terreur sous le burnous noir qui lui couvre la tête. Elle a des Nike poussiéreuses aux pieds.

— Ôte-lui sa capuche, ordonne Al-Achid.

Lorsque Faraj la découvre, la femme pousse un cri. Il la gifle pour la faire taire.

Assim l'observe très attentivement. Le corps, le visage, l'ossature… oui, ça pourrait marcher. Elle doit avoir moins de vingt ans.

— Tu as bien travaillé, mon cousin, conclut-il.

— Merci.

Malgré lui, Al-Achid pense à sa femme, Leïla, et à ses trois filles, Amina, Zara et Fatima. Elles sont au paradis, bien sûr. Quand elles étaient en vie, jamais il ne se serait permis d'entrer dans une pièce seul avec une autre femme, quel que soit son âge, pour éviter toute tentation.

Mais à présent…

Il doit accomplir sa vengeance.

— Où tu l'as trouvée ? demande-t-il.

— Sur un marché au sud de Brak, un marché spécial. Elle est française, et était mariée à un djihadiste de Daech. Il a été tué et… la voilà ici.

— Excellent choix, en effet. Et Melanie Keating ? Des nouvelles ?

Faraj fronce les sourcils.

— On poursuit les recherches. On va la retrouver, j'en suis sûr.

Al-Achid se remet à manger.

— Moi aussi. Mais pas si tu restes planté là avec cette pauvre fille. Repars en chasse… je veux que vous me la rameniez avant ce soir.

Il sent le courroux de Faraj. Ça lui passera !

Faraj connaît son travail et, plus important encore, il sait où est sa place.

— Entendu, Assim.

Il saisit la fille par le bras et l'entraîne vers la porte. Elle gémit en les suppliant en français.

Al-Achid hausse les épaules et continue son repas.

99

Sur la route 19, Libye

Assis à l'arrière d'un Land Rover Defender, au milieu d'autres hommes, Jiang Lijun est ballotté en tous sens sur la route pleine de nids-de-poule qui file vers le sud. Il lutte pour garder les yeux ouverts. Deux autres Defender ouvrent le convoi, dans un nuage de poussière.

Une secousse, plus forte que les autres, le fait décoller de son siège. Il manque de se cogner au plafond. À côté de lui, Oualid Ali Osman éclate de rire. Oualid est le fidèle contact de Jiang en Libye. C'est un chef de tribu et, avec dix de ses hommes, ils foncent vers le djebel Nefoussa pour trouver Assim Al-Achid et libérer la fille du président.

Osman, maigre et barbu, est vêtu d'un treillis camouflage beige, comme Jiang qui, lui, porte un gilet pare-balles. Il a à sa ceinture un QSZ-92, un pistolet 9 mm chinois, avec quatre chargeurs de rechange. À nouveau, Jiang réprime un bâillement. Le voyage a été long depuis New York. Il n'a même pas eu le temps de rentrer chez lui avant d'attraper un vol Turkish Airlines pour rallier Tripoli.

Et la journée est loin d'être finie. Quand il a débarqué dans la capitale libyenne, il s'est dit que son patron l'envoyait volontairement pour une mission suicide. Se retrouver seul en Libye, pour sauver Melanie Keating, sans aucun soutien… De la folie ! Jiang doit pourtant obéir aux ordres, sinon on l'emmènera au sous-sol de l'ambassade, dans cette pièce aux parois de métal et au sol de terre battue, et on l'exécutera d'une balle dans la nuque.

Osman s'esclaffe encore au cahot suivant tandis que les véhicules filent sur cette piste du désert au milieu des cailloux, du sable et des broussailles. Les montagnes et les plateaux se profilent au loin.

— Apparemment, vous avez encore beaucoup de pain sur la planche pour terminer votre nouvelle Route de la soif, amis chinois ! lance Osman dans un anglais parfait.

— De la *soie*, rectifie Jiang. La Nouvelle Route de la *soie*.

Le chef de tribu ricane :

— Peu importe son nom ! Ça reste le moyen pour votre pays riche d'arroser les plus pauvres en échange de privilèges et de soutiens. (Il lui donne une tape sur la cuisse.) Comment va la vie pour vous ?

— Vous êtes avec moi, je reprends espoir.

Oualid Ali Osman éclate de rire. C'est vrai, en arrivant à Tripoli, la chance a souri à Jiang. Il a pu contacter Oualid, et maintenant il est ici. *Peut-être* la mort n'est-elle pas au bout du chemin.

Le Defender tressaute. Malgré les portes et les fenêtres fermées, la poussière s'infiltre partout. À l'avant, le chauffeur maugrée tandis que son voisin, un AK-47 en main, parle dans son téléphone satellite.

Jiang devrait déjà réfléchir à la marche à suivre quand Al-Achid sera localisé, mais sa conversation avec Li Baodong occupe toutes ses pensées.

Son père est mort pour son pays.

Il est désormais seul avec ces barbares du désert, bringuebalé dans ce no man's land caillouteux, pour aller sauver la fille d'un président américain. Il aurait dû laisser éclater sa colère face à son patron.

Espèce de gros crétin ! Si tu m'avais dit plus tôt la vérité sur mon père, j'aurais pu récupérer Melanie Keating quand elle était encore dans le New Hampshire !

Et, à l'heure qu'il est, Assim et son cousin seraient morts ou enfermés à Guantánamo. Melanie Keating aurait retrouvé ses parents.

Et il ne serait pas ici, au milieu de nulle part, à rouler vers une mort pathétique et solitaire dans ces montagnes pelées. Nouvelle secousse. Sa tête cogne au plafond.

S'il en sort vivant, ce sera sa dernière mission de terrain.

Terminé !

Même si cela signifie un retour à Pékin en disgrâce, dans un bureau au cœur d'une région inhospitalière comme le Tibet, ou chez ces agités de Ouïgours. Jiang veut vivre et être un bon père pour les années à venir.

L'homme avec le téléphone se retourne et lance quelques mots à Osman, qui tape dans ses mains de satisfaction.

— On le tient ! annonce-t-il. Il est dans un petit hameau à moins d'une heure d'ici, *inch'Allah*. Il paraît qu'une jeune Américaine est dans l'une des maisons, une sorte d'invitée.

— Plus vite ! lance Jiang. Vite !

Osman tapote l'épaule du chauffeur et lui dit quelques mots, qu'il répète à son voisin au téléphone et à la kalachnikov. Les deux Defender accélèrent. Et leur 4 × 4 suit le mouvement.

Je vais peut-être survivre à cette journée, finalement, en conclut Jiang.

100

Maison de la famille Abrika, Libye

Mel Keating boit une nouvelle gorgée d'eau dans une timbale. Elle est presque fraîche. Elle se repose dans une petite pièce, au fond d'une maison de pierre et de plâtre, étendue sur une pile de tapis et d'oreillers, tandis qu'une vieille dame – peut-être la grand-mère ? – surveille les deux jeunes femmes qui lavent ses pieds meurtris avec précaution. Les trois portent une tunique noire et un foulard de couleur sur la tête. La plus jeune semble avoir l'âge de Mel. Elles bavardent et plaisantent dans une langue qui doit être un dialecte local, pense-t-elle.

De l'eau ! Elle n'a jamais rien goûté d'aussi bon, d'aussi revigorant. C'est comme une renaissance. Elle n'a plus l'impression d'avoir une boule de coton dans la bouche. Ses pieds sont douloureux. Pourtant la sensation est presque agréable, car on la lave et la soigne.

Même si ses hôtes s'occupent d'elle, Mel reste sur le qui-vive et sursaute au moindre bruit. Al-Achid la cherche, et ici, ce n'est pas comme se cacher à Georgetown avec sa myriade de bâtiments et de rues. Elle est sur une plaine désertique, au bas des montagnes, et les villages alentour ne doivent pas être si nombreux.

Maintenant qu'elle va mieux, il lui faut partir.

Plus tôt, elle a eu un moment de panique quand l'une des jeunes femmes a pris ses lunettes, la plongeant aussitôt dans un grand flou. Mais elle est revenue et les lui a rendues propres et intactes !

Une autre femme entre, la tête couverte d'un foulard bleu ciel, et dépose sur ses genoux un plat en céramique rempli de petits gâteaux bruns qui ressemblent aux flapjacks de son père – elle en a les larmes aux yeux –, couverts de miel. Elle en mange un, puis un deuxième. Après avoir bu à nouveau, elle demande :

— Excusez-moi… Est-ce que quelqu'un parle anglais ?

La femme qui a apporté le plat sourit.

— Oui, moi… un peu. J'ai étudié pendant deux ans à l'université à Tripoli.

— Oh… merci ! Merci mille fois de m'avoir secourue. J'avais tellement soif… et j'étais perdue.

La femme recule d'un pas.

— Je m'appelle Tala Abrika. Et toi ?

Mel hésite. Certes, ils l'ont sauvée. Mais qui sont ces gens ? Peut-elle leur faire confiance ? Et s'ils étaient des amis d'Al-Achid ?

La douceur de l'eau est encore sur sa langue…

— Mon nom est Mel. Mel Keating. Je vous remercie encore de m'avoir aidée.

Tala sourit et hoche la tête.

— C'est comme ça, chez nous.

Mel mange un autre gâteau pendant que les femmes discutent entre elles.

— On m'a dit que le peuple libyen était bon et accueillant avec les étrangers.

Le sourire de Tala s'évanouit.

— Nous ne sommes pas libyens. Nous sommes des Amazighs. Certains nous appellent Berbères.

Mel remarque le courroux dans les yeux de Tala.

— Pardon, je suis désolée. Je ne voulais pas vous manquer de respect.

— Bien sûr. Nous, les Amazighs, nous vivons ici et dans le djebel Nefoussa. Nous avons été pourchassés, tués, opprimés par tous les dirigeants de Libye, parce que nous sommes différents. Mais ces dernières années, une sorte de trêve semble s'être installée.

Les autres femmes continuent de bavarder gaiement et quittent la pièce. Mel se retrouve seule avec Tala, sous son regard perçant.

— Comment t'es-tu perdue, Mel Keating ? demande-t-elle avec autorité. Une jeune Américaine comme toi ? Sans vêtement pour le désert, sans chaussures ?

Mel se souvient des histoires que son père et ses camarades des SEALs se racontaient. Parfois, malgré les années d'entraînement, malgré l'expérience, il fallait écouter son cœur et non sa raison.

Elle a confiance en cette femme.

— J'ai été kidnappée aux États-Unis par des terroristes et amenée ici, explique-t-elle. Je me suis enfuie hier soir. Je vous en prie, aidez-moi ! Vous avez un téléphone ?

Tala la regarde, le visage grave.

— Oui, mais il n'y a pas de… de couverture, comme vous dites. Pas ici. Il faut aller jusqu'à Miraz pour que ça fonctionne.

— Je vous en prie…

Tala esquisse un sourire.

— Mon cousin Abou Sag va arriver dans une heure ou deux. Il te conduira à Miraz. Là-bas, tu pourras appeler. Et tu seras en sécurité. *Mouchiiat Allah,* tu seras sauvée !

Mel s'est endormie, avec aux pieds des sandales en cuir que la grand-mère lui a données après avoir pansé ses plaies. Tala vient la réveiller.

— Vite ! Mon cousin est ici.

Tala l'aide à se lever, la soutient et la conduit dans une petite cour. Elle reconnaît le vieux pick-up sur lequel elle est arrivée, et aperçoit un Toyota Land Cruiser gris sombre. Un jeune homme barbu vêtu d'un jean et d'une chemise blanche descend du véhicule, sourit et lui fait un petit signe.

Les autres femmes se tiennent près de l'entrée de la maison. Trois constructions similaires forment un arc de cercle. Des chèvres, des poules s'ébattent dans la cour et, sur le toit de deux bâtiments, elle aperçoit des paraboles satellites.

Tala prend la main de Mel dans les siennes et la serre.

— Bon voyage, Mel Keating. J'espère qu'on se reverra.

Mel est gagnée par l'émotion. Sa mère lui a confié un jour : *La plupart des gens sont gentils, Mel. Malheureusement, on ne parle que des méchants.*

— Moi aussi, bredouille-t-elle.

Abou agite la main.

— Allons-y, jeune fille ! Il est temps de partir !

L'intérieur de la cabine sent l'encens et la cannelle, des chapelets de perles et autres babioles pendent au rétroviseur. Abou est un conducteur nerveux. Découvrant que la boucle de la ceinture de sécurité est HS, Mel fait un nœud à la sangle, en priant pour que ça suffise.

La radio est à fond et Abou chante à tue-tête. La route n'est qu'une piste, pleine d'ornières et de trous, mais le jeune homme fonce, comme s'il connaissait par cœur chaque piège.

Le soleil est haut, le ciel d'un bleu immaculé.

— À Miraz, je te laisserai téléphoner avec mon portable, d'accord ?

— D'accord.

Il lui lance un regard un peu trop appuyé.

— Mais il faudra me donner quelque chose en échange.

Génial !

— On en reparlera après le coup de fil.

— Ha ! Ha ! s'esclaffe-t-il.

Et ils continuent à rouler au milieu du désert. Au bout d'un moment, Abou s'écrie :

— Regarde ! Regarde !

Il désigne quelque chose par-delà le pare-brise crasseux. D'abord, Mel ne voit rien. Puis, quand ils sont à cent mètres, elle distingue trois véhicules.

Trois SUV, garés les uns derrière les autres, et quelques hommes avec une carte dépliée sur le capot du premier véhicule.

Abou les dépasse à toute allure.

— Tu as vu ça ?

— Quoi au juste ?

— Un Japonais. Ou un Chinois. Avec des Libyens. (Il éclate de rire.) Ils sont complètement perdus !

— Je connais ça.

Quelques minutes plus tard, Abou lâche un juron en arabe et tapote le cadran au-dessus du volant.

— Quel idiot ! J'ai oublié de faire le plein. On va être à court.

Mel porte une main à sa ceinture de sécurité et referme l'autre sur la poignée de la porte.

Il ne va pas me faire le coup de la panne ! S'il ralentit, je saute !

— Pas de souci. Au prochain carrefour, il y a les Dajout. Ils ont une station-service avec un petit magasin. Un Coca bien frais, ça te dit ?

Tu parles !

— Oui, répond-elle. Avec plaisir.

Il se met à siffloter en lui donnant une petite tape sur le genou.

C'est bon ! laisse filer, se dit Mel.

— Ce sera un cadeau ! la taquine-t-il. Sans contrepartie. Pas comme le coup de téléphone !

La route s'élargit et Mel aperçoit deux pick-up qui traversent la chaussée devant eux, dans un nuage de poussière. D'autres véhicules sont garés à proximité de trois maisons de plain-pied. Des hommes en tunique blanche, ou en pantalon et chemise, parlent par petits groupes.

Abou se gare dans une ruelle.

— J'en ai pour une minute, jeune fille. Je vais faire le plein et t'apporter ta boisson. Et bientôt tu pourras téléphoner.

Il sort de la voiture, claque la portière et entre par l'arrière du premier bâtiment. Dans la rue, un autre pick-up passe dans un rugissement de moteur. Mel frotte doucement ses pieds l'un contre l'autre pour soulager la douleur.

Qui appeler ? Comment ?

Le 911, ça ne marchera pas, évidemment.

L'agent Stahl lui a fait mémoriser un numéro quand son père était à la Maison Blanche.

Appelle ce numéro et on te retrouvera.

Mais est-ce qu'il fonctionne depuis l'étranger ?

Sans doute, si on lui explique comment passer un appel international de Libye.

Quel est l'indicatif des États-Unis ?

Peut-être qu'Abou le connaît ?

Elle détache sa ceinture et se penche pour masser sa cheville meurtrie lorsque la portière côté conducteur s'ouvre.

Elle tourne la tête et se fige.

Faraj la regarde en souriant.

Et à côté de lui, elle aperçoit Abou, occupé à boire un Coca.

— Tu ne croyais tout de même pas que j'allais risquer la vie de toute ma famille pour toi, jeune fille ? Une étrangère ?

Faraj se penche et l'attrape par le haut du bras.

— On y va, lance-t-il. Assim a hâte de te voir.

De toutes ses forces, Mel lui retourne une claque, se libère, ouvre sa portière et saute au sol en poussant un cri de douleur à cause de son entorse. Elle court le plus vite possible, fonce vers la route au bout de la ruelle. Peut-être pourra-t-elle arrêter quelqu'un, appeler à l'aide ? Ou…

Deux hommes armés de pistolets lui bloquent le passage.

Elle fait volte-face.

Faraj et Abou s'avancent vers elle, l'air détendu.

— Je ne veux pas voir Assim ! lance-t-elle.

Faraj s'esclaffe et lui reprend le bras. En passant devant Abou, elle donne un grand coup de coude dans la canette de Coca qui vient heurter son visage.

101

À bord de Granite Four
Mer Méditerranée

Nous sommes à un quart d'heure de la base aérienne de Sfax-Thyna lorsque Claire Boone sort des toilettes du KC-135 et se dirige vers moi. À côté, David dort à poings fermés, des boules Quies dans les oreilles, les bras croisés sur la poitrine.

— Matt ? murmure-t-elle en s'accroupissant à mes pieds.

— Oui ?

Elle s'approche pour mieux se faire entendre.

— Nous allons être très occupés une fois qu'on aura atterri. Et comme ça me turlupine depuis des années, il faut que je vous pose la question : qu'est-ce que vous avez écrit sur la lettre pour la présidente Barnes ? Celle que vous avez laissée sur le Resolute dans le bureau Ovale le jour de l'investiture ? D'ordinaire, le texte est publié, mais pas cette fois. Pourquoi ?

J'ai envie de l'envoyer promener – c'est donc ça qui vous « turlupine », avec tout ce qui se passe en ce moment ? Mais l'ORV Palmer apparaît.

— Bon, les gars. On arrive. Regagnez vos sièges et attachez vos ceintures.

Claire se relève, remarque mon air interloqué et file se rasseoir de l'autre côté du fuselage.

L'avion procède à quelques virages, le bruit des réacteurs change, et je sens le KC-135 descendre. Sans hublots, je ne peux pas me faire une idée de notre situation par rapport au sol et, comme autrefois, je dois m'en remettre entièrement à l'équipage.

Les trains d'atterrissage grincent et se positionnent. Un dernier virage pour se placer face à la piste, et le KC-135 se pose en douceur. Aussitôt les inverseurs de poussée se déploient, les réacteurs rugissent, et l'avion ralentit.

Les membres de mon petit commando se réveillent ou se redressent sur leurs sièges.

— Bienvenue en Tunisie, lance le sergent Palmer. Si vous détachez vos ceintures et apportez votre barda en tête d'avion, nous pourrons vous débarquer. Il n'y a pas de passerelle. Il faudra utiliser la goulotte.

Nous remontons vers le cockpit et l'ORV s'active. Il soulève une trappe qui révèle un caillebotis peint en jaune. Il retire le panneau, installe une échelle dans le conduit et l'arrime. Puis il descend et ouvre une autre trappe au fond du fuselage. Notre pilote se lève, et Nick Zeppos s'engage le premier, suivi d'Alejandro Lopez. David leur donne les sacs un à un.

Je piaffe d'impatience. Il faut que je saute à terre pour me mettre au travail.

Du calme ! C'est dans la précipitation que l'on commet des erreurs.

Lorsque arrive mon tour d'emprunter l'échelle, Josephs me tend la main, alors que sa copilote vérifie ses documents.

— Bonne chance, monsieur. Nous prierons pour vous et pour votre équipe.

— Merci, capitaine.

Je contemple le paysage autour de nous. Il n'y a pas grand-chose à voir. Nous sommes au bout de l'aéroport, sur un terrain qui appartient à la petite unité de l'armée de l'Air tunisienne. Quelques hangars, des bâtiments de support logistique sont rassemblés dans un coin. Il y a quatre avions monomoteurs d'entraînement et une petite dizaine d'hélicoptères – de vieux Huey et des Black Hawk plus récents. Derrière le grillage, de petites maisons. L'endroit est plat et brun, l'air est humide mais pas trop chaud.

J'ai connu pire.

Nick Zeppos parle à un homme en treillis vert, coiffé d'une casquette de baseball. Ils rient. Nick lui tape sur l'épaule et revient vers moi.

— Nos quartiers sont prêts. Par ici.

Nous nous mettons en marche et croisons un camion-citerne qui va réapprovisionner le KC-135. L'équipage de Granite Four est rassemblé sous le nez de l'avion. Ils étirent leurs jambes, en attendant de pouvoir repartir.

Allez ! Allez !

Nick nous conduit jusqu'à un petit bâtiment en béton et métal qui ressemble à un atelier de maintenance, avec des établis, des palettes, des outils accrochés aux murs. À l'intérieur, il fait très chaud – il n'y a pas de climatisation. Alejandro et David font de la place sur les établis.

— Attendez-moi là, Matt. Je vais voir la section des SEALs, histoire d'organiser un briefing au plus vite.

— Parfait.

J'ouvre mon sac, sors ma gourde et bois une gorgée d'eau tiède.

— Qu'est-ce que nos SEALs vont nous apporter ? s'enquiert David.

— D'abord seize hommes. Seize pros. Et peut-être deux Black Hawk. Si on a de la chance, on aura les dernières versions furtives. On pourra passer la frontière sans être repérés. Et des jumelles de vision nocturne, des armes légères, des fusils longue portée, des lanceurs de grenades, des explosifs pour faire sauter des portes, et au moins un infirmier. Sans eux, on ne peut pas y arriver.

Une fois les établis dégagés, David et Alejandro se mettent au travail. Ils ouvrent leurs sacs et sortent armes et équipement. J'apporte également les miens.

Je consulte ma montre.

13 heures, heure locale.

— Claire ? Quand se couche le soleil ?

— Je regarde ça tout de suite.

Pendant que nous déballions notre matériel, elle avait déjà allumé son ordinateur sécurisé de la NSA.

Aucune perte de temps.

— Il se couche à… 19 h 41, annonce-t-elle.

Je me mets à cogiter. Pas question de passer en Libye de jour.

Et pas plus au crépuscule.

L'idéal, comme d'habitude, c'est de traverser la frontière en pleine nuit, quand l'ennemi est endormi, défoncé ou ivre, et que les sentinelles commencent à s'ennuyer ferme et à piquer du nez.

La bonne nouvelle, c'est que nous avons une demi-journée pour nous préparer et nous entraîner avec les SEALs avant l'opération de ce soir.

La mauvaise nouvelle ?

Nous ne savons toujours pas où se trouve Mel. Juste qu'elle est quelque part, à cent cinquante kilomètres à l'est, dans le djebel Nefoussa.

Mais où sera-t-elle cette nuit ? En douze heures, ils peuvent la déplacer à leur guise.

Il reste tant d'inconnues !

La porte s'ouvre. Le chef Zeppos entre. À voir sa tête, il va nous annoncer d'autres mauvaises nouvelles.

— Désolé, Matt, les SEALs ont été appelés pour aider une unité de parachutistes français dans le Sud.

Le silence tombe d'un coup sur la pièce. Je pense à ce que je viens de dire à David :

Sans eux, on ne peut pas y arriver.

— Ils ne reviendront pas avant plusieurs jours.

102

Djebel Nefoussa, Libye

Jiang Lijun sent son corps tout endolori après la dernière demi-heure d'ascension. Il se trouve dans le seul Defender qui s'est élancé dans la montagne. Il est assis à l'arrière avec Oualid Ali Osman. Le chauffeur et son compagnon sont à l'avant. Les deux autres Land Rover sont garés, cinq cents mètres plus bas. Les hommes sont à pied pour se poster sur les crêtes et couvrir Jiang et Osman quand ils atteindront le petit hameau occupé par Al-Achid et ses fidèles – une information transmise par l'un des hommes de la tribu d'Osman, il y a un peu moins d'une heure.

Le 4 × 4 est secoué en tous sens sur le chemin caillouteux. Comparée à celle-ci, la piste en contrebas c'est la G45 qui mène à Pékin ! Depuis son départ de New York, Jiang a envoyé trois e-mails à Al-Achid pour lui annoncer sa visite. Il n'a reçu aucune réponse.

Encore une violente secousse !

Osman lui montre un talkie-walkie.

— Mes hommes sont en place. Quand nous arriverons chez Assim, je les contacterai et les tirs commenceront. Et nous sauverons votre Américaine.

Le moteur gémit alors que la pente devient de plus en plus raide. La paroi rocheuse est si proche qu'il pourrait la toucher s'il sortait son bras par la fenêtre.

— Vous pensez qu'Assim et ses combattants vont rester tranquillement immobiles lorsqu'ils vous verront parler dans votre radio ?

Osman part d'un grand rire.

— Je sais ce que je fais. Le talkie sera dans ma poche. Quand on sera en position, il me suffira d'appuyer trois fois sur le bouton de communication. Ce sera notre signal. C'est tout simple.

— Et ils sont au courant qu'il ne faut toucher aucune femme, n'est-ce pas ? Nous ignorons comment Melanie Keating est habillée, ni où elle…

Le Defender atteint une crête.

Un homme bloque le chemin, un AK-47 en bandoulière. Il porte une veste kaki, un pantalon blanc et un bandeau noir autour de la tête.

Le véhicule s'arrête.

Le gars s'avance.

C'est Faraj Al-Achid. Le jeune cousin d'Assim.

Pour la première fois depuis que Jiang a atterri sur cette terre maudite, il reprend espoir.

Assim est un fanatique, un djihadiste, un animal à sang froid, qui prend des décisions et s'y tient.

Faraj, lui, est un suiveur. Il est plus instruit et, certains jours, il peut se montrer raisonnable.

Sa présence ici est de bon augure. Aussitôt, Jiang révise la stratégie qu'il a mise au point avec Osman.

Il détache sa ceinture.

— Laissez-moi lui parler. Je trouverai peut-être une solution sans qu'on ait besoin de tirer un seul coup de feu.

— Si vous le dites. (Osman n'a pas l'air convaincu.) Mais je veux l'argent, même si on ne sort pas les armes.

— Si je convaincs Faraj de relâcher l'Américaine sans heurt, je vous paierai, vous et vos hommes, avec une prime en plus. Pour l'instant, ne bougez pas.

Jiang sort du véhicule, pose les pieds sur le sol pierreux, lève les bras en l'air et marche vers Faraj. Jiang a son pistolet sur lui, bien visible dans son étui. Il veut rassurer le cousin d'Assim, lui montrer qu'il n'est pas une menace.

Faraj esquisse un sourire.

— Jiang Lijun ! Quelle bonne surprise !

Il s'approche, bras ouverts.

Non, ce chien puant ne va pas me prendre dans ses bras !

Il se contente de saisir les mains de Jiang.

— Assim m'a prévenu de votre visite dans notre humble demeure. Quel honneur ! Quelle joie ! Qu'est-ce qui vous amène ici ?

Jiang tente un rire et retire ses mains.

— Les affaires, malheureusement. Des affaires dont je voudrais m'entretenir avec votre cousin.

Faraj recule d'un pas, sourit, puis secoue la tête.

— Assim, bien sûr. Il est toujours prêt à discuter… sauf quand il ne veut pas. Il n'a pas répondu à vos derniers e-mails, n'est-ce pas ? Il m'a dit : « Si ce Chinois souhaite me parler, qu'il vienne dans mes montagnes. » Et vous voilà ! Dans ses montagnes. Comment avez-vous réussi ?

— Mes guides, répond Jiang. Et mes services de renseignements.

— Vous en avez de la chance ! Les Américains n'ont pas vos moyens. Quant à ces affaires… c'est à propos de la fille Keating ?

— Exact. J'aimerais lui faire une proposition… trouver un terrain d'entente. Un accord. Qui pourrait être bénéfique pour nos deux parties. Peut-être arriverez-vous à le convaincre de prendre mon offre en considération : la libération de la fille en échange de compensations généreuses.

Le cousin se gratte le menton, où sa barbe repousse lentement.

— Ça tombe mal, Lijun. Comme je l'ai expliqué, Assim est toujours ouvert à la discussion… sauf quand il ne l'est pas.

Faraj lève le bras et agite brièvement la main. Une détonation retentit entre les rochers au-dessus de lui, suivie immédiatement du chuintement d'une roquette. L'instant suivant, il y a une grosse explosion derrière Jiang.

Par réflexe, Jiang se couche au sol et couvre sa tête tandis que l'onde de choc le traverse de part en part.

Alors qu'il tente de se relever, Faraj lui prend son pistolet et l'aide à se remettre debout.

La Land Rover est retournée sur le toit ; une colonne de fumée s'en échappe, les flammes grognent et rugissent. Même les pneus ont pris feu.

Faraj passe son bras sur les épaules de Jiang.

Au loin, des coups de feu épars claquent. Les hommes d'Osman vont être égorgés un à un.

Désormais Jiang est seul avec Faraj, hormis le combattant qui descend des rochers avec son RPG-7 soviétique encore fumant. Il a du mal à respirer, comme si sa poitrine avait été écrasée, et ça n'a rien à voir avec son plongeon au sol.

Ce serait tellement plus simple, si j'avais été dans ce véhicule.

Faraj le serre plus fort.

— Maintenant que nous nous sommes occupés de vos… guides, comme vous dites, allons voir Assim. Vous avez tous les deux des tas de choses à vous raconter.

Jiang bat des paupières en contemplant le brasier. Il entend quelqu'un hurler dans la carcasse.

— S'il est d'humeur, ajoute Faraj.

103

Djebel Nefoussa, Libye

Mel Keating a droit à sa deuxième « promenade » de l'après-midi. Même si elle est ravie de ce privilège, sa cheville la fait souffrir à chaque pas. Elle claudique dans la poussière, flanquée de ses deux gardiens en treillis, chacun armé d'une kalachnikov. Ce sont des jeunes, avec des barbes broussailleuses, et au regard nerveux. De vrais débutants ! raillerait son père, à voir leur index engagé dans l'anneau de détente. S'ils trébuchent, tombent ou éternuent, ils risquent de tirer involontairement.

Les poignets de Mel sont menottés à une grosse ceinture de cuir nouée à sa taille, la boucle dans son dos. Adieu les liens de plastique. Et, malgré ces mesures renforcées, les deux gars sont inquiets. On le serait à moins ! Mel est sous leur responsabilité et elle imagine ce qui a dû arriver à Alpha et Bêta, ses précédents geôliers, après qu'elle leur a échappé.

Sans doute une balle dans la nuque, ou quelque chose du genre.

Elle continue à s'éloigner en ligne droite de sa prison, une construction tout en longueur sur un seul niveau.

Cinq autres bâtisses composent ce petit hameau – ou camp d'entraînement terroriste, selon le point de vue. Toutes de plain-pied, quoique de tailles et de formes différentes. Une dizaine de combattants vivent là. Pas de femmes, pas d'enfants. Sur le toit de la maison qui jouxte celle où elle est enfermée, se dresse un buisson d'antennes et de paraboles, dissimulées sous un filet et des bâches. Les quatre pick-up Nissan ont droit au même camouflage. Les quatre sont noirs.

Ils ont peut-être eu une remise pour la couleur ! raille-t-elle intérieurement.

Au bout du terrain, elle fait demi-tour et revient lentement sur ses pas, en direction de sa cellule. Le hameau est installé sur un plateau bordé de falaises sur deux côtés – derrière et sur la droite. À gauche, un chemin pierreux descend et, droit devant, un versant encombré de rochers et d'éboulis. Deux hommes y sont postés, armés et équipés de jumelles. L'air est vif, le ciel d'un bleu étincelant.

Elle entend un cri. Assim Al-Achid sort de la plus grosse maison de pierre, accompagné par deux types. Puis des rires fusent. Mel aurait bien aimé avoir les mains libres. Elle aurait subtilisé l'AK-47 de son geôlier et aurait mitraillé tout le monde !

Assim se dirige vers elle, toujours souriant. Elle réprime un frisson, se souvenant de leur dernière confrontation, quand Faraj l'avait ramenée. Elle pensait être battue, rouée de coups voire pire, mais Al-Achid était de bonne humeur et s'était contenté de lui tapoter la joue en déclarant : « Tu as été une vilaine petite fille, Melanie Keating. » Elle aurait dû lui mordre les doigts jusqu'au sang !

Al-Achid dit quelques mots en arabe aux deux gardes, qui acquiescent et reculent. Puis il se tourne vers Mel.

— Viens, je te raccompagne à tes quartiers.

— Vous appelez ça des « quartiers » ? C'est une étable ! D'ailleurs, ça pue encore.

— Nous t'avons donné la plus belle pièce. Tu devrais être reconnaissante.

Mel garde les yeux fixés droit devant elle. Pas question de croiser le regard de son ravisseur.

— Ma reconnaissance ? Demandez donc à vos gars de me déposer à l'ambassade américaine. Là, vous aurez toute ma gratitude. Et même une carte de vœux pour Noël !

Il s'esclaffe, même si elle continue à l'ignorer.

Al-Achid s'apprête à parler quand une détonation retentit au loin.

Mel s'arrête, se tourne vers la route qui permet de sortir du camp. Elle a l'impression d'entendre quelques coups de feu.

Elle retient sa respiration, serre les poings. Est-ce possible ? Quelqu'un viendrait la chercher ? Maintenant ? Une mission de sauvetage ? Que faire ? Partir en courant ?

— Ah, le voilà, lâche Al-Achid, en consultant sa montre. Pile à l'heure.

— Qu'est-ce qui se passe ? demande Mel d'une voix contrainte.

— Tu n'as pas entendu ? répond Al-Achid d'un ton tranquille. Un groupe venu à ton secours était en chemin. Mon cousin et quelques combattants s'en sont occupés. C'est fini pour eux.

Mel se détourne. Elle ne veut pas qu'Al-Achid remarque sa déception. Mais, c'est plus fort qu'elle, elle ne peut réprimer un sanglot.

Ils étaient si près !

— Allons, ne pleure pas, Melanie Keating. Ce n'étaient pas tes compatriotes. Ni les Anglais. Ni les Français. C'était un émissaire de Chine. Incroyable, non ? Vos rivaux. Ils espéraient s'emparer de toi. Le monde trouve des voies étranges, n'est-ce pas ? Voilà qu'une nation ennemie se met en tête de vouloir te sauver. Alors, plus de larmes, d'accord ?

Ils arrivent près de sa prison, gardée par deux sentinelles.

— Il faut que tu acceptes ton sort. Tu es ici, avec moi. Pour toujours. Ton papa ne viendra pas. Ta maman non plus. Personne. Nous croyons qu'Allah a écrit, dans l'*Al-Lawh al-Mahfoûdh*, que tout se réalisera tel qu'il l'a écrit. Cela signifie que le destin de chacun de nous a été déterminé par Dieu.

Mel préfère ignorer ces dernières paroles. Arrivée devant la porte, elle frotte ses pieds par terre, l'un après l'autre.

— Qu'est-ce que tu fais ?

— Je vis peut-être dans une étable, mais je ne suis pas un animal ! Je décrotte mes semelles.

Al-Achid pousse le lourd battant en bois.

— Après toi, Melanie Keating.

Elle s'engage dans le couloir obscur qui mène à sa cellule.

104

Base aérienne de Sfax-Thyna, Tunisie

Depuis que Nick Zeppos a annoncé que les Navy SEALs étaient partis, le silence est tombé sur la pièce. Matt Keating se redresse et paraît soudain plus grand. Avec sa barbe naissante, sa tenue de combat et la lueur farouche dans ses yeux, il n'a plus rien de l'ancien président des États-Unis. Nick a l'impression d'avoir avec lui un compagnon d'armes.

— Chef ! lance Matt d'une voix cinglante. Vous nous avez promis un transport. Alors allez nous trouver ça.

— Oui, Matt.

— Peu importe le moyen. Soudoyez un pilote, menacez-le. Volez un avion. Louez-en un. Et s'il n'y a ni hélico ni avion, trouvez-nous un pick-up. Ou un 4 × 4. Quoi qu'il arrive, nous passons en Libye cette nuit. Je n'attends ni renseignements ni soutiens. Nous rejoignons ce soir le djebel Nefoussa pour chercher ma fille !

— Bien compris, répond Nick avant de sortir du bâtiment.

Tout en se dirigeant vers les avions stationnés en bout de piste, Nick fait le point sur la situation. Trouver un moyen de transport est impératif. En revanche, est-ce une bonne idée de partir en opération ainsi, sans indices fiables ni informations ? Certes, les amis du président, l'un du Mossad, l'autre des services secrets saoudiens, travaillent d'arrache-pied pour localiser Al-Achid, mais l'expérience lui a souvent prouvé qu'obtenir de bons renseignements nécessite du temps. On ne peut précipiter les choses, sinon on se retrouve avec des infos erronées et c'est l'échec assuré. Avec son lot de pertes humaines.

Un grondement de réacteurs attire son attention. C'est le KC-135 qui repart après avoir fait le plein, direction Rota en Espagne, sa destination originelle. Nick envie l'équipage. Ces militaires en activité ont un travail à accomplir, et même si celui-ci est risqué, ils n'ont pas besoin d'enfreindre les règles.

Nick Zeppos se souvient d'une phrase de la profession de foi des SEALs : « Nous attendons de l'innovation. »

Alors innove !

Soudain, Nick entend un autre bruit de moteur. Deux Black Hawk arrivent du sud. Ils volent de concert, comme un seul appareil, et Nick admire le talent des pilotes lorsqu'ils se posent avec une synchronisation parfaite. Leurs fuselages sont peints en noir avec une cocarde blanche où figurent un croissant de lune rouge et une étoile.

Quelques hommes sortent en courant d'un hangar tandis que les rotors des hélicoptères ralentissent.

Alors que les équipages descendent à terre et retirent leurs casques, Nick n'en revient pas.

Il a tout de suite reconnu l'un des pilotes. Il était là l'année dernière quand il était venu donner une formation.

L'innovation est en marche !

Zeppos se dirige vers le plus grand des pilotes, celui avec une moustache, qui plaisante avec son copilote et deux membres d'équipage.

— Joe ! C'est toi ?

L'homme se retourne, regarde Nick, et son visage s'éclaire.

— Chef Zeppos ? Qu'est-ce que vous faites ici ?

Son anglais a une pointe d'accent arabe et français.

Nick lui tend la main. Youssef Zbidi, que les formateurs SEAL appelaient Joe, est capitaine des Forces spéciales tunisiennes. Il tient son casque et sa sacoche de vol et porte une combinaison vert sombre, avec son nom en arabe scratché sur la poitrine. Sur ses épaulettes figure son grade : trois étoiles.

— Je suis en opé, explique Nick.

— Ah bon ? C'est bizarre qu'on ne m'ait pas prévenu de votre arrivée. Vous ne deviez pas aller en mission avec les SEALs, j'espère… Parce qu'ils sont partis depuis trois semaines. Au sud. Aider des paras français.

— Non, non, c'est autre chose. Une opération clandestine. Joe, j'ai vraiment besoin de ton aide.

— C'est si important que ça ?

— Plus encore.

Il faut que ça marche ! songe Nick. Il le faut !

Brusquement, le capitaine Zbidi change d'expression : ses sourcils se froncent, son visage s'assombrit.

— La dernière fois qu'on s'est rencontrés, chef Zeppos, vous avez jugé que j'étais juste bon à piloter un avion sur un manège. Vous m'avez même comparé à un éléphant dans un magasin de porcelaine. Pire, à un éléphant soûl dans un magasin de porcelaine.

Zbidi crache entre eux.

— Alors, je ne vois pas pourquoi je vous aiderais !

105

Base aérienne de Sfax-Thyna, Tunisie

Pendant que Nick cherche un moyen de transport, je me remets au travail. Chez les SEALs, on apprend vite à compter sur ses coéquipiers – on doit être certain qu'ils feront leur part du boulot pour parvenir à se concentrer sur le sien. Et la mission de Nick est de nous emmener en Libye.

De mon côté, je dois préparer mon matériel.

De mes deux sacs, je sors mon M4 démonté. Je commence par insérer le transporteur de culasse dans la carcasse supérieure. D'autres pièces suivent et trouvent leur place. C'est rassurant de voir que mes mains n'ont pas oublié les gestes. Je pourrais encore les faire sous la pluie, dans la jungle, en pleine nuit. Et à chaque *clic !* d'un élément qui s'emboîte, une sorte de sérénité m'envahit.

Alejandro Lopez et David Stahl font la même chose. Et Claire Boone – la plus rapide de nous tous – a déjà remonté son fusil d'assaut, et bichonne sa meilleure arme – *made in* NSA ! –, son ordinateur sécurisé, avec ses écouteurs sans fil aux oreilles.

Après avoir assemblé la carcasse supérieure et inférieure, j'arme le fusil et presse la détente.

Clic !

Maintenant les munitions.

J'ouvre la boîte de 5,56 OTAN et commence à remplir le chargeur de trente cartouches, poussant chaque balle contre le ressort. J'ai décidé de prendre six chargeurs de rechange dans mon sac.

Ensuite, je passe à mon SIG Sauer P 226. Je fais le plein : vingt coups par chargeur et j'en ai emporté cinq.

— Matt ! appelle Claire, à l'autre bout de la salle.

— J'arrive, réponds-je en terminant de ranger mes munitions.

— Ça urge ! Ramenez vos fesses !

— Quoi ?

Elle retire ses écouteurs.

— CNN dit qu'Assim Al-Achid va diffuser une autre vidéo, cette fois en direct.

Aussitôt, je lâche ce que j'ai dans les mains et rejoins Claire.

— Il va y avoir Mel à l'image, me prévient-elle.

Je me tiens derrière la jeune femme, Alejandro est à ma gauche, David à ma droite. Claire pianote sur son clavier et la présentatrice de CNN international à Londres apparaît.

— Flash info ! CNN a appris, il y a quelques instants, qu'une vidéo va être diffusée en direct par le chef terroriste Assim Al-Achid sur la chaîne Al Jazeera et… Attendez…

La journaliste tourne la tête. Quelqu'un, hors champ, lui dit quelque chose. Puis elle regarde la caméra et annonce :

— Il semblerait que Mel Keating, la fille du président, soit en vie… son exécution était un leurre. Ah ! voilà les images…

Ma main se crispe sur la chaise de Claire.

Ma fille apparaît à l'écran, les traits tirés ; elle a le visage sale et porte ses lunettes. Un foulard lui couvre la tête et les épaules. Quelques mèches blondes s'en échappent. La vidéo est de moins bonne qualité que la première.

Elle tient un journal de ses mains couvertes de poussière. Le papier tremble légèrement.

— Oh !…

C'est tout ce que je parviens à dire.

En mon for intérieur, je saute de joie.

Elle est vivante ! C'est la vérité. Ce n'est plus une conjecture ! Elle est en vie !

La voix d'Al-Achid résonne, enjouée et pleine de morgue.

— Bonjour, Matt Keating. Comme vous pouvez le voir, j'ai une bonne nouvelle pour vous. Votre fille est vivante et en pleine forme.

— Matt…, chuchote Claire. Elle a dans les mains un numéro du *Daily News Egypt*, celui d'aujourd'hui.

Al-Achid se met à rire.

— Je vous ai bien eu, n'est-ce pas ? Tout comme l'Occident trompe mon peuple depuis des années ! Pour mémoire, je vous rappelle les accords Sykes-Picot durant la Première Guerre mondiale, qui ont permis le partage de nos terres entre les Britanniques et les Français, la déclaration Balfour de 1917, autorisant les sionistes à chasser les Arabes de Palestine, ou encore votre « guerre contre le terrorisme » que vous avez lancée sans vergogne sous un prétexte fallacieux : la prétendue existence d'armes de destruction massive !

J'entends les paroles d'Al-Achid, mais je n'ai d'yeux que pour Mel. Elle regarde la caméra et s'efforce de paraître calme. Le journal continue pourtant de trembler dans ses mains.

— Je vous ai donc menti. Vous et votre épouse avez ainsi pleuré votre fille pendant quelques semaines… Cela vous donne un aperçu de ce que j'ai enduré quand vous avez tué ma femme et mes filles. À présent, fini les mensonges ! L'heure est à la vérité. Et je vais vous dire ce qui va se passer.

Il fait une pause avant de reprendre d'une voix forte et claire :

— Vous avez massacré ma famille. Et comme la loi m'y autorise, j'ai droit à une compensation. Et cette compensation, Matt Keating, c'est votre fille. Elle sera désormais la mienne.

— Mais qu'est-ce qu'il raconte ? grogne David.

— Votre fille sera *ma* fille, en dédommagement. Elle aura bientôt un nouveau nom et me rejoindra pour le restant de ses jours. Et je l'élèverai comme ma fille. Maintenant, réfléchissez bien. Vous voulez vraiment me retrouver ? Me tuer ? Faire pleuvoir sur moi vos bombes et vos missiles ? Vous en êtes sûr ? Parce que si vous faites ça, dans les « dommages collatéraux » comme vous vous plaisez à le préciser, il y aura votre enfant. Laissez-moi tranquille. Laissez-moi vivre ma vie. Et ainsi, votre fille vivra. *Maa' salama*, Matt Keating.

Le son est coupé. Je vois encore quelques instants ma fille, puis l'écran devient noir.

— Quelle merde ! s'exclame Alejandro.

C'est suffisamment explicite comme ça.

Il m'a coincé.

Mel n'est plus sa prisonnière, mais sa *fille*. Elle sera toujours à ses côtés, aujourd'hui, demain, et pour les années à venir.

Il me met au défi de venir la sauver, au défi de l'attaquer.

Salopard !

Un téléphone sonne. Je hurle :

— Que quelqu'un aille répondre ! J'essaie de réfléchir !

— Matt, intervient David. C'est votre téléphone.

Je retourne à mon sac et récupère mon TOC. NUMÉRO MASQUÉ indique l'écran.

— Oui ? réponds-je agacé.

— Matt ?

Je reconnais la voix. C'est Danny Cohen du Mossad.

— Danny ! Qu'est-ce qui se passe ?

Il m'annonce d'un ton enjoué :

— On l'a trouvée ! Nous savons où elle est ! C'est sûr à cent pour cent !

106

Djebel Nefoussa, Libye

Jiang Lijun se trouve dans une petite pièce aux murs de pierre. Il est assis sur une chaise de bois, les chevilles et les poignets enchaînés. La porte verrouillée est à deux mètres de lui, flanquée de deux petites lucarnes protégées par des barreaux. Le sol est en terre battue.

Jiang reste silencieux et calme, ne sachant si quelque part une caméra le surveille. Il ne se débat pas, ne tire pas sur ses chaînes. Pas question de leur donner ce plaisir !

Pour ne pas penser à ce qui va lui arriver – parce qu'il vit là les dernières heures de son existence –, il se remémore l'histoire de l'amiral Zheng He, celui qui, voilà plus de six cents ans, a embarqué des centaines d'explorateurs et de marchands à bord de navires qui surpassaient toutes les constructions navales de l'époque. Il a été le premier Chinois à mettre le pied en Afrique.

Pas cette partie de l'Afrique, certes, mais si les dirigeants d'alors avaient profité des voyages de Zheng pour établir, dès le XVe siècle, une nouvelle Route de la soie, la face du monde en aurait été changée.

La porte s'ouvre. Assim Al-Achid entre, tout sourire. Dehors, deux hommes montent la garde, et le regardent avec curiosité, comme s'il était le premier Asiatique qu'ils voyaient de leur vie.

— Lijun, votre persévérance et votre dévouement forcent le respect. Faire un si long chemin pour me parler, malgré les périls.

— C'est mon travail.

— Ah oui ? Et votre travail impose que vous veniez avec une bande d'assassins pour m'attaquer, moi et mes hommes ?

Jiang répond avec prudence :

— Vous savez combien ces territoires sont dangereux. J'ai simplement été prudent, avec les moyens qui étaient à ma disposition. Il n'a jamais été question de s'en prendre à vous.

— J'en suis convaincu, réplique Al-Achid avec un sourire. (Il lance un ordre à ses gardes qui s'empressent de lui apporter une chaise. Il s'assoit.) Bref, vous voilà ici. La dernière fois que nous avons discuté, c'était en Amérique, et vous me proposiez votre assistance. Votre offre tient-elle toujours ? Souhaitez-vous encore m'aider ?

— La situation a changé. Par conséquent, les termes de mon offre aussi.

— Je vois. Autre chose ?

— Ma présence ici est la preuve manifeste que l'on peut vous retrouver. Si les Américains pensent que Melanie Keating est vivante, ils…

— Ils le savent déjà, l'interrompt Al-Achid. Je viens de publier une vidéo prouvant qu'elle est en vie. Mais je vous remercie de votre mise en garde. Je ne compte pas rester ici, dans ces montagnes. Poursuivez, je vous prie.

— En apprenant qu'elle a survécu, les Américains vont la chercher sans relâche et ils vous tueront. Confiez-la-moi et je la leur rendrai. Mon pays vous offrira une généreuse récompense, satisfera tous vos désirs. Il vous suffit de me donner cette fille.

Al-Achid fait mine de réfléchir à cette proposition. Jiang n'est pas dupe, il voit bien la lueur moqueuse qui brille dans les yeux du Libyen.

— Ah, vous et votre nation mercantile ! Toujours à vouloir vendre ou acheter quelque chose. Cette « récompense » passera par des biens terrestres. Une grosse somme d'argent, un abri sûr dans un autre pays. Une vie oisive, de confort et d'opulence. Il me suffit pour cela de vous remettre Melanie Keating.

Al-Achid se lève et agrippe le dossier de sa chaise.

— Sachez que, sur cette terre, il y a des gens qui n'ont que faire des richesses et du luxe. Des gens qui ne se soucient que de Dieu, qui ne veulent se soumettre à personne d'autre que Lui. Tout à l'heure, je vous le démontrerai. Puis vous serez libéré, et vous direz à vos maîtres que vous avez rencontré un homme sur terre qu'on ne peut ni courtiser ni corrompre.

Al-Achid s'en va. La porte se referme sur lui. Le verrou est réengagé.

Jiang pousse un long soupir. Pour l'instant, il est encore en vie, seulement Assim ne lui a sans doute pas dit la vérité.

Pourquoi le relâcherait-il ?

Jiang est seul.

Mais cela ne va pas durer.

Quelques minutes plus tard, la porte s'ouvre de nouveau. Cette fois, c'est le cousin Faraj. Dans sa main droite, il tient une sacoche de toile de forme cubique qu'il pose au sol.

Il referme le battant derrière lui.

— Vous avez fait une offre à Assim. Répétez-la-moi.

— Si vous me remettez la fille Keating, vous serez grassement dédommagé.

— Soyez plus précis.

— Vingt millions d'euros, sur l'un de vos comptes en banque, ou sur un compte secret que nous créerons pour l'occasion. Plus le transport vers un lieu sûr, dans le pays de votre choix, avec le gîte gratuit. Et bien sûr, une nouvelle identité pour que les Américains, les Britanniques ou le Mossad ne puissent jamais vous retrouver.

Faraj hoche la tête.

— Cette proposition est uniquement pour Assim ?

Jiang savoure le moment.

— Non, elle est pour quiconque libérera Melanie Keating et nous fournira un moyen de transport pour rejoindre Tripoli sans encombre.

— Très bien. Je m'y engage. Moi. Pas mon cousin. J'en ai assez du djihad, assez de manger de la nourriture moisie, de dormir dans des grottes et d'avoir constamment peur qu'un drone lâche un missile sur ma tête. Vous et moi allons passer cet accord.

Fascinant…, songe Jiang. Pourtant il se méfie. C'est peut-être un piège. Ces deux cousins, qui ont fait couler ensemble tant de sang, seraient-ils en désaccord ? Ou s'agit-il d'un plan machiavélique ?

Il opte pour la prudence.

— Je ne sais pas si je peux avoir confiance en vous. Et je n'ai pas très envie de trahir Assim.

Faraj s'approche et s'accroupit devant Jiang, pour le regarder dans les yeux.

— Vous allez coopérer avec moi et vous allez me payer, ou je file dire à Assim que c'est vous qui avez tué sa famille, il y a quatre ans. Vous. Pas les Américains.

Jiang est incapable de prononcer un mot.

— Alors ? insiste Faraj. Vous en pensez quoi ?

107

Base aérienne de Sfax-Thyna, Tunisie

— Danny, je vous en prie, dites-moi ce que vous savez !

L'ancien chef du Mossad ne se fait pas prier.

— Cette vidéo où l'on voit Mel, c'est du direct ! Ce n'était pas un enregistrement. Notre Unité 8200 a décrypté le flux pendant la diffusion et découvert qu'il a été transmis à un contact d'Al-Achid au Qatar, qui l'a renvoyé à un autre sympathisant ayant ses entrées à Al Jazeera. Et ce n'est pas tout, Matt. Nous avons été capables de localiser le point d'émission !

L'Unité 8200 est l'équivalent israélien de notre NSA, des experts en matière de code et de cryptage de signaux. Lorsque j'ai prêté serment en tant que Président, et que l'on m'a détaillé les points chauds et zones de conflit sur la planète, on m'a précisé que l'Unité 8200 était aussi performante que la NSA, voire meilleure en bien des domaines.

— Il est où ?

— En Libye, dans le djebel Nefoussa. Voici les coordonnées : trente et un degrés, cinquante-quatre minutes, trente-six virgule soixante-dix-huit secondes nord et onze degrés, dix-neuf minutes, trois virgule soixante-six secondes est.

Je prends un stylo et inscris ces chiffres vitaux sur ma paume.

— Je répète, Danny : trente et un degrés, cinquante-quatre minutes, trente-six virgule soixante-dix-huit secondes nord et onze degrés, dix-neuf minutes, trois virgule soixante-six secondes est.

— Parfait. C'est là qu'elle se trouve, Matt. Que Dieu vous accompagne.

Je coupe l'appel et découvre Nick Zeppos en compagnie d'un autre homme.

— Matt, voici le capitaine Youssef Zbidi, un pilote de Black Hawk des Forces spéciales de l'armée tunisienne. J'ai eu… le grand honneur de travailler avec lui pendant mon séjour ici.

Je prends le temps de reporter les coordonnées de latitude et longitude sur un bout de papier et le donne à Claire, puis je rejoins les deux hommes.

Le pilote, plutôt athlétique, est vêtu d'une combinaison de vol. Il a la peau mate et arbore une grosse moustache. Son visage passe lentement du scepticisme à la surprise.

Nick poursuit :

— J'ai parlé à Joe… c'était son surnom pendant la formation… et je lui ai expliqué pourquoi nous étions à Sfax-Thyna. Évidemment, il a refusé de me croire. À force de persuasion, j'ai réussi à le convaincre de m'accompagner jusqu'ici.

C'est alors que je remarque l'hématome sous l'œil de Nick et la joue droite enflée du pilote.

Visiblement, leur échange a été musclé…

— Capitaine Zbidi, dis-je, vous connaissez le but de notre mission. Vous pouvez nous aider ?

Zbidi acquiesce.

— Je marche, mais à une condition. Une seule.

En vieux soldat que je suis, je me demande ce qu'espère ce pilote : de l'argent, la nationalité américaine, des lingots d'or ?

Je n'ai pas la force de discuter.

— Allez-y. Je vous écoute.

Il s'approche de moi et tend son bras.

— Avoir l'honneur de serrer la main du président des États-Unis.

Tandis que je m'exécute volontiers, il nous adresse à tous les deux un grand sourire.

— Pour vous, monsieur, et pour sauver votre fille, mon appareil et mon équipage sont à votre disposition.

Quelques minutes plus tôt, j'étais abattu, le moral au plus bas, à présent je sens une énergie nouvelle me gagner.

— Je l'ai ! J'ai l'endroit !

Je suis en train de me diriger vers Claire quand mon téléphone sonne de nouveau. Je suis tenté d'ignorer l'appel mais peu de gens connaissent le numéro de ce TOC.

— Keating, j'écoute.

— Matt ! Ça va ? On peut se parler ? demande une autre voix familière.

C'est Ahmed ben Nayef, l'ancien sous-directeur des services de renseignement saoudiens.

— Bien sûr. Qu'y a-t-il ?

— Nous savons où est votre fille.

J'ai l'impression que c'est Noël. Je suis si reconnaissant que j'en ai le vertige. En quelques minutes, deux éminents membres des services secrets du Moyen-Orient m'ont redonné espoir.

Deux sources qui confirment l'endroit où se trouve Mel.

Les miracles du renseignement !

— C'est au djebel Nefoussa ?

— Tout juste, répond-il. Un type a fait une livraison au cousin d'Assim. Des gens travaillant pour nous l'ont intercepté alors qu'il quittait le camp. Il a été… interrogé et il nous a donné le lieu. Il a entendu dire qu'il y a là-bas une prisonnière très précieuse, une Américaine, la fille de l'ancien président. Matt, je suis si content pour vous !

— Merci infiniment, Ahmed. (J'en ai la gorge nouée.) Samantha et moi, nous vous serons éternellement reconnaissants.

— Vous avez besoin d'autre chose ? De soutien ? Je peux vous trouver des hommes dans les vingt-quatre heures.

— Nous n'avons pas le temps, Ahmed. Nous partons ce soir.

— Alors, *idhâb mâa Allah*, mon ami. Voici les coordonnées où elle est détenue. Ils sont quand même une vingtaine de combattants là-bas. Soyez prudents.

Ahmed me donne les coordonnées GPS. Je les note sur une feuille et…

Quelque chose me paraît bizarre.

— Ahmed ? Vous voulez bien répéter, s'il vous plaît ?

— Bien sûr.

Je réécris une fois de plus les chiffres. Le téléphone toujours en main, je confie le papier à notre agent de la NSA.

— Claire, les Saoudiens nous indiquent que Mel est ici. Vous pouvez vérifier ?

— Tout de suite.

Elle entre les chiffres, et nous attendons tous près d'elle – y compris le pilote tunisien.

Une carte s'affiche sur l'écran, montrant la région montagneuse. Un triangle rouge apparaît.

Je ne suis pas un expert en cartographie, mais je remarque aussitôt un deuxième triangle rouge.

— Claire ? C'est quoi, ça ?

Elle pivote sur sa chaise et me regarde.

— Désolée, Matt. Les coordonnées fournies par les Israéliens et celles des Saoudiens sont différentes. Et elles sont distantes d'environ vingt kilomètres.

108

Djebel Nefoussa, Libye

Jiang Lijun reste assis et silencieux, n'osant ni parler ni bouger. Surtout ne rien laisser paraître !

Mais Faraj insiste :

— Gagnons du temps, d'accord ? Disons que vous venez de passer dix minutes à nier tout en bloc. Parfait ! Maintenant, à mon tour.

Faraj se penche vers le sac posé par terre et ouvre la fermeture Éclair.

— Il y a quatre ans donc, la femme et les filles d'Assim ont été tuées au moment où les Navy SEALs attaquaient le petit village où elles habitaient. Je suis certain que vous vous en souvenez... d'autant que vous étiez en poste à l'ambassade à cette époque.

La main sur la fermeture, il arrête son geste et relève la tête vers Jiang.

— C'était horrible, n'est-ce pas ? Une femme et ses trois enfants, toutes innocentes, tuées dans une explosion. Ça a fait les gros titres partout dans le monde, et Matt Keating a prononcé une allocution à la télévision pour s'excuser de cette boucherie.

Il marque une pause avant de reprendre :

— Et si les Américains n'y étaient pour rien ?

Jiang finit par répondre :

— Je ne sais pas de quoi vous parlez.

Faraj s'esclaffe.

— Ne me prenez pas pour un idiot, mon bon Lijun. Et laissez-moi terminer. On verra alors qui est l'imbécile dans l'histoire. Après le raid, et l'inhumation des victimes, j'ai commencé à avoir des doutes. J'ai parlé aux survivants. Tous donnent la même version : les Américains sont arrivés, les combats ont commencé, mais avant qu'ils aient atteint la maison, celle-ci a explosé.

— Un de leurs missiles Hellfire, à tous les coups.

— Pas sûr. Pas sûr du tout. Pourquoi les Américains auraient lancé un Hellfire sachant que leurs hommes étaient à proximité ? C'était les exposer à un grand danger. Et quand, plus tard, je me suis rendu sur place avec un ami à moi – on l'appelle l'Ingénieur –, il a été catégorique : la maison a explosé de l'intérieur. Pas de l'extérieur. Ça se voit au premier coup d'œil.

Jiang reste silencieux. La sueur coule sur sa nuque.

Faraj ouvre enfin le sac.

— L'Ingénieur… est un expert. En explosifs, en électronique. Il est sorti premier de sa promo à l'université américaine de Beyrouth. Ironie du sort, non ? Il pensait que c'était une chance que l'explosion ait eu lieu à l'intérieur de la maison, car de nombreuses pièces et composants seraient certainement conservés. Et il avait raison.

Terrorisé, Jiang ne peut détacher son regard du sac. Que renferme-t-il ? Un chalumeau ? Des pinces, des sécateurs pour le torturer ? Des couteaux ?

— Il fallait le voir à l'œuvre ! poursuit le cousin d'Assim. Lent et méthodique. Et au bout de deux jours de recherches, il a décroché le jackpot ! Un petit détonateur électronique… caché dans la caisse d'obus de mortier de 82 mm livrée à Assim… Et qui la lui a envoyée ? Vous. Quant au détonateur, il pouvait être actionné à distance par un téléphone portable.

Faraj plonge la main dans le sac et en sort une canette. Puis une seconde.

De la bière ?

Jiang écarquille les yeux en reconnaissant le logo bleu et blanc. Une montagne, bordée de caractères chinois.

De la bière Snow !

— Comment avez-vous…, bredouille Jiang.

Faraj en ouvre une et l'approche des lèvres de Jiang. La première gorgée est un délice. Faraj recule d'un pas, arrache l'opercule de sa canette et avale à son tour une longue goulée.

— Mon cousin ne connaît qu'Allah, le djihad, et la vengeance. Mais moi, j'aime la technologie de l'Occident. Comme cette glacière. (Il tapote du pied le sac.) Une glacière avec batterie ! Ingénieux, non ? Tout comme le détonateur caché dans la caisse d'obus.

— Merci pour la bière, dit Jiang. Ça fait du bien.

Faraj lâche un rire.

— Rien ne semble vous atteindre ! Pas étonnant que vous soyez une pointure des services secrets. Vous continueriez à nier, même si je vous coupais les couilles à la scie ! Mais je comprends. Je comprends tout. Assim est l'un de vos contacts, depuis de nombreuses années, et avec le temps un contact peut devenir un fardeau, un boulet. Il devait être écarté. Et cette nuit-là, il y a quatre ans, vous avez appris que les Américains allaient attaquer Assim. L'occasion était trop belle pour vous, noble agent des services secrets de la grande Chine. Un simple appel téléphonique et vous pouviez faire d'une pierre deux coups : tuer Assim et humilier les Américains, voire en tuer quelques-uns. C'est ce qu'on appelle une opération gagnant-gagnant.

— C'est une jolie histoire, répond Jiang. Quoique pure fabulation.

Faraj approche la canette de la bouche du prisonnier. En déglutissant pour avaler la bière, Jiang se souvient de ces jeux à boire auxquels il avait dû se soumettre quand il était étudiant à Columbia.

Une fois la Snow terminée, Faraj recule d'un pas et reprend :

— Sauf qu'Assim a survécu. Sa famille est morte. Et votre action a sans doute provoqué la défaite de Matt Keating aux élections. Finalement, ce n'était pas une si mauvaise affaire, n'est-ce pas ? Ce soir, je vous propose un marché. J'aurai bientôt l'occasion de tuer Assim. Une fois la chose accomplie, vous vous chargerez du reste : rétribution, nouvelle identité et lieu sûr. Et ensuite, vous aurez la fille.

— Il me faudra un peu de temps.

Faraj termine sa propre bière.

— J'ai tout mon temps. Mais pas vous.

— Comment ça ?

Faraj range les canettes vides dans la glacière et se redresse.

— Si vous me trahissez, Assim et tous ses proches sauront ce que vous avez fait, et vous ne passerez pas la semaine.

109

Djebel Nefoussa, Libye

Mel Keating est assise dans un coin de sa cellule, les genoux repliés sous son menton, les bras autour de ses jambes. Tout en réfléchissant, elle observe son environnement. Et elle n'aime pas ce qu'elle voit !

Ou ne voit pas !

Une pièce avec des murs en pierre. Une ampoule pend au plafond, suspendue à un simple fil électrique qui passe par un trou dans le chambranle de la porte. Il y a aussi une étagère avec des bouteilles d'eau, des crackers, des sachets de fruits séchés et…

Et c'est tout.

Pas de toilettes.

Plus important encore :

Pas de lit !

Assim ne compte donc pas la garder longtemps ici.

Pourtant, il a déclaré qu'elle resterait *pour toujours* avec lui.

Toutes les interprétations sont possibles, plus inquiétantes les unes que les autres.

Mel doit faire un effort pour se lever, cette maudite cheville la lance et lui envoie dans toute la jambe des éclairs ardents. Les larmes perlent dans ses yeux, mais pas uniquement à cause de la douleur.

Un piège !

Un piège implacable !

Une fois debout, elle se dirige vers l'étagère, boit un peu d'eau, mange quelques crackers et fruits secs. Certains sachets doivent contenir des cerises confites, car elle remarque du jus rouge sur ses doigts.

Intéressant…

Elle joue un moment avec ces traces rouges sur sa phalange avant de les lécher. Elle boit encore un peu d'eau.

Mel prend une grande inspiration pour tâcher de se calmer. Personne ne va venir la chercher. Pour tout le monde, elle est morte. Assim est fou, cependant il a raison sur un point : désormais, elle est seule.

Elle doit s'enfuir.

Mais comment ?

Elle explore la pièce, passe ses doigts sur les murs – des moellons de pierre –, réfléchit…

La seule issue est la porte.

Ben voyons ! Il n'y a qu'à l'enfoncer, mettre K-O deux types armés et courir vite !

Elle se met à cogner le lourd battant, à coups de pied, puis à coups de poing, en criant :

— Hé ! Hé ! Hé !

Elle recule.

Génial ! Maintenant elle a mal aux quatre membres !

Elle attend.

Retient son souffle.

Quelqu'un déverrouille la porte !

Par réflexe, elle recule. Deux gardes apparaissent sur le seuil et la regardent fixement. Ils ont à peine vingt ans, et de fines barbes. Ils portent des pantalons blancs, des gilets marron sur des chemises bleues. Le plus proche a son AK-47 en bandoulière, tandis que l'autre, en retrait, la tient ostensiblement en joue. Derrière eux, elle distingue le couloir qui mène à l'autre porte. De part et d'autre, l'enfilade d'anciens box pour animaux, pleins de matériel : de la nourriture, de l'eau, des caisses de munitions, des armes.

— Qu'est-ce que tu veux ? demande le premier.

Vite ! Trouver quelque chose !

— Vous savez qui je suis, n'est-ce pas ? La fille de l'ancien président des États-Unis. J'ignore combien vous êtes payés ici, mais c'est sûr que vous aurez cent fois plus si vous me libérez !

Le garde se tourne vers son collègue et ricane.

— Ah oui ?

— Absolument, insiste Mel. Mon père s'arrangera pour que vous puissiez venir en Amérique… avec vos familles. Vous pourrez commencer une nouvelle vie. Une existence tranquille et agréable. Et il paiera ce que vous demanderez, je vous le promets. Il vous suffit de me faire sortir d'ici !

— D'accord, d'accord, répond le garde en s'avançant vers elle.

Vraiment ? songe Mel. C'est aussi simple que ça ?

Mais l'homme lève son arme, la pousse en arrière de la pointe de son canon. Il lâche un nouveau ricanement, sort à reculons et referme la porte. Le verrou cliquette.

Non, ça ne va pas être simple !

Encore une fois, elle inspecte la pièce. Pas de salle de bains, pas de quoi dormir.

Un frisson glacé la traverse.

Pour toujours, a dit Al-Achid.

Visiblement, c'est pour bientôt.

110

Base aérienne de Sfax-Thyna, Tunisie

Je reprends la communication.

— Ahmed, quelque chose cloche. Vous êtes sûr qu'il s'agit des bonnes coordonnées ?

— Absolument, Matt. J'étais là pendant l'interrogatoire et nous avons vérifié les dires du livreur, avec cartes satellites et autres ressources. C'est bien l'endroit.

— Mais est-ce qu'il a vu Mel ?

— Non. C'est juste ce qui se raconte dans le camp. Une prisonnière très importante est gardée là-bas. Matt, quel est le problème ?

Je me frotte le front et regarde Claire s'activer derrière l'écran, là où deux petits triangles clignotent.

— Il se trouve que le Mossad m'a donné un autre lieu dans le djebel Nefoussa, à vingt kilomètres de votre position. Après la diffusion de la vidéo en direct, les Israéliens sont parvenus à trouver le point d'émission. Et ce n'est pas le même endroit.

Ahmed soupire.

— Toujours cette même rivalité : renseignement humain contre renseignement électronique.

— Vous pouvez reposer la question au type ? Juste pour être sûr ?

Ahmed a une seconde d'hésitation.

— C'est compliqué, Matt. On ne peut plus interroger le témoin.

Par cette phrase, je comprends que l'homme est mort – pendant l'interrogatoire ? parce qu'il a tenté de s'échapper et qu'il a été abattu ? parce qu'un rival d'Ahmed ou un fidèle d'Al-Achid l'a fait taire à jamais ?

— Je vois. Vous avez d'autres informations ?

— Non. Je vous ai tout dit. Désolé.

Nous coupons la communication.

La pièce est silencieuse, tout le monde me regarde. J'ai un choix à faire, et c'est effectivement une question de vie ou de mort. Malgré ce qu'on raconte sur les chefs d'État en exercice, dans les films ou les biographies romancées, un président se trouve rarement devant un tel dilemme. En réalité, la plupart des décisions ont déjà été prises lorsque arrive le mémo sur le Resolute, au cours de sessions de travail, de réunions de cabinet, ou de pourparlers au Capitole. Et quand le problème est soumis au bureau Ovale, c'est une simple formalité.

Pas aujourd'hui.

Les deux triangles rouges qui clignotent sur la carte semblent me narguer.

— Monsieur…, commence Nick.

Je lève la main pour le faire taire.

Je sais ce qu'il va dire. Et tout le monde ici pense la même chose. Nous ne pouvons mener deux opérations cette nuit.

Juste une. Et une seule.

Mais laquelle ?

Ahmed a raison. Renseignement humain contre renseignement électromagnétique. HUMINT contre SIGINT. Gauche ou droite. Pile ou face.

Où aller ?

C'est à moi de trancher.

C'est mon fardeau.

Le fardeau du chef des armées.

— Claire, dis-je. Repassez la vidéo de Mel, sans le son, s'il vous plaît.

Elle pianote sur son clavier et l'enregistrement démarre. J'observe attentivement le visage triste de Mel, ses doigts maculés de poussière tenant le quotidien égyptien, son regard las, ses yeux fatigués derrière ses lunettes. L'image est granuleuse.

Soudain, un souvenir me revient en mémoire.

Après la mort de mon père dans le golfe du Mexique, ses deux frères – mes oncles –, pour aider ma mère à m'élever, me prenaient souvent avec eux. C'est ainsi que j'ai appris à chasser, à boire de la bière bien avant l'âge légal et, surtout, à jouer au poker. Ils m'en ont enseigné les subtilités : l'art des mises et des relances et, presque plus important, le décryptage des signes révélateurs chez l'adversaire. Sentir s'il bluffe ou pas. La plupart du temps, tout se passe dans…

Les yeux, mon garçon. Regarde toujours les yeux de l'adversaire. S'ils sont fixes et froids, c'est pour de vrai. Mais s'ils bougent, ou que les paupières battent, c'est qu'il n'a rien dans sa main.

Les yeux…

Le regard de Mel est fixe, calme, et malgré la mauvaise qualité de la vidéo, tout s'éclaire.

— Ce n'est pas Mel ! Ce n'est pas ma fille !

J'entends les murmures de mon équipe.

— David ! venez ici. Regardez ça. Qu'est-ce que vous voyez ?

L'agent du Secret Service, qui a côtoyé Mel pendant près de cinq ans, s'approche et se penche vers l'écran. Je brûle de lui révéler ce que j'ai découvert. Pourtant je me retiens.

Je ne veux pas l'influencer.

David se redresse.

— Matt, vous avez raison. Ce n'est pas Mel… les yeux…

Je me tourne vers les autres.

— Mel est astigmate d'un œil et myope de l'autre. À cause des verres correcteurs, quand on la regarde de face, l'œil gauche paraît plus gros que le droit. Cette fille…, poursuis-je en tapotant l'écran, elle ressemble à Mel, mais ce n'est pas elle.

J'en ai presque le vertige. Trop d'émotions en si peu de temps.

— Cette fille n'a aucun problème de vue. Mel se trouve donc sur l'autre site ! C'est là-bas qu'il faut aller la chercher.

111

Djebel Nefoussa, Libye

Mel Keating est assise par terre dans l'obscurité. Il y a quelques minutes – en se protégeant les doigts pour ne pas se brûler –, elle a dévissé l'ampoule de sa cellule, en la laissant dans la douille. Ses lunettes à la main, elle s'efforce de se détendre et d'écouter son environnement.

Un jour, son père lui a donné ce conseil : *Chaque fois que tu te sens coincée, ou impuissante, prends une grande inspiration, et regarde ta situation d'un œil neuf. Tu seras surprise de ce qui peut apparaître.*

Les larmes lui montent aux yeux.

Papa, c'est ce que j'essaie de faire ! Mais là, je suis prisonnière, et j'ai vraiment peur. Je sais ce qui va m'arriver ce soir. Et ce sera réel. Pas un simulacre.

Je t'en prie, aide-moi.

Quelque chose court sur sa nuque.

Elle pousse un cri de surprise et se donne une tape derrière le cou. Elle remet aussitôt ses lunettes.

Une araignée ?

Un scorpion ?

C'était quoi ?

Elle explore le plafond à tâtons, les bras tendus au-dessus d'elle. Et s'il y a un rat là-haut et qu'il me mord les doigts ? Elle finit par trouver l'ampoule encore tiède et la revisse. La lumière revient dans la pièce.

Qu'est-ce qu'il y avait sur son cou ?

Elle ne voit rien au sol.

Elle lève la tête. Rien ne vole non plus.

Pourtant, elle a bien senti quelque chose courir sur sa nuque. Elle en est certaine.

Mel n'a aucune envie de se rasseoir, néanmoins elle se force.

Cette fois, la pièce est éclairée, et elle a ses lunettes sur le nez. Elle attend.

Elle entend des voix assourdies de l'autre côté de la porte. Les hommes d'Al-Achid qui doivent eux aussi occuper les box.

Et de la musique.

Des *tac ! tac ! tac !* au loin. Quelqu'un tire une rafale de mitraillette.

Elle frissonne.

Ça recommence : un petit picotement à l'arrière de sa nuque.

Lentement, elle avance la main. En vain.

Mais la sensation est toujours là.

Elle se lève, s'approche du mur derrière elle, s'humecte les doigts et les passe devant la paroi.

Un courant d'air !

Un souffle infime.

Là, en haut, près du plafond.

Avec frénésie, elle se met à gratter entre les moellons, et un morceau de torchis se détache. Les pierres ne sont pas scellées. Elle continue de racler.

De la terre tombe encore de l'interstice.

L'appel d'air grandit.

Oui !

Elle débarrasse tout ce qu'il y a sur l'étagère et tire sur la planche pour l'arracher de la paroi. Elle la cale contre le mur et, de son pied valide, la casse.

Elle récupère un gros morceau, qui présente une extrémité pointue, et reprend sa tâche.

La terre tombe régulièrement. Il devait sans doute y avoir une cheminée, ou une conduite, qui a été bouchée.

Mel frappe le mur avec son morceau de bois, encore et encore, pour agrandir l'ouverture.

La porte est si épaisse que personne n'entend les coups.

Tant mieux.

Partir d'ici. À tout prix !

112

Base aérienne de Sfax-Thyna, Tunisie

— Claire, il nous faut un maximum d'infos sur cet endroit.

— Je m'en occupe, répond notre membre de la NSA, ses doigts agiles voltigeant sur les touches.

Nous sommes tous regroupés derrière elle. Les murmures vont bon train. Je lève la main.

— Taisez-vous ! Laissez-la travailler.

Silence. J'observe Claire. Elle marmonne toute seule, surfe de lien en lien, d'image en image. Le temps que je comprenne ce qui s'affiche, elle est déjà passée à autre chose. Elle a toujours trois coups d'avance sur moi !

— C'est ici ! lance-t-elle.

— Ici ?

Je découvre un terrain montagneux, des gorges étroites et deux plateaux, séparés apparemment par un piton rocheux.

Pas de végétation.

Ni véhicules.

Ni constructions.

— Claire, de quand date cette image ?

— Désolée, Matt. Dix ans. Nos dernières vues satellites. Je n'ai pas mieux.

— Il y a forcément autre chose que ça !

— Tu as essayé de…, commence Nick.

— Tu as une meilleure idée ? s'énerve Claire. Quelqu'un veut prendre ma place ou pense faire mieux ?

Pas de ça…

— Désolé, Claire. C'est vous l'experte ici. On vous laisse bosser.

Elle pousse un soupir agacé et se remet à pianoter sur son clavier.

Je vois défiler des lignes de code…

Des cartes de l'Afrique du Nord…

Des images en relief…

D'autres lignes de code…

— Il me faut un téléphone satellite. Maintenant !

Nick se précipite à l'autre bout de la pièce et revient avec l'appareil. Elle s'en saisit, se mord brièvement les lèvres, puis compose un numéro pendant que nous chuchotons derrière elle.

— Les gars…, intervient Claire. Je vous adore tous, mais fermez vos grandes gueules.

Aussitôt, tout le monde obéit.

Apparemment, la communication est établie. D'une voix neutre, elle articule :

– Accès.

Il s'écoule une seconde ou deux. Elle reprend :

— Bravo, Oscar, Oscar, November, Echo. Un, quatre, neuf, quatre.

J'entends un avion décoller. Et le souffle court de Nick à côté de moi.

— Poste douze.

Quelques secondes s'écoulent encore. Aussitôt Claire change de ton :

— Allô, Josh ? Comment ça va à Cheyenne ? Le soleil ne te manque pas ? En même temps, tu es si pâle que tu te transformerais en merguez si tu allais sur une plage !

Elle rit toute seule.

Nick me regarde. Je lui fais signe de se taire.

— Josh, j'ai besoin d'un service. Un service personnel. Il faut que…

Elle s'interrompt.

— Josh… Allez ! Je te rappelle que tu me dois bien ça. Tu te souviens ? Sans moi, tu n'aurais jamais terminé la Universe Mission 12 de Super Dragon Balls Heroes…

Elle attend, se frotte les yeux et le front.

— Ne m'oblige pas à te supplier…

Elle attend encore.

Ma petite Mel… tu es si près… et si loin…

Claire se redresse et me sourit.

— Josh, tu es un amour. J'ai besoin d'un aperçu complet de la zone, sous tous les angles, et toutes les longueurs d'onde.

Claire lui donne les coordonnées transmises par Ahmed ben Nayef.

Elle les répète.

Patiente.

— C'est bien ça, Josh. Nous avons un Jason qui va passer au-dessus dans dix minutes. C'est tout ce qu'il me faut.

Nouveau silence.

— Bien sûr, c'est chaud, j'en ai conscience, dit-elle. Le bidule a des problèmes de stab. Mais je sais que vous avez prévu de régler ça. Tu seras juste en avance sur le planning. Tu diras que tu as fait un essai. Et ça passera comme une lettre à la poste !

Elle rit à nouveau.

— Comment je suis au courant ? Tu oublies où je travaille ! Maintenant, je vais te laisser bosser… Et je saurai te remercier comme il faut. Je te le promets.

Claire coupe la communication, rend le téléphone à Nick et se plie en deux.

— Argh ! Je suis à deux doigts de gerber !

Elle se redresse, se frotte de nouveau les yeux.

— Bon, voyons ce qu'on a.

L'écran devient noir.

Une ligne de lettres vertes et de chiffres défile…

Une vue satellite. Des montagnes, des vallées, des crêtes, dans un camaïeu de verts. L'image glisse lentement vers le haut de l'écran. Un frisson me traverse. Quand j'étais président, j'ai souvent eu l'impression de me retrouver « en coulisses », d'être le spectateur privilégié des prouesses dont sont capables nos systèmes militaires et de renseignement. Et c'est exactement ce que je ressens à cet instant. Je suis un oiseau invisible, et je plane à vingt mètres au-dessus du sol.

C'est en direct.

C'est la nuit.

— Des bâtiments, souffle Claire. Nous y sommes. Ça a pas mal changé en dix ans.

— Mon Dieu…, murmure Alejandro.

Il y a des constructions en demi-cercle. Apparemment des maisons en pierre, de diverses formes et dimensions. Un espace plat devant, des formes blanches qui se déplacent, un long muret au sud, et dessous un autre plateau avant le versant.

— Ce sont des personnes, explique-t-elle. Et là, sur la gauche… c'est une route. Plein ouest.

Parmi ces silhouettes, se peut-il qu'il y ait Mel ? Je serre les poings.

— On voit des véhicules aussi, dit-elle. Quatre pick-up.

— J'ai compté douze hommes, annonce Nick.

— Et en bas de la route, ajoute Alejandro. Il y a deux gardes. Un de chaque côté.

— Claire ? dis-je. Vous enregistrez tout ça, n'est-ce pas ?

— Bien sûr.

J'observe les bâtiments qui luisent sur l'image satellite.

Il y en a six.

Dans lequel se trouve Mel ?

On peut attaquer une maison, voire deux. Mais si une fusillade éclate, est-ce que Al-Achid a prévu d'évacuer Mel ? Ou de la tuer avant qu'on ne puisse la libérer ? Nous n'avons pas le temps de surveiller simultanément six bâtisses pour savoir où Mel est retenue prisonnière.

— Ça, qu'est-ce que c'est ?

— Quoi donc ?

Je me penche et tapote l'écran.

— Là. Juste ici.

Claire réduit la fenêtre du direct et lance la lecture de l'enregistrement vidéo.

Elle agrandit l'image, améliore la définition.

— Nom de Dieu…, lâche David.

Une ligne pâle s'étire au milieu de l'esplanade et se dirige vers un bâtiment tout en longueur, qui semble être construit au pied d'un piton rocheux.

Et au bout de cette ligne, une flèche est dessinée dans la poussière, juste devant la porte.

Comme si elle avait été tracée avec un bâton, ou du bout du pied.

Ma fille si futée !

— Mel est là. Dans cette maison. Allez, au travail !

V

113

Le raid sur le djebel Nefoussa

Après une demi-heure de briefing et de préparatifs, nous sortons dans la nuit et nous dirigeons vers le Black Hawk de l'armée tunisienne. Son rotor tourne déjà. Nous sommes équipés et armés de façon similaire, mais chacun a ses petites préférences.

Pour les armes, j'ai un M4 avec visée laser infrarouge et, à la ceinture, un SIG Sauer P226, avec un jeu de chargeurs de rechange. Je porte un casque tactique niveau III, équipé de jumelles de vision nocturne, des ATN PVS-14. J'ai aussi un gilet pare-balles et d'autres accessoires dans les poches de mon harnais : gourde, trousse de premiers soins, compresses hémostatiques en cas de plaie pénétrante, piles de rechange, couteau Ontario Mark 3, pince multifonctions Gerber et, sur les épaules, un petit sac à dos contenant deux pièces d'équipement absolument essentielles.

Malgré le poids et l'encombrement de mon barda, mes muscles se souviennent. Je ne me sens pas alourdi alors que je rejoins l'appareil.

Je pourrais marcher comme ça toute la nuit.

Nous avons chacun un talkie-walkie Motorola SRX 2200, avec nos fréquences mémorisées et un casque audio ComTac Peltor pour nous parler une fois au sol.

Les communications seront faciles cette nuit. Pas de noms de code, juste nos prénoms et Joe, pour notre pilote d'hélicoptère.

Suivant le bon principe KISS – *Keep it simple, stupid !*

Claire a une arme supplémentaire, une Remington calibre .308 avec une lunette longue portée. Elle sera notre sniper ce soir. Après une discussion houleuse dans l'atelier, il s'est avéré qu'elle était la meilleure tireuse de l'équipe.

Le soleil est couché depuis deux heures. D'ordinaire, on attendrait 2 ou 3 heures du matin pour attaquer, car la défense est moindre. Mais nous ne sommes pas dans des conditions ordinaires : je sais où se trouve Mel. Et je ne veux pas prendre le risque qu'elle soit encore déplacée.

Les pales du Black Hawk soulèvent un tourbillon de poussière et de gravillons. Nous parcourons les derniers mètres, tête baissée. Je me remémore notre dernier brief dans notre QG de fortune…

Pendant que je scrutais l'écran à la recherche d'un point d'entrée sur la zone et d'un point de sortie, Joe a indiqué un relief à l'ouest du camp.

— Cet oued, là… je peux vous y déposer. C'est à environ un kilomètre et demi. La gorge est assez étroite et se situe à mille mètres en contrebas. Les parois devraient amortir suffisamment le bruit du rotor pour qu'on puisse passer inaperçus.

J'ai hoché la tête avant d'ajouter :

— Et là. Cette zone plate devant les bâtiments, juste derrière ce muret de pierre… sera notre point d'exfiltration. Nous le marquerons avec des sticks infrarouges. Vous viendrez nous récupérer quarante-cinq minutes après l'arrivée sur zone. On ne pourra pas tenir plus longtemps.

— Je regrette de ne pas avoir un gunner.

Poliment, Nick, Alejandro et moi n'avons rien répondu. C'était préférable ainsi – on ne s'est pas entraînés avec un mitrailleur de sabord, et on n'a aucune envie de nous faire faucher par un tir « ami ».

— Alejandro et moi, a annoncé Nick, on partira devant, pour s'occuper des deux gardes sur la route.

J'ai consulté ma montre.

C'était l'heure.

David s'est alors tourné vers moi.

— Matt, juste pour qu'on soit bien au clair : quelles sont les règles d'engagement ?

— Il s'agit d'une opération de sauvetage. C'est tout ce qui compte. Je me fiche de savoir si on tombe sur des plans ou des disques durs contenant le projet d'une bombe radiologique. La libération de Mel est notre seul objectif. On ne rapporte ni prisonnier ni cadavre.

Tout le monde a hoché la tête. Encore une fois je suis impressionné par la composition de mon équipe : un pilote des Forces spéciales tunisiennes, deux Navy SEALs, une agent de la NSA, un membre du Secret Service. Ma petite bande de frères et sœur.

— Hormis Mel, ai-je ajouté, il n'y a aucun innocent là-bas. Qu'ils soient armés ou non, qu'ils attaquent ou fuient, on ne fait pas de quartier.

Alors que je m'approche de l'hélicoptère, je suis brusquement pris de doute. Est-ce la bonne solution ? Est-ce vraiment une opération de secours ou une pure vengeance, celle d'un père en colère et humilié par ce qu'on fait subir à sa fille ?

Un simple coup de fil au centre de commandement pour indiquer à l'état-major où Mel est retenue prisonnière, et une unité de professionnels aurait été sur pied.

C'est justement ça le hic.

Sur pied…

Car, contrairement à ce que l'on voit sur History Channel, les Forces spéciales ne sont pas cantonnées quelque part, armées et équipées, prêtes à partir dans l'instant aux quatre coins du monde. Il y a d'abord une phase de mise en alerte des unités, puis une d'évaluation, une autre encore de préparation tactique et logistique, sans compter toute une série d'échanges téléphoniques le long de la chaîne de commandement, et peut-être – je dis bien « peut-être » –, demain matin, un raid sera lancé vers le djebel Nefoussa.

Mais ce sera trop tard.

L'un après l'autre, nous grimpons dans l'appareil et nous installons sur les sièges de toile. Accroché au plafond, je trouve l'intercom. Je retire mon casque et passe les écouteurs.

— Joe, c'est Matt. On est tous là.

— Bien reçu, Matt, répond-il tandis que le chef de bord referme la porte coulissante.

Il se tourne vers nous, pouce levé, et nous sourit.

Nous attendons.

Encore et encore.

C'est trop long.

— Joe ? Que se passe-t-il ?

— On a un léger problème.

— Lequel ?

Des parasites crachent dans mon casque.

— Il semble que la tour de contrôle n'apprécie pas qu'on fasse un vol d'entraînement de nuit sans autorisation. Un colonel rapplique pour nous interdire de décoller.

Nick Zeppos est le seul à avoir un autre casque intercom. Il me regarde, inquiet. Je demande :

— Joe ? Qu'est-ce que vous allez faire ?

Il laisse échapper un petit rire.

— Dire qu'on a eu un problème radio et qu'on n'a rien entendu.

Le bourdonnement de la turbine s'amplifie. Une petite oscillation, et nous décollons dans la nuit, cap à l'est.

Mel ! Tiens le coup.

Encore quelques minutes !

114

Mel Keating s'arrête un instant et observe sa progression. Avec son morceau de bois, elle a élargi le trou. Elle peut désormais y passer la tête et les épaules, mais elle a les mains en sang.

Aucune importance !

Elle avale une grosse gorgée d'eau et grimpe sur le tas de gravats, pour creuser plus haut.

Elle cogne, gratte, cogne…

Des pierres et de la terre lui dégringolent dessus. Elle en a plein les cheveux, plein la bouche, pourtant elle continue, redoublant d'efforts.

Soudain, elle se fige.

Des voix !

Juste derrière la porte !

Son cœur s'accélère.

Si quelqu'un entre, que va-t-elle dire ? Que, par atavisme maternel, elle s'est lancée dans une fouille archéologique ?

Elle descend en hâte du monticule de gravats.

Si la porte s'ouvre, elle plantera son bout de bois dans la gorge du premier garde qui franchira le seuil.

Fini les suppliques ! Fini les larmes !

Autant mourir en super-héroïne !

Elle attend.

Les voix se sont tues.

Elle perçoit de la musique au loin. Une radio.

— C'est bon, souffle-t-elle.

Elle remonte sur son tas.

Et se remet à cogner, gratter…

Le morceau de bois s'enfonce soudain et elle sent, au-dessus d'elle, de l'air froid.

Elle est passée de l'autre côté !

Elle tousse, essuie ses joues crasseuses, et reprend son travail de démolition.

Bientôt la liberté !

Elle touche au but.

Encore quelques pierres. Encore un effort…

Elle pousse, s'arc-boute de toutes ses forces et…

Son pied ripe. Elle tombe.

La douleur fulgurante qu'elle ressent à la cheville droite la terrasse. Elle roule au sol, serre les poings. Elle a si mal qu'elle en a le souffle coupé.

Lève-toi ! Lève-toi !

Ne fais pas honte à tes parents !

Debout !

Mel se remet sur ses jambes, récupère à cloche-pied son bout de bois et recommence à cogner…

Rien ne l'arrêtera.

Rien.

115

Les cent cinquante kilomètres du voyage se font au-dessus de l'eau, dans le fameux golfe de Syrte.

— On a les pieds au sec, annonce tranquillement Joe. Nous entrons dans l'espace aérien libyen.

— Bien reçu, dis-je.

Je regarde mes compagnons dans la cabine. Chacun est dans sa bulle. Il n'y a ni rires, ni bavardages, ni fanfaronnades. Nous sommes tous silencieux. Deux boivent de l'eau, d'autres regardent dehors ou essaient de dormir.

Le ronronnement du rotor, l'éclairage rouge, les sangles, les filets, les sacs de matériel… tout ça m'est familier. Je me suis tant de fois trouvé à bord d'un Black Hawk, soit pour des missions d'entraînement, soit en opérations extérieures. C'est comme si je me retrouvais avec un vieil ami, à une exception près.

Nous sommes en totale illégalité. Et ce n'est pas un exercice.

C'est une véritable opération. Il s'agit de sauver ma fille.

D'ordinaire, un échec est toujours possible, voire envisageable. Mais pas ce soir.

Il faut réussir.

C'est ma seule option.

Nous filons dans la nuit, au-dessus du désert libyen.

Mes écouteurs grésillent.

— Deux minutes, Matt, m'annonce Joe. Deux minutes.

— Bien reçu.

Je retire l'intercom, rajuste mon système audio et fais un signe à mes coéquipiers, l'index et le majeur levés, en précisant :

— Deux minutes ! Deux minutes !

Nous renfilons nos casques, abaissons nos JVN, et les allumons. Soudain, l'intérieur de l'hélicoptère brille d'une lumière vert fluorescent.

— Restez groupés et finissons-en !

Le Black Hawk vire et ralentit. Le chef de bord nous rejoint, déverrouille la porte coulissante et l'ouvre.

L'air froid de la nuit s'engouffre dans l'habitacle. Les parois rocheuses sont toutes proches. Puis le nez de l'appareil se redresse et nous descendons. Il y a bien un oued, comme l'a indiqué Joe. Nous nous enfonçons lentement dans la gorge… plus bas. Toujours plus bas.

L'appareil s'immobilise en vol stationnaire à un mètre du sol et nous sautons à terre, un à un.

Nick Zeppos est le dernier à sortir. Nous nous regroupons, pliés en deux, tandis que l'hélicoptère repart.

L'instant d'après, nous sommes seuls

— Test com, dis-je dans mon micro en me redressant. Ici Matt.

— Claire, OK.

— Nick, OK.

— Alejandro, OK.

— David, OK.

— Parfait. Je vous reçois tous cinq sur cinq.

J'examine l'endroit, scrute les rochers, les surplombs.

Rien d'anormal.

— Nick, Alejandro, à vous de jouer. On vous suit dans dix minutes.

— Bien reçu.

— Bien reçu.

Ils se mettent aussitôt à grimper le versant, telles des chèvres de montagne L'étau dans ma poitrine se desserre.

Le silence et le froid. Pas de coups de feu, pas de tir de mortier. Rien. Le Black Hawk n'est plus qu'un bourdonnement ténu au loin. C'est une nuit sans lune, mais le ciel est si clair que, même sans nos jumelles de vision nocturne, la seule lueur des étoiles pourrait nous suffire.

Je consulte ma montre avec ses chiffres lumineux.

Dix minutes se sont écoulées.

— En route !

David, Claire et moi entamons notre ascension.

Après un quart d'heure de marche, nous faisons une pause pour surveiller les alentours. Nous sommes sur la petite route escarpée qui mène au camp d'Al-Achid. Nous prenons position derrière des rochers.

J'observe les lieux. À trois cent soixante degrés.

Tout est tranquille.

Plus haut, Nick et Alejandro sont sur le terrain. Je suis confiant. Je regarde la route de terre. Deux jours plus tôt, Mel est passée par ce même chemin, a respiré le même air.

Je suis si près d'elle.

Une voix dans mes écouteurs.

— Matt, ici Nick.

— J'écoute.

— C'est OK de mon côté. J'attends Alejandro.

Voilà, c'est terminé. Un homme, ou un adolescent, rêvant de gloire, de djihad et de paradis, et qui montait la garde sur cette terre aride pour protéger l'un des terroristes les plus recherchés de la planète, vient de recevoir une balle de 5,56 mm entre les deux yeux, tirée avec un silencieux.

— Bien reçu, Nick. Beau travail.

Au tour d'Alejandro.

Rien ne bouge dans les montagnes. Pas un bruit. Pas un appel.

Juste ce vert électrique de nos JVN.

Je patiente.

Regarde ma montre.

Les minutes passent lentement.

— Nick, c'est encore Matt. Du nouveau ?

— Non. J'attends toujours Alejandro.

Comme nous tous.

Je commence à m'impatienter.

Laisse-le faire son boulot !

Mais tant de choses peuvent mal tourner.

Alejandro peut être pris dans une embuscade.

Ou avoir fait une chute, être tombé dans une crevasse.

Ou la sentinelle a pu changer de place.

Une sentinelle qui nous observe peut-être en ce moment même…

Et qui a prévenu Al-Achid.

Est-ce qu'un groupe armé est en train de descendre vers nous ?

Je presse à nouveau le bouton de communication.

— Alejandro, murmuré-je. Ici Matt. Où en êtes-vous ?

Pas de réponse.

J'insiste :

— Alejandro, c'est Matt. Rapport de situation ?

Toujours rien.

Brusquement, j'ai l'impression que tout m'échappe.

116

Jiang Lijun lève la tête lorsque la porte s'ouvre. Faraj entre, une petite lampe à la main.

— C'est l'heure, annonce-t-il.

Il s'agenouille et entreprend de le désentraver.

— Pourquoi si tard ?

— Assim a dû attendre son repas, et puis il a voulu parler en privé à son chauffeur, Tarak. Il compte récupérer tout le monde et partir cette nuit, quand il aura fini.

Jiang se frotte les chevilles et les poignets.

— Finir quoi ?

Faraj s'écarte, puis lâche les chaînes et les cadenas.

— Il faut que vous assistiez à l'exécution de Melanie Keating, pour que vous puissiez rentrer à Pékin et dire à vos chefs que vous avez rencontré un véritable soldat de Dieu – quelqu'un qui n'est pas tenté par les biens matériels, et ne peut donc être acheté. Durant les années à venir, il utilisera sa doublure et publiera de temps à autre une vidéo, pour tourmenter Matt Keating en lui faisant croire que sa fille est toujours en vie. Plus tard, pas avant des dizaines d'années sans doute, lorsqu'il se sera lassé de torturer Keating, il révélera la vérité et indiquera où sont les restes de son enfant. Ce sera le dernier chapitre de sa vengeance.

Jiang se lève.

— Mais vous… vous ne le laisserez pas faire ?

Le Libyen agite sa lampe.

— Bien sûr que non. Allez, venez ! Je m'occupe de mon cousin, et ensuite j'irai chercher Melanie Keating.

Sans trop y croire, Jiang tente néanmoins le coup.

— Mon pistolet. Rendez-le-moi, s'il vous plaît.

Faraj secoue la tête.

— Estimez-vous déjà heureux que je vous laisse votre gilet pare-balles. C'est tout ce dont vous aurez besoin.

Les deux hommes sortent de la pièce. Le camp est plongé dans l'obscurité. Effectivement, il est content d'avoir pu garder son gilet, sachant que sont cachés dans ses poches quelques accessoires qui lui seront très précieux sous peu. Ces combattants, valeureux mais stupides, n'ont pas pris le temps de bien le fouiller quand ils l'ont capturé.

N'empêche qu'il se sent nu sans son QSZ-92 à la ceinture.

Il continue néanmoins de marcher.

Sur le terrain, les regrets sont inutiles.

En quelques minutes, ils ont rejoint un grand bâtiment au milieu du camp. La nuit est étoilée et deux braseros brûlent dans de vieux barils de pétrole. Jiang secoue la tête en voyant les soldats d'Assim aller et venir. Aucune discipline !

— Ah, te voilà, mon cousin ! lance Assim. Quelle joie d'avoir notre ami chinois avec nous ce soir !

Venez, venez. Vous allez assister à un moment historique !

Al-Achid se tient devant une grosse porte en bois. Jiang respire à pleins poumons l'air vif des montagnes. Quelle belle nuit. Surtout s'il y survit.

Le Chinois se surprend à espérer et, malgré l'offre de Faraj, décide de tenter à nouveau sa chance.

— Assim, commence-t-il. Je suis également ravi de vous revoir, et je vous repose la question : acceptez-vous de me remettre la fille ? Cette fois sans rétribution ni récompense. Et je dirai à mes supérieurs à Pékin que vous êtes non seulement un véritable homme de Dieu, mais aussi un homme de compassion.

Dans la lumière vacillante des flammes, Jiang voit Assim sourire, puis lancer un regard complice à l'un des plantons devant la porte. Les deux hommes se mettent à rire.

Qui ne tente rien n'a rien…, songe Jiang.

— Bien essayé, Jiang. N'ayez crainte, vous verrez le jour se lever. Je vous en donne ma parole. Vous, comme l'Occident, oubliez parfois l'importance de Dieu, du serment, de la constance. À l'exemple de mon cousin Faraj.

Faraj semble tout à coup inquiet. Par précaution, Jiang recule d'un pas.

— Mon cousin est loyal, intelligent, poursuit Assim, et c'est un bon combattant. Seulement il croit trop aux sirènes de la technologie. Telles que les drones, les glacières sur batterie pour boire des boissons interdites. Ou les systèmes d'écoute sophistiqués.

Il s'avance vers Faraj, passe son bras autour de ses épaules.

— Alors qu'il n'y a nul besoin de tous ces gadgets high-tech. Il suffit d'avoir, derrière une fenêtre ouverte, un compagnon fidèle, ayant de bonnes oreilles, pour être parfaitement renseigné.

Faraj réagit vite, mais Assim est plus rapide encore. Dans sa main jaillit un couteau qu'il enfonce dans la poitrine de son jeune cousin.

117

Soudain, comme une voix venue du ciel, Alejandro revient en ligne.

— Matt, ici Alejandro.

— Ici Matt. J'écoute.

— Désolé pour le retard. Mais mon gars n'était pas à son poste. Il était parti arroser les cailloux. Il n'a pas eu le temps de terminer.

Une onde de soulagement me traverse.

— Nick, Alejandro, avancez. On vous retrouve au point de ralliement.

Nous nous remettons à marcher, avec pour seuls bruits les petits craquements des brindilles sous nos pieds. Ne nous précipitons pas, mais ne traînons pas non plus. Nous progressons méthodiquement sur la piste, en surveillant les alentours.

La route s'élargit et de gros rochers apparaissent de part et d'autre de nous.

Puis le terrain devient plus plat.

Nous obliquons sur la droite, pour nous faufiler entre les rocs et les éboulis.

Je lève la main.

Tout le monde s'immobilise.

Des voix !

Nous nous approchons lentement en nous déployant.

À travers une brèche dans les rochers, j'aperçois des bâtiments.

Du feu brûle dans deux barils.

Des hommes armés vont et viennent, par petits groupes.

J'entends des rires.

Des bâches, tendues au-dessus des quatre pick-up, claquent sous la brise. Je rejoins Nick et Alejandro, tandis que Claire et David continuent d'avancer et se mettent à couvert derrière le muret de pierre, face au bâtiment central, qui est adossé à une paroi rocheuse.

Je le vois bien, à présent.

Mel est là !

Tout près.

Encore quelques secondes…

Ces dernières semaines me reviennent en mémoire – le kidnapping de Mel, le meurtre de son petit ami Tim, la nuit d'horreur où nous avons vu sa décapitation, puis l'espoir qu'elle soit en vie, et mon périple jusqu'ici. Tout me submerge d'un coup, tel un déferlement furieux, tandis que je me tiens tapi au cœur de ces montagnes libyennes.

Et maintenant, ma fille est à moins de cinquante mètres de moi. Elle attend.

Je consulte ma montre.

C'est presque l'heure.

118

Pliée en deux dans sa cellule, Mel Keating tousse, crache, hoquette car une coulée de terre lui est tombée dans la bouche et le nez.

Elle se redresse, attrape la dernière bouteille d'eau, boit une gorgée.

Encore un effort.

Elle referme la bouteille, la coince sous sa ceinture et se hisse dans le trou.

La tête passe.

Puis les épaules.

Elle se tortille.

Les coudes plaqués contre les flancs, elle pousse, pousse encore.

Mais ça bloque.

Merde !

Elle redescend, manque de perdre ses lunettes, et se retrouve de nouveau dans sa cellule, haletante.

Elle ramasse son morceau de bois.

Et se remet à creuser.

D'autres pierres tombent.

Allez !

Il faut que ça passe !

Des voix ! Qui se rapprochent !

Persuadée de voir les étoiles au-dessus, elle lève la tête vers le trou.

Le ciel ! La liberté !

Quelqu'un commence à déverrouiller la porte.

Trop tard.

119

Al-Achid conduit Jiang Lijun vers le bâtiment de plain-pied, satisfait de voir l'agent de renseignement chinois silencieux et penaud. Cet étranger et ses supérieurs jouent depuis trop longtemps les sauveurs, en distribuant argent, armes et vivres quand ça leur chante. Aujourd'hui, c'est lui, Assim, qui mène la danse. Il détient la personne la plus recherchée de la planète – la fille de l'ex-président des États-Unis –, et il va montrer à Jiang la toute-puissance de sa lame.

Ensuite, il le relâchera.

Si Al-Achid a souvent menti durant ses années de djihad, ce soir, il dit la vérité.

— Venez, venez, lance-t-il. Dans quelques minutes, vous pourrez rentrer chez vous.

Al-Achid longe les anciens box pour animaux, débordant de matériel et d'armes, éclairés par quelques ampoules suspendues au plafond, et dépasse deux gardes, accroupis, occupés à boire du thé. Avec aigreur, Assim se souvient que Faraj aimait bien trop l'alcool des mécréants. Il poursuit son chemin jusqu'au fond du bâtiment et s'arrête devant la porte de la cellule.

Un autre garde armé le salue d'un signe de tête et s'écarte.

Al-Achid se tourne vers Jiang.

L'agent chinois est blême.

Al-Achid sort la clé, déverrouille la porte, pousse le battant…

En vain.

Il essaie encore. La porte grince mais ne bouge pas.

Assim est surpris.

— Toi, lance-t-il au gardien. Aide-moi !

L'homme passe sa kalachnikov derrière l'épaule pour aider son chef à ouvrir le battant. Au bout de plusieurs secondes, la porte cède dans un craquement.

Al-Achid comprend immédiatement le problème.

Mel a glissé un morceau de bois sous la porte pour la bloquer.

— Raté, Melanie Keating…, s'exclame Assim en entrant dans la cellule.

Mais la pièce est vide.

Il aperçoit un tas de terre et de pierres et une ombre mouvante au-dessus : deux pieds qui disparaissent par un trou en haut du mur.

120

En coinçant ce morceau de bois, Mel a gagné de précieuses secondes. Et ça a fonctionné !

Elle pousse sur ses pieds, et sur ses coudes. Ses épaules passent. Elle prend appui sur les pierres plates qui composent le toit, se tortille, gagne centimètre par centimètre. Elle a l'impression d'être un bouchon comprimé dans le goulot d'une bouteille de champagne.

Enfin, elle parvient à s'extraire du trou, roule sur le flanc et s'aplatit sur les lauzes pour reprendre son souffle.

Libre !

Et maintenant ?

La montagne derrière la bâtisse est quasiment à pic.

Pas question de tenter sa chance par la route. Elle est bien trop surveillée. D'autant qu'il y a cet espace ouvert et plat à traverser ! Avec, au bout, un muret de pierre. Aucune chance de s'échapper par là.

Sur sa droite, elle aperçoit un amas de rochers qui descend vers la vallée. Ça lui semble la voie la plus sûre. Là-bas, elle trouvera facilement des cachettes et des chemins. Elle a sa bouteille d'eau coincée sous sa ceinture, et les sandales que lui a données la gentille grand-mère.

Mel rampe jusqu'au bord du toit, regarde en contrebas. Personne ! Hélas, ça ne va pas durer. Al-Achid ne va pas tarder à donner l'alarme !

Elle se laisse glisser le long du mur puis s'accroche des deux mains aux pierres du toit et reste suspendue dans le vide.

En atterrissant, elle a la présence d'esprit de retomber sur son pied valide. Bravo !

Aussitôt, elle se précipite vers le dédale de roches. Vers la liberté !

121

En pénétrant dans la cellule, Jiang Lijun découvre le garde avec la kalachnikov dos tourné à lui et, au fond, Assim, s'efforçant d'attraper le pied de Mel Keating qui disparaît dans un trou au plafond.

Après avoir évalué la situation, Jiang prend une décision rapide.

Il glisse la main sous son gilet. Dans une poche intérieure, derrière deux barres énergétiques et une gourde, est caché un tube en céramique, invisible au détecteur de métaux.

Il le sort, plaque le bout contre le crâne du garde et tire l'anneau relié à l'autre extrémité par un fil de nylon.

Bang !

L'arme monocoup propulse une balle de calibre .32 qui perfore la boîte crânienne de l'homme. Celui-ci s'écroule dans l'instant, mort.

Assim se retourne.

Jiang attrape l'AK-47.

La bandoulière est coincée sous l'épaule du garde.

Sans un mot, Al-Achid s'avance, armé d'un couteau.

Lorsque Jiang parvient enfin à récupérer la kalachnikov, celle-ci est dans le mauvais sens, le canon dirigé vers lui. Et Assim est sur lui.

De nombreuses années plus tôt, l'un de ses formateurs en close combat lui avait dit : « Fonce vers un fusil, mais fuis devant un couteau. »

Avec la crosse, Jiang frappe Assim à la tête. Sous le choc, ce dernier titube avant de tomber à la renverse.

Jiang se précipite hors de la cellule, ferme la porte – dommage qu'il n'ait pas la clé ! –, remonte le couloir, passe devant les box pleins de matériel. Par chance, les deux gardes qui prennent le thé l'ignorent.

Il retrouve l'air froid de la nuit.

Apparemment, quelqu'un a emporté le corps de Faraj. Tant mieux. Il est – était – un peu trop intelligent, puisqu'il a découvert comment a péri la famille d'Assim.

Sa mort est une aubaine.

Mais où est passée la fille Keating ?

Elle ne s'est pas risquée sur la route. Trop loin, trop surveillée. La fille, toute frêle et menue, n'est pas armée. Même dans la nuit, elle se ferait repérer.

Par là !

Vers l'est. Ces amas de rochers qui mènent vers le versant du plateau.

Jiang s'élance.

Dans son gilet, il a aussi un transpondeur.

Une fois Melanie Keating récupérée, il l'allumera, et une équipe héliportée viendra les évacuer et ils fileront en Chine.

Il sort un autre dispositif de son gilet : un monoculaire de vision nocturne. Il le porte à son œil et…

Il la voit !

Pile où il le pensait.

En train de courir.

122

Après des semaines d'angoisse, de tristesse et de terreur, je suis enfin prêt à l'action – en position avec Nick et Alejandro, à côté des quatre pick-up. Je surveille le côté ouest de la bâtisse où se trouve Mel.

Les deux braseros brûlent encore. Trois ou quatre gardes se tiennent autour pour se réchauffer. D'autres hommes vont et viennent entre les autres maisons ; ils sont tous armés.

Non, il n'y a pas d'innocents ici.

Une voix résonne dans ma radio :

— Matt, ici David.

— Ici Matt, j'écoute.

— Claire et moi sommes en place, murmure-t-il. Juste pour info, ça bouge pas mal du côté de la porte principale du bâtiment. Ça grouille de tangos qui entrent et sortent.

— Et Mel ?

— Négatif. Aucun signe de sa présence.

— Bien reçu. Allons-y, les gars, on les éclaire.

Nous allumons tous nos lasers infrarouges, qui sont indécelables à l'œil nu, mais parfaitement visibles avec nos JVN, et d'une précision mortelle pour nos tirs. Instantanément, cinq rais de lumière strient l'espace et se verrouillent sur les cinq hommes armés devant le bâtiment.

— On y va à mon top.

— Bien reçu, répètent mes quatre coéquipiers.

— Trois…

Mel, toute petite, quand elle devait avoir cinq ou six ans, qui se met à hurler parce qu'elle est tombée sur une fourmilière, et qui court vers moi en agitant les bras : « Papa ! Papa ! Papa ! »

— Deux…

Mel, à douze ans, qui tombe de cheval et reste au sol, immobile, et moi qui me précipite vers son corps inanimé. Et enfin, je la vois bouger...

— Un…

Mel qui nage dans le Lake Marie, sous un ciel chargé de nuages noirs. La foudre qui tombe et frappe un arbre à côté d'elle. Moi qui saute dans un canoë et pagaie comme un forcené pour la rejoindre. Quand elle me voit arriver, elle se met à rire : « Tout va bien, papa ! »

— Go !

Nous attaquons en « L », la formation standard : Claire et David éliminent tous les ennemis postés devant la porte principale, tandis que, sur le côté, nous alignons ceux qui passent sur le flanc ouest. Les détonations des rafales sont étouffées – *tchac-tchac-tchac* – car nos M4 sont équipés de silencieux.

Cinq terroristes tombent, puis deux autres encore.

— La porte est dégagée, m'annonce David par radio.

— Bien reçu, réponds-je.

Au pas de course, je traverse, en compagnie de Nick et d'Alejandro, l'espace à découvert, pendant que David et Claire nous couvrent.

Techniquement, et d'un point de vue moral, nous venons de tuer sept êtres humains, mais je ne cesse de me répéter : *il vaut mieux que ce soit eux, que moi, mon équipe et ma fille.*

Nous atteignons la porte de bois pourvue de gros gonds. Alejandro se met tout de suite à l'œuvre. Nous n'avons pas un regard pour les deux corps qui gisent sur le seuil.

Il plaque une charge d'explosif sur la serrure. Nous nous détournons pour éviter le souffle de la déflagration. Et aussitôt Nick saisit la poignée, tire le battant.

Alejandro balance une grenade assourdissante, suivie d'une autre. Les deux détonations sont si puissantes qu'il nous semble que les grenades ont explosé à nos pieds.

Le bruit va rameuter tout le camp, c'est certain ! Mais tous ceux qui approcheront seront sous le feu de Claire et David.

Nick entre et pivote sur la gauche.

— *RAS !*

Alejandro l'imite sur la droite.

— *RAS !*

Je m'engage dans un couloir. Suite à l'explosion des deux grenades, l'air sent la poudre, comme après un feu d'artifice. De part et d'autre, des tas d'armes et de matériel. Les quelques ampoules qui ont résisté sont toujours allumées.

Un homme sort d'un box, il cligne les paupières en brandissant sa kalachnikov.

L'entraînement, les réflexes, tout me revient.

Je le descends. Une balle dans le front. Deux autres dans la poitrine.

Je pivote sur la gauche. Une couverture, des rations, une théière.

— *RAS !* En avant.

Nick et Alejandro me suivent. J'entends trois coups de feu derrière moi.

— *RAS !* lance Nick.

Droit devant, je vois une autre porte.

Elle est entrouverte.

Alejandro la pousse de l'épaule et le battant s'ouvre en grand. Un corps gît par terre. *Non !...*

— Mel !

Trop tard ! J'arrive trop tard !

Nick s'agenouille.

— C'est un gars, Matt. Pas de panique.

Je jette un coup d'œil dans la pièce.

J'aperçois un monticule de débris au pied d'un mur.

Je m'approche, lève la tête.

Un trou !

Se pourrait-il que Mel soit passée par là ?

Ou a-t-elle été emmenée ailleurs ?

— Matt, venez voir ça, m'indique Alejandro.

Il désigne un rocher plat, d'environ un mètre de large et de haut, un bloc naturel saillant dans le mur du fond.

Dessus, il est écrit :

MK
603

— Ce sont ses initiales, d'accord, lance Nick. Mais que signifient ces chiffres ?

— Six cent trois, c'est le code postal du New Hampshire, réponds-je.

Au toucher, les lettres sont un peu collantes. De la confiture de fruits rouges ou quelque chose de ce genre.

Ma petite Mel si intelligente...

— Ça paraît frais, poursuis-je. Elle était ici il y a peu. On bouge !

Nous sortons en file indienne. Nick en tête, moi derrière, tandis qu'Alejandro ferme la marche.

— Claire, David ! Ici Matt.

— On vous écoute.

— Mel était ici, mais a priori elle s'est échappée. David, allez vous installer au muret sud. Nick et Alejandro vont s'occuper des bâtiments à l'ouest. Et je vais chercher à l'est, du côté des rochers. Claire, grimpez sur le toit de la grosse maison et couvrez-nous.

Tout le monde me répond « bien reçu ». Nous sortons en courant et nous séparons.

Ma fille toujours aussi inventive, me dis-je à nouveau.

Pourvu qu'elle ne l'ait pas été un peu trop, cette fois.

Nous n'avons que quelques minutes pour la retrouver, avant que notre pilote tunisien ne vienne nous évacuer.

Parce que je ne monterai pas dans l'hélicoptère sans elle.

123

Trente secondes après être descendue du toit, Mel Keating peste contre elle-même. Elle voit si mal, la nuit ! À cause de ça, elle va tout faire foirer ! Elle n'a pas parcouru vingt mètres qu'elle manque de percuter quelqu'un qui marche dans l'obscurité. Elle l'évite et continue sa course, mais le type lui dit quelque chose.

Elle feint mine de ne pas l'entendre.

Il lance d'autres mots en arabe, et un gars se joint à lui. *Non ! Non !* Ils la rattrapent, l'empoignent, et la reconnaissent.

Elle se débat, rue, donne des coups de pied. Hélas, ils sont forts et ils la ramènent vers le camp.

— *Al-cheikh ! Al-cheikh ! Al-cheikh !*

Et, comme dans ces films d'horreur où le monstre sort des ténèbres, Assim Al-Achid surgit devant eux. Il tient une petite lampe, et un homme armé le suit. Il parle en arabe aux deux types qui la tiennent puis s'adresse à elle :

— Melanie Keating… tu vas avoir ce que tu mérites depuis le misérable jour de ta naissance.

Soudain, deux explosions retentissent. Ça surprend tout le monde.

Elles sont rapidement suivies de coups de feu étouffés.

— Et ça, tu ne le mérites pas ? lui crie-t-elle. Tu entends ça, connard ? C'est mon père et ses copains. Ils viennent te buter, toi et tous tes dégénérés !

Elle ne sait pas trop si c'est judicieux, mais l'occasion était trop belle !

Puis, comme par magie, elle entend un sifflement suivi d'un bref impact. L'homme qui la tenait à sa gauche s'écroule. Ensuite, c'est au tour de l'autre – *pfuit ! tchac !* –, le compère d'Al-Achid s'effondre à son tour. Mel se jette au sol et se traîne pour éviter les tirs.

Les rochers !

Elle n'a que ça en tête.

Là, elle pourra se mettre à couvert, le temps qu'arrive son père, ou les Navy SEALs, ou les Rangers, ou qui que ce soit d'autre venu la sauver !

Mel continue de ramper, tête baissée, droit devant elle.

124

Nick Zeppos et Alejandro Lopez contournent le côté ouest du bâtiment. Claire les prévient par radio :

— Attention, les gars. Il y a plein de tangos qui sortent des deux maisons. Ils foncent vers vous.

— Bien reçu, répond Nick.

Claire dit vrai. D'un coup, ça grouille de combattants. Il en sort par toutes les portes. Et même un par une fenêtre. Le seul endroit où se mettre à couvert est un monticule de terre. Ils plongent derrière, se couchent, mais ils ne tiendront pas longtemps. Chaque fois qu'ils éliminent un assaillant qui sort avec sa kalachnikov en hurlant *Allahou Akbar !*, deux autres parviennent à prendre position derrière les rochers qui parsèment le camp. Les tirs font voler la terre et les cailloux de la butte.

Tchac-tchac-tchac.

Tchac-tchac-tchac.

Les deux hommes ripostent avec calme et méthode.

— Je recharge ! annonce Nick lorsque le percuteur frappe à vide.

Il fait sauter le chargeur, en engage un nouveau, réarme et reprend le tir.

Quelques secondes plus tard, Alejandro l'imite.

— Je recharge ! lance-t-il.

Concentré, Nick descend une cible après l'autre. Puis il entend une détonation plus forte. C'est Claire, sur le toit, qui vient de descendre un tango.

Au début, les combattants sortent en masse et en désordre, paniqués, tirant à tout va. En une seule rafale, ils ont vidé leurs armes. Mais quelques-uns, plus expérimentés, répliquent avec jugeote et discipline.

— J'aimerais bien voir débouler un Warthog en appui aérien, fulmine Alejandro.

— Deux ne seraient pas de trop !

Il repère quelque chose de brillant qui roule vers eux.

— Grenade !

Ils se recroquevillent, les mains sur leurs casques et…

Bam !

Nick relève la tête et aperçoit un autre scintillement.

Bam !

— Merde ! lâche-t-il en recommençant à tirer.

Il descend un terroriste puis un autre qui s'approchaient dangereusement de leur position.

Sur sa droite, en revanche, c'est bien trop silencieux…

Il se tourne et découvre Alejandro plié en deux, sur le flanc. Nick rampe vers lui.

— Ça va ?

Alejandro pousse un gémissement.

— À ton avis ? *Estúpido !* (Un autre gémissement.) J'ai un éclat dans le poignet droit ! Je crois que l'os est cassé. Aide-moi à sortir mon pistolet.

Nick s'exécute aussitôt, tire le SIG Sauer de son étui et le donne à son partenaire. Il reprend son M4, juste à temps pour abattre deux tangos qui jaillissent non loin d'eux.

Tchac-tchac-tchac.

— Claire, ici Nick. Appuie-nous davantage.

Il tire deux autres rafales de trois balles. Un coup de feu retentit à côté de lui, plus bruyant. C'est Alejandro avec son pistolet de la main gauche.

— Claire, on a besoin de soutien.

Mais Claire ne répond pas.

125

Courbé en deux, Jiang Lijun progresse en zigzag. Il sait que les Américains sont ici, mais il a bien l'intention d'être le premier à récupérer la fille Keating – pour l'honneur, pour le bien de son pays et celui de sa carrière.

Il doit toutefois se montrer prudent car il entend une fusillade nourrie du côté ouest, et ne veut pas se retrouver sous le tir croisé des deux camps. Les Américains abattent tout homme armé, et les soldats d'Assim feront pareil car, dans la panique, ils tirent sur tout ce qui bouge.

Jiang se met à couvert derrière un tas de ferraille et de vieux barils. Il scrute les alentours avec son monoculaire… Oui, elle est là-bas, cachée derrière deux rochers. Maintenant !

Il s'élance en veillant à rester sous la protection du monceau de débris rouillés. En se rapprochant, il appelle :

— Melanie ! Melanie Keating ! Nous sommes les Navy SEALs ! On vient vous chercher. Je vous vois !

Des années plus tôt, son père avait convié Mel et sa mère à assister à un exercice de nuit. Et ça ressemblait comme deux gouttes d'eau à ce qui se passe ici ! Des tirs d'armes automatiques, et les *bangs !* d'un fusil à verrou de gros calibre – facile à identifier à cause du bruit et de la cadence de feu beaucoup moins rapide. Sans parler des explosions de grenades…

— Melanie ! (Quelqu'un l'appelle.) Melanie Keating ! Nous sommes les Navy SEALs ! On vient vous chercher. Je vous vois !

Une vague de soulagement et de joie la submerge. C'est si bon de les entendre prononcer son nom, de savoir qu'ils sont venus la sauver. Ce doit être les amis de son père, ceux qui iraient au bout du monde pour aider l'un des leurs.

— J'arrive ! répond-elle.

Elle escalade les rochers, sort de sa cachette, et aperçoit une forme accroupie au sol, éclairée en contre-jour par les lueurs des tirs de l'autre côté du camp.

— Vite ! Dépêchez-vous, la presse l'homme. Il faut partir d'ici !

— À qui le dites-vous ! lance-t-elle en riant presque. J'y suis pratiquement.

La voilà ! songe Jiang.

La fille du président. Après tout ce temps, tous ces efforts.

— Venez ! s'exclame-t-il en la saisissant. Par ici.

Elle rit de soulagement mais se fige soudain, retire sa main.

— Qui êtes-vous ?

— Un Navy SEAL, répond Jiang.

— Quelle Team ?

— Comment ça ?

— Quelle Team ? répète-t-elle en reculant d'un pas. Et ça, c'est un AK-47, une kalachnikov, pas un M4 ni un HK. Et vous n'avez pas le bon équipement. Où est votre casque ? Et vos JVN ?

Jiang la rattrape par le col au moment où elle tente de s'enfuir. Elle se débat, lui mord le bras.

— Merde ! J'essaie de te sauver, jeune fille !

Claire, installée sur le toit du bâtiment où Mel était retenue prisonnière, passe un sacré bon moment ! Elle doit le reconnaître. Bien sûr, elle ne l'avouera jamais à ses collègues de la NSA, et encore moins à ses supérieurs quand ils exigeront des explications sur cette opération clandestine.

Pour l'heure, elle a l'impression de participer au plus cool cosplay du monde, un *shoot them up* grandeur nature, où il s'agit d'abattre les méchants du haut de son perchoir. Malheureusement, son esprit ne connaît pas le mode « pause ». C'est l'un des problèmes de son syndrome d'Asperger. Et elle passe déjà en revue les gamers qu'elle connaît dans la communauté. Peut-être pourrait-elle s'associer avec deux ou trois de ces gars, investir, et lancer un nouveau jeu de tir ? Et ça s'appellerait *Tangos Killer*, bien sûr…

Elle scrute la zone sud du camp, aperçoit le gars du Secret Service derrière le petit mur éboulé. Tout paraît OK pour lui. Puis elle pivote vers l'ouest… Merde ! Nick et Alejandro sont coincés – salement coincés ! Elle tire trois balles. Les douilles de cuivre tintent sur les lauzes du toit.

Elle voudrait bien continuer à dégommer ces abrutis qui attaquent les deux SEALs, mais son boulot est de surveiller tout le camp. Elle se laisse rouler pour se positionner sur le flanc est. Elle repère vite le laser IR de Matt. Dire qu'elle fait équipe avec l'ancien président des États-Unis ! Elle n'en revient toujours pas !

Alors qu'elle poursuit son exploration, elle se fige soudain.

Un type, avec un AK-47 dans une main, bataille avec une autre personne, plus petite et menue. Et – oui ! – elle a de longs cheveux blonds !

Avec soin, elle ajuste le gars dans sa mire. Des voix retentissent dans ses écouteurs. Elle les ignore et doucement, d'une pression souple et fluide, elle enfonce la détente, comme elle l'a fait des milliers de fois à l'entraînement et en conditions réelles. Vraiment, cette séance de nuit dans les montagnes de Libye, c'est le top !

126

La voix de Claire, calme et posée, dans mes écouteurs me stoppe net. Depuis de longues minutes, je fouille le secteur en vain, progressant courbé, l'œil aux aguets, taraudé par cette pensée obsédante : *Et si tu ne la retrouves pas ?*

— Matt, je viens de descendre un tango qui tenait Mel. Elle est à trente mètres à l'est de l'endroit où je suis, à côté d'un tas de ferraille. Allez la chercher !

Allez la chercher !

Je pivote et repère le monceau de déchets rouillés dont parle Claire. Il y a une seconde encore, j'étais épuisé, je traînais la patte à cause de ma hanche, la peur et l'agacement me rongeaient. Et maintenant, retrouvant mes vingt ans, je cours à toutes jambes.

Allez la chercher !

Ces paroles bouillonnent en moi, m'emplissent de joie, comme lorsque nos instructeurs au BUD/S nous avaient annoncé : « Bravo, messieurs : la Hell Week est terminée ! » Tous ces moments de pur bonheur : Samantha devant l'autel, me déclarant « Oui, je le veux », le médecin me criant dans le couloir « C'est une fille ! Et elle va très bien ! », ou Samantha m'embrassant avec fougue le soir de ma première élection, et qui me chuchote à l'oreille « Félicitations, monsieur le représentant du Texas ! »

Je continue de courir comme un dératé, mon M4 à la main, en surveillant les alentours à mesure que je me rapproche du tas de ferraille.

— Mel ! C'est papa ! crié-je à tue-tête. Ne bouge pas. J'arrive.

Allez la chercher !

Je contourne la pile de barils rouillés et aperçois au loin un corps qui gît au sol, et plus près, une autre forme recroquevillée qui semble vouloir se cacher. Je me précipite. Plus que quelques mètres.

— Mel ! C'est papa. Tout va bien. C'est moi !

La forme se redresse et pivote. Al-Achid ! Je lève mon M4 mais la lame de son couteau est plus rapide. Elle s'enfonce dans ma chair.

127

David Stahl a beau entendre la fusillade nourrie qui démarre une cinquantaine de mètres plus loin, il reste concentré sur son travail : à savoir, explorer toute la longueur du muret de pierre. Pour l'instant RAS.

Dans ses écouteurs, il entend les échanges entre les deux SEALs et Claire, qui descend à coups de .308 full-metal-jacket tous les terroristes qui tentent de se rapprocher de Nick et Alejandro. Dans une minute, David aura terminé son inspection et ira les aider.

Puis les paroles de Claire, prononcées comme de coutume d'un ton tranquille, lui réchauffent le cœur. Malgré le froid de la nuit et la fatigue, il sourit jusqu'aux oreilles. « Matt, je viens de descendre un tango qui tenait Mel. Elle est à trente mètres à l'est de l'endroit où je suis, à côté d'un tas de ferraille. Allez la chercher ! »

David appuie sur le bouton de son micro.

— Matt, ici David. Vous avez besoin de moi ?

Il reste courbé en deux et remonte le mur en sens inverse, ne sachant combien de terroristes, cachés dans ces montagnes, pourraient descendre prêter main-forte à Al-Achid.

— Matt, ici David. Vous voulez un coup de main ?

Toujours pas de réponse.

Il s'arrête.

— Claire, ici David. Tu as Matt et Mel en visuel ?

— Pas pour l'instant. La dernière fois que j'ai vu Mel, elle était par terre et son père s'approchait. Les deux sont derrière des barils. Je ne peux…

— C'est chaud ici. On est débordés, intervient Nick. David, viens nous aider.

L'agent du Secret Service est en plein dilemme. Sa mission est de protéger l'ex-président et sa fille. Il devrait aller le rejoindre, s'assurer que tout va bien.

Mais ce soir, il est un ancien Marine.

Semper fidelis.

Ne laisser personne derrière, ne jamais refuser d'aider ses compagnons.

— J'arrive, Nick, répond-il en se précipitant vers la fusillade.

Al-Achid sent une nouvelle vigueur le gagner lorsqu'il plaque l'ancien président au sol. Son M4 a volé, hors de portée, même sa radio s'est détachée. Al-Achid est au comble du bonheur : quel plaisir d'avoir senti son couteau se planter dans la chair de celui qui a massacré sa famille.

Les deux hommes luttent près du tas de ferraille, Assim est au-dessus de sa proie. Il sent la faiblesse de son adversaire. Il est vieux, en moins bonne condition physique qu'autrefois. Bien sûr le mécréant résiste, agrippe ses poignets, mais il est trop faible. Encore quelques secondes, et il cédera. Et ce sera fini, même si Assim n'est pas au mieux de sa forme – à cause de ce maudit espion chinois qui l'a assommé d'un coup de crosse sur la tête. S'il le retrouve celui-là, il le fera mourir à petit feu et le torturera pendant des semaines !

Ce soir, Assim a la rage, une rage incommensurable.

Tout en poussant sur les bras de Matt Keating, il grogne :

— C'est juste toi et moi. Pas de Secret Service, pas de drone, pas de satellite. Comme au bon vieux temps, le fort l'emporte sur le plus faible. Et quand je t'aurai tué, je trouverai ta fille, et je la tuerai aussi.

Al-Achid accentue sa pression. Il va l'emporter.

128

Mon poignet gauche est en feu. Une part de moi, animale, instinctive, sait qu'Al-Achid m'a transpercé jusqu'à l'os, et la raison me dit que ce salopard me tient. Je suis à sa merci. Il est puissant, il a vécu ces dernières années dans des conditions spartiates – tandis que moi, je m'amollissais sous les ors du pouvoir – et il a la fureur du fauve.

Mon intercom a été arraché, comme mon M4. J'ai beau avoir un couteau et un SIG Sauer dans mes étuis de cheville, je ne peux pas les atteindre.

Avec ma main gauche, je tiens le poignet droit d'Al-Achid, et de l'autre j'agrippe son poignet gauche. Est-ce l'adrénaline, ou l'effet de la terreur, mais je crois voir le scintillement des étoiles se refléter sur la lame de son couteau.

Je tente de le repousser, je rue, me débats. Il résiste, me rend coup pour coup, et me plaque chaque fois plus solidement au sol. Il murmure des mots en arabe, il parle de vengeance, de destruction, d'Allah. J'essaie de ne pas prêter attention à ce qu'il dit. Je ne veux pas lui répondre – surtout, économiser mes forces et mon oxygène.

Mais inutile d'être devin pour savoir ce qui va se passer.

Mon poignet gauche, entaillé, ne va pas tarder à me lâcher, et une fois sa main libre, il me tranchera la gorge. Et lorsqu'il sera assuré de ma mort, il se mettra en chasse pour retrouver Mel.

Je prends le risque de hurler :

— Mel ! Sauve-toi ! Va-t'en. Va dans les rochers au sud !

Oh merde... ça m'a épuisé !

Al-Achid lâche un rire et recommence à parler de vengeance et de mort. Mon poignet gauche faiblit. Ça fait un mal de chien. Je n'en ai plus pour longtemps.

Je suis presque en paix.

Ma fin sera rapide. Mel rejoindra mes camarades et elle sera sauvée.

Je continue pourtant à me battre.

Aurai-je des funérailles nationales ? Je serai le premier ancien président à ne pas mourir dans son lit.

— Abandonne, Keating, souffle Al-Achid. Je te promets de faire ça rapidement... plus vite que tu n'as fait périr ma femme et mes filles...

J'essaie de me dégager. Ses bras puissants résistent. Si je lâche sa main gauche maintenant, pour attraper celle qui tient le couteau, il va m'étrangler.

Un homme plus jeune pourrait se cambrer sur ses jambes et lui faire perdre l'équilibre, mais je ne suis plus de taille.

C'est la fin.

— Mel ! crié-je une dernière fois. Cours !

Le sang coule le long de mon poignet. La chair palpite, pulse. Je faiblis. Je vais lâcher.

Tchomp !

Al-Achid pousse un hoquet de stupeur et bascule sur le côté. Sitôt libre, je me redresse, sors mon SIG Sauer, me juche sur lui et colle le canon de mon arme sous son menton.

— Tu parles trop.

Et j'appuie sur la détente. Deux fois.

Le sommet de son crâne vole en éclats.

Je me rassois, vidé.

Une ombre s'approche de moi.

Tenant dans les mains une barre de fer.

— Papa ? C'est toi ? s'enquiert une voix craintive.

— Oh, Mel ! Oui, c'est moi ! Bien sûr que c'est moi !

Nous nous serrons dans les bras, en larmes. Le père que je suis est incapable de la lâcher. Mais le SEAL me rappelle à l'ordre : Il y a peut-être des ennemis dans le secteur !

Putain, qu'est-ce que j'ai mal !

— Allez, ma chérie. Partons d'ici.

129

Mel m'aide à récupérer mon arme, et je rechausse mes écouteurs.

— Ici Matt. Repli ! Repli ! J'ai Mel. Retournez au point d'exfiltration.

Alors qu'elle commence à bouger, je la retiens.

— Attends. Aide-moi à retirer mon sac à dos.

— Papa, tu es blessé ?

— Juste une égratignure. Vas-y, Mel, dépêche-toi.

Le sac tombe au sol.

— Ouvre-le ! Et prends ce qu'il y a dedans.

Elle sort un gilet pare-balles, que je l'aide à enfiler, et un casque tactique taille S, qu'elle sangle toute seule. Maintenant qu'elle est équipée pour une zone de combat, je passe mon bras en sang autour d'elle et la presse d'avancer le plus vite possible, l'œil aux aguets, le M4 dans ma main droite.

L'intensité des coups de feu a grandement diminué. La plupart des hommes d'Al-Achid sont morts, blessés, ou se sont enfuis dans la montagne. Je repère la zone où l'hélicoptère doit nous récupérer, et dans mes JVN je perçois du mouvement et deux rayons laser fouillant les alentours.

— Ici Matt. J'arrive !

J'escalade le muret avec l'aide de Mel.

— Papa est touché, explique-t-elle aussitôt. Il faut l'aider !

David s'approche. Mel n'en revient pas.

— Agent Stahl ? C'est vous ?

Il s'agenouille devant moi et entreprend de couper la manche de mon treillis.

— Bien sûr, Mel, répond-il. Mon boulot est de vous protéger, même si vous êtes au bout du monde. (Puis il se tourne vers moi.) Comment vous êtes-vous fait ça ?

— C'est Al-Achid.

David verse de l'eau sur la plaie. Je grimace et détourne la tête.

— Où est-il ?

— Dans un autre monde. En train d'essayer de justifier ses actes.

Je suis éreinté, mon poignet me lance, comme si un tison ardent était fiché dans ma chair, mais tellement heureux de voir Mel assise à côté de moi, au milieu de nous tous, protégée. Derrière le muret, Nick surveille le camp. Alejandro, blessé et bandé, fait de même, et plus loin Claire Boone est…

Avec une autre personne ?

— David ? Qui est-ce ? J'ai dit : pas de prisonniers.

Il plaque une compresse QuikClot sur mon poignet pour arrêter l'hémorragie.

— Il va vous falloir des points de suture quand on sera en Tunisie.

— D'accord, d'accord. Mais c'est qui, le type avec Claire ?

Stahl éclate de rire.

— Un Chinois. Il prétend travailler pour la China State Construction Engineering Corporation. Il a une carte de visite et des papiers. Claire l'a vu se battre avec Mel, il y a quelques minutes, et elle a cru que c'était un tango. Elle l'a aligné sauf qu'il avait un gilet pare-balles. Il a juste une ou deux côtes cassées. Pendant qu'elle se repliait, elle l'a entendu appeler à l'aide.

Je bouge mon poignet.

C'est toujours douloureux.

Je consulte ma montre.

Nous sommes ici depuis quarante-cinq minutes.

Où est l'hélico ?

J'attrape mon Motorola et change de fréquence.

— Joe, Joe ! ici Matt. Où êtes-vous ?

Pas de réponse.

— Merde !

— Qui est Joe ? demande Mel.

— Un pilote des Forces spéciales tunisiennes. Il nous a amenés ici. Et il est censé venir nous récupérer. Il est un peu en retard. Rien de grave. (Je m'adresse à David :) S'il le faut, on prendra un de leurs pick-up.

— Négatif, Matt… Ils ne sont plus en état. Un groupe a voulu se mettre à l'abri derrière. Les quatre véhicules ont été transformés en passoire.

Génial !

Et maintenant ?

Je passe mon bras blessé sur les épaules de Mel et la serre contre moi.

Soudain, la brise m'apporte le son le plus doux qu'un soldat en territoire ennemi puisse entendre : la pulsation sourde d'un rotor.

La cavalerie arrive ! Merci Sikorsky Aircraft !

— Préparez-vous à évacuer.

Je prends deux bâtonnets de signalement infrarouge, les casse en deux pour activer la réaction chimique et les lance sur le petit espace plat derrière nous. Nick et Alejandro m'imitent. Ces balises sont invisibles à l'œil nu, mais pour Joe et son copilote, avec leurs jumelles de vision nocturne, l'endroit va être éclairé comme Times Square à Noël.

— Encore quelques minutes, ma chérie. C'est bientôt fini.

Mel garde le silence. Je m'inquiète, puis je m'aperçois qu'elle pleure sur mon épaule.

130

Faraj Al-Achid sait qu'il va mourir. Il a pourtant repoussé l'échéance grâce à son mouvement de recul quand son cousin – ce sale chien ! – l'a poignardé. Au lieu de le tuer sur le coup, la blessure lui laisse quelques minutes avant de mourir – malgré tous ses efforts pour panser sa plaie.

Il rampe vers l'endroit où se sont rassemblés les Américains. Il entend leurs voix insolentes, portées par le vent des montagnes. Il n'ose pas se redresser, ni accélérer. Il progresse quand même, tout en traînant sa kalachnikov.

Oh ! par Allah, comme il a mal !

Alors qu'il se rapproche lentement du muret, des souvenirs lui reviennent : son enfance à Tripoli, sa survie pendant la guerre civile pour échapper aux milices en pick-up qui mitraillaient les gens, sa bourse d'études pour entrer à l'école de cinéma, sa vie à Paris, tout ce qu'il avait découvert, et aussi les choses *harām* – forniquer avec toutes les putes consentantes, boire de l'alcool et manger de la nourriture interdite.

Il avait cru que le djihad, la mission de son cousin, le délivrerait, lui fournirait le moyen de laver son âme. Mais, après des années de sang et de combats, Faraj était las. Il voulait s'en aller. Et Assim – *Yâ ibn al charmouta !* – l'en a empêché.

Il a tellement mal !

Le bruit d'un hélicoptère s'intensifie dans le ciel. L'appareil va récupérer les Américains, et peut-être aussi Melanie Keating, pour les reconduire dans leur monde confortable et sûr.

Un autre souvenir lui revient au moment de quitter ce monde pour l'inconnu : les camps d'entraînement pour les jeunes recrues qui avaient rejoint son cousin. En premier lieu, Assim leur montrait des vidéos des nombreux hauts faits des djihadistes au fil des années – l'attaque de l'USS *Cole*, des ambassades américaines en Afrique, la chute des Twin Towers, les attentats dans le métro et le bus de Londres, et ceux de Bruxelles, Paris, Berlin…

Faraj observait la réaction de ces jeunes gens. Fascinés, ils riaient et applaudissaient en voyant des civils errer hagards et ensanglantés, ou se jeter du haut des fenêtres. À ce moment-là, Faraj ne voyait pas de fiers soldats d'Allah. Pas plus ici et maintenant.

Juste des jeunes sans avenir, qui prenaient plaisir à détruire, tuer, écraser leur prochain. Le véritable enseignement qu'il avait tiré de son séjour à Paris, c'était le nihilisme.

Et aujourd'hui, il prend tout son sens.

Faraj empoigne sa mitraillette, s'assure que le cran de sûreté est ôté et, au moment où l'hélicoptère amorce sa descente, il se lève et fait feu.

Le semeur de mort. Ses derniers instants de tueur !

131

Notre hélicoptère est en retard. Mais au moins, il est là !

Je crie :

— Faites monter Mel en premier, puis Alejandro et le Chinois. On suit derrière !

Les balises infrarouges s'envolent tandis que le Black Hawk descend, soulevant un nuage de poussière. Et brusquement, tout vire au cauchemar.

Des coups de feu retentissent. Je me retourne, Nick aussi. Dans mes JVN, j'aperçois un homme chancelant armé d'une kalachnikov. Nick et moi ripostons et le criblons de balles, tandis que Mel pousse un cri.

— Papa ! je suis touchée !

Des corps tombent, roulent à terre. Le tireur lâche encore une salve avant de s'écrouler. Mel est coincée sous un corps. Elle est tirée de là et traînée jusqu'à l'appareil. Claire aide le Chinois à monter à bord. Je hisse Alejandro à l'intérieur. David est au sol. Nick et moi le portons, et le Black Hawk décolle. Le chef de bord referme aussitôt la porte coulissante.

— Désolé pour le retard ! crie Joe dans le cockpit. Des problèmes de communication – des vrais cette fois ! On a voulu réparer mais on a laissé tomber pour venir vous chercher.

Je ne réponds rien. Je me fraie un chemin entre les bras et les jambes pour me rapprocher de Mel. Derrière ses lunettes, son visage est blanc comme un linge. Claire déchire le sweat-shirt crasseux – j'ai un pincement au cœur. La dernière fois que j'ai vu ce vêtement, Mel partait en randonnée avec son amoureux par une belle matinée ensoleillée. Claire inspecte la plaie avec soin.

— C'est bon, Matt. Elle va s'en sortir. C'est moins grave que ça en a l'air.

Mel se tourne vers la jeune femme.

— Claire ?… Claire Boone ? Mais qu'est-ce que tu fais là ?

— Équipe de secours, répond-elle en prenant une trousse de soins dans l'un des filets qui tapissent les parois de la cabine. Je suis venue sauver ton joli petit cul !

L'hélicoptère gagne de l'altitude et de la vitesse. Malgré moi, je souris en voyant les deux amies réunies. Quand je me retourne, mon sourire disparaît.

David est sur le dos, yeux ouverts. Il respire difficilement. On lui a ôté son casque et son visage vire au gris. Nick essaie de lui poser une perfusion et Alejandro, de sa main valide, tente d'arrêter le sang qui coule d'une plaie béante au cou.

Je m'agenouille et prends la place d'Alejandro. Nick installe l'intraveineuse et suspend la poche au plafond.

— J'ai remarqué ce qu'il a fait, explique-t-il en me voyant au chevet de David. Quand ça a commencé à tirer, il s'est jeté sur Mel et l'a plaquée au sol, en la protégeant de son corps. Typique d'un gars du Secret Service.

Je plaque une compresse sur la blessure, en mets une seconde, qui s'imbibe de sang aussi vite. J'en rajoute une troisième, et une autre encore. Mais toutes rougissent en quelques secondes.

Alejandro lance au pilote :

— Joe ! Pose-toi ! Une ville, un village. N'importe où ! pourvu que ce soit à côté d'un hosto ! Ça urge !

Nick m'aide à changer les compresses – nous savons l'un comme l'autre que c'est la fin. Le visage de David est de plus en plus pâle.

Il bat des paupières, me cherche du regard.

— Hope, Hope, Hope…

— Calme-toi, David, répond Nick. Accroche-toi. On va t'emmener à l'hosto.

Mes yeux s'emplissent de larmes.

— Non. Il parle de ma fille. C'est son nom de code pour le Secret Service. Je suis Harbor, ma femme est Harp… et pour Mel, c'est Hope. (Je relève la tête et appelle :) Mel ! Viens ici. Vite !

Tandis que l'hélicoptère accélère, elle obéit et s'efforce de garder l'équilibre, malgré son bras bandé. Claire la suit. La cabine tangue sous les turbulences.

Mel s'agenouille à côté de David.

— David, regardez ! dis-je. Mel est ici. Saine et sauve. Grâce à vous.

Mel, qui pleure en silence, prend la main de l'agent. Je saisis l'autre et serre aussi.

— David, vous avez fait du bon boulot. Vous avez sauvé ma fille. Vous avez sauvé Hope.

Il cligne des yeux.

Esquisse un sourire.

— Alors tout va bien, souffle-t-il.

Et il meurt.

132

Georgetown University
Washington

Rollie Spruce a beau être doctorant à la faculté de droit, ici, au Georgetown University Hotel and Conference Center, il est barman.

Il assure un double service à cause d'un colloque. Il a mal aux pieds, a très soif car, la veille, il a fait la fête – d'ailleurs ses mains tremblent un peu quand il prépare les cocktails ou tire les bières pression pour les invités de la soirée.

Ces gars – des archéologues, des paléontologues et autres fouisseurs bipèdes – sont des experts dans leur domaine, mais ils le sont aussi dans l'art de faire durer leurs verres et de ne pas donner de pourboire, comme si les pauvres étudiants, c'étaient eux et pas lui !

Des années plus tôt, dans le Vermont, son père lui avait recommandé : « Rollie, apprends un truc utile, comme barman. Avec ça, tu trouveras toujours du boulot. Quand tout va bien, les gens boivent. Et quand ça va pas, ils boivent plus encore. »

Sage conseil. Certains soirs, Rollie se fait une petite fortune en pourboires, mais pas cette nuit. De ce côté-là, c'est plutôt raté !

Il est occupé à laver des verres quand une femme assise à une table d'angle se met à hurler de joie.

— Qu'est-ce qu'il lui prend ?…

Et puis tout autour, d'autres crient aussi, poussent des hourras, applaudissent… D'un coup, ils s'agglutinent tous autour d'elle. On la congratule, on l'enlace.

L'un des types s'écarte de la table et se dirige vers Rollie.

— Allez, fiston ! Fais péter une bouteille de champagne. Ta meilleure. Et apporte-la à cette table ! Et merde, champagne pour tout le monde ! Tournée générale !

Inutile de le lui répéter deux fois. Rollie se met à l'œuvre tandis que les vivats et les applaudissements repartent de plus belle. Les gens sont debout, ils regardent la télévision au-dessus du bar. Il y a quelques instants, la chaîne diffusait un match des Nationals de Washington. La retransmission a été interrompue par un flash info. La présentatrice parle à la caméra avec un grand sourire.

Rollie ignore ce qui se passe, mais derrière la potiche à l'écran, il y a une photo de Mel Keating, la fille de l'ancien président. Il l'a toujours trouvée pas mal dans son genre. Et apparemment, il semblerait qu'elle soit vivante et qu'elle ait été récupérée quelque part en Afrique du Nord.

Cool, pense Rollie en s'accroupissant devant le réfrigérateur pour évaluer son stock de bouteilles de champagne au frais.

Après tout, il y aura peut-être du fric à se faire ce soir.

ÉPILOGUE

133

Aéroport international de Bangor
Bangor, Maine

Nous rentrons chez nous à bord d'un Boeing C-40 de l'armée, venu nous récupérer à Sfax-Thyna après un coup de fil à Kimberly Bouchard, la secrétaire de l'Air Force.

Nous amorçons notre descente sur Bangor. À bord, il manque deux passagers : le premier est le Chinois qui prétend être un cadre de la CSCEC et qui se serait retrouvé par hasard au milieu de la fusillade.

Mel m'ayant donné une tout autre version à bord du Black Hawk, je me suis assuré qu'à notre atterrissage en Tunisie ce ressortissant de Chine soit placé sous la garde de deux représentants du département d'État de notre ambassade tunisienne – un homme et une femme, l'air pas commode du tout. Leur mission étant de lui apporter « assistance et soutien logistique », avant de l'emmener à l'ambassade de son pays à Tunis.

L'autre passager manquant, c'est l'agent David Stahl du Secret Service. Sa dépouille sera chargée dans un C-17 et arrivera dans quelques heures sur la base aérienne de Dover, dans le Delaware.

Le vol a été long, et sans incident. Nick et Alejandro ont beaucoup dormi et mangé les repas proposés à bord, tandis que Mel et Claire ont passé leur temps à discuter, à parler de leurs anciens camarades et de ce qu'ils sont devenus.

À présent, Mel dort allongée sur deux sièges, une couverture sur elle, la tête sur mes genoux. J'espère que c'est un sommeil sans rêve.

Je suis resté éveillé la plupart du temps. D'ordinaire, après une opération des Forces spéciales, il y a toujours un débriefing, mais pas cette fois. Du moins, je le fais tout seul, en pensée – je me déroule tous les événements, en tâchant de comprendre ce qui aurait pu être amélioré ou évité. Même si je suis heureux d'avoir ma fille endormie à côté de moi, mon équipe a payé un lourd tribut.

— Mesdames et messieurs, nous allons bientôt atterrir, annonce le pilote.

Une caporale en uniforme passe entre les sièges pour réveiller Nick, Claire et Alejandro, et leur demande de boucler leur ceinture. En arrivant à notre hauteur, elle me sourit et secoue la tête.

— C'est bon, monsieur le Président, laissez-la dormir.

— Merci.

Après avoir atterri, l'avion roule vers le terminal et s'arrête. Mel se réveille en bâillant.

— Au fait, lui dis-je après l'avoir serrée une nouvelle fois dans mes bras, j'ai failli oublier. Il faut que je te rende ça.

De la poche de mon pantalon, je sors la bague de famille que Samantha lui a donnée pour ses seize ans, et la glisse à son doigt. Ses yeux s'embuent.

— Oh !… papa, j'avais si peur de dire à maman qu'elle était peut-être perdue. Tu l'as retrouvée ?

— Comme tu peux le voir.

L'équipage ouvre la porte à l'avant, arrime la passerelle mobile qui vient d'être apportée. Tandis que nous nous avançons, Nick et moi, pour aider Mel dans l'escalier, elle nous repousse.

— Je suis blessée, pas impotente !

Elle descend donc toute seule sur le tarmac, en se tenant à la rampe.

Un Suburban noir aux vitres teintées attend, moteur tournant au ralenti. Nick, Alejandro et Claire se dirigent vers le véhicule, chacun portant son sac. Mel et moi les suivons. Tout le monde s'étreint, se serre les mains – la douleur à mon poignet se réveille, pourtant je m'en fiche. Je leur déclare :

— Je ne vous remercierai jamais assez. Nous vous serons reconnaissants jusqu'à la fin de nos jours, ma femme et moi.

— Pas de souci, Matt, répond Nick. C'était bien agréable de venger Boyd Tanner. Après ce qu'ils lui ont fait. Ça a pris plus de temps que prévu, mais c'est fini, pas vrai ? Et inutile de nous remercier, nous ne sommes jamais allés là-bas. Alejandro et moi, on était en congé. Et il s'est amoché le bras en bricolant. Officiellement, il ne s'est rien passé.

S'ensuit une nouvelle tournée de poignées de mains et d'accolades.

— Bon voyage, dis-je aux deux SEALs. À vous aussi, Claire.

La jeune femme se tourne vers Mel.

— Tu vas à la fête de Sidwell cet automne ?

— Plutôt mourir !

— Pareil. On reste en contact, OK ?

— OK, copine !

Tous montent à bord et le Suburban démarre. Mel glisse son bras sous le mien et nous prenons la direction des bâtiments de l'aéroport cerné par les bois. Un petit groupe de personnes sort du terminal et se précipite vers nous en poussant des cris de joie. Samantha mène la course. La seconde suivante, elle serre Mel dans ses bras, puis moi, puis tous les deux. Nos retrouvailles. Enfin ! Nous sommes tous les trois en larmes.

Quelqu'un apporte un fauteuil roulant.

— Non, je n'en ai pas besoin, proteste Mel.

— Tu t'assieds tout de suite, jeune fille, rétorque sa mère. Pas de discussion !

Mel hausse les épaules et obtempère. Elle ne peut réprimer une grimace quand on lui pose la jambe sur le marchepied. J'aperçois mes fidèles du Secret Service à Lake Marie : Stacy Fields, Ron Dalton, Paula Chin, Emma Curtis et Nicole Washington.

C'est cette dernière qui nous a accompagnés David et moi quand nous nous sommes échappés du Mary's Diner, et qui a filé avec nos téléphones pour tromper le FBI. Elle s'avance, je l'étreins un court instant.

— Comment ça s'est passé pour vous ? Ils vous ont pourchassée ?

— Même pas ! s'esclaffe-t-elle. Et j'en suis presque déçue. Faut croire que le FBI n'était pas à nos trousses.

Tous les agents ont agrafé un ruban noir au revers de leur veste. En hommage au sacrifice de leur collègue, mort en Libye, si loin de chez lui. Alors qu'il aurait pu choisir de rester au pays, à l'abri.

Ce n'était pas le genre de l'agent Stahl.

Madeline Perry, ma directrice de cabinet, fend les rangs et me prend dans ses bras. Puis Mel, puis Samantha. Les joues mouillées de larmes, elle bredouille :

— Oh ! monsieur le Président, vous avez réussi ! Bienvenue, monsieur ! Bienvenue chez vous !

Je lui souris.

— Je ne l'ai pas fait tout seul.

— Monsieur… C'est sans doute prématuré, mais les médias sont là. En grand nombre.

— Dans quelle proportion ? s'enquiert Samantha qui se tient derrière le fauteuil roulant, les mains sur les épaules de Mel.

— Plus d'une centaine… Vous voulez bien faire une courte déclaration ? S'il vous plaît. Si vous leur lâchez quelque chose maintenant, ils vous laisseront peut-être tranquilles pour le reste de la journée.

Mel fronce les sourcils. Samantha contemple le terminal au loin. Et hausse les épaules.

— Pourquoi pas, au fond ?

Nous nous mettons en marche vers le bâtiment, Samantha tient la main de Mel et je pousse le fauteuil. Nous franchissons les portes du rez-de-chaussée. Des agents de la police d'État et de Bangor nous escortent. Eux aussi arborent un ruban noir.

Je cherche l'agent Washington du regard.

— Nicole, rendez-moi un service, s'il vous plaît. Pouvez-vous pousser le fauteuil ? J'aimerais m'entretenir avec ma directrice de cabinet.

Tandis qu'elle prend ma place, je repère un bureau vide derrière un tas de bagages. J'entraîne Maddie à l'intérieur.

— Monsieur, encore une fois, bienvenue à la maison ! s'exclame-t-elle avec un grand sourire. J'ai hâte d'entendre comment vous avez réussi ce prodige et ce qui s'est passé là-bas.

— Je n'en reviens toujours pas moi-même.

— Je dois vous prévenir… J'ai reçu des messages de tous les grands éditeurs de New York. Votre livre… va être un best-seller planétaire dès sa parution !

— Sûrement. Mais avant de parler en détail de ce livre, j'ai une question à vous poser.

— Bien sûr, monsieur, répond-elle, les yeux brillants, enchantée par ma réponse. Je vous écoute.

— Pourquoi m'avez-vous trahi, Maddie ?

134

Aéroport international de Bangor
Bangor, Maine

À son crédit, je dois reconnaître que Maddie ne cherche ni à discuter ni à nier. Elle se tait.

Toute trace de joie a disparu dans son regard.

Elle reste assise devant moi, dans ce petit bureau.

— Juste avant qu'on ne rejoigne cet avion ravitailleur à Pease, j'ai passé deux coups de fil. Un à Samantha, et l'autre à vous, parce que j'estimais que vous méritiez d'être prévenue. En arrivant sur la base de Pease, nous étions à deux doigts de partir sans encombre. Puis, au dernier moment, la Maison Blanche a mis son veto. Qui avez-vous appelé ? Richard Barnes ?

Son visage blêmit.

— Non, articule-t-elle. Felicia Taft, son adjointe. C'est elle que… que j'ai informée.

J'attends.

— Pourquoi ?

Ses yeux s'embuent de larmes.

— J'avais peur pour vous, monsieur. Je craignais que vous ne soyez blessé, capturé ou tué. Que cette expédition ne soit un échec. Qu'à cause de votre entreprise Mel se fasse… tuer. Au lieu d'être sauvée. Je ne voulais pas que votre nom, votre trace dans l'Histoire, soit associé à un échec. Je me suis dit que si Mel était encore en vie… c'était à des professionnels de se charger de la libérer.

— N'était-ce pas à moi de décider ?

— Bien sûr, monsieur, mais je pensais à l'avenir… à la fondation que vous souhaitiez créer pour les vétérans. Sans vous… elle ne verra jamais le jour. Des milliers d'anciens combattants continueront de souffrir ou de mourir dans la rue chaque année.

Je veux en finir vite.

Ma famille m'attend.

— Très bien, Maddie. Nous allons faire ce livre. Trouvez la meilleure offre. Et quand le contrat sera signé et que je me mettrai à écrire, je veux que vous dirigiez cette fondation. Nous allons l'appeler la Fondation Boyd Tanner & David Stahl. Et vous serez aux commandes.

Maddie est décontenancée.

— Mais, monsieur…

Je me lève.

— Autrement dit, vous n'êtes plus ma directrice de cabinet. Je ne peux plus avoir confiance en vous pour ce poste, Maddie. Je sais que vous serez parfaite à la direction de cette fondation. Faites ça pour eux.

Elle se contente de hocher la tête.

— Je suis désolée, monsieur.

— Moi aussi, Maddie.

Et je m'en vais.

Un agent de la police d'État du Maine me précède jusqu'au couloir menant au hall du terminal principal. Ma famille est là. J'entends derrière les portes le brouhaha des voix. Je me tourne vers Mel et Sam.

— Prêtes ?

Elles acquiescent.

Nous pénétrons dans le grand hall, avec son horrible carrelage noir et blanc. Dès qu'on nous aperçoit, les applaudissements retentissent et les questions fusent de toutes parts. Une petite table est installée, pourvue d'un buisson de micros. Samantha y conduit Mel toujours en fauteuil, et je me place entre elles deux.

Au bout d'un moment, je lève la main.

— Du calme, s'il vous plaît. Je vais répondre à quelques questions. Le plus possible… Comme vous vous en doutez, ma famille est exténuée. (Je pointe le doigt vers une journaliste d'une radio locale de Portland.) Allez-y. Je vous écoute.

— Monsieur le Président, qui vous a accompagné dans cette opération de sauvetage ? On peut leur parler ?

— Il s'agit d'amis. D'amis chers qui m'ont aidé, à la fois dans la préparation de cette mission et dans son exécution. Ils préfèrent rester anonymes et je me dois de respecter leurs souhaits. Question suivante.

Le prochain à se lancer est un dur à cuire. Ce type, d'une chaîne câblée, a bâti sa carrière en espionnant mon administration, sans avoir jamais rien trouvé. Ce qui le rend aujourd'hui plus agressif et suspicieux.

— Monsieur, est-ce que mener cette opération risquée sans autorisation, c'est une manière pour vous de montrer votre défiance à l'égard de la présidente Barnes et de discréditer son gouvernement ?

Le silence tombe sur l'assemblée.

Les secondes s'écoulent.

— Pas du tout. Question suivante.

— Monsieur, vous êtes visiblement blessé. Comment est-ce arrivé ?

— Je me suis coupé avec un ouvre-boîte.

— Monsieur, Assim Al-Achid est-il mort ? Et avez-vous joué un rôle dans cette mort ?

— Al-Achid est désormais dans un endroit où il ne pourra plus nuire à personne, ni tuer des innocents. C'est tout ce que j'ai à dire.

— Avez-vous demandé à la présidente Barnes sa permission pour aller sauver votre fille ?

J'esquisse un sourire.

— Je n'ai pas eu le temps. Encore une question. La dernière.

Mon trouble-fête de la chaîne câblée revient à la charge :

— Monsieur, pensez-vous que l'administration Barnes va vous poursuivre en vertu du Logan Act ?

Je lui adresse mon plus beau sourire.

— Jake, vous savez comme moi que cette loi s'applique aux citoyens qui mènent des discussions diplomatiques avec des pays étrangers. (Je marque une pause avant de poursuivre :) Mon intervention en Libye n'avait rien de diplomatique.

Les gens s'esclaffent. Quand les rires cessent, je reprends :

— Peut-être désirez-vous poser quelques questions à ma fille ? C'est elle, la vraie héroïne ici.

Ils mordent aussitôt à l'hameçon. Je suis sûr que Mel va très bien s'en sortir et je ne suis pas déçu.

— Mel, comment vous vous sentez ?

— Fatiguée. J'ai mal partout. Ma cheville est en compote et une balle m'a traversé le bras.

— Vous avez eu peur ?

— Tout le temps.

— Vous avez remercié votre père pour ce qu'il a fait ?

Mel prend le temps de répondre :

— Question idiote. Quelqu'un a un truc plus intelligent à demander ?

J'entends quelques gloussements. Puis un journaliste se lance.

— Qu'est-ce qui vous a le plus manqué comme nourriture ?

— Les cheeseburgers ! Je rêve d'en manger un.

— De chez qui ? McDo ? Burger King ? In-N-Out ?

— Sérieux, les gars ? Il n'y a pas de In-N-Out sur la côte Est ! Et de toute façon, mon père fait les meilleurs cheeseburgers du monde. Ce sont les siens que je veux !

C'est ensuite au tour de Samantha. La présentatrice d'une chaîne de Boston lui demande :

— Madame Keating, quels sont vos projets aujourd'hui ?

Sam paraît prise de court. Je la vois baisser les yeux, secouer la tête, puis elle se redresse pour me regarder.

Elle a des larmes plein les yeux, mais elle sourit. Soudain, je me rends compte que je suis dans le même état qu'elle.

On prétend qu'un homme politique ne doit jamais pleurer en public, aujourd'hui je suis bien loin de tout ça.

Nous nous en sommes sortis. Nous avons réussi.

— Je crois que je vais prendre une année sabbatique, pour passer plus de temps, beaucoup plus de temps, avec ma famille, répond doucement Samantha.

— Il semble que vous ayez fait une découverte majeure ces dernières semaines, dans le Maine, questionne un autre journaliste. Les traces d'une colonie basque en Amérique du Nord. Allez-vous poursuivre les fouilles là-bas ?

Son regard calme et aimant se pose sur moi. Quelques larmes roulent sur ses joues. Je la regarde à mon tour – j'aime cette femme comme au premier jour ! – et nous serrons tous les deux notre fille chérie.

— Non, répond-elle. Creuser la terre, c'est un travail pour le week-end, et pour mes étudiants.

135

Mission permanente
de la République populaire de Chine
New York

Dans la salle de réception bondée, Jiang Lijun est repu. Après le menu à huit plats, son estomac n'en peut plus. Un dîner donné en son honneur. Pourtant il ne se sent pas vraiment honorable ; pas après ce qui s'est passé en Libye. Il a deux côtes cassées dans le dos, là où la snipeuse américaine l'a touché. Par chance, il s'était tourné au dernier moment, faute de quoi la balle n'aurait pas ricoché sur le gilet et il serait mort.

La salle est décorée de bannières rouges et de guirlandes, et les plats s'enchaînent, des entrées – tofu, salade de méduse –, puis soupe d'ailerons de requin (bien que cette pêche soit interdite), canard laqué, légumes sautés, nouilles. Son chef, Li Baodong, préside le banquet, et témoigne une attention toute particulière à Zhen, la femme de Jiang, et à leur fille, Li Na, qui attendrit tout le monde avec ses rires et babillages.

Une vingtaine de membres de la délégation sont présents. Tout le monde lui adresse des sourires ou des petits signes amicaux. Enfin, lorsque arrive l'heure où Jiang et sa famille vont pouvoir se retirer dans leur appartement, Li Baodong s'approche et dit à Zhen :

— Très chère, puis-je vous emprunter votre mari ? J'aimerais m'entretenir quelques minutes avec notre héros du jour.

Zhen, qui porte Li Na sur sa hanche pour lui donner de fines tranches de mandarine, acquiesce avec un grand sourire. Jiang se lève et suit son supérieur. Ils traversent les cuisines pour se rendre dans une petite pièce spartiate, meublée de deux chaises et d'une table métallique.

Li Baodong s'installe lourdement derrière le bureau et, avec un clin d'œil complice, sort du tiroir une bouteille et deux verres.

— Du Huangjiu, cuvée spéciale, précise-t-il. Très rare. Très cher. Il est arrivé ici en contrebande par la valise diplomatique. Bois-en une grande lampée. Tu l'as bien mérité.

Jiang obéit et, quand il repose son verre vide, Li lui demande :

— Alors ? Tu as apprécié la soirée ?

— Oui, mais…

— Mais quoi ?

— Je suis un peu mal à l'aise. Vu que…

— Vu que tu as merdé sur toute la ligne, c'est ça ? Il y a quelques semaines, on t'a demandé un travail tout simple : aller dans le New Hampshire récupérer Melanie Keating. Au lieu de ça, tu n'en as fait qu'à ta tête, et tu t'es lancé dans une vendetta personnelle…

Et quand on t'a offert une seconde chance d'accomplir ta mission, tu t'es lamentablement planté. Espèce de crétin, tu devais sauver cette fille pour que les Américains nous soient redevables et que ça apaise nos relations.

— Pourtant, j'ai…

— Par ta faute, c'est nous qui leur sommes redevables ! Tu t'es laissé capturer et les services de renseignements américains à Tunis t'ont « pris en charge » avant de te libérer. Tu es la risée de tout le monde, Lijun.

— Mais je ne leur ai rien dit ! Rien !

— Le mal est fait… Ils ont des photos haute résolution de ta trombine ! Ils ont désormais tes données biométriques, sans compter tes empreintes digitales et ton ADN. En ce moment, ils épluchent leurs bases de données et, dans quelques heures, ils connaîtront tous les réseaux que tu as montés ici et ailleurs.

Ses côtes cassées le font à nouveau souffrir. Son estomac gargouille. Il est sur le point de vomir.

— Les Américains ont déjà des exigences, poursuit Li. Comme tu as entravé leur mission de sauvetage, ils estiment qu'il n'y a pas de détente possible dans nos relations diplomatiques tant que ton cas n'est pas réglé.

Jiang commence à transpirer. Il a un goût métallique dans la bouche.

— Réglé comment ? demande-t-il, surpris d'entendre sa voix aussi faible.

— De façon permanente, réplique aussitôt son chef. Désolé de te l'annoncer, mais tu ne quitteras plus jamais les États-Unis.

Jiang n'en revient pas.

— Vous allez me livrer aux Américains ?

Li secoue la tête.

— Bien sûr que non. Jamais je ne ferai ça à l'un de mes agents.

La vue de Jiang se trouble. Il contemple le bureau. Le verre de Li Baodong est toujours plein. Il n'y a pas touché.

— Pas mal joué pour un gros champignon, pas vrai ? reprend son patron d'une voix douce. Penses-y, mon cher Lijun : quand tout sera terminé, tu seras un héros de la patrie, comme ton père. Et le parti prendra soin de ta femme et de ta fille. Je te le promets.

Jiang veut parler, mais sa langue ne répond plus, ni ses mâchoires, et bientôt c'est tout son corps qui cesse de fonctionner.

136

Appartements privés de la Présidente
Maison Blanche

La présidente Pamela Barnes est seule dans son salon, à l'étage de la Maison Blanche, pieds nus, les jambes étendues sur un pouf. Elle sirote son Glenlivet du soir, en regardant la chaîne d'info MSNBC.

Ces dernières heures ont été pénibles. Pamela a coupé le son. Elle ne supporte plus d'entendre les voix pétries d'émotion et d'admiration de ces fourbes de présentateurs, ni ces bataillons d'experts militaires venus sur les plateaux vanter le succès de cette opération pourtant parfaitement illégale.

Et maintenant comment réagir ? Quelle doit être la position officielle de son gouvernement ?

Elle est coincée. Elle est obligée de faire un communiqué de presse pour annoncer son soutien, remercier Matt Keating, ses compagnons, et saluer le sacrifice de l'agent du Secret Service.

Dont le corps est rapatrié en ce moment même…

À l'écran, la chaîne retransmet en direct les images de la base aérienne de Dover dans le Delaware. Un avion de l'Air Force vient d'atterrir et les six Marines dans leur uniforme bleu, qui sont montés par la soute arrière, en redescendent, portant un cercueil enveloppé du drapeau où se trouve l'ancien Marine et agent du Secret Service David Stahl.

Elle boit une autre gorgée.

Plus tôt dans la journée, les parents Stahl et le représentant de la Californie ont informé Felicia Taft, sa sous-directrice de cabinet, qu'ils ne souhaitaient pas que les membres de l'administration Barnes assistent à la cérémonie.

En revanche, Matthew Keating, Samantha et Mel dans son fauteuil sont présents, en compagnie du directeur du Secret Service – sans son supérieur, bien sûr, le secrétaire à la Sécurité intérieure, puisque tout le gouvernement Barnes est *persona non grata*. Autour des Keating, sont rassemblés des agents du Secret Service et la famille Stahl au complet.

Quelle image ! Quel symbole ! Alors que le cercueil revient sur le sol américain en grande pompe.

Richard, j'aurais bien besoin de tes conseils aujourd'hui.

Seulement Richard n'est pas là. Il est dans l'Iowa, pour tenter d'amadouer les éleveurs laitiers qui n'ont guère apprécié la politique agricole de la présidente Barnes. Le caucus de l'Iowa va bientôt avoir lieu et elle a besoin de soutien pour sa réélection.

Pamela Barnes se lève et se dirige vers son petit bureau. Elle jette encore un coup d'œil à la télévision. MSNBC diffuse une carte du nord-ouest de la Libye, illustrant le raid mené par des Rangers sur le camp où vivait Assim Al-Achid. De nombreux documents auraient été trouvés, des plans, des disques durs d'ordinateur.

Encore de bonnes nouvelles.

Mais pas pour elle.

Elle ouvre le tiroir du milieu et en sort l'enveloppe colorée qu'elle a trouvée sur le Resolute le jour de son investiture, laissée par son prédécesseur – une tradition datant de près d'un demi-siècle. Elle récupère la lettre rédigée sur le papier à en-tête de la Maison Blanche et relit une nouvelle fois ces lignes manuscrites :

Chère Pamela,

Mes sincères félicitations pour votre victoire après cette joute politique d'anthologie que vous avez menée de main de maître dans l'arène de notre pays ; un pays aujourd'hui bien trop clivé.

Vous voilà désormais la Présidente d'un peuple fondamentalement bon et fier, des gens qui, tant dans leur cœur que par leurs actions, s'efforcent de faire le bien. Ils rêvent d'une Amérique en paix, d'une Amérique prospère qui soit un guide pour le reste du monde.

Vous avez mes prières, mon soutien et tous mes vœux de réussite pour affronter les défis qui s'annoncent. Vous allez entreprendre un voyage que très peu de personnes ont effectué avant vous, un voyage extraordinaire, et c'est là un grand honneur que vous fait le peuple américain.

Que Dieu vous bénisse, vous et votre famille.

Sincèrement,

Matt Keating

La présidente Barnes interrompt sa lecture.
Si ce satané soldat s'était arrêté là…
Mais il a ajouté :

PS : Quoi que j'aie dit plus haut, je compte bien, dans quatre ans, remonter sur le ring et vous battre.

Pamela roule en boule la lettre, la jette au sol.
Elle vide son verre.
Et va s'en servir un deuxième.

REMERCIEMENTS

Pour leur aide inestimable, les auteurs tiennent à remercier l'adjudant Matt Eversmann (retraité), du 75e Régiment des Army Rangers, le capitaine Joe Roy, pilote de KC-135 de l'US Air Force, John Podesta, ancien directeur de cabinet à la Maison Blanche, et Richard Clarke, coordinateur national pour la sécurité et la lutte contre le terrorisme pour les présidents Bill Clinton et George W. Bush.

Un grand merci aussi à Tina Flournoy, chef de cabinet de Bill Clinton, Steve Rinehart, Oscar Flores, Deneen Howell, Michael O'Connor et Mary Jordan.

DES MÊMES AUTEURS :

Le Président a disparu, JC Lattès, 2018.

PAPIER À BASE DE
FIBRES CERTIFIÉES

Le Livre de Poche s'engage pour
l'environnement en réduisant
l'empreinte carbone de ses livres.
Celle de cet exemplaire est de :
450 g éq. CO_2
Rendez-vous sur
www.livredepoche-durable.fr

Composition réalisée par NORD COMPO

Achevé d'imprimer en mai 2022 en Espagne par
LIBERDUPLEX
Dépôt légal 1re publication : juin 2022
LIBRAIRIE GÉNÉRALE FRANÇAISE
21, rue du Montparnasse – 75298 Paris Cedex 06